創元ライブラリ

ミスター・ミー

アンドルー・クルミー
青木純子◆訳

東京創元社

ミスター・ミー

ライオネル・ゴスマンに

さまざまな場面で助けてくださったアリン・グネイディグ。

最優秀作家賞をくださったノーザン・アーツ協会。

一九九九年五月八日にプリンストン大学で行なわれた定例会で、本書『ミスター・ミー』の一部を朗読する機会を与えてくださった、同大学十八世紀ソサエティ関係者の皆さん。

あらゆる面で協力を惜しまなかったメアリ、ピーター、カティア。

以上の方々に感謝を捧げます。

第一章

黄色《ザンティック・セクト》族なる種族は、火には再生能力がある、それゆえ火もまた生命体だと信じていたという。宇宙の根源的生命の中心は太陽であり、あの太陽の黄色こそ、加熱と冷却を繰り返すあいだに万物を生み出した原初の色、というわけだ。こう書くと、どこでそんな話を仕入れたのか、どうしてそんな話をわざわざ持ち出すのかと、きみは首を傾《かし》げていることだろう。つい先日も雑巾《ぞうきん》がけをしているミセスBにこの話をしたら、即座に返ってきた反応がこれだった。知ってのとおり万事につけ、ミセスBは世間一般のものの考え方を代表する、わたしの有益なバロメーターだからね。

書き上げたばかりの原稿のインクがまだ乾いていなかったので、雑巾でなでなさんなよと注意を促しておいてから、ザンティック族のこと（さらにはロジエの『百科全書』のこと）を発見できたのは、タイヤのパンクとにわか雨のお蔭なんだと話してやった。このふたつの出来事は一時間もおかずに起こったのだ。場所は、名前を聞けばおそらくきみも知っている（ミセス

Bは知っていた）小さな町のすぐ南、もっともこの町に意味を見出しているのはそこの住人か、あるいは近くにあるポテトチップスの大工場に出入りするトラックの運転手くらいだろうがね。この日の外出の目的は、前回の手紙で報告済みなので、今回はこのわずかな時間に起きたトラブルがもたらした予想外の顚末《てんまつ》について書こうと思う。

ミセスBが「トランクにスペアを積んでおらんかったのですかね」と訊くので、わたしはこう言ってやった。「そんなことはどうでもいいじゃないか、なにせ初版本なんだよ」

「なんでまたこんなにどっさり、頭の上まで本を積み上げて暮らさにゃならんのか、気が知れないですよ」

知ってのとおり、これはミセスBの数ある口癖のひとつ、わたし同様、聞き流せばよろしい。

「やれやれだね。トランクにスペアタイヤばかりか予備のハンドルまで積んでいなさる人もいるってのに、あれこれ余計なことにかまけて、パンクしたタイヤを突っこんだままの人もいる。旦那さんがどっちの部類かわかろうってもんだ」

こんなふうにまくしたてるうちにミセスBは、机の端に積み上げておいたとりわけ大事な本の山を危うく崩しそうになった。ここはひとつ、ご説ごもっともとひたすらうなずき、書斎が深刻な混乱に陥る前に家事に戻っていただくのが得策と考えた。なにしろ先日も、ミセスBの家具磨き愛好癖が災《わざわ》いして、ホッグの稀覯本《きこうぼん》数冊が甚大な被害をこうむったことはきみも憶えているだろう。

予備のタイヤを積んでいなかったとか、自力で修理できなかったとかの言い訳はさておき、ともかく、三キロばかりの道のりを徒歩で引き返し（八十六歳の身にはかなりこたえる距離であることは同意してもらえるだろう）、ようやく修理工場を探し当てたわけだが、修理には一時間かそこらかかる、まずは昼食を済ませてからだと店の大将に言われた。

ミセスBに言わせると、「修理屋の言いそうなこった」。

こちらはそこまで悪く取る性質《たち》ではない。ならば修理を待つあいだ、町の見物でもしようかという気になった。そこへ雨が降りだした。

「どこで雨宿りしたのか、察しはつくってもんですよ」ミセスBは、相変わらず雑巾を連隊旗よろしく振り回しながらのたまった。「手近なパブに駆けこむか、埃まみれの薄汚いガラクタでいっぱいの古本屋を探し回るか、どうせそんなところでしょうよ。あんなとこ、正気の人間ならこれっぽっちも長居する気になりませんけどね。で、雨が上がって店から出てくるときにゃ、くず紙を両手いっぱい抱えている、人生十回やり直したって絶対読みゃしないってのに」

いかにも、ザンティック族への言及を見つけた経緯がまさにそれだったのだ。ロジエの『百科全書』があったわけではない（これは、いまだわたしの探求の手を免《まぬが》れている著作だ）、『認識論と不条理』という本にあったんだ。てっきりJ・F・フェリアの伝記だと思って棚から引き出したらこれだった。フェリアの伝記は数年前、書斎から忽然《こつぜん》と姿を消してしまってね、あれはミセスBが時として断行する、はなはだ迷惑な合理化政策の仕業だと睨《にら》んでいる。

すぐに目当ての本でないとわかり、装丁もお粗末だし値段も高めだと判断した。がそのとき、ザンティック族の記述が目に留まった。火は生命体だというこの種族の考え方は記憶に値するものに思われ、いずれ何度か触れることになりそうな引用の出典元を確保しておこうという気持ちから、この本は買う価値ありということになった。

「ほらね、やっぱり」とはミセスBの反応だ。

この本の購入に際しての月並みな駆け引きや、不実な修理工との激論についてくだくだ述べるのはやめておく。後日、自宅でゆったりくつろいで読んだ一部を、まずはお目にかけよう。

自己再生能力を持つものを生命体と名づけるなら、火はまさにその意味で生命を宿すものである。火はウイルスのごとく、何らかの媒体を汚染し発火させ、さらなる炎を生み出す。また火の振舞い、その動きと威力から、太古の昔から人々が火を神聖なる霊魂を宿すものと考えたのもうなずけよう。

「そんな戯言《たわごと》にあたら時間を無駄遣いするなんて、気が知れないですよ」ミセスBはそう言いながら、カーライルの初版本を持ち上げ、わたしが挟んでおいた栞《しおり》をはずすと、埃は拭《ぬぐ》われたものの無意味な一冊と成り果てたこの本を別の場所に戻すのだった。これで本の置き場所も、興味を引いたページもわからなくなるという次第だ。それでもめげず、わたしは先を読んで聞かせた。

火は物質ではなくプロセスであると異議を唱える向きもあろうかと思う。だが、あらゆる動物も酸化と燃焼という類似のプロセスをもって生きているのであり、その肉体は単に乗り物とかまどの役割をしているにすぎない。

「なんとまあ、大層なこった」

火は生物と異なり、親を持たずとも生まれてこられるではないかと主張する者には（ザンティック族であれば、マッチを擦《す》るという行為にさぞや戸惑いを覚え、神秘を感じただろう）、こう反論できるのではないか。すなわち、我々の住まう惑星に最初に出現した有機体もやはり、生命を生み出す先駆を必要としない種だったのではないかと。

「その本を書いたお人は利口者、それを買うのは愚か者ってわけですかね。読む本がこれだけあってもまだ足りないんですか」

創生期の地球に何らかの化学的なプロセスが生じ、〝生命〟の名に値するもの（火をこれに含めるかどうかは意見の分かれるところだが）が存在するようになったのはどの時点なのか？　これはアリストテレスでお馴染みの謎かけに似ている。すなわち、子供は年月を経て老齢に達する、ではどの時点で〝老い〟を迎えるのかと。もしそのような瞬間が存在しないのであれば、老いという言葉にどんな意味があるのか？　同様に、一粒の砂は砂の堆積体を形成できない、したがって砂粒がいくら集まっても堆積物にはなれないということになる。ちなみに堆積物をギリシア語ではsorosといい、論理学の「連鎖式論法（sorites）」という名称はこれに由来する。となれば生命の発生も砂粒のひとつと見なすべきなのは言うまでもない。

「あれま、アリストテレスは好きですよ」ミセスBは、これまでふたりであれこれ会話を重ねていくうちに、わたしが著作や人となりについて話して聞かせたさまざまな著述家たちに対して彼女なりの好みを育《はぐく》んでいたわけで、それも趣味や嗜好《しこう》というのがすべてそうであるように、彼女の場合もとことん専断的でね。そんなわけだから、机の上に『国富論』を見つければ薄汚い犬ででもあるかのようにこきおろし、かと思えばヒュームにはロマンティックなものを感じ取っているらしい。

連鎖式論法の話だからね、とわたしはミセスBに軌道修正を促した。爬虫類からどの段階で最初の鳥が生まれたのか、意味不明の呟《つぶや》き声がどの時点で最初の言語になったのか、我々の使っている言葉はいつ作られ、それがどうやって理解されるようになったのか、そういう話をしているのだと。

「申し訳ないけんど、そこの絨毯に掃除機をかけさせておくれでないかね」

火に話を戻そう。これは生き物か否か？　その選択は我々に任されている。ザンティック族はある哲学体系に則《のっと》った定義を採用した。この思考体系は、何世紀にもわたり隠れ信奉者のあいだで権勢を振るいながらも、ついには粛清に遭い、最後の犠牲者が「我が思想が汝の思想に火をもたらさんことを。我が魂が汝の胸のうちで永遠に燃え盛らんことを」という言葉とともに死を迎えた。考えようによっては、ザンティック族の最後のひとりは存在しなかったとも言えよう。

ミセスBが立ち去り、心穏やかにこの箇所を読み返すうちに、捉えどころのない記述にいたく心を揺さぶられた。ザンティック族はいつ栄えたのか、どこに存在したのか？　その出典として、わたしが聞いたこともない著作、ジャン＝ベルナール・ロジエの『百科全書』が挙げられていたのだよ。

わたしの好奇心も、ミセスBが用意してくれた昼食に向かうあいだは寝かしつけられていた。数ある絶品スープのひとつが供され、ミセスBの姉の最近の病状の話を聞かされた。それでもミセスBが帰り支度を始めると、例の謎がまたも気になりだした。ミセスBが胆石の話をしている最中に、すっかり平らげたはずのスープ皿の底に、煮くずれた肉と混じり合う潰《つぶ》れたジャガイモを見つけたような気分だった。

さっそく手持ちの書籍の何冊かをじっくり調べてみたが、ザンティック族のことはわからずじまいだった。『認識論と不条理』の著者はイアン・ミュアとあるだけで、同じ名前を持つあまたの人々と区別できるような詳細な情報がいっさい省かれているため、彼の所在を突き止めて典拠を問い合わせるのはまずもって不可能に思われた。こうしたいい加減さに加えて、この本に国際標準図書番号（ISBN）がないことも、この人物の胡散臭《うさんくさ》さを物語っていた。トーラス・アカデミックなる出版社名を『ハープス・ガイド』で調べた結果、なんと自費出版専門の出版社だった。つまり、これは嘘八百のでっち上げ、学術を気取る冗談話、さもなければあわよくば自説をひけらかしたい輩《やから》の企《くわだ》てといったところか。ロジエの『百科全書』を探し出せさえすれば、わたしのそんな疑念も払拭できるのだが。だが前にも言ったように、ここ何週間、鵜《う》の目鷹《たか》の目で探し回ってはみたものの、まるで埒《らち》があかず、きみに報告できずにいた。これまでの成果といったら、この世から姿を消した謎の種族の物語などよりはるかにずっと興味深い謎を掘り起こしてしまったことくらいだ。

とはいえ、当初、わたしはロジエのこともザンティック族のこともすっかり忘れていた。手持ちの文献をいくら読み漁《あさ》っても何ら収穫がない、そこでやるべき仕事に取りかかることにしたわけだ（きみも知ってのとおり、四か月前は「ザ・スコッツ・マガジン」の依頼で地元のさる記念碑に関する重要な論文を執筆中だったからね）。はかばかしい成果が得られぬ以上、きみに知らせるまでもないと、あの時点では思っていたというわけだ。

ところが、今から三週間ほど前のこと、書店に並んでいた新刊書、十八世紀フランスの出版界を扱った本の索引に目を通していたら、ジャン＝ベルナール・ロジエの名前に出くわしたのだ。すぐさまそいつを買ったとも。

「あれれ、またそったらもんを！」ミセスBはわたしが持ち帰ったものを目にするや、訛《なま》りもあらわに怒声を発し、洗濯をしに出ていった。いやはや、北部訛りの激烈さに関するボズウェルの見解には大いに賛同するね。あれは辞書の助けなしに表記できる代物ではないし、できても不完全極まりないものだろうよ。

ドナルド・マッキンタイア教授なる人物の著《あらわ》したこの本によると、ロジエは一七五九年、「物理学の新理論」なるものを提起した哲学論文を出版しようとしていたらしい。想像力を掻き立てるこのコメントを裏づける資料として、そこには未発表原稿と私信が引用されていた。

そのときミセスBが戻ってきて、今度はさっきより意味が通じる言葉で、だが、不機嫌さは残しながら、「そろそろ食事が欲しくなる頃合でないかね、え?」と言った。

そう、この日もまた昼食時を迎えていたのであり、ミセスBお手製のおいしいスープを賞味させていただくことになっていた。この日の献立は、我が研究から察するにケール・ブローズと呼ぶべきキャベツの煮込みスープであり、塩気の効いた美味なる液体でやけどした唇を冷やすべく、あわてて水を口に含みながら彼女に訊いてみた。ザンティック族の話は憶えているかね、と。

彼女もこの頃には冷静になっていたとみえ、「ええ、憶えとりますとも。火は生命体だと考えていたんでしたっけか」

そう、その話だとうなずき、それからロジエの名前にまたしても興味を持つに至った幸運なる出会いについて話してやった。

「車にスペアタイヤを積んでなかったっていうあの話に、ちょっくら似てるね。いやはや、聞いた先からどんどん忘れちまうお人もいるっていうのに、羊の尻に張りついたまんま干からびてくヤグルマギクみてえに、いつまでもしつこく憶えてて、大枚はたいて買った本にそれを見つけて喜んでいなさるとはね。埃だらけのしょうもないものはもうたっぷり持っているっていうのによ」

告白すれば、ミセスBの親身なるご高説もこちらの耳に届いてはいなかった。というのもロジエの「物理学の新理論」がはたして何を意味するのか、考えていたからだ。やがてミセスBの帰る時間となったわけだが、彼女はコートを着終わっても玄関先でぐずぐずしていた。

「どうしたんだね？」

「旦那さん、週四日で大丈夫かなって思いましてね」

「いったい何だね？　二十八年間ずっと四日でやってきたじゃないか。なぜいまさら？」

ミセスBの視線はドアの内側に敷いたマットのあたりに注がれていたが、その理由はわからなかった。

「あとの三日間、自分で自分の面倒を見られるんだろうかと思ってね。もうお年だし、四日じゃ足りないんじゃないのかね？」

わたしは、今はそんなのんきな話をしている暇はないと突っぱね、さよならと言ってやった。彼女が立ち去ると、早速マッキンタイア教授がわずかに触れているロジエに関する記述を読み返し、何としてもロジエの『百科全書』を探し出そうと決意を新たにした。

その日の午後遅く、図書館に出かけてみたが無駄足に終わった。またしても通り雨（今回は傘も役に立たぬ霧雨）に見舞われ、ぐっしょり濡れた姿で質問カウンターの前に立ったわけだが、いつものように司書のマーガレットは温かい挨拶で迎えてくれた。だが結局、蔵書目録をひとわたり調べてもめぼしい情報には行き当たらず、マーガレットからは自宅に戻る前にノド飴《ヴィックス》を買うよう勧められた。しかしこっちの頭のなかは部門番号《クラス・ナンバーズ》のことでいっぱいだったから、風邪の心配などすっかり忘れてしまい、帰宅後、特効薬（いわゆる気付けの一杯）でいい気持ちになったところで、マッキンタイア教授に助言を仰ぐ手紙を書き上げ、宛先は出版社気付とし、封をする頃にはすっかり楽観的になっていた。これにはウィスキーも影響していたのだろう。

ところが、ここからかなりややこしい事態になっていったわけで、その恐ろしさたるや、きみもいずれ納得するはずだ。とにかくミセスBは、ますます辛抱がきかなくなっていったんだ。「とうとう教授先生に手紙を出しなさるんかね？」翌朝、手紙の投函を頼むと、彼女は胡乱《うろん》な目を向けてきた。まるで教授との手紙のやり取りが（きみ宛の手紙は別格らしく、長年彼女は嬉しそうに切手を舐めてくれている）家政婦としての彼女の職分を脅《おびや》かすとでも言いたげだった。そこで彼女を安心させようと、別にこの教授を家に招待するつもりのないことを宣言し、それと彼女がずいぶんと心配している残り三日間も、うちで家事をしてほしいと言ってやった。「だったらせめてあと一日、増やそうかね。それとも午前中だけ二日間とか」それからミセスBは交渉のようなことを始めたが、こちらは上の空だった。というのも、ロジエ、ザンティック族、その他諸々の探求を通じて、マッキンタイア教授がはたしてどこへ誘《いざな》ってくれるのか、考えるのに忙しかったからだ。

一週間後、ミセスBは新体制を打ち立てた。素早さと巧妙さにかけてはナポレオン顔まけの戦略を用いて、一日半の超過勤務をわたしから勝ち取った。「お友達の教授先生から届いてますよ」と、彼女はつっけんどんに一通の封筒を突き出すと、幾分、不快感を漂わせながら部屋を出ていった。

マッキンタイア教授は親切にも、ある論文のコピーを送ってくれた。その書き出しは手紙の抜粋（英訳されたもの）で始まっていた。日付は一七五九年六月三日、差出人はジャン＝ベルナール・ロジエ、受取人はあの高名な数学者ジャン・ル・ロン・ダランベールだ。

拝啓、貴兄はご存じかと思いますが、もうかなり前のこと、この国の男が流刑になり、野蛮な住人のいることで有名なアジアの遠隔地で捕虜になりました。その経緯は不明ながら、この男を捕えた者たちは、三つの木の器とひとつの金の指輪を使って、この男の運命を決めることにしたのです。この男は、どの器の下に指輪が隠されているかを言い当てた場合、おとなしいとはまずもって保証の限りでない狼の群れのいる戸外に放り出される。当てられなければ、その場で殺される。苛酷な環境で暮らす流浪の野蛮な者たちは、賭をすることで束の間の気晴らしに興じようとしたわけです。

まず自分の指輪を器のひとつに隠したところで、頭目はこの不運なる囚われ人を呼びつけ、運命の選択を迫りました。かなり迷った挙句、おそらく声に出さず祈りでもあげていたのでしょうか、哀れな男は震える手を真ん中の器に乗せました。賭はなされました。ここで頭目は、少しじらして一同を楽しませてやりたいと思ったのか、右端の器を持ち上げました。指輪はありませんでした。囚われ人は安堵の喘《あえ》ぎをもらしました。どっとあがる歓声をよそに、頭目は次に左端の器に手を伸ばすと、これを開ける前に変更を受け付けようと言いました。さてムッシュー・ダランベール、もしも貴兄がこの気の毒な男の立場だったらどうなさいますか、お聞かせください。


この問題を理解しようと頭をひねっているところへ、突如ミセスBが書斎への奇襲をかけてきた。唸《うな》りをあげる掃除機を押しながら入ってくると、さながら粗末な避難壕を侵略軍が占拠するがごときの勢いでわたしを椅子から追い立てた。

「ミセスB!」わたしは声を荒らげた。

「こっちは忙しいんですよ」彼女も反撃に出た。彼女が飛行機で乗りこんできたとしてもこれほどの騒音にはならなかったろう。

「後生だから、そいつを止めてくれんかね」

「すぐ済みますよ」

「ミセスB!」わたしは書斎を出ると、掃除機のコードの延びる先にある踊り場の壁のコンセントに向かった。だがミセスBはあなどれない戦略家、老体が出し得る最高速度を上回る素早さで先回りすると、コンセントの前に立ちはだかった。そのあいだも掃除機は書斎で唸りをあげたまま、今ではすっかりきれいになった絨毯の一か所に吸いついていた。

「絶対、引き下がるもんかね」ミセスBは、コンセントに触れさせてなるものかとばかり壁の前に仁王立ちになった。勇者にこう見得を切られてはなす術《すべ》もなく、書斎のドアをコード分の隙間だけ残して閉めることで、とりあえず和平に持ちこむことにした。

「ミセスB、すまなかった。ひどく微妙な問題を考えている最中だったものでね」そう詫びてから、彼女に例の器の話を聞かせてやり、不運なる囚われ人は選択を変えるべきか否かを問うてみた。

ミセスBは、この男の絶体絶命の危機にいたく心を動かされたのだろう、この問題をちょっと考える気になったようだったが、さりとて壁にカブトムシのように張りついたまま、そこから離れる気はさらさらない様子。「どっちを選んだって大差ないね。確率は五分五分だ」

わたしも同意を表明したところで、ふたりして書斎に引き返すと、件《くだん》の手紙の続きを読むことにした。これに先立ち、ミセスBは掃除機の電源を切ることを承諾してくれたわけだが、それもとりあえずの一時的な措置ということだった。

もし頭目が、右端の器を開ける際に、無作為にこれを選択していたのなら、男が指輪を引き当てるチャンスは五分五分になります。

「ほら、やっぱり」

しかし頭目はどこに指輪があるのか知っていたはずです。右端の器の下に指輪がないと知っていたからこそ、先にここを開けることにしたのかもしれません。その場合、囚われ人の当てる確率は、頭目の振舞いによって変わることなく、もとの確率の三分の一のままなのです。むしろこの段階で、残りの器に指輪が入っている確率は二倍の三分の二になった。したがって男は、命が惜しいのであれば、選択を変えるのが得策なのです！

「どうも解《げ》せないね」ミセスBが言った。「このお人は旦那さんといい勝負のスットコドッコイだね」そんな感想にひるむことなく、わたしはロジエの手紙の先を続けた。

この話の言わんとするところは、頭目の行為が無作為なのか、はたまた何らかの選択が働いているかで、当たる確率が変わるという点です。囚われの男が指輪を引き当てる確率が二分の一になるか、あるいは三分の一になるかは、頭目がどの器の下に指輪があるかあらかじめ知っているかどうかで決まるのです。この結論にたどり着いたその日、わたしは驚きのあまり一晩じゅうまんじりともできぬまま、これが含んでいる多くの示唆に思い至りました。つまり、いろいろ考えているうちに、観察、思考、意識といった行為は、抜き差しがたく現実世界とつながっているという結論に達したのです。わたしの実感によれば、自然界は、意志を持たぬものでのみ構成されているわけではなく、つまり、貴兄ならびに同志諸賢が発見可能だとおっしゃる諸法則に従って運行しているとは必ずしも言えないのです。世界を理解するためには、人間の精神および、精神が知覚し、それによって存在を与えられている万物との相互関係を理解しなければならないのです。

「そろそろ掃除機のスイッチを入れてもいいかね？」

この器の実験を何度も繰り返せば、頭目の企みは見抜けるでしょう。まさにそれと同様に、我々はさらに大規模な企みが働いている可能性についてじっくり考えてみてもいいのではないでしょうか。自然を相手にゲームをするうちに、遍在する何者かの意識というか、運命のカードを配る宇宙規模の存在がいるのかいないのか、それが明かされるやもしれません。そうなれば、物理学の法則は、神のご意志を真に開示することになるでしょう。

「いいかげん掃除機をかけちまわないと」

かの囚われ人はその後どうなったか？　頭目の提案に従い、左端の器に震える手を置きなおし、器が持ち上げられました。そこは空っぽ、間髪を容《い》れずに彼の喉は切り裂かれ、頭目は真ん中の器から安物の指輪を回収しました。この悲しい出来事が後世に残したものといえば、この地方で流行《はや》った歌謡《バラッド》と、テオドールの著した『旅行記』が悲劇として取り上げている物語くらいです。わたしたちは多世界を想像することも可能でしょう、ハッピーエンドになる確率は三分の一、そうなれば先の本もこの手紙も書かれることはなかったのかもしれません。

そうだね、掃除機をかけてしまいなさい、とミセスBに言い置いて、わたしは重厚な唸り音を背に、やがてそれを頭上に聞きながら階下に向かい、囚われの男の死を思い、ロジエの理論を思い、ひたすら蓄積されていく理解の及ばぬ謎のあれこれに思いを馳せていた。

まだ論文は読み終わってはおらず、キッチンに追いやられて立ちつくすわたしの手のなかにそれはあったわけだが、頭上でのたうち回る掃除機は、新聞紙の手ぬるい一撃からのっそりと立ち直る太ったゴキブリよろしく、ブンブンガアガアとすさまじい音を立てながら書斎の四隅を突《つつ》き回していた。

ロジエの書簡に対するダランベールの返信は現存しないが、ロジエがその次に書いた手紙は残っている。そのなかでロジエは、もっぱら偶然の法則に基づく新しい宇宙論の構築に乗り出したことを高らかに宣言し、これが完成した暁《あかつき》には、ダランベールがドゥニ・ディドロと共同編纂した、かの高名なる『百科全書』もたちまち色褪せ、無用の長物となるだろうと述べている。その後ロジエは数年をかけてかなりのところまで理論を完成させたのだが、当時の学界で冷ややかな扱いを受け、怒り狂ったという。以後、自らの理論に基づく『百科全書』を全面的に書き換える作業に独力で挑むのだが、この改訂版にはジョージ・バークリー流の観念論が色濃く反映されていて、さまざまな点で近代量子論を先取りしたものになっていると言われている。ただし目下のところ、ロジェの『百科全書』の存在は確認されていない。

この『百科全書』が間違いなく存在していると確信し、それが謎のザンティック族について触れている一次資料だということも摑んだつもりだったのに、ここに至り、それが十八世紀の神秘主義者だかペテン師だかの妄想の産物で、たぶんでっち上げだと判明したわけだ。わたしは論文のコピーをかたわらに置き――拭き清められたばかりの作業台（昨今は台所設備をこう呼ぶらしい）の表面は、まだうっすらと濡れていて、合成洗剤の臭いがした――マッキンタイア教授の手紙の後半部分を読むことにした（相変わらずたゆまざる探査活動にいそしむ掃除機のお蔭で、段落のいくつかを一度ならず読み返す羽目になったことを付記しておく）。手紙には、論文の出所はあいにく不明だとあった。なんでも、手元にあるのは表題も著者名もないコピー一枚きりで、それもこの教授が参加してきたあまたある学術会議のいずれかの会場で、どこかの研究員から手渡されたような気がするとのことだった。

二階の掃除機攻撃がようやくやんだので、わたしはやりかけの仕事に戻ることにした。地元の記念碑に関する論文はだいぶ前に仕上がり、「ザ・スコッツ・マガジン」のこわもて編集者も満足の意を表明してくれ、今度はスティーヴンソンとヒュームの類縁性の研究に取りかかっていたのでね（重箱の隅を突くようなテーマだが、あながち的外れとも言えんだろう）。階段をのぼりきったところにミセスBはいた。見れば静寂を取り戻した掃除機を懸命に引きずっている。どうせ何か言われるのがオチだとわかっているから、こういう場面で手を貸すのはだいぶ前から控えている。

ロジエの手紙の真意をはかりかね、指輪と三つの器にまつわる謎かけも釈然とせず、何がロジエにこれほどの興奮をもたらしたのかも理解できなかった。とはいえ、彼のものした『百科全書』が、仮に見つけ出せたらの話だが、概《おおむ》ね論理的に間違った前提から出発した新奇の自然観を開陳してくれそうだとの判断に立ち至ると、この件はもっと真面目に取り組まねばという気持ちになっていたのだが、いかんせんその後数日間は何ら進展のないまま、スティーヴンソンとヒュームの比較分析と考察に終始した。そこへミセスBが妙案を出してきた（これは、今こうして手紙をしたためているつい一週間前の話で、したがってこの手紙の末尾で報告する予定の災禍とほぼ同時期にあたる。つまり彼女の口にした妙案こそ、その後に続く諸々の発端というわけだ）。

彼女はこう言ったのだ。「こんな埃だらけの薄汚い代物は博物館でこそ役に立つってもんだよ。旦那さんもコンピューターを始めなさったらどうかね」

ミセスBによれば、近所に住んでいる子供たちは日に七、八時間、その手の装置のちかちか瞬《また》く画面の前に坐って過ごすのだそうだ。幸い、わたしもほぼ同時間、本のページに両眼を愛撫されてもいっこうに苦にならない。それで彼女はそんなことを思いついたのだろう。彼女ならではの理屈に導き出された結論は明々白々、こっちとあっちと取り替えるべし、蔵書いっさいは箱詰め処分し、機械を一台運び入れよ、何も値の張るものでなくていい、それで掃除もぐっと楽になる、という寸法だ。

これとてその場限りの話で済ませることもできたのだろうが、その日の午後、もう一度図書館に出向き、目下頭を悩ませている問題をマーガレットに話したのがまずかった。彼女は、『人間本性論』と『ジキル博士とハイド氏』の類似性にはさほど関心を示さなかったものの、ジャン゠ベルナール・ロジエが斬新な宇宙観を開陳している『百科全書』がどこかに存在している可能性があるという話には、共に興奮を分かち合ってくれたのだ。

「だったらウェブ検索をしてみましょう！」出てくる結果が待ちきれないとでもいった調子で息を弾ませるマーガレットの熱意にほだされて、かくいう作業でいかなる結果が出るものやら、この目で確かめたくなった。彼女は早速わたしをPCなる装置の前に坐らせた。ここ何年かのあいだに、ここの図書館にもこうした機械が数台、じわじわと侵略を果たしていたようだが、こちらはまったくもって我関せずだったわけで、どうせ地元の旅行会社あたりが金を出して広告を流す機械か何かなのだろうと高《たか》をくくっていたのだ。マーガレットが、サーチエンジンにキーワードを入力せよと言うので、いささかためらいがちに（といっても、年のせいでも、狭心症の発作がぶり返したわけでもない）、指一本を使って「ロジエ」とキーを叩いた。そのあと、彼女は何やら不可解な操作をした。そのひとつが、マウスと呼ばれるものを動かす行為だった。

結果は感慨深いものだったと認めよう。それまでの数週間は偶然の連続、徒労に終わった目録検索、結実と言うよりは前途有望を匂わす手紙、そんなものばかりだった。ところが、このサーチエンジンは（それがどう作動するのかとんとわからないが）、知り得た限りにおいて言うなら、過去に書かれたものなら何でも、ものの数秒で探り当ててしまうのだ。画面を見つめるマーガレットとわたしに向かって、これまでは存在すら怪しかったロジエの影がつきまとう文書は、なんと二万八千二百四十二件あると知らせてきた。あとは、画面上のあちこちをクリックするだけで各文書にアクセスできるという。

その情報量の多さときたら、体からどっと力が抜けるほどだった。世にも稀《まれ》な花が一瞬にして群生に転じたようなありさまだ。こんなにたくさんの項目をどうやって読み進めればいいのか？　とにかく機械に慣れたいので、ほかにもいくつか検索してみてもいいかと尋ねると、マーガレットは好きなだけどうぞと言って、持ち場に戻っていった。

まずは旧知のもので試すことにした。「デイヴィッド・ヒューム」とキーを打つと、一万九千三百八十四件が検出された（奇妙にも、ロジエより数が少ない）。その先頭にある項（つまり、表示されたウェブサイトのいちばん上）を見てみると、驚くべきことに、『人間知性研究』の全文および『イギリス史』の大半が、この不恰好な機械のどこかに収められているというではないか。これを今までは、地元の催し物とか歴史散歩のお知らせを調べるだけの装置と見なしていたとはなんたる不覚。しかしここで、ヒュームとその研究者がわたしの慎《つつま》しやかな書斎に占めているわずかとは言いがたい空間の、そのことごとくをミセスBが目の敵《かたき》にしていることを思い出し、ならば、ニューテクノロジーによって大量の空間と時間を節約できるというミセスBの主張に一理あるのだろうかと気になりだした。近代文明における一大事業、すなわち本の撲滅である。半時ほどしてマーガレットが戻ってきた頃には、わたしはこの珍妙な機械をひとつ購入してやろうという気になっていた。そこで、これは売っているのかね、と尋ねてみた。

マーガレットはあれこれアドバイスしてくれた上で、《ディクソンズ》を薦《すす》めてくれた。そこは本通りにある、ＰＣ（この頃にはすでに、生まれたときからの古馴染みのように馴れ馴れしくこう呼ぶようになっていた）を扱う小売店だ。応対に出てきた店員は、アリという名の痩せでのっぽの青年で、両側に拡声器のついた、色とりどりの魚が泳ぐ映像を流しているテレビの並ぶコーナーに案内した。だが、ここに並ぶ電化製品は、ヒュームの『人間知性研究』とかその他諸々の本を読みたいときにさっと取り出してくれる、そんなコンピューターの複雑怪奇なからくりとは無縁に思われた。そこで、探しているものの機能を伝えたのだが、なぜかアリは戸惑っているふうだった。

彼はこう言ったのだ。「目的は文書作成《ワード・プロセッシング》ですか？」

我々の時代なら〈書く〉と言うところを、最近はこう言うのだろうと察しをつけ、一割方はそれに使うが、大半はもっぱら〈読む〉ほうに使うつもりだと伝えた。古風な言い回しなのは承知の上、なにせニューテクノロジーの分野でそれをどう呼ぶのか、正確な用語を残念ながら知らなかったのだから仕方ない。ここでアリは先輩格の店員に応援を求めた。うら若き女性、ミセス・Ｊ・キャンベルという名札をつけ、その身なりや物腰からアリの上司だとわかる女性が、通訳のような役目をしてくれた。そこで有益かつ興味深い図書館でのひとときの体験をひとわたり話して聞かせると、彼女とアリは、わたしが求めているものがウェブブラウジングらしいとの合意に達した。そう、それを言いたかったんですよ、とわたしは言ってやった。今後はこの手紙も〈読《リーディング》む〉のではなく、羊よろしく〈食《ブラウジング》む〉ということになるのだと、しかと胸に刻みつけておかねばなるまいね。それはともかく、ふたりが薦めてくれたのは、二千五百ポンドを切る値段の品で、検索したい本は何でも呼び出せる機種だと請合ってくれた。そこでわたしは機械を優しく叩きながら、とりあえずヒュームとスティーヴンソンがなかに収まっていて、それと、以前ミセスBが家具磨き液で台無しにしたホッグの何冊かが読めるなら、それで十分だと伝えた。ふたりはわたしの差し出す小切手と感謝の握手を受け取り、互いにいい気分で別れたという次第だ。きみもPCを買うなら、ぜひとも《ディクソンズ》にしたまえよ。サービスが抜群だからね。

配送は翌日ということだった。ミセスBにはそれまで黙っていようと心に決めた。時折こうしたちょっとした驚きを提供してやれば、日頃面倒をかけていることへのせめてもの償《つぐな》いになるだろうと考えてのことだ。ところが玄関のベルが鳴り、応対に出たミセスBは、配達員を追い払いかねぬほどに殺気立った。

「その箱、中身は何だね?」彼女が相手に噛みついた。「まさか本がごっそり入っているんじゃないだろうね、うちにはもう売るほどあるんだから」

ここでようやく、わたしは玄関先にたどり着いたわけだが、配達員は段ボール箱の最初のひとつを床におろすところだった。「それはモニターだよ」

ミセスBをちょっとびっくりさせてやろうというせっかくの目論見も、愉快な気分にさせるどころの騒ぎではなく、彼女はこう突っかかってきた。「助教? 今度は学校の教科書でも集めようってんですか？」

そうかっかしなさんなと彼女をなだめ、計三箱の最後のひとつが運びこまれてドアが閉まったところで、種明かしをした。あんたの貴重な助言のお蔭で、今日からは一ダースもの本を机の上に広げておく必要がなくなったんだよ、とね。

「おやまあ、コンピューターを買うとなったら、片っ端から雑誌を読み漁り、いろんな知り合いにアドバイスしてもらい、格安品を探して十軒は見て回るお人もいるっていうのにね。目についた店にやみくもに飛びこんで薦められるまんま、馬鹿げた値段で買っちまう人もいる。ご自分がどっちの部類かは言わずもがなでしょうって」

とっさに憎まれ口を叩きはしても、彼女が喜んでいるのは見て取れた。

「で、埃まみれのガラクタ本はいつ箱詰めするんかね？　もう使うこともないだろうし」

ミセスBがはしゃいでいるのは明らかだった。それは日を改めて考えようと伝えると、今度はコンピューターを書斎に運び上げるのに手を貸してくれた。

きみとの文通では、話が横道に逸れるのを嫌うなんてことはなかったよね。昨今はかなりの人が目的地に着くことばかりに囚われている、そうは思わんかね。エンディングだけが重要で、そこに至るまでの経緯など煩《わずら》わしい時間稼ぎだと言わんばかりに結末に向かって突き進むだけで、プロセスが肝心だなんてこれっぽっちも感じていないのさ。とんでもない話だよ。我々の場合は、自分たちの目指す真の目的地にあわてて駆けこむまでもないと承知しているからね。

とはいえ、きみの有益な活動を妨げないためにも、多少は細部を端折《はしよ》らねばと感じることもあるわけで、コンピューターと格闘して過ごした一日半についてはまさにそれに該当する。何か国もの言語が併記された取扱説明書を何度も何度も読み返したものの、その英語ときたら、オランダ語だと言われたって納得してしまいそうな代物なのさ。あの時の苛立たしさをここに書きつらねて、きみをうんざりさせようとは思わない。冗談なんかではなく、うっかり読みだしたらオランダ語の箇所だった、しかもそこそこ解読できる、なんてこともあったのだよ。もっとも、同じ部分の英語の説明文「キーボードのコネクターCをシリアル・ポートBに差しこむ、その際コネクターのピンを無理に曲げないよう注意すること」というくだりを、その前に呆れるくらい何度も読み返していたからできたようなもので、学校時代に丸暗記させられた詩ではないが、すらすらと意味が取れてしまったというわけだ。たまたま迷いこんだ外国語の森のなかで新しい言葉に出くわし、しかもその説明図まで思い浮かべられるなんて、事物に対する新発見だね。ともあれ、やっとこさすべての部品をつなぎ合わせて一件落着と思いきや、真の苦悶はまだ始まってもいなかった。

「自分でもわけがわからんものを相手に、朝から晩までくる日もくる日も格闘してる人もおりなさるが、ほら、そこの保証書に書いてあるお客様相談窓口《カスタマー・サポート》ってとこに、さっさと電話をかけなさるのも手じゃないのかね」

これでなぜ話を端折るのが最善なのか、わかってもらえるだろう。スティーヴンソンをめぐる思索はいったいどこに飛び去ってしまったのか？　ロジエはどうなったのか？　わたしの頭のなかは起動《ブート》用ドライヴのことばかり、それとシステム・コンフィギュレーションとかいう、色も形も外延すらもない領域（きっとカントなら、わたしの頑固なコンピューター内部のしかるべき場所に、分析する価値を見出したことだろう）に属していると思われるもののことでいっぱいだった。カスタマー・サポートの電話口に出たデイヴと名乗る男は、当方が購入したやけに軽い箱には『人間知性研究』のテキストが入っていないのではないかと疑問をぶつけても、さほど関心を示してくれず、では、技術担当者をそちらに伺わせましょう、有料ですが納得のいくごく良心的な料金ですから、と言ってきた。こちらとしては断わるわけにもいかない。結局ものの十五分足らずで作業を終え、請求書を置いていったわけだが、この手間賃についてミセスBがどう考えたかはご想像にお任せしよう。

　とりあえずコンピューターがちゃんと動くようになり、これでここ一日半の出来事をどうにか報告できたわけだが、この手紙を書きだす直前に見舞われた悲しむべき事態をいよいよ語るときが来た。いましばらくおつき合い願いたい。

　徐々にコツを呑みこむと、そのうちネットサーファー気分になった。いやはや、新しい用語というのは、わたしのような頭の固い人間でも吸収するのはあっという間なんだね。午後は『贋金づくり』という面白い物語を読んで愉快に過ごし（オンライン検索で『若き人々のために《ウィルギニブス・プエリスク》』を探しているうちに、たまたま見つけたんだ）、ロジエの謎のほうはすっかりお留守になった。それに目もやけに疲れてきた。何時間も画面を見つづけると、白いページや壁が妖《あや》しげなピンク色を帯びてくるということがわかったよ。昨日の夕方、不意にミセスBが訪ねてきた。

食料品を置きに来たということだった。こちらに気づくとちょっと悲鳴を発し、旦那さんの目が尋常でない、眼医者に行けと言った。案じてくれた礼を述べ、彼女が立ち去ったところでコンピューターの前に戻った。

きみはワールド・ワイド・ウェブなるものには馴染みがないだろうから、ついでにちょっと説明しておくと、これは途方もないページ数を蔵しているという意味で、図書館みたいなものだ。そのどの部分だろうと画面に呼び出せるのだが、分類も整理もされず雑然と収納されている。内容物もマーガレットが常日頃親しんでいるものとはだいぶ違っている。多くは画像で構成されていて、大半が半裸、あるいは一糸まとわぬ女性の姿で、きみやわたしにはまずもって興味の湧きそうにないさまざまな行為にふけっている。何を隠そう、ロジエの検索を改めてしなおしている最中に、その手のページに出くわしてしまったんだ。ある項目をクリックしたら、誰かの寝室のライブビデオ・リンクにつながってしまったのだよ。こんなものがどうして紛れこんでいるのか、わたしにはさっぱりわからなかった。《ディクソンズ》で売りつけられた機械に、こちらが求める本だけではなく、他人様《ひとさま》の家の様子までがどっさり内蔵されていると知っていたら、もっと安い機種で結構だと言ってやれただろうに。購入した機械には、高齢者にはまずもって不要なものがどっさり入っているのは間違いない。

それはともかく、今さっき話した、ライブビデオと称するサイトに話を戻そう。とにかくこれは、画面に出現したページ上部に掲げてある表題で、そこにはカバーがめくれた無人のベッドが映し出されていた。これにはおおいに頭が混乱した。なにせビデオといったら、例えば数年前ヴィクトリア通りの果物屋の跡地にできた《ヴィスタ・レンタル》のようなぞっとしない店から若者が借りてくる、あの大きなカセットテープのことだと思っていたし、さらに言うならこの手のカセットには、大衆が自宅の居心地満点の安全地帯で、ハラハラドキドキを楽しむためのくだらない冒険ものが入っているのだと勝手に決めこんでいたのでね。こうなると、ビデオという語も、その他の用語同様、コンピューター用語によって定義しなおされていくのだろう。もっともこの語がラテン語のヴィデーレ（見る）に由来していることを思えば、その見えている対象が爆発炎上する自動車だろうが、カバーのめくれた無人のベッドだろうが、誤用にはならない。そう考えて胸をなでおろした次第だ。

わたしはサイトなるものにすっかり魅せられた。この気持ち、きみにはまず想像がつかんだろうね。ただし、次に起こったことさえなければよかったのだが。件のベッドが画面に映っていたと思ったら、突如これが更新《リフレッシュ》（これも新しく憶えたコンピューター用語）を始めたのだ。このリフレッシュという語はどうもしっくりこない。これはフランス語を起源に持つ語で、新開発の滋養物による健康回復だか精力増強だかに関係がありそうだし、広い意味で気ままな娯楽とのみ結びついていると思うんだ。なにせ、幕がめくれるみたいに画面が目の前でぐるんと転換したと思ったら、全裸の女性の寝姿が映し出されたのだからね。さっきまで無人のベッドだったのが、次の瞬間には若い娘の身じろぎもしない姿が目に飛びこんできた。一糸まとわぬ姿、しかも寝そべったまま本を読んでいた。片手で頭を支え、もう一方の手は開いた本を顔の前に掲《かか》げている。これをライブビデオ・リンクと名づけたことにいたく興味をそそられた。

ライブというのだから、この時わたしが目にしていた場面は、まさにその瞬間に進行中のものなのだと理解した。リンクに関しては、これはラテン語でも、フランス語でも、ドイツ語でもなさそうだ。推測するに、これはノルウェー語とつながりがあるに違いないから、いずれ日を改めてさらに調べを進めてみるつもりだ。

とにかく、この現象には興味をそそられる要素があまりにも多すぎた。そこでベッド上のうら若き女性とは縁を切ることにしたのだが、そう思った矢先にまたもや画面がリフレッシュされてしまった。こうなったら、ライブビデオの事例をさらに掘りさげてやろうと、我が友サーチエンジンの力を借りることにした。かくして、アバディーンのどこぞの通りの、銀行の屋外に取り付けられた防犯カメラが現在進行中の状況を映し出している、じつに魅力的なサイトを発見するに至った。ちっぽけな箱ひとつで（いや、三つだね）、これほどつぶさに世界を見せてくれるものが二千五百ポンド以下で買えるなんて、誰に想像できただろうか。

こうしてわたしはさらなる新しい小路に迷いこんでいた。ザンティック族の検索をするはずが、気がつけば出くわすすべてのライブビデオを（ほとんど夜を徹して）見て回っていた。

ひょっとしてわたし自身がこの手のサイトの餌食《えじき》にされているのではあるまいか？　見ず知らずの人々が、各自のコンピューターを通してわたしの部屋を覗いているのでは？　うちの機械が画像を送信できる仕掛けになっていて、本を鍵のかかるケースにしまいこみ、妖しい光を放つ画面にのぼせている老いぼれ爺さんの姿が、好奇心旺盛な人々のもとに届けられているのでは？　そんなふうに勘ぐってもみたが、いかんせんリンクの仕組みがまずわからない。折をみて《ディクソンズ》の親切な店員を訪ねる必要がありそうだ。あそこの人ならきっと、納得のいく答えを出してくれそうだからね。

その後はアバディーンの夜の風景をしばし眺め（魅惑の三十分間で特筆すべきは、フライドポテトを食す三人組だった）、結局、振り出しに戻ることにした。ロジエを検索したら裸婦の寝室に導かれたということは、両者をつなぐ糸が、まだ未発見ながら、何かしらあるはずだ。かの女性は今度は仰向けに寝そべり、相変わらず本を目の高さに掲げていた。いささか淑女らしさに欠ける寝姿は、分娩中の女性のそれと類似しているように思われた。インターネットに住まう裸婦たちをこれほどたくさん発見できたのは、いい経験だったと言えるかもしれない。画面をスクロールしたりズームしたりする快感に加え、この見知らぬ女性のあらわになった下腹部に密生する陰毛の状態も、万人共通とまでは言わぬまでも、ごく人並みなのだとの確信も得られた。この発見のお蔭で、長年頭を悩ませてきた、美術史家のラスキンがパースで迎えた初夜にまつわる逸話の謎もようやく解決できたしね（裸体画に慣れ親しんでいたラスキンは新妻の陰毛を見てショックを受けた）。

わたしのもっぱらの関心は、当然のこと、お嬢さんの読んでいる本にあった。画像がリフレッシュするのにしばらく待たされ（そのたびに、この語の不適切さを遺憾に思ったものだ）、それからようやく、室内の照明が作る影の移動に伴い、光沢のある本のカバーに記された〈フェランとミナール〉の文字がはっきりと読み取れたものの、こちらにはまるで意味を持たぬタイトルだった。だが、コンピューターとの交流がもたらす典型的な心理状態に陥ったというか、つまり不自然きわまりない気まぐれな情動に衝《つ》き動かされていたのだろう、この本を探してみようかという気になった。かくして、そもそもの目的からまたもや大きく逸脱してしまい（きみもいずれ気づくと思うが、スティーヴンソンをめぐる随想のことは、そうこうするうちに頭からすっかり消えていた）、おまけにやみくもにクリックしたせいだと思うが、目がしょぼついてきたので、読書する女性の画像がこれ以上リフレッシュしそうもないとわかったところで、この本の著者を調べるのは目が回復してからにしようと考え、寝室に引き揚げた。

目を覚ますと朝になっていた。それがつまり、今朝のこと、こうして手紙をしたためるきっかけになった恐ろしい瞬間に、ついに至ったわけだ。目が覚めたのは書斎の物音のせいだった。寝過ごしたのは二十数年ぶり、コンピューターが開陳する新しい世界にかまけて夜更かしが続き、その結果、眼精疲労に陥り、強烈な偏頭痛に襲われていた。この頭痛はやはり骨相学的に何かあるのだろうかとか、まったく使われずにいた大脳の一部、ライブビデオ・リンクを堪能するのにもっぱら機能する部位が刺激されたせいなのかと考えずにいられなかった。

目が覚めたのは、書斎から聞こえてくる安眠を妨げる咆哮《ほうこう》のせいだった。なかば寝ぼけた状態だったから、檻から逃げた獣か何かが吠えているのかと思い、急いでガウンをはおり、現場に駆けつけた。ミセスBだった。彼女はコンピューター画面に見入っていた。そこに映っていたのは、淑女にあるまじき恰好で読書する例の娘の映像だったから、これがミセスBに不快の念を起こさせたのだろうと素早く推理を働かせた。彼女としては、どこの誰やらわからぬこの女性に、できれば両足を組んでもらいたかったろうことは想像に難《かた》くない。

この本のことを調べたかったのだよと釈明するべく、画面上の女性が目の高さに広げている

『フェランとミナール』というタイトルの本を指さしたつもりだったのだが、ふと見ればわたしの指先は一方の乳首に触れていた。ミセスBは無言のまま画面に目をやり、それからわたしを見つめ、また画面に視線を戻すのだが、この往復運動をしているうちにきっと目を疲れさせてしまったのだろう、ついには目をつむってしまった。目を酷使するのはよくないよと、わたしのように頭痛を起こしてほしくない一心から言ってやったのだが、この善良なる女性はただ首を横に振るばかりで、目のほうは顔面に拳骨をふたつ並べたみたいにぎゅっと閉じたまま、何も見たくも聞きたくもない、ましてやわたしの忠告などまっぴらだと言わんばかりの様子だった。眼精疲労の予防云々《うんぬん》は、余計なお世話だったようだ。恐怖にひきつったような顔面のこわばりがどうにか解けると（《ディクソンズ》ではこのような副作用については一言も教えてくれなかった）、彼女は、「二十八年間ずっと、ご自分の密かな楽しみを隠しとおすお人もいるっていうのに、旦那さんときたら……」とやりだしたが、今度ばかりは気の利いた言葉が浮かばなかったようで、それと画面を見つづけて目を酷使したせいだろうか、涙をぼろぼろ流しながら部屋から出ていってしまった。眼精疲労の治し方を伝授してやろうとあとを追ったのだが、こちらが階段に足を掛ける頃にはすでに玄関のドアにたどり着いていて、コートを着ると、挨拶もせずに帰ってしまった。

これが、今朝がた起こったことだ。想像がつくと思うが、その後の数時間は痛恨の極み、おまけに頭のほうも、昨夜刺激しすぎた箇所が今もずきずきと疼《うず》いている。昼食の時間はとっくに過ぎたが、ミセスBの姿はないままだ。絶品スープがこんなにも待ち遠しいとは！　いったいどこに行ったのか、戻ってきて掃除をしてくれる気があるのかないのか――わたしのような老人の世話は週四日では足りないと言っていたくせに！

　こんな惨めな結果を招くことになった原因は、家政婦を喜ばせたい一心で買ったコンピューターであり、もはや存在すら確かめられそうにない幻の『百科全書』というわけだ。これをきみが読む頃には、新たな厄災に見舞われているかもしれない。なにせ平穏な暮らしからいきなり放り出されたようなものなのだからね。ところできみは、掃除機の扱いは得意かね？

第二章

世間によくあるように、ふたりの出会いは偶然だった。ひとりはベンチで本を読んでいた。そこへもうひとりが通りかかり、そこが束の間の休息を取るのにうってつけの場所で、お喋《しゃべ》りを楽しめそうな気もして、先の人物の隣に腰をおろすことにした。それは一七六一年春のこと、パリはぽかぽか陽気、気持ちのいい日和《ひより》だった。

このままふたりの紳士が互いに無視を決めこめば失礼というもの、そこで形ばかりの会釈を交わしたわけだが、その後、これで司法試験の挑戦は十五回目といった風情の短身肥満男はそのままページをめくりつづけ、対照的に長身瘦軀《ちょうしんそうく》の隣人は、少し離れた建物の軒先に群れる鳥をしばらく眺めていたが、知らん顔されているのに痺れを切らしたのか、ついに言葉をかけた。

「火から生まれる鳥がいるんですってね」

相手は小ぶりの本から目を上げぬまま、こう言った。「ひょっとして、伝説の鳥、フェニックスのことでしょうか？」

「ああ、それだ」

再びふたりは黙りこくった。沈黙があとちょっと長引いていたら、友情は成立せぬまま終わったのだろうが、のっぽのほうがさらに続けた。「いや、サラマンダーじゃなかったかな？」

こう訊かれて、読書中の男はちょっと苛立《いらだ》ちのこもった口調になった。「サラマンダーというのは両生類ですよ。もっともその生殖については、フェニックス同様、謎に包まれていますがね」

「なるほど、そうでした」読む本もなく、会話に飢えているのっぽのほうは、すぐさま自分の非を認め、言い足した。「しかし、火そのものが生物の一種だとする学説がどこかにあったはずですよ」

ここで読書男が本を下におろして相手に目をやると、手が差し出され、「フェランと申します、以後お見知りおきを」と言ってきたので、小柄なほうも手を差し出し、「ミナールです、よろしく」と返した。

外見を除けば、あらゆる点でふたりは似た者同士だった。ミナールはこれまで何度も司法試験に失敗し、それ以外のことでもうだつが上がらなかった。一方フェランは、聖職者志望だったが、根も葉もないとはいえ、この職につくには致命的な醜聞によって、その夢を打ち砕かれ、神学校の事務職におさまった。ミナールのほうは科学アカデミーの事務局で、やはり下っ端事務員に甘んじることになった。どちらも文章を書き写す仕事をしていたのだが、そればかりかどちらも今は失業中の身であり、不安定なアルバイト収入で糊口をしのぎながら職を探しているところだった。これぞまさに合縁奇縁《あいえんきえん》、たちまち意気投合したふたりは、これまで互いを知らずに過ごしてきたのは一生の不覚とまで言ってはばからなかった。

話してみると、哲学上の問題、鴨のロースト、チェスを好む点も共通していて、価値観もほぼ同じだと判明した。どちらも（四十を越しているのに）いまだ伴侶に恵まれないせいもあり、気の向くままに落ち合っては、お気に入りのカフェで思う存分チェスに興じる回数も増え、これがふたりの生活の大部分を占めるようになるのもあっという間だった。そのうち《マグリ》という店がふたりの行きつけとなった。フェランが《レジャンス》に不快を表明したためだ。チェス名人フィリドールの公開試合を呼び物にしていた《レジャンス》は、品行芳《かんば》しからぬ輩《やから》が詰めかけるので、フェランが嫌がったのだ。

「いやはや、そう来ましたか」ミナールは不利な状況にあるナイトをどう進めようか迷っていた。

ふたりのチェスは、友情を決定づけた公園での出会いにどこか似ていた。ひたすら盤面に神経を集中させ、じっくり時間をかけて駒を動かすミナールとは対照的に、フェランは教会の塔のごとくすっくと背筋を伸ばして椅子に腰かけ、思いつくまま気まぐれに駒を進め、ふと頭をよぎった感想を口に出してはゲームを中断させた。ミナールが悔しまぎれに言うところによると、これは戦況に応じて匙加減《さじかげん》をするフェランの癖なのだという。フェランの勝率はきっちり五割、しかもつまらぬミスで負ける。だからミナールとしては、フェランがこうするのを友情の証《あかし》と履《は》き違え、わざと自分を勝たせているのではないかと勘ぐった。

出会いから三、四週間のあいだは、ベンチで打ち明け合った暮らしぶり以上のことは互いに知らぬままだった。あまりにも似すぎているため、さらに何か知ろうとすれば己の内面を探るようなもの、その危険性にどちらも気づいていたのである。

「ねえ、ミナール君」ある時、のっぽのほうが口を開いた。ちょうど相手は、危機一髪のクイーンを升目から救い出したところだった。

「え、何?」

この時フェランは、さもミナールの駒の動きに意表を突かれたと言わんばかりに、目の前の布陣に目を凝らしながら、「参ったな」と呻《うめ》いた。

ミナールはいつものように「参ってるのはこっちだよ。ルークが取られそうなんだから」と、むくれてみせた。

「チェスの話じゃないんだ、一身上のことでね。下宿を追い出されちまったんだ。家主のかみさんときたら、家賃の延滞金も払うからと言っても聞く耳持たなくてね。よそを探さなくちゃならないんだ。実は、今夜から宿無しでね」そう言ってフェランはミナールのルークを盤からどかし、そこへ自分のビショップを置いた。

ミナールは言った。「だったら歓迎するよ。きみは大事な友達だもの、むさくるしいところだけど、ぼくの下宿に来ればいい」

こうしてふたりは一緒に暮らしはじめた。ミナールの部屋は、本人が言う以上に粗末だった。部屋の真ん中に差し渡した一枚のカーテンが互いのプライバシー確保の手段だった。互いを思う気持ちが強かったから、一緒に過ごすのもごく自然に思われ、蠟燭《ろうそく》の明かりを頼りに夜半過ぎまでチェスに興じることもしばしばで、フェランが蠟燭を吹き消してようやく、それぞれのベッドにもぐりこむのだった。

これでふたりの職がすんなり決まれば言うことなしだったのだが、そうはならず、痩せでのっぽのフェランとちびででぶのミナールは、チェスに慰めを見出した。《マグリ》通いの足は次第に遠のき、もっぱら共同の住まいでの手合わせが多くなった。対戦中は趣味の哲学談義で空腹を紛らすのだが、口には出さぬがふたりとも、鴨のローストを頭に思い浮かべていたはずだ。

「やっぱりそういうことなんだ」そんなある日、フェランが口を開いた。「円周を直径で割ると、円の大きさにかかわらず、きまって同じ値になるんだよね」

ミナールは意気揚々と奪い取った相手のポーンを摑むと、フェランの言葉を受けてこう言った。「当たり前じゃないか。それは円周率《パイ》というんだ」ミナールは、こちらの形勢逆転に気づいてくれないフェランにむっとしながら先を続けた。「その値をムッシュー・ビュフォンは別のやり方で求める方法を見つけたんだぜ。それに関する報告書を書き写したことがあるんだ。紙に何本も直線を引いて、同じ長さの針をたくさん落としていくと、針と平行線と交わる確率がπ《パイ》に等しい値になる。たしかそんな感じだったな」

「すごいじゃないか」フェランはそう言うのと同時に椅子から腰を浮かした。「早速試してみよう」

勝負のほうはここまでということになり、ミナールはがっかりした。筆記具はどっさりあったが、針はミナールが二階下に住むお針子から借りてくることになった。貸し渋るお針子に、ミナールは取れかかった上着のボタンを引きちぎり、担保代わりに置いてきた。こうしてふたりの男は、かつて報告書を書き写しながらミナールがもっと詳しく検討したいと思っていた実験に取りかかった。

平行線の間隔をどれくらいにすればいいのか、ミナールの記憶は曖昧《あいまい》だった。これだと狭すぎるのか、それとも広すぎるのか？　それに針の長さも不揃いだったが、結果にさほど影響はないだろうとフェランは気に留めなかった。お針子がこれで十分用を足しているのであれば、この実験でも用は足りるはずというのだ。ふたりは五分間針を落としつづけ、その後一時間ばかりかけて針の落ち具合を調べて計算してみると、πの値は二十四くらいになってしまった。

ミナールはかぶりを振った。「書き写しているときに、もっとちゃんと読んでおくんだったな」

フェランは針を拾い集めると、ゲームを再開すべくチェス盤を取り出した。「いいじゃないか、科学における世紀の大発見のなかには、きみが知らずに終わるものだってあるさ。知ったところで何が身につくわけでもない。ぼくなんか、立派な説教集や高尚な論文を一字一句正確に書き写してきたが、それで立派な人間になれたかといえば疑問だね。そんな教訓がどこかにありそうだな」

仮にあったとしても、このふたりの友には無縁のもの、ふたりはひたすらゲームを続けた。

数日後、フェランが息せき切って外から戻ってきた。

「今夜はとびきりのレストランで食事をするぞ！」そう高らかに宣言すると、抱えていた大きなカバンを差し出した。なかには原稿がぎっしり詰まっていた。「ほら、たっぷり一か月分はある。おまけに報酬だってすごいんだ！」

それからフェランは一部始終を語った。ひとりで散歩に出たフェランは、ふと気まぐれを起こし、秘書か助手を探している人物と知り合えるかもしれないとの思いから《レジャンス》を覗いてみたが、食事中の立派な紳士もいなければ、チェスに興じる人もいなかった。ところが、一日でもっとも静かな時間帯にもかかわらず、気がついたときには、こうして持ち帰った原稿の筆写をそっくり任せてくれた人物とお喋りをしていたというわけだ。

「隅のテーブルにぽつんと坐っていると、その人が店に入ってきたんだ」フェランは言った。

「通りすがりにぼくに気づくと立ち止まり、こう言ったのさ。『お見受けしたところ、文章のたしなみがおありのようですな』ぼくはうなずき、職業を伝えると、相手はあはっと嬉しそうな声をあげてこう言った。『浄書屋さんでしたか。それは好都合だ。あなたのような方を探していたんですよ』彼は隣に腰かけ、肩にかけていたカバンをテーブルの上に置いたんだ。

『実はある大論文を入手しましてね、これが世に出たら絶賛間違いなし』

『それは結構ですね』

『これを出版できるよう体裁を整えてくださったら、お礼は弾《はず》みますよ』

「やった、とぼくは思った。『で、どんな論文ですか？』

「彼はカバンの蓋を開け、さまざまな筆跡の原稿を引き出した。どうやら確率に関する研究論文らしく、とっさにきみのことが頭に浮かんだよ。それはともかく、内容はどうあれ、ずいぶんと気前のいい申し出だし、すっかり引き受ける気になっていた。『手間賃は？』ぼくは訊いた。

『わたしの取り分の一割でどうですか？』

「そんな歩合で頼まれたことなんて初めてだったけど、とにかくかなりの額になるのは間違いない。それですぐさま商談成立、握手を交わしたというわけさ。『全部預からせてください』ぼくは言った。『四週間で仕上げてみせます』とね」

「その人は、きみに試し書きもさせなかったのか？」ミナールは訝《いぶか》しむように話を遮《さえぎ》った。

「こっちがまっとうな人間だってわかったんだよ。ここの住所も書いて渡したし」

「なんでそんなことするんだよ」ミナールは食ってかかった。彼にすれば、この屋根裏部屋が今ではふたりの住まいだとわかってはいたものの、そもそもの住人はこの自分であり、フェランひとりの住まいではないとの思いがあった。

フェランは気にも留めなかった。「その人が言うには、今はこっちから連絡が取れるような自宅住まいじゃないから住所は教えられないって。それと、今後仕事の話をする場合、人目のあるカフェで会うのもまずいんだってさ」

「別にこそこそするようなことじゃないのに、なんでかな？」ミナールは疑問を口にした。

「なんでも、論文の性格上、どうしても極秘にする必要があるんだと。この仕事のことは他言《たごん》無用《むよう》だと言うものだから、きみに手伝ってもらうつもりだということも、言いそびれちゃったんだ。その人が言うには、万が一これが他人の手に渡りでもしたら、その時は……」ここでフェランは、この仕事がはらむ危険にふと気づいたのか、うっと言葉をつまらせた。

ミナールはカバンを睨みつけながら、ゆっくりと口を開いた。「何かの陰謀じゃないのか？」

「まさか」フェランがカバンを開けると、ミナールは原稿の束をパラパラとめくった。「で、その謎の恩人はその後どこへ行った？　名前は？」

「知らないんだ」フェランは不安げな様子で、ミナールと一緒に文字を追った。「もう一度握手を交わし、カバンを受け取り、それで終わりだよ。一か月先まではね」

「でも向こうはこっちの住所を知っているんだろ。もしもそいつが反体制活動家か何かで、警察の取調べを受けることにでもなったら……」ここでミナールは、何かの機械に関するものと思われる小論文に気づいたが、よくよく見れば、それは詩に関するものだった。フェランが手に取ったのは日時計の新理論を概略した論文だった。

ふたりはほっと胸をなでおろした。目の前の原稿はどれも摑みどころのない難解な研究論文の類《たぐい》であり、したがって人に害を及ぼすようなものではなさそうだった。フェランの謎の友人が妙に秘密めかすのは三流文士にありがちな被害妄想の表われであり、ここに書かれたアイデアが盗むに値するものと信じこんでいるにすぎない、そう結論を下した。

「こいつを片付けるには一か月じゃ足りないな」と言いながらミナールは、黒々と密生する強《こわ》い髪を両手で掻きむしった。「一年以上はかかるぜ」

「必要なら納期を延ばすこともできるよ」

「だったら仕事は明日からだ。今夜はレストランに行くんだろ。いくらくれたんだ？」

「誰が？」

「これの依頼人に決まってるじゃないか」

「何も受け取ってないよ。一か月後にここに来るとだけ取り決めをして、それだけさ」

ミナールはぐらつくテーブルにうずたかく積まれた原稿の山に再び目をやった。「きみって奴は、まるまる四週間、ひたすらこいつを書き写して過ごすつもりなのか?」彼は喚《わめ》いた。「その名無しの幽霊は回収にやってても来なけりゃ、支払う気なんかないのかもしれないんだぞ!」

「きみは妬《や》いているんだ、ぼくがどっさり仕事を取ってきたものだから」

ミナールの反撃は素早く辛辣《しんらつ》だった。「そう思いたいならそれでも結構、だったらぼくの下宿なんかにいないで、さっさとお友達の幽霊君のところに行って寝場所を作ってもらうんだね!」ミナールは部屋を飛び出した。

言い争いはこれが初めてだった。だがミナールが力まかせにドアを閉める際も、フェランはあとを追って詫びようとはしなかった。ミナールは戸口の外でいったん立ち止まり、ノブが今にも回るのではと期待した。そうとなれば、フェランが追いつくより早く下に駆けおりてやれるのだが、室内からは物音ひとつ聞こえない。くぐもったすすり泣きの声が聞こえたような気がして、ドアに耳を押しつけ、しばらくそのままでいたが、嗚咽《おえつ》だと思ったのは何のことはない、テーブルに積み上げた原稿の山をがさごそと片付け、椅子を引きずる音だった。フェランは誰の助けも借りず、早くも仕事にとりかかろうとしていたのだ。いいだろう、勝手にやればいいさ! ミナールは階下に向かった。握りしめた手すりはぐらつき、踏みしめる階段は埃まみれだった。

言い争う声に驚いたほかの部屋の住人たちが、あちこちのドアから顔を覗かせていた。無言でミナールを追う好奇の眼差しは、すぐさま敵意と苛立ちに変わった。二階分下におりたところで、例のお針子に出くわした。ほかの部屋のドアが閉まるのを待って足を止めると、ミナールは針の礼を述べ、仕事の邪魔をしたことを詫びた。

「あら、ちっとも」彼女はさらりと言った。「でも待ち針は返してね」

フェランに待ち針を返しておくよう言っておいたのに、あの役立たずめ。ミナールは事の次第を伝え、恐縮しきってさらに詫びた。

彼女は笑みを浮かべ、「だったらついでの時でいいから、あなたが持ってきて。こっちもボタンを預かっていることだし。よければ付けてあげるわ」彼女の視線が、ボタンを引きちぎった箇所に今もぶら下がる糸に注がれた。彼女は脇に寄って、彼を部屋に招じ入れた。

通された部屋の先に、あと二部屋あるようだった。今いる部屋の家具の雰囲気からしてこの娘の住まいにはとても思えなかったが、自分のところに比べればずっと居心地がいいし家庭的だった。ミナールは上着を脱ぐと、ふたつある腰かけの一方に腰をおろした。「きみ、いくつ？」

「十九よ」彼女はてきぱきとボタン付けに取りかかった。

「どこの生まれ？」ここで独り暮らしをしているなら、結婚費用を稼ぎに地方から出てきたのだろうと当たりをつけたのだ。

「家族はここから北に行ったところに住んでいるわ。モンモランシーの森の近くよ」そう言って、歯で糸を切る。名前はジャクリーヌ、彼女の手が動きだした。銀色の針を黒い上着にもぐりこませ、布地からやっとこさ引き抜くと、糸をぴんと張る、そんな動作が何度か繰り返された。そうしながら彼女は両親のこと、住まいのコテージのこと、ふたりの兄とひとりの妹のことを語り、さらには子供の頃、父親に作ってもらった人形を抱いて遊んだ思い出や、大好きな小さな丘の話を聞かせてくれた。

「あのお人形、どうなったかしら」彼女は言った。「大事にしてたのよ」この時ミナールは、彼女の目に涙が光るのに気づいた。彼女は縫い物の手をまた動かした。

じきにボタン付けは終わり、ジャクリーヌは立ち上がると、上着をさっと一振りした。巧みな手際で修繕された上着が、見栄えのいい新品に生まれかわったように見えた。ミナールは前に進み出て、上着に手を伸ばした。ほんの一瞬、彼女が手放すのが遅れたため、ふたりが同時に上着を握りしめる恰好になった。彼女はあわてて手を引っこめた。

「きれいな手だね」ミナールがそう言うと、ジャクリーヌは頬を赤らめ、戸口のほうへ向かった。ドアはミナールが入ってきたときのまま開いていた。これ以上の長居ははばかられた。

「これで借りがふたつになったね」彼は言った。「待ち針を返すのはもちろんだけど、ボタンを付けてくれたお礼もしないと」彼はそっと彼女の手を取った。温もりと柔らかな感触が一瞬のうちに伝わってきた。暇《いとま》を告げ、階段をおりかけたところでふり返ると、閉まるドアの隙間から彼女の顔が消えた。

フェランに対する怒りも今なら笑って済ませられそうだった。浮かれ気分も手伝って、友の愚かさを逆に面白がることもできたし、それを許せるとも思った。表の通りを歩きだす頃には、フェランの引き受けた仕事はこの数週間ふたりが探し求めてきたものにいちばん近いのであり、それを断われるほどの余裕もないとわかってきた。フェランが仕事を引き受けたのはもっともなわけだし、すべては依頼主の胸三寸で決まるのだとすれば、それをこちらがどうこうできるものではないのだと。

すれ違う花売りたち、通りにあるレース職人の店や皮革細工の作業場など、そのどれを見てもジャクリーヌのことが頭に浮かび、彼女にちょっとした贈り物がしたくなった。それにはーか月後の支払いを待たねばならぬ。だが、いずれアパルトマンを訪ねてくる謎の依頼人は、そこで目にする光景に唖然とするだろう。そのみすぼらしい暮らしぶりを目にして、一スーたりとも払わずに立ち去ることに何ら痛痒《つうよう》を感じないかもしれない。だがミナールは法律をかじっていた。少なくとも五回は勉強しているのだ。

そぞろ歩くうちに、思いがけず遠くまで来ていた。夢遊病者よろしく、半時ほどして気づいてみれば、町はずれの市場の前に出ていた。果物を並べた屋台のあいだを縫うように歩いてみたが、どれも手の出ないものばかり、そこで隣接する原っぱにぶらぶらと向かった。鳥がさえずり、蝶やトカゲがいた。ミナールはモンモランシーの森を頭に思い描いてみた。行ったこともない場所である。できればそこに行って、学術論文を通してしか知らない自然界(科学アカデミーではひたすら機械的に書き写すばかりでじっくり読みもしなかった)を、実地に探索してみたいものだと思った。

ミナールは摘みとった野草の花束を手に家路についた。部屋を飛び出してから数時間が経っていた。階段をのぼり、ジャクリーヌの部屋のドアをノックしたが返事はなかった。そこでまた階段をのぼって我が家にたどり着いてみれば、フェランは筆写の真っ最中だった。

フェランは原稿から目を上げ、ミナールの手に握られている花束に気づいたが、それには一言も触れず、ただこう言っただけだった。「気にしないでくれ。これは全部ひとりで仕上げるよ。金をもらったら、きみに払うべきものは払うから」

「ねえ、きみ」ミナールは花を差し出しながら言った。「やっぱり一緒にやろう。万が一金がもらえないとしても、ちょっとした気晴らしにもなるし勉強にもなる。共に働くってのはチェスみたいなもの、金をかけずに喜びを分かち合えるじゃないか。ほら、この花だってそうだよ、すぐそこに咲いているのに、つい値段がついている花のほうに目が行っちまうんだ」

この気の利いたスピーチは心のこもった抱擁で締めくくられ、終生変わらぬ友情も時には諍《いさか》いによって試されるものだということで意見の一致を見た。ミナールが上着を脱ぎ、隣に腰をおろすまでの時間を使って、フェランは預かった原稿の分厚い束をさらに念入りに吟味《ぎんみ》することにした。

フェランが取り組んでいたのは、マグナス・ファーガソンなるスコットランド人哲学者の論文のフランス語訳だった。「読んだ感じでは、ジャコバン派支持者のようだ」とフェランは説明した。

「ということは、政治的には問題ないね」ミナールはほっとした口調でそう述べた。さほど乗り気とは言えず、さりとて突っぱねることもできぬこの仕事に、相変わらず一抹の不安を拭いきれずにいたのだ。ミナールは「天地学」と題する小論にざっと目を走らせた。惑星間旅行についいて書いてあるようだが、まったくちんぷんかんぷんだった。

「こういうのばかり一か月もかけて書き写すのだったらさ」ミナールは頭を掻き掻き言った。

「書き写す内容をきちんとノートにつけていったら、ぼくらも博学になるだろうね」それから腕まくりをすると、友の手伝いに取りかかった。

一時間半もすると、ふたりはすっかりくたびれ、お腹もぺこぺこになった。

「ああ」と、ミナールが口を開いた。「肉汁たっぷりの分厚い鴨のローストが食べられたら、激戦地の前線に素っ裸で飛びこむんでも、指先全部に火のついたマッチを貼り付けて、これまで犯した罪深い言動をみんなの前で告白するんでも、やれと言われたらやっちまうけどな」

「ぼくならそれ以上の拷問にだって耐えてみせる」フェランはそう言ったものの、自分より背は低いがころころ太った相棒ほど、食料の欠乏がさほど身にこたえているふうはなかった。

「とはいえ、そんな贅沢、今のぼくらには無理な話さ。もう時間も遅いことだし、今からサン=ジャン市場に行けば売れ残りをたっぷり分けてもらえる、それであと一日は食いつなげるよ」

「そうだね、ぼくが行ってくるよ。だがもう少し待ったほうがいいような気がする、同じくらい困っている人がほかにもいるだろうし。何か読むものを持っていくかな、そうすれば物乞いと間違われずにすむ」ミナールはテーブルの上から、まだ書き写していない原稿を一摑み取り上げた。

「まさかそいつを人手に渡すつもりじゃないだろうね？」

「渡すわけないだろ。ぼくは決めたんだ、書き写す内容を全部メモしておこうってね。それに、先に読んでおけば時間の節約になる」

フェランは賛成しかねるといった眼差しで友の手に握られた原稿の束を見つめた。「くれぐれも気をつけてくれよ。持ち主が大事にしているものなんだからね」

「へへん！」ミナールはせせら笑い、「もの書きが自分の書いたものをそこまでありがたがるとはな。そんなご大層なものかね、まるでその辺の下働きの小娘が処女性にこだわるみたいだぜ」と、不必要にして下卑た感想を述べ、彼は出かけていった。

読者のなかの若干名は（それと間違いなくほとんどのもの書きは）彼のコメントに異を唱えるだろうが、その前に述べた予想は当たっていた。というのも、ボードワイエ広場にある市場では実際かなりの時間待つことになり、ようやく手に入れたものといえば、傷《いた》んだ果物、腐りかけの野菜、それと出自不明の肉の切れ端だった。まったく何がレストランに連れていくだ！待つあいだ、宇宙の非存在を証明する論文を読んでみたが、餓死しそうな状態では何の慰めにもならなかった。それでもこうして収穫を手に家路をたどりはじめると、ふとあの乙女の柔らかい唇を喜ばせてやりたくなり、形のいい林檎《りんご》をひとつだけ選り分けた。

部屋に戻る途中、ミナールは、再びジャクリーヌの部屋をノックした。今回は返事があった。「お礼をしに来たんだ」彼の声にドアがまず細めに開き、それから来訪者が誰だかわかったところで大きく開かれた。彼は林檎を取り出した。「これだけじゃ十分とは言えないけど」

おずおずと林檎を受け取り、お礼の言葉を述べた娘は、戸口に立ったまま嬉しそうな顔で林檎に目をやった。

「待ち針がまだだったね。うっかりしちゃって」

「いつもそんなふうに忘れっぽいの？」ジャクリーヌは聖務日課書でも読んでいるかのように、林檎の痛みや形状をじっと見つめながら言った。

「その反対だよ。少なくともそれなりに、記憶力はかなりいいほうだよ」ここで声を落とし、「一度見たら決して忘れないものだってある」

「だったらすごく珍しい人ね。たいていの人は忘れっぽいもの」

ミナールは言った。「待ち針はすぐにも返してほしいよね、これから取ってくるよ」

ジャクリーヌはきゅっと口をすぼめた。大事な話の最中に、たかが待ち針のことを持ち出すなんて、と言わんばかりに首を振る。「別に急いでないわ。よかったらなかに入って。ちょうどハーブティーを淹れるところだったの」

今回は彼をなかに入れると、ドアを閉めた。ミナールが席に着くと、ジャクリーヌはストーブで湯を沸かす支度にかかった。食料の入った紙袋と論文の束をテーブルに置くと、ミナールは相手の腰の動きを目で追った。生まれて初めて恋に落ちていた。

ハーブティーを淹れるのはなかなか手間がかかるらしく、彼女はお喋りどころではなかった。そこでミナールも黙ったままでいた。まるで宗教儀式の段どりのようだった。ようやく用意が調《ととの》い、熱々のグラスを彼女から受け取ると、ふたりして飲んだ。

「これでまた借りができた。林檎ひとつじゃ足りないね」そう言ってミナールは中身が見えるように紙袋を大きく広げた。

「何もいらないわ」

「そう言わないで。好きなだけお取りよ」

かくしてふたりは食卓を囲むことになった。ジャクリーヌが肉を炒めた。肉汁がぐつぐつと泡立ち、その匂いはきっと、気の毒にも今夜は食べ物にありつけずに終わるだろう階上のフェランの鼻先をくすぐったに違いない。彼女はニンジンを茹《ゆ》で、そのほかの材料を使って、ミナールがレストランでも味わえぬようなご馳走をこしらえた。今夜は贅沢しようと言ったフェランの約束は、こんな形で成就することになった。痩せっぽちの友とて、いくばくかの栄養は摂らねばならぬだろうことに気づいたミナールは、とりあえず、梨数個とパン一片を確保した。

「こんなにおいしい料理が作れるんだもの」口を拭いながらミナールは言った。「きっといい奥さんになれるね。ご亭主になる人は果報者だよ」

しばし空腹に凌駕《りようが》されていた慎みが戻ったのか、彼女の頰の赤みがなおいっそう強まった。

「お友達のところにそろそろ戻らないと。待ち針は明日でいいわ」

「なら、そうさせてもらうよ。ぼくの心づくしの品も一緒にね」一気に喋りながら戸口まで見送られると、ジャクリーヌからコートと残った食料を受け取った。ドアが閉まり、娘の顔が見えなくなるや、急に魔法は解け、つくづく自分の不甲斐なさを思い知らされるのだった。

階段をのぼるミナールの心は重かった、さてどう話したものか。部屋に入ると、まるで時間が止まっていたかのように、そして食事など食べている暇はないとばかりに今も作業中のフェランの姿があった。ミナールはすぐさま芝居に取りかかった。

「フェラン君、強盗に遭っちまったよ」

フェランは椅子から腰を浮かした。「で、どうした？」

「相手はふたり組だったんだ。ひとりだけならなんとかできたんだが、ふたり組で、しかもナイフまで――いや、それはどうでもいい。とにかく敵はなかなか切れ者でさ。プラトリエール小路までつけてきて、こっちが脇道に入ったところでいきなり襲いかかってきたんだ。でも大丈夫、怪我はしてないから。ポケットに入れておいた分はなんとか難を逃れたよ――ほら」そう言って梨とパンを取り出した。「全部きみが食べてくれ。ほんとにすまない……」

「気にするなって。ところで原稿は？」

原稿？　ミナールはすっかり忘れていた。「ああ、そうだった。あれもなくしちまった。すまん」

「なくした？　強盗に持っていかれたのか？」

ここでミナールは、原稿をジャクリーヌの部屋のテーブルに置いたことを思い出した。本当に大事なものだと言うなら、明日取りに行けばいい。「まあ落ち着けって、間違いなく取り戻せるからさ」

「どうしてそんなことが言えるんだ？　強盗が名刺を置いていったとでも言うのか？」

「違うよ、そうじゃなくて、宇宙の非存在に関する論文なんて連中には無用の長物だよ。契約書とか約束手形じゃないってわかったら、すぐに道端に捨てちまうさ。明日襲われた場所に出かけていけば、道に落ちてるって――だろ?」

フェランは頭を振り振り、「そんなにうまくいくわけないだろ、まったく」そう言っているあいだにも彼はますます不安をつのらせた。「強盗の狙いは何だったんだろう?」

「金に決まってるじゃないか」

「きみが文無しだとわかってて何を取るって言うんだ? わずかばかりの腐りかけた食い物か? どうして喉を掻き切らない? なぜ殴る蹴るの乱暴を働かない? 残飯目当てにわざわざ襲うのか?」

ミナールは、自分の演技が真に迫る見事なものでありながら、いささか説得力に欠けるらしいとわかると、ゆっくり首を振りながら、「わからないよ。たぶん予行演習でもしてたのかな」

「予行演習だと?」フェランは友の肩を揺さぶった。「奴らの狙いはあの原稿だったんだよ! でなければどうして腕っこきの悪党がわざわざ、見映えのいい紳士でなく、しょぼくれた男を狙うんだ?」

ミナールは相手の手を振り払った。「頼むから、そうかっかするなよ」ミナールは、フェランのシナリオをうっかり信じかけ、不安になった。「原稿は明日にでも探し出すよ」

「見つかりっこないさ」

「どっちにしろたいした問題じゃない。これだけの量だもの、少しばかりなくなったって大丈夫だって。依頼主は、枚数を確認すると思うか？　絶対気づきゃしないって」

フェランは部屋のなかを歩き回った。ミナールは、デザートに梨を食べようかどうしようか迷っていた。「奪った奴は誰なんだ、それがどうしても知りたい」フェランは自問自答していた。「それに、なぜなんだ？　持ち主が自分の住所を知らせたがらないほど危険な原稿を、どれだけの人間が狙っているんだろう？」ますますパニックに陥るフェランを、ミナールは必死になだめた。

「だったら今すぐ行って探してきてもいいけどさ」しかし外はすでに暗く、わずかな原稿のために、こんな遅い時間にジャクリーヌを煩わせるのは気が引けた。「やっぱり朝になってからのほうが探しやすいし」そう言ってミナールは、切羽詰《せっぱつ》まった様子で歯噛みする友を説き伏せた。

結局ミナールは相手をなだめすかし、パンと梨を食べさせると（幸いミナールは、お相伴《しょうばん》と称して残りの梨をせしめた）、それぞれ床に就いた。「ゆっくり休んでくれ」ミナールは声をかけた。だが、月明かりの射しこむ部屋に吊るされたカーテンの向こうでフェランが寝返りを打つ音に、何度も眠りを妨げられた。

翌朝ミナールは早めに目を覚ましたが、フェランはすでに起きていた。「すぐに行かないと」ミナールがごそごそ身動きするやいなや、カーテン越しにフェランが言った。「本当に道端に落ちているなら、一刻の猶予もないぞ」

ミナールは欠伸《あくび》をしながら、顎をなで回した。ジャクリーヌを起こすにはまだ早すぎた。せめて、昼過ぎでなければ。それまではフェランが心配のあまりおかしくならないよう気を配るだけだ。「わかったよ」ミナールはベッドから這い出し、身支度に取りかかった。「必要とあらばパリの隅々まで探そうじゃないか、でも誓って言うけど、あのいまいましい原稿は日没前に必ず見つかるよ」

こうしてふたりは外に繰り出した。胃のなかは前夜食べ残したわずかなパンと、途中で買った牛乳だけといった状態で、ボードワイエ広場までずんずん進んでいく。広場を一巡し、なかを突っ切り、それから横に伸びる脇道をひとつひとつ隈《くま》なく歩いた。ミナールは相変わらず欠伸ばかりして、ただただ時間の経つのを待っていたわけで、片やフェランは行く先々に散らばるぼろきれや紙くずを靴の先でひっくり返した。ぞっとするほど汚れた一枚の黄色い紙片を見かけたときなど、フェランは数分かけてこれを調べ――そのあいだミナールは、どこか気まずそうに右に左に目を走らせていた――結局それは、獣医の書いた馬の治療費の請求書と判明した。

ふたりは午前中いっぱい歩き回った。当初の捜索対象は市場周辺に限られていたのだが、これが次第に曖昧になり、可能性のありそうな範囲はさらに広げられ、結局はなんら成果も上がらぬまま、付辺の通りをひとつひとつ虱潰《しらみつぶ》しに見ていく羽目になった。ここに至り、そろそろジャクリーヌを訪ねても失礼にあたらぬ時間になったと判断したミナールは、二手に別れて探すのが得策ではないかと持ちかけた。「一緒に探すのは時間の無駄だよ。別行動を取ったほうが半分の時間で済むじゃないか」

「でも、こっちはきみの通った道を知らないんだぜ」フェランは抗議した。

そこでふたりは、ボードワイエ広場を中心にして、子午線よろしく、パリ市内を東西に二分してはどうかと考えた。しかし地図を持ち合わせていないから、それは無理だということになった。

「そうだ」ミナールは言った。「通りの名前の頭文字で、アルファベットの前半はぼく、後半をきみってことにしたらどうかな」

まったくの気まぐれから出た提案が、かえって公平かつ実際的に思えたのか、「よし、それで行こう」とフェランは言った。それからちょっと間を置いて、「でもさ、後半のほうが多そうだな。聖《サン》なんとかって名前だと、全部Sで始まるわけだろ」

「じゃあこうしよう。きみは前半のMまでだ」

「きみに負担をかけるのは気が引けるな」

ミナールは当然のこと、そのまままっすぐ下宿に引き返すつもりでいた。フェランの骨折り損のくたびれもうけを最小限に食い止めたいがためでもあったが、これで一、二時間ほど友を遠ざけて、ジャクリーヌとの逢瀬《おうせ》を楽しめるというわけだ。「いや、大丈夫だよ。Nからあとは全部ぼくの担当だ」

フェランはかぶりを振った。「友達なんだし、もっと公平に分けたほうがいいと思うけどな、ちゃんと全部回りきれるかどうかは別にしてもさ。Jで切るとか、あるいはせめてGで区切るとか？」

ミナールは、疲れていたし、いらついてもいた。ジャクリーヌに早く会いたかった。そこで、

「わかったよ、じゃあアルファベットはやめだ。きみはサンの付く通りだけ、あとは全部ぼくがやる」

「そんなの駄目だよ」

「いいから、それで決まり」

「駄目だよ。だったらきみがサンの付く通り、残りはぼくってことにしよう」

「了解」ミナールはそう言って、その場を立ち去りかけた。

しかしフェランは煮え切らなかった。顎をなで回し、最後にした提案にぐずぐずと思い悩んだ挙句、また口を開いた。「ミナール、やっぱり嫌だな」

「何がだよ」

「だってサンの付く通りはあちこちに散らばってるだろ、移動だけでも……」

「いい加減にしろよ、だったら勝手にやってくれ。とにかく、ここに突っ立ったまま時間を無駄にしちゃいられないんだからね」

ミナールは急いでその場を離れた。背後からフェランの声が追いかけてきた。「どう決まったんだよ？　サンの付く通りはどっちがやるんだよ？」しかしミナールはいっさい取り合わず、そのまま速度を落とすことなく角を曲がった。フェランの声はもう聞こえなかった。

ミナールは息せき切って下宿にたどり着くと、階段を駆け上がり、ジャクリーヌの部屋のドアをノックした。返事はなかった。すると背後で、踊り場の反対側の部屋から、ブランショ老

人が姿を現わした。

「誰もいないんだから、ばんばん叩いても無駄だよ」

ミナールはふり返り、問い質した。「彼女を見かけたんですか？」

「あの娘っこのことかね？　出ていったんじゃないかな。もっとましなところに引っ越したんだろうて」

「どういうことですか？」ブランショが遠回しに当てこすっているように思えたミナールは、自分よりさらに背の低い、腰の曲がった老人に詰め寄った。

「つき合う相手はちゃんと選んだほうがいいって言いたいのさ、ムッシュー・ミナール」

「まさかあの娘さん……」

「そいつは神のみぞ知るだな。あの娘には浮いた噂ひとつない、お役人にもそう言っておいたよ」

ミナールはぎょっとした。「お役人？　何かあったんですか？」

ブランショはこの状況を楽しんでいるらしく、のらりくらりと話しはじめた。「あれは目の保養になったね！　いや、警察の人のことだよ。じつに立派な身なりでね。こっちは、上の階の住人が飼っている鳩のことでも調べに来たんだろうと思ったんだ。ところが違った。わしを見るなりこう言ったんだ、『ムッシュー・フェランの部屋は知っているか？』ってね」

ミナールはその意味するところをとっさに悟り、全身の血が凍りつく思いだった。「それで何と言ったんです？」

『ムッシュー・フェランですか？　ああ、知ってますとも。最上階にムッシュー・ミナールと住んでます。行けばすぐわかりますよ。フェランは瘦せてて背が高く、ミナールのほうは小柄で太っていますから』ってね。あけすけな言いようだが勘弁しておくれ、警察をごまかすのはまずいからね。わしの言うとおりにしてたら、間違いはない」

「警察はフェランに何の用だったんだろう？」

「実際はあんたを探してたみたいだよ」

「でも、フェランのことを訊いたんでしょ？」ミナールは自分の声が悲愴感を帯びていくのがわかった。まさにフェランが想像していたとおりのことが突如現実味を帯びてきたのだ。

「いかにも」相変わらずブランショの口元には、わけ知り顔の笑みが浮かんでいた。「たしかにフェランのことを訊いてきたが、こっちがあんたの名前を出すと、『つまり、その部屋にはふたりの人間が暮らしているんだね？　フェランだけかと思っていた』って言うのさ。あんたがいつ頃からここに住んでいるのか、知りたがってたよ」

「でも、ぼくはフェランが来る前から住んでいたんですよ！」ミナールはなぜか腹が立ってきて抗議した。

「知ってるとも、だからそう伝えたよ。そうしたら、『つまりフェランは一時的にここに身を寄せているということかね？』と向こうが言うんで、『そうですよ旦那、あの人を見ればそれもうなずけますよ、一言の挨拶もなく、家賃も払わずに住みつづけているような奴ですからね』と言ってやったさ。ほら、去年もそんなのが下の階にいたじゃないか」

ミナールは水を飲みたくなった。「あんたは、気の毒なフェランを、何の罪もない一市民を、警察相手に貶《おとし》めたってわけですね」

「本当のことだもの、仕方ないじゃないか、当局に言い逃れや嘘を言っちゃまずいだろ」

「ひどい人だ！」

「それとついでに、あんたがあのお針子の部屋に長居してたことも言っておいたよ。あの娘の評判も包み隠さずにね」

「フェランばかりか、ぼくや罪のない娘さんの悪口まで言いふらしたってわけか！」

「よき隣人でありたいからね」

「こっちはあんたを階段から蹴落としてやりたいよ」

「わしならそんなことはしないがね。今じゃあんたのことは当局に筒抜けなんだから」そう言うと、ブランショは平然と自分の部屋に引き揚げた。ミナールはブランショ老人の部屋のドアの周囲からはがれ落ちた緑色のペンキのように、自分の人生が足元から崩れていく気がした。

ミナールは自室に向かった。足取りは重かったが、頭はせわしなく働いていた。警察に家宅捜索されていたらどうしよう？　まずいことになるんだろうか？　部屋のドアを開けた瞬間、息を呑んだ。フェランとふたりで使っていたテーブルの上には何もなかった。原稿も、原稿の入っていたカバンも、そっくり消えていた。

何がいちばんショックなのかわからなくなった。部屋に無断で入られたことか、自分が何らかの容疑者にされたことか、それとも原稿が、今もフェランがそのうちの数枚を求めてあちこちの通りをさまよっている隙に、そっくり全部消えてしまったことなのか。ある意味、なくなってくれてほっとしてもいた。しかし何らかの罪に問われるような証拠というか、何か暗号化されたメッセージのようなものを、警察がそこに発見したのかもしれないのだ。ミナールはフェランのベッドにへたりこむと、頭を抱えた。

三十分後、フェランが戻ってきたときも、ミナールはほぼ同じ姿勢のままだった。ドアが開くと、ミナールはぎょっとした。まさかこんなに早く相棒が帰宅するとは思っていなかったから、フェランが知恵を働かせて他人に捜索を任せることにしたのだろうかととっさに勘ぐった。しかしミナールが口を開くより早く、相変わらず不安の滲《にじ》む上ずった声で、フェランが言い訳を始めた。「思ったんだけど、ボードワイエ広場からきみがたどった可能性のある通りを、ひとつずつたどりなおすのが一番じゃないかって……」そこまで言ったところできれいさっぱり片付いたテーブルに気づき、「どこにやったのさ、やりかけの原稿は?」

「坐ってくれ」ミナールは言った。「今日はついてないよ」一分もしないうちにミナールは、ことの次第を知って子供のように泣きじゃくるフェランの哀れを誘う姿を見守ることになった。

「頼むから、元気を出してくれよ」

「何も好き好んでこうしているわけじゃないよ」フェランはしゃくりあげた。

「ぼくがなくした分は、まだ出てくる可能性があるじゃないか」そう言いながらもミナールは、ジャクリーヌから取り戻すはずだったあの原稿だけが、引き取りに来た依頼主に渡せるすべてだと思うと、気が重かった。あんな紙くず同然の原稿だけが警察の目を逃れたなんて。

「もうこうなったら、なくした原稿なんかどうでもいい」フェランは涙を拭いながら言った。それからミナールを追い立てると、自分のベッドのなかを引っ掻き回した。

「何をしているんだい？」ミナールが尋ねるあいだにも、フェランはマットレスのほころびから、原稿を一摑み引き出した。

「テーブルの上にあったのは、とりあえず片付ける分だけだったんだ。残りは万全を期してここにしまっておいたのさ」

以前に聞いていたらきっと馬鹿にしたであろう処置に対し、ミナールは友を誉めちぎった。

「もうひとつ問題がある」フェランは、あるだけの原稿がベッドの上にすべて積み上げられたところで（何のことはない、当初渡された原稿はほとんどここにあったのだ）、こう切り出した。「この原稿をどうするかだ。もし警察が、ぼくらが何らかの陰謀に荷担していると疑っているなら、これを持っているせいでさらに容疑が濃くなる可能性がある。でも、依頼主が約束どおりここに来たとき、こっちに渡すべきものがなかったらどう言えばいいんだ。このままこの原稿を手元に置いて、作業を続けるわけにはいかないだろうか？」

フェランもミナールも、哲学やゲームの戦略には関心があっても、こうした論理上の難題は苦手だった。

フェランは自分が別の下宿に移ることを提案した。このような災難にミナールを引きこんだのは自分であり、これはひとりで解決せねば、というわけだ。ミナールは反対した。ふたりの友情は初めて会ったあのベンチで確固たるものになっているのだから、今回のような問題もきっとふたりで切り抜けられるはずだと。こうした心温まる感情が互いの口から発せられたことで、ふたりの友情の絆はなおいっそう強まったのだが、それで何ができるわけでもなかった。「きみが悪いんじゃないよ」ミナールは友に向かって言った。「不吉な仕事を預かってきたからって、きみを責めようなんて気はさらさらない。むしろ謝らなくちゃいけないのはぼくのほうだよ」ここでミナールは、実は前日ジャクリーヌのところに原稿を置き忘れてきたのを嘘でごまかしたことを告白した。フェランの顔がぶるぶると震えだし、今にも涙が溢れ出しそうな様子に気づいたミナールは、あれはあれで不幸中の幸いだったではないかとあわてて言い繕った。外に探しに出ていたお蔭で警察と鉢合わせせずに済んだわけだし、娘の部屋に忘れてこなければ没収されていただろうし、その数枚も回収できるではないかと。

フェランはいっさいの感情を押し殺していた。友の裏切りの告白を聞きながら、頬は相変わらず涙で濡れていた。それから、決して許す気はないのにとりあえず許すことにした女房のように、必要最低限の道義心を奮い立たせると、どうにか決意を口にした。「まずはお針子のところに行って、原稿を取り戻そう。それから荷物を持てるだけ持ってここを引き払い、どこかに隠れ家を見つけるんだ。それで一か月したらぼくはここに戻ってくる、どういう運命が待ち受けているにせよ」

この時のフェランの態度は天晴《あっぱ》れだったと、後にミナールは述懐することになる。

ふたりは身の回りのものを掻き集め、それを一枚のカンヴァス地にそっくりくるんで大きな包みをひとつこしらえた。かなり重いが運びやすい。こうして荷造りを済ませ、あとは出ていくばかりとなった。「ジャクリーヌが戻っているか見てくるよ」ミナールは言った。「いや、ぼくも一緒に行く」フェランはきっぱりと言った。ひょっとすると、友の心をこれほど掻き乱した娘とはどんな容姿なのか、自分の目で確かめたかったのかもしれぬ。

ふたりは足音を忍ばせて娘の住む階までおりると、ブランショやほかの住人の目がないのを確かめてから、ミナールがドアをそっと叩いた。やはり応答はなかった。首をひねって背後に目配りしながら、今度は少し強く叩いてみた。フェランがドアのノブに手をかけた。「駄目だよ!」ミナールはたしなめたが、フェランはすでにノブを回していた。鍵はかかっていなかった。たっぷり間を置いて、なかに誰もいないことを確かめると、ミナールはふたりが通れるだけドアを押し開けた。

娘は部屋の隅にしゃがみこんでいた。背中を壁に預け、ぴくりとも動かなければなんら反応もなく、まるで物思いにふけったまま今に至ったかのような表情だった。自分の体を支えるのも億劫《おっくう》なのか、それともできないのか。目は見開き、唇は血の気が失せて黒ずんでいた。

ミナールは玄関先に立ちすくんだまま、片やフェランは、すでに死んでいるのを漠然と感じながらも、娘を助けようと駆け寄った。そして彼女の頬を叩きながら、誰の目にも明らかな事実を知った。首を絞められていたのだ。

ミナールは室内に入ってドアを閉め、ジャクリーヌの亡骸《なきがら》のそばまでやって来ると、神殿に詣《もう》でているかのようにひざまずき、彼女の冷たくなった手を取った。コートのボタンを付けてくれたときの若さに溢れ潑剌《はつらつ》とした手の動き、そればかりが思い出された。

「原稿はどこに置いた？」フェランは家探しに取りかかった。

「テーブルの上だよ」ミナールは自分の口が喋るのを他人事《ひとごと》のように聞いた。もっとも、その方角に顎をしゃくったとき、目当ての原稿も、ほかのもの同様なくなっているのを目は捉えていた。再びジャクリーヌに視線を戻すと同時に、フェランの手が肩に触れた。

「行くぞ、ミナール君。荷物を取ってくる。ル・タンプルで落ち合おう。今となってはパリじゅうどこも危険だからね。今日ここにやって来たのが誰だか知らないが、警察の仕業じゃない。この犯人、たかが原稿のために、気の毒にもこの娘を始末したくらいだもの、ぼくらを殺《や》るのだって朝飯前だよ。それに彼女の死体が見つかれば、誰が疑われるのかは目に見えている。そうなったらふたりとも間違いなく縛り首だ」

ミナールは立ち上がった。「そうだ、あそこに行こう。モンモランシーの森に身を隠せばいい。今回の事件の真相を知りたがる人たちが出てきたら厄介だ」

ふたりは部屋をそっと抜け出した。ミナールはそのまま階下に向かい、名前も定かでない通りに紛れこんだ。フェランは部屋に荷物を取りに行った。ミナールは、あの日ベンチで、本のページにしっかりと鼻先をくっつけてさえいたらと、苦々しい思いだったのではなかろうか。そうしていれば、ここにこうして書かれることはなかったのだ。

第三章

この奇妙な手記が生まれるに至った経緯を説明しておきたい。

十八世紀フランスを舞台にした物語を執筆中だったわたしは、四十九回目の誕生日を迎えた直後から腹のあたりに異和感を覚え、気分がすぐれずにいた。しばらくぐずぐずしていたのだが、血便が出るようになってようやく重い腰を上げ、医師の診断を仰ぐことにした。それとて便器に残る深紅の染みを見つけた妻に急《せ》かされてのこと。しかしその頃にはすでに、わたしの体は恐ろしい秘密を抱えこんでいたわけで、こうなるとそれ以上に大きな秘密、妻のエレンもまだ知らずにいる秘密と結びつけて考えずにはいられなくなった。

医者はこちらの顔色を診て、腹をちょいと押しただけで、別段心配はなかろうと言った。それから灰色の鼻毛がのぞく鼻を擦《こす》りながら、自分はあと数週間で引退になると打ち明け（そう聞かされても何の慰めにもならない）、近くの病院への紹介状を書いてくれた。検査、つまり直腸検査を受けることになったのだ。長くて細いチューブの先端にレンズがついていて、それを尻の穴に挿入する、あれだ。「念のためですから」医者は嘘偽りはないといった口ぶりだった。その後十週間、執筆中も頭のなかは目には見えぬ病巣のことばかりで、ほかにはほとんど何も考えられず、体調が戻るでも死ぬでもないまま日は過ぎ、ついに検査日を知らせる手紙が玄関マットの上に投げこまれた。待ち焦《こ》がれていたクリスマス・プレゼントのようでもあり、不吉な税金の督促状のようでもあった。

　指示どおり腸のなかを空っぽにして出かけていき、名前が呼ばれるのを待った。医療現場における時間の刻み方は、犬の年齢の数え方と同様、それ以外の場所のそれとはまったく異なる目盛りに従っている。それゆえ、たかが十分でも一日のうちの大半を失った気分になる。そしてついにわたしの番が来た。

「おはようございます」検査担当の外科医（氏名不詳）が、屈託のない爽やかな声をかけてきて、内視鏡検査室なる一室に案内してくれた。配管工か学校の校長にでもいそうなタイプというか、丸々と太って頭は禿げ上がり、多種多様な一般大衆と渡り合う人たちに特有の、気さくな雰囲気を持っていた。おそらくモルトウィスキーとゴルフにはちょっとうるさいのではなかろうか。「さてと、お仕事は何ですか?」彼は何やら書類に書きこみながら、快活な声で訊いてきた。脱いだズボンを看護師に手渡すわたしの手は震えていた。それからスチールパイプ製の検査用ベッドに横になるよう言われた。「はい結構です。袖をまくって」

「もの書きです」そう告げ、姿勢を整えた。腕がちくりとした。

「作家さんですか」彼は看護師に何やら専門用語を小声で告げると、こちらに向き直り、これから乗り出す冒険について知っておくべきことを手短に説明した。こちらには知りたいことなどひとつもなかった。

「どういった本を書いてらっしゃるんです?」彼はベッドの反対側に移動し、わたしの視界から消えた。

どんな答えを期待しているのか？　例えば、自分の作品について一言で要約せよと言われた作家を想定してみてほしい。その人はこれまで一作しか書いておらず、それは〈わたし〉と称する人物について書かれていて、しかもその〈わたし〉は必ずしも〈わたし自身〉ではない、そんな作品だと告げたとする。これで満足のいく答えになっているのか、宣伝に役立つのか？　プルーストはずいぶん前に亡くなっているから、そのような作家に我々が今後出会うことはまずないだろう。若い頃のわたしは深遠にして高邁な夢をあれこれ抱いたものだが、なかでもプルーストに会うというのが思いつく限り最高の夢に思えた。天に誘惑をしかけるがごとき畏《おそ》れ多い夢である。プルーストが言わんとするところをより深く理解できるようになってからは、そんなふうに思うこともなくなっていたのだが、その後数週間は、「必ずしも〈わたし自身〉ではない〈わたし〉」と称する人物が、時として我々ひとりひとりのなかに見出されるこのキャラクターが、『失われた時を求めて』（プルーストの言うように、彼の唯一にして未完の作品）の語り手以上にかなり広範な意味を帯びているこの人物が、わたしのもっぱらの関心事となっていた。

「どういった本を書いていらっしゃるんです？」内視鏡検査医が言った。ここで彼が今のわたしの心中を読み取ってくれていたなら、「そういうやつだよ」とごく手短に言って済ませられたのだろうが。とそこへ、尻のあたりに冷たくて湿ったものが触れ、「じゃあ、チューブを入れますよ」と頼もしげな彼の声がした。肛門に突っこまれるのはどんな感じがするのかと想像をたくましくしたことのある人間は、わたしひとりではないだろう（言うまでもなく、プルーストはその感触を知っていた）。「探偵小説ですか？　それともスリラー？」指ほどの太さしかないチューブは、いとも易々とわたしのなかに滑りこみ、内部を突く感じが伝わってきた。

看護師はわたしの剝き出しになった上腕部にそっと手を添えていた。たぶんわたしが動かないようにとの配慮なのだろうが、こうして触れられていると妙に心強く、じつに心落ち着いた。ほどよい強さで押しつけてくる彼女の指先は遠くで瞬《また》く星のように、不安や恐れを吸い寄せてくれた。昨今はこうした肌の触れ合いがもたらす素朴な美とすっかり縁遠くなってしまったなと、しみじみ思ったりもした。

背後の機械がピッピッと鳴っていた。医者が看護師に、解読不能なメッセージを告げた。そうしながらも彼は、執拗にわたしの著作について知りたがった。作業に気をとられ、「患者をリラックスさせるべし」との二次的業務はもはや必要なしということをつい忘れてしまったのか。しかしながら、わたしのライフワークを聞き出すことに何らかの意義があるとすれば、すでにわたしの腸内探査はかなりの行程をこなし、こちらには見えないけれど見たいとも思わない箇所（地方紙の不動産広告にある陳腐な表現をもってすれば、腸内隣接区域とでもなるだろうか）をモニター画面で確認するあいだ、せいぜいこちらの括約筋を緩めさせておくくらいのことだろう。

その気になれば、これまでに出した学術書のこと、研究分野、所属学会などを教えてやることもできた。この少し前も、プラハでの学会に出席した折、旧友のドナルド・マッキンタイアと、ルソーについて議論したばかりだった。しかしこういうことを話しても、自分が〈もの書き〉だと説明したことにはならないだろう。より深刻な悩みから逃れたくて始めたほんの手慰み程度のものとはいえ、たしかに小説は書いていたので、この熟練した腸内地図作成者に向かってついそう言ってしまったのだ。「歴史小説ですよ」

彼が「ほう」とか何とかそつのない呟きをもらし、光ファイバースコープの大蛇をまたもやぐいと突き上げ、ひねりを加えてきた。「現代ものを書こうと思われたことは？」

実はその話にはあまり深入りしたくはなかったのだが、目下進行中の作業に手抜きをされてもまた困るわけで、「ありますよ。書きたい気持ちはある」と応じて、体内に湧き起こる愛と恐れをそっくり全部、聖別式のごとく厳《おごそ》かに触れてくる看護師の指先にゆだねた。

「でしたら、ちょっと面白い話があるんですけど、あなたの本で使えませんかね」

「ほう、聞いてみたいですね」わたしは答え、実際に聞くことになった。

「はい結構です、ペトリ博士」しばらくして（とはいえ、かなり長い時間に感じられたが）医者が言った。「検査完了です」最終段階は庭のホースをずるずると引っ張るがごとき要領で、あまりぞっとしなかった。

「何かわかりましたか？」と尋ねたときは息苦しく、ぐったりしていた。これに対し医者は、X線検査を一度受けたほうがいい、検査もしばらく続けたいと言い、その理由を説明しはじめたのではなかったか。要は、何も見つけられなかったと遠回しに言っていたのであり、さらに人体実験の場数を踏んでみてはどうかというわけだ。ゲーム番組の幸運な出場者よろしく、第二ラウンドの参加資格を与えられたのだ。とはいえ、まだ明かされずにいる病魔の真の原因には心当たりがあった。というよりむしろ、今現在の体調不良の根っこというか、病を引き起こしたそもそもの原因はわかっていた。

ルソーはぐずぐずと先延ばしにしたあと、『告白』の第二巻の終わりになってようやく、例の事件（青いリボンを自分が盗んでおきながら、不運な召使に濡れ衣を着せた事件）について唐突に語りだしている。あの出来事は何年ものあいだルソーを苦しめ、じわじわと肝硬変が進行するように、ルソーの心にしこりをこしらえたのだ。だが、わたしの場合、そこまで長く持ちこたえられなかった。正直に言おう。しぶといラベルのように擦《こす》ってもはがれようとせずに心を掻き乱し、やがて腸内のどこか見えない部分をぼろぼろに擦《す》り減らすことになった原因は世間によくある話、つまり一年以上前から、わたしは教え子のひとりに狂おしいほどの恋情をつのらせていたのである。

彼女とは毎週木曜日に会っていた。当初はほかの学生もいたのだが、出てこなくなった者にあえて声をかけることはしなかった。そもそもの名目は、わたしが担当する短期集中講義にからめた討論の場ということだったのだが、それもやがて誰でも自由に参加できる単なる雑談の時間と化し、それでもルイーザただひとりが従順な羊のようにせっせと通ってきた。

こんなふうに、いきなり彼女の名前を出すこと自体、わたしの逸《はや》る心の表われだろうか。内視鏡検査医がこれを読んだら、にやりと笑い、どうりでカメラに何も映らなかったはずだと思うかもしれない。ではエレンが読むとしたら？　そうなったら妻は、便器内の異臭を放つ水に混じる血が示す以上のことを察するだろう。とにかく原因はルイーザなのだ、彼女がはからずも影響を及ぼし、わたしの病巣とこの手記を生み出したのだ。これが本になった暁には（手にするのが医者、あるいはどこの誰かは知らないが）、そこにすべてが明かされるはず、以下に書き記すのはどれもすでに起こったことである。

ちなみにルソーもまた、彼がママンと呼んでいた十三歳年上の初恋の女性について、こんな話を明かしている。かつてふたりで食卓に着いているとき、彼女の料理に髪の毛が一本、紛れこんでいるのに気づいたルソーが、そのことを伝えると、思わず彼女は嚙んでいたものを吐き出した。するとルソーはそれを摘まみ上げて自分の口に放りこんだのだ。これがルソー流の愛の形だった。彼女の起き抜けのベッドや、彼女が歩いた地面に接吻をしたのも同じ思いからだった。これは三十三年間共に暮らした愛人テレーズには決して抱くことのなかった感情であり、その証拠にルソーも告白しているとおり、テレーズとのあいだにできた五人の子供を、生まれるとすぐに孤児院に送りこんでいる。ルソーにとって、土くれに接吻したり、女が咀嚼《そしやく》した食べ物を口に入れるといった衝動的な行為こそが愛の証であり、愛の発露であり、そこに愛を見ていた。

わたしにもその衝動がわかる。ルソーの突飛《とつぴ》な振舞いをつい思い浮かべてしまうのは、ルイーザに対しても似たような衝動に駆られたからだ。補習授業のはずが、いつしかこれを研究室での密会と捉えるようになったわたしは、ある日、部屋に入ってきたルイーザを見るなり、生理中だと気がついた。あれ特有のむっとするような体臭は、間違いようがなかった。おろしたての帽子同様あからさまなその臭気に、まるで体を触れ合わせているような錯覚を覚えたほどだ。その頃はまだ彼女の足に自分の足をさりげなく触れさせる程度のこともしておらず、それとて何か月か経ってようやく試みたくらいだった。この発見から四週間、わたしは彼女とたて続けに会う機会をつくり、その結果、彼女の月経が二十九日周期だと突き止めた。その後はありもしない講義や予定をでっち上げては通常の日程をずらすようにし、快楽を毎回味わえるよう算段した。

またしても話が先走ってしまった。例の医者、いずれ書くつもりの小説に、今回の検査のことも盛りこみたくなるだろうと能天気《のうてんき》にも決めつけたあの医者なら——ついでに言っておけば、これまでに出版した唯一の本は、ルソーのモンモランシー時代とそれに続く彼の狂気に関する研究論文だ——それはともかくあの医者なら、わたしの下血は異常月経の一種ではないかとこちらが言ったら、むしろこれは精巣がらみの病名で呼ぶべきでしょうねとか言ってそこそこ面白がってくれそうだが、わたしを裁く立場にあるそれ以外の読者たちからすれば、彼らはわたしのあけすけなもの言いに対して、ルソーに感じるのと同様、嫌悪感を覚えるばかりだろう。「もう帰っていいですか?」わたしはズボンを履き終えると訊いた。正直に言えば、医者に身を任せながらわたしが考えていたのはルイーザのことだった。わたしの腕に添えられた看護師の手は教え子の手と化し、そのお蔭で検査中もどうにか冷静でいられたのだが、その一方でまた、ここに至った原因とも言える失望感というか癒しがたき孤独感を思い知らされてもいた。人懐っこい医者——今ではわたしの腸のことを、我が家の庭についてわたしが知っているくらいに知り尽くしているはずの医者――は、さらなる検査が必要な理由を説明しているところだったが、今後の検査でも病状を明らかにできずに終わるだろうことは、この時点でわたしにはわかっていた。となると、あとは開腹手術しかない。

自宅に戻ると、エレンはわたしを抱き寄せ、あまりくよくよ悩まないほうがいいと言ったが、わたしには悩む以外にすることもなく、ふと気づけば、自分が「必ずしも〈わたし自身〉ではない〈わたし〉」と称する人物について考えていた。どうやらわたしの人生に具わる偏狭なレンズは、病、病的性質、盲執といったものばかりを吸い寄せてしまうらしい。わたしの心酔する作家たちにしても、たいていが病を抱えている。モンテーニュは胆石、ルソーは泌尿器疾患、フロベールは癲癇《てんかん》、プルーストは喘息《ぜんそく》といった具合に。言うまでもなく、パスカルは癌《がん》のため三十九歳で死んだ。彼の最期は、効果的な鎮痛剤などない時代であり、その苦痛たるや想像を絶するものだったろう。

医者は患者の告白にひそむ自意識をよく知っている。患者が開口一番に発する言葉はあらかじめ入念にリハーサルされている可能性が高い。下腹が痛むとか息が苦しいといった言葉は、「おはようございます」のすぐあとに口を突いて出る、すでに定型化された表現なのだ。医者はこれに精通しているのであり、それはちょうど、かなりの量の本を読みこなした人間がある本の冒頭で、作者が丹精こめて選りすぐった最初の数語を読んだだけで、その作家が長年にわたって育んできた自意識を嗅ぎ取るのにも似ていよう。ただし患者の場合は作家と異なり、茫然自失の状態にある。それゆえあるがままの真実が、安堵の奔流となって吐露される。

はい結構ですと告げて次の患者が入ってくる頃にはすでに、その前の患者に対する医者の関心はローンボウリングやロータリー・クラブ程度にまで後退してしまうのだ。わたしのカルテはコンピューターにすべて打ちこまれているくせに、それをチェックする手間を惜しもうとでもいうのか、医者は決まって患者本人の口から体調を聞きたがる。はい結構です、と医者は言う——いや、話を元に戻そう。そもそも病巣はどの時点で発生したのか？　あの医者がわたしの本の読者になるとして、そしてわたしが正直であろうとするならば、ルイーザに初めて出会った日のことを回想するところから始めるのが妥当だろう。

わたしは一年生対象の二十世紀文学基礎講座のひとつ、プルーストに関する講義を担当することになった。これは正規の担当科目ではなかったが、ちょうど研究休暇《サバティカル》を取ることになったジル・ブランドンの代役を引き受けたためだった。ジルの講義の進め方は、当世流行の現代作家をひとり取り上げ、その人物を一種のロードマップに見立てて人類知の全体像を把握する、というものだった。とはいえ、水先案内人としてさほど有能とは言いがたいジルの講義は、結局カーコルディあたりの袋小路で車を三度切り返して抜け出すような状況に陥ること一度ならずといった有様だった。ジルにとってのプルーストはもっぱらゲイの作家でしかなく、それ以外のことは二義的なものだった。もっとも、プルーストがユダヤの血を半分受け継いでいること、そして病弱だったことは彼女の関心の上位を占めてはいた。ジルの手にかかると、男娼館の経済状態に寄せるプルーストの関心（彼はここに、母親から譲り受けた家具をかなりたくさん寄付している）が作品分析の対象となり、モンテーニュとの類似性とかシャトーブリアンの影響とか、単純過去の使用とかいったものはないがしろにされた。ジルの流儀をなぞることはできないが、講義の代行は引き受けようとわたしは告げたのである。

実のところプルーストはわたしの初恋とも言える文学体験だったのだが、だいぶ前から読まなくなっていた。もはやこれ以上考えるまでもないほど彼を知り尽くしてしまったような気がしていたからだ。今になって頭に浮かぶものといったら、どれもみな歳月を経るうちに腐っては取り替えられていった船の部材のようなものばかり、かつて作品から受けた純粋な衝撃も、ごく表面をなぞっただけの評言や決まり文句にすり替わっていた。言い換えるなら、わたしの内なるプルーストは退屈な模造品になりさがっていた。この模造品こそが事物にまつわる我々の記憶の代理を務め、ついでに言えば、これが現在の教育システム全体の根幹を成している。喩《たと》えるなら教育システムとは、原本を遠い昔にバスに置き忘れたまま、それのコピーを何度も繰り返すコピー機にすぎないのだ。

わたしは二、三週間かけて、我が思春期の熱情そのままの（といっても当時のわたしはまだ、思春期以前の時代を抜け出せずにいたのだが）この小説について記憶を甦《よみがえ》らせていった。恋の炎を再燃させる口実ができたのは嬉しかった。そんなわたしの気持ちを妻のエレンは易々と見抜いていた。本を閉じてから一時間ほど、海草のように頭のなかをたゆたうベルゴットやエルスチールの面影に浸るあまり、妻との会話がふと途切れ、そんな時、わたしの顔には決まって、夢見るような表情が浮かんでいたらしい。

そして講義初日を迎え、わたしは入学早々の学生を前にして、引きこもりで不眠症かつ喘息もちのフランス人がものしたこの作品が、何ゆえ人類史上あまたある作品のなかでもとりわけ意義のある文学として位置づけられるのか、説得を試みた。

プルーストの小説は〈わたし〉と呼ばれる人物をめぐる作品である。この人物は、プルーストがある新聞で解説しているように、「必ずしも〈わたし自身〉ではない〈わたし〉」である。この語り手が描くのは、コンブレー（架空の町）での幼年時代、パリその他の地でのアルベルチーヌ（架空の女性）との情事、そして作家になろうという彼の決意である。この小説の最後は、さまざまな音と印象が過去のとりとめのない記憶とともに湧き上がる束の間の夕刻、語り手が一冊の本を書きはじめる決意をするところで終わる。これがおそらく、今しがた我々が読み終えたこの本ということになる（偉大なる滑稽小説『ドン・キホーテ』同様、『失われた時を求めて』もまた「必ずしもそれ自身にあらざる」作品なのだ）。この本にはただ一か所、語り手の名前が登場する。アルベルチーヌにひどい目に遭わされて落ちこんでいたため、自暴自棄になってのこと。プルーストは（この時点で喋っているのが彼本人だと仮定しての話だが）、この時だけ〈わたし〉に自らの本名であるマルセルを名乗らせている。

コンブレーという架空の町は、実在の町イリエに多くを負うている（現在はイリエ＝コンブレーに改称、マドレーヌの世界的生産地）。架空の女性アルベルチーヌのモデルは、プルーストの運転手で当時恋人でもあったアルフレッド・アゴスチネリが有力視されている。プルーストはこの人物の虜《とりこ》になり、ついには、パリのオスマン大通りにあるコルク張りのアパルトマンにこの男を気の毒にも幽閉するに至ったほどだという。不幸にして泳ぎができなかったアゴスチネリは、しばらくして、飛行レッスンの最中に燃料切れで海に墜落、救助に向かった手漕ぎボートの甲斐なく、複葉機とともに海に沈んだ。写真に写るこの男は小太りで、まずまずの美男だが、アルベルチーヌとは似ても似つかない。ちなみに彼女のほうは落馬事故で死ぬ。

無論、こうしたことがプルーストの小説を人類史上でもっとも意義のある作品に位置づける根拠となっているわけではない。しかし学生たちはこの手のエピソードを面白がって、ノートに書き留める。

講義の締めくくりにわたしは、プルーストの楽しみは、亡き母の写真を携えてお気に入りの男娼館へ行き、若い男たちに母を辱《はずかし》めさせることであり、またネズミを虐待することだったと話した（こうした奇行は文学者の伝記には必ずついて回る）。

これが講義を印象的に終わらせる恰好の材料に思われた。ジュピアンの男娼館シーンが出てくるページを学生たちに教え、ベルゴットの死とフロベールに関する彼の評論を読んでおくよう伝えると、わたしはコーヒーを飲みに教室をあとにした。

その日遅く、研究室のドアをノックする者がいた。

三人の女学生だった。「質問があって伺いました」いちばん物怖じしない子が口を開いた。三人を招き入れ、まあ楽にしたまえと言いはしたが、やたらと熱心な学生はいまだに苦手だ。

神経が図太そうなこの学生は（仮の名をつけるまでもないだろう）、いくつかのスペルと本のタイトルを確認した。腹立たしくなるほど退屈な質問だ。図太さでは二番手の学生の質問も同じく的外れで、プルーストの詳しい経歴が期末試験に出るのかどうかを執拗《しつよう》に知りたがった。アゴスチネリに関するわたしのコメントをすべて書き取る時間がなかったと言うので、心配には及ばないと答えてやった。そして最後のひとりがルイーザだった。彼女はそれまでずっと無言のままだったので、ちょっと頭が足りないのかと思ったほどだった。

わたしに促されて（とにかくこの三人から早く解放されたい一心だった）、彼女がとつとつと喋りはじめた。沈黙は雄弁以上に多くを物語る。ひとつひとつの言葉が慎重に選ばれ、一語一語に配慮がゆきとどき、重みが感じられた。植字工がほかに気を取られているうちに旧式の印刷機の金属板からゆっくりと活字が落ちてきて、ヘッドラインが組み上がっていく、そんな感じだった。

「カントの言う純粋悟性のカテゴリーとは何でしょうか？」ためらうような笑みを浮かべてやっと口にした問いがこれだった。

彼女は白地にブルーの小花を散らした夏もののワンピースを着ていた。質問を終えると同時にわたしと目を合わせた。この瞬間、わたしの病が発症したのだ。交通事故を起こした当事者が、その後の人生を大きく変えた瞬間としてそれを思い返すように、今のわたしにはそれがはっきりわかる。

「カントのカテゴリーかね？」わたしの答えはおぼつかなかった。講義では、プルーストが残した印象的なコメント――フロベールは現在分詞と代名詞を用いることで我々の世界観を一変させた――を引用し、それはカントが純粋悟性のカテゴリーを生み出したのに匹敵すると言ったのだ。わたしは何年間も頭の片隅に追いやっていた見解を引っ張り出してきたにすぎなかった。それは人から人へ手渡されるだけで決して吸われることのない葉巻のようなもの、カントについても悟性についてもさほど知っているわけではなかった。そもそも専門分野ではないのである。そこで、これについてはさらりと流し、『純粋理性批判』(学部時代に聞きかじったタイトル)とデイヴィッド・ヒュームの名前に触れ(ルソーとの不毛に終わった交友関係のお蔭で、わたしにはより安全な論拠である)、もっと知りたければ何を調べればいいか教えてやったところ、ルイーザは納得したようだったので胸をなでおろした。今度カントと、あの厄介な悟性のカテゴリーについて触れるときは、先に調べておこうと思ったりもした。

そんな具合ではあったが、彼女に見出されたことが妙に嬉しかった。誰もが疑問に思いながら気後れして尋ねられずにいることを、彼女があえて質問してくれた、そこが気に入った。

ここでまたいちばん度胸のいい娘が質問をした。「また質問に伺ってもいいですか?」彼女たちにはちゃんと担当の指導教官がいた。こちらも別の学生を抱えている。だが、むげに断わるのもどうか?

木曜日のたびに講義が終わると、同じ時間に三人はやって来た。でしゃばり娘はとにかく押しが強く、エホバの証人の戸別勧誘もかくやの質問攻めには閉口したが、ルイーザは別だった。三人の来訪を積極的に勧めるようになったのも、彼女に会いたいがためだった。わたしはこの三人を心のなかで「ささやかな取り巻き」と呼ぶようになった。

だから、講義中も、この三人につい目が行った。でしゃばりなふたりは前列右手に陣取り、昇進のことしか考えていない大臣どものように、さかしげにうなずいてみせた。ルイーザは中ほど左寄りの席に着くことが多く、見つけるのに一拍か二拍、間があいた。彼女はたいていA四判のノートにかがみこんでいた。緑色のインクでそこに書きこまれた文字は、さながら忍耐強い彩色家たちがベリー公の華麗なる時禱書《じとうしょ》の豪華写本に輝きを与えるがごとく、わたしには貴重なものに思えた。なのに、いくら彼女のほうにちらと目を走らせても、彼女はいつもそっぽを向いていて、目が合うことはまずなかった。なぜそんなことをしたかったのか自分でもわからないが、ボードレールについて話すうちに猥褻《わいせつ》なことを考えてしまうように、彼女の顔だちには見ずにはいられない何かがあった。

以前から彼女の存在に気づいていたわけではない。宵の空に浮かぶ星のように、ずっとそこにあったには違いないが、観察者が思考の静寂を突如破るきらめきを求めて意識的に見つめてくるのを辛抱強く待っている、そんなふうだった。彼女はほかの学生より年が上だった。このことはすぐにわかった。その後、話を切り上げる際のさりげないやり取りで彼女が口にした一、二のコメントからもそれが察せられ（こうした雑談のひとときが、回を追うごとに少しずつ長くなっていった）、身上書の生年月日も確認した。二十四歳、社会人学生、独身。

病というものは、それに無頓着な患者の行状とはまったく無関係に、ひそかに着々とその使命を完遂《かんすい》させる。一週間が過ぎ、さらにまた一週間が過ぎた頃（各週は彼女の来訪によって更新され、これが一週間のクライマックスになっていた）、わたしは表面的には健康そのものだったが、それでもエレンは、珍しく口数が少ないのねと幾度となく口にした。この時期、妻が勤める会計事務所は経営難で、彼女も危機感から真剣に求人欄を調べるほどだった。最悪の場合、どこか遠隔地で仕事に就く可能性もあり、そうなると週末しか会えないかもしれない、と妻は言った。渡りに船、そう思った自分に驚いた。喉元に興奮がこみ上げてくるような感覚を覚えた。今にして思えば、あれは未来に待ち受ける厄介な事態への最初の警告だったのではないか。

その夜、エレンが体を求めてきた、その時ルイーザを思い浮かべていたと言ったからといって、ルソー的な意味での告白にはならないだろう。妻と交わりながら別の女性のことを考えない男などいるはずがない。

「あなた、変よ」妻の言葉に、プルーストの講義の準備のことを考えていたとわたしは言い訳した。「フェランとミナールとは勝手が違うものね」妻はわたしが日頃取り組んでいる研究に触れてこう言った。「もちろん、あなたがほかに悩みを抱えていなければの話だけど」

女性であり会計士でもある妻は愚かではなかった。

恋の病を意識しはじめてから三週間が過ぎた頃、己の分別くささに、感冒のようにまとわりついて離れない思いに、大量の薬でふらふらになったような状態に、気まずさに、軽んじられているような状態に、我慢ができなくなっていた。もはやルイーザと寝るしかない。これまでエレンを裏切ったことなど一度もないし、教え子との不倫など考えたこともなかった。しかしルイーザは、喩えるなら以前は口に合わぬと思っていた飲み物に覚える新鮮な香りであり、まったく別格のことに思えた。

次の木曜日は最終回となる四度目の講義の日だった。これでカナダのどこかでディスクールの脱構築をしているジル・ブランドンに貸しを作り、義理を果たしただけの話、だがそれはまたルイーザとの関係が終わることでもあった。まるで禁煙前の最後の一本に火をつけようとしている男のような心境というか、（エレンが眠るかたわらで）これからは心身の健全と禁欲の日々を送ろうと覚悟を決めたような心地だった。木曜日が来るのを指折り数えた。例の「ささやかな取り巻き」のほうには一度も目をくれず、講義を終えると研究室に戻り、三人が現われるのを待つのだろう。これが終わればいっさいを忘れられるはず、そんな気持ちだった。

この頃には三人の段取りはすっかりわかっていた。まず話を切り出すのがいちばん厚かましい娘で、ノートに取ったあやふやな言葉を確認させてほしいと言うだろう。わたしが実際に口にした言葉だとは信じられないといったふうに、「では先生のおっしゃる意味はこういうことなんですね？」と、その口調に不信感を漂わせるのだ。それから二番目に厚かましいのが口を開き、講義で取り上げたモロワだかベケットだかの本を買う必要があるのかどうかを尋ねてから、先生が図書館に貸出し禁止の指示を出していないので、三週間前の講義後、ワーゲン・ポロの屋根に分解したハンググライダーをくくりつけて走り去っていった男子学生が、それらの本を借り出したままなのだと文句を言うはずだ。こうした型どおりのやり取りがあって、ルイーザの番になる。場合によっては先のふたりがわたしをやりこめようとしてひとりよがりの見解をひねり出さないうちに、ルイーザを促さねばならない。ふたりが愚にもつかぬコメントでわたしの心の平安を掻き乱しているあいだ、ルイーザと目を合わせ、その眼差しのなかに、こちらの苛立ちを賢明にそして静かに察してくれている色を、そして唇の端には共犯者めく笑みを見て取るのではないか。ここでようやく彼女の番が来ると、顔をうつむけて心の準備を整え、言葉を整理し、例えばこんなことを言うのだ。

「プルーストの英語力がレストランでステーキを注文するのもおぼつかないほどだったのだとすると、どうやってラスキンを訳せたのでしょうか？」

これにはこんなふうに答えよう。マリー・ノードリンガーがラスキンの『ヴェネチアの石』をフランス語に訳し、これをプルーストが文学的に訳し直したのだと。いずれにせよプルーストのフランス語は、一字一句、彼の心に書き留められた秘密の言語から織り上げられ、結果的に彼自身が翻訳と呼びうるものになるのだと。

すると二番目に厚かましいのが、これを書き留め、こう言ってくるはずだ。「ラスキンは貸出しを止めてあるんですか？」そこで返答代わりにぶっきらぼうにうなずくか、首を振って見せているあいだ、ルイーザのひそめた眉間から決して逸れることのないわたしの視線が捉えるのは、彼女の顔が徐々に上向き、胸のうちに膨らむ次の疑問をさも言いたげに、莢《さや》がはじける寸前のように口を引き締めたりすぼめたりする様子だろう。ここでようやくルイーザは（いちばん厚かましいのが話に割りこんでこなければの話だが）、講義中に書き留めたノートを厳粛な条約文書でもあるかのように示しながら、こんなふうに言うのではなかろうか。

「『プルーストの〈わたし《モワ》〉とルソーの〈わたし《モワ》〉は基本的に似たもの同士ではないだろうか？』とおっしゃいましたが、これはどういう意味でしょうか？」

そこでわたしは、少年じみたプライドを覗かせながら自著に触れ、そこに書かれている持論をざっとなぞるだろう。初心《うぶ》な読者はプルーストの小説を彼の回想録と受け止め、ルソーの『告白』についても、やはり同様の受け止め方をするのだろうねと。そうやってふたりの娘たちを浜辺に置きざりにして、ルイーザと瞑想の水面《みなも》をボートでたゆたっていても、またしても二番目に図々しいのがルイーザとわたしの周囲に広がる水を掻き乱し、「ルソーのことも調べておく必要がありますか？」と声をあげるのだ。「ルソーは二十世紀の人じゃないわけですし、となると試験には出ませんよね？」この娘は、わたしなり、ほかの教師なりが言ったことは何でも、期末試験の設問を暗に仄《ほの》めかしていると受け取る性質《たち》というか、とりあえずこちらが分析し解釈したものをデルポイの神託のごとくただ写し取ればいいと思いこんでいるのだ。

その先はルイーザとふたりだけの世界になるはずだ。彼女の顔、青白い肌、頭頂部やや右寄りにつけた分け目から波打つ髪、この髪が、澄みわたり希望に満ちた眼差しと白鳥の卵のごとくすべらかにしてひんやりとした頬骨を取り囲む花束となる。その様を眺めながら、彼女からの次の質問を、いましばらく美と抽象と文学の水面に浮かんでいられるような質問を待つのである。しかし、ただ沈黙だけが続き、そして図々しいふたりのこれ見よがしの鼻息が、そろそろ引き揚げるのが世の常識だと言わんばかりに起こる。そうなると話はもはやこれまでという雰囲気になり、「さてと、じゃあそろそろ」と締めくくりの言葉を口にするのだ。たぶんここでわたしは軽く膝を打つはずだ。ちょっと戸惑っているときの仕草、これは知り合って一、二週間した頃、わたしを結婚相手として意識しはじめたエレンに指摘された癖だった。ここでわたしは図々しいふたりに向かい、今日はホッケー観戦にうってつけの日和だねとか、今週末はエアのご両親のもとに里帰りするのも悪くないねとか話しかけるだろう。この頃にはすでに彼女たちがどんな娯楽を好み、どんな家庭に育ったのかを承知していたし、さして大きくもない将来の夢もこと細かに聞かされ、これには驚きかつ落胆したものだった。だがルイーザには何も言えず、来週も会えるといいねと、つい言ってしまってから、いや、きみたち三人とだよとあわてて言い足すのではないか。そして三人が立ち去ってしまえばルイーザのことも忘れ、自分の研究に気持ちを切り替えるつもりだった。家に戻り、エレンと夕食を囲み、彼女が会計事務所の窮状について語りだすのを眺めるはずだった。そして束の間の想像世界で作り上げていた、ルイーザと寄り添い小船の上で波間を漂う情景を思い浮かべては口元をほころばせ、そんな時に何を笑っているのかと尋ねられたら、若い頃に熱中した愛読書のことを考えていたと答えればいい。

これが出会いから三週目を過ぎた直後の心のありようだった。やや冷め気味の結婚生活を活性化させる益体《やくたい》もない夢想というか、所詮は添え物のサラダで人生にささやかな風味づけをするようなもの、その一方でもっと大事な生活上のあれこれ、例えば電気代の請求書とか、床磨きといった日常の雑事をこなしていくのだろうと。

そして四週目がやって来た。最終講義（プルーストの芸術理論、サント=ブーヴその他について）を終えると、わたしは研究室で「ささやかな取り巻き」の最後の訪問——魔法が解けてルソー研究にわたしを引き戻してくれる時——を待っていた。ノックの音にドアを開けると、ルイーザがひとり立っていた。

「おや」

「お邪魔でしたか？」

「いや、時間どおりだね」

彼女はなかに入り椅子に坐った。ドアを閉めてふり返ると、ピンクのVネックのセーターからブラジャーの黒い紐が覗いているのが目に入った。道に迷った旅人が突如はるか遠くに目的地を見出したような心地、性の絶頂まであとわずかという状態にわたしはいた。禁欲生活がこの先待っているんだぞと自分に言い聞かせながらも、行く手に広がるまたとない冒険世界を目にすると、とりあえず検討する価値があるように思えた。

病膏肓《やまいこうこう》に入《い》るとはこのことだ。わたしに残された道は、逢瀬を長引かせる方法を見つけることと、そうすればこれっきりにならずにすむ。これがどういう結果をもたらすのか見届けたい。あそして、ここに書き綴った文章を誰かが――引退したかかりつけ医がゴルフの合間にでも、あるいは内視鏡検査医が別の患者の震える尻を調べる合間にでも、あるいは妻が、あるいはその頃どこにいるか知らぬがルイーザでもいい――とにかく誰かがこれを実際に読むことになって初めてわたしの物語は完結する。わたしのもっとも脆《もろ》い部分など意に介さぬ手厳しい読者でも、わたしを責めるよりもまず、先行き不透明なまま病院のベッドに横たわりこれを書き記しているわたしがいずれどんな罰を受ける運命にあるのかをそこに読み取るだろうし、わたしの苦しみが致命傷となるのか、それともさらなる責め苦がまだ待ち受けているのかと、思い巡らすことになるだろう。

それはともかく、今度来るとき、用箋を持ってきてほしいとエレンに頼み忘れないようにしなくては。

第四章

きみの考えていることくらいわかるさ。心のなかでこう呟いているのだろう。「一体全体この老いぼれ爺さんは、ミセスBの助けも借りずに今日までどうやって生きのびてきたのか？　それと、しばらく音信が途絶えていたのはなぜなのか？」と。そのあたりをきちんと説明しよう。

最初の数日間がいちばん辛かった。埃というものがこれほど急速に積もるものだとは露知らず、それをミセスBがこまめに拭き取っていたことに気づきもしなかった！　コンピューターはとりわけこの手の汚れがつきやすいようで、こいつをきれいに保つ最良の方法をミセスBにぜひとも相談したいと思うばかりだった。石鹸水で試したところとんでもないことになり、これは駄目だった（お蔭で《ディクソンズ》の友に一度来てもらい、カスタマー・サポートなる、法外な手間賃を請求してくるアドバイザーにもお世話になった）。とはいえ機械は今のところ順調に作動しており、我が身に降りかかったさまざまな悲劇や不幸もとりあえず、これで紛れている。

ミセスBのなんとも解《げ》せない立腹と出奔《しゅっぽん》を引き起こした画像は、まる二日間、途切れることなく画面に映ったままだったが、最近できた友人（いずれすぐに紹介する）が、画像の保存方法を教えてくれてね。それはよかったのだが、このサイトに再び出かけてみると、前回とは別の裸婦が大きなピンクの物体を用いて何やらせっせと励んでいたのだよ。ロジエの『百科全書』の所在を探るうちに、とんでもないことになってしまったものだ。毎日あるいは一日おきにチェックするうちに、入れ替わり立ち代わり新規の娘さんが例の寝室にやって来るということが判明した。じつに惚れ惚れする眺めだと認めるに吝《やぶさ》かではないが、さりとて過去の哲学者集団の検索を始めた当初からそんな下心があったわけではないからね。

まずはスープ作りを習得するまでの経緯を話そう。あれは独居生活二日目のこと、昼時になって腹の虫が鳴きだした（それまではパンとジャムで食いつないでいた）。それは空腹を知らせる音であり、郷愁の念に打ち震える悲しみの声でもあった。おお、せめて一杯でいい、ミセスBの絶品スープにありつけたら！　そこで一大決心をした。年寄りでもコンピューターが操れるのだから、スープだってこしらえられるはずだとね。わたしはコートを着こみ、スーパーマーケットに出かけていった。

自分が何を探しているのか、わかるまでにしばし手間取った。実際はスープ関連の売場を何度も通過していたに違いないのだが、目はずっと天井にぶら下がる、スープとはどこにも書かれていない役立たずの表示板を見上げていた。店の広さは平均的な図書館くらいだが、検索システムの合理性の観点からすると、無秩序なワールド・ワイド・ウェブ並みといったところだ。唯一サーチエンジンの役を務めてくれそうなのは、箱積み作業中のにきび面の青年くらいしかおらず、そこでわたしはその肩を叩いた。

「スープのコーナーはどこですかな？」そう話しかけた。

青年はまるで難問をふっかけられたかのように虚ろな眼差しを向け（たぶん新米店員だったのだろう）、探しているのは「紙パック入りスープ」かと訊き返してきた。そこで懸命に頭を働かせ、容器から中身を空ける動作と、ミセスBの誉れ高き創作物の準備とが同時に起こっていたのかどうか思い出そうとしたのだが、思い浮かぶのは刻んだり皮を剝いたりする姿ばかりだった。そこで、スープはスープでも原材料の状態のものを探しているのであり、たしか網状の袋に入っているのではないかと伝えた。頼みもしないのに送りつけてくる手紙に目を通しては捨てている最中に、それがキッチンテーブルの脇に吊るしたゴミ袋に入っているのを見かけたことがあったのでね。にきび君はこれにはかなりてこずっているようだった。《ディクソンズ》の店員といい勝負で、今時の学校は生徒に何を教えているのだろうかと首をひねったよ。青年は、ならば青果コーナーに行ってみろと言う。それはどこにあるのかと問えば、缶詰コーナーの手前右側だと言う。きみの説明はとても聞き取りやすく明解なんだが、缶詰コーナーがどこかわかっていない人間には通じないよ、と言ってやった。

「あ、そうか、こっちです」にきび君は先に立って、ジャガイモやニンジンなどが山積みされた一隅に案内してくれた、ここなら六、七遍は素通りしていたはずだ。

「ところで肉もここで買えるのかね？」わたしはそう尋ね、ミセスBがこくを出すのに使っていた脂身つきの柔らかい肉について一席ぶとうとしたところ、青年ときたら、ぷいと段ボール箱の山のほうに戻ってしまってね。どうやら本分以外のことにどれだけ時間を割けるかは、その人のたしなみと器量に比例するようだ。

とにかくすべては勘が頼りだった。万全を期して一通りの野菜を少しずつ仕入れることにした。奇妙な野菜もあった。生姜《しょうが》まであった。そのいびつな形状ときたら、ミセスBの足の指にそっくりでね。時折彼女は安楽椅子に腰かけて、呻き声をあげながらスリッパを脱いでいたから知っているんだ。粥《かゆ》にしろスープにしろ、彼女の作るものに生姜が入っていたのかどうか知る由もないが（彼女の料理の正確な名前を調べるのに主に利用している『アンブローズ夜話《ノクテス・アンブロージアナエ》』には、この植物のことは載っていなかった）、ミセスBの腕前を讃えるには、彼女の外見への追慕も含めるのが妥当に思えるのでついでに記しておく。

腕のなかで増えつづける品物の、バランスをとるのに難儀しているわたしに気づいたご婦人がカゴを取ってきてくれた。別のご婦人も、これまた親切なことに、こんなにたくさんの野菜をどうするのかと訊いてくれて、貴重なアドバイスを授けてくれた上、平打ちの青大豆やレンズ豆が並ぶコーナーまで連れていってくれた。スープ作りがこれほど奥深いものとはついぞ知らなかった。

ようやく任務も完了し、代金を支払い、両腕にレジ袋数個の大荷物を振り分け、家路についた。まだ水も加えないうちからこんなに重いとなると、とてつもない量のスープができあがるのではと不安になった。

もと来た道を戻っていくと、向こうから駆けてくる人影が目に入った。十九か二十歳くらいの娘で、水色のシャツに汗を滲《にじ》ませ、ポニーテールに結った金髪が揺れていた。見れば胸も、かなり激しく上下している。そばまで彼女が来たところで、わたしは片手を持ち上げ（先端にかなりの重量がかかっていたから、素早くというわけにはいかないが）停止を促した。彼女はいささか面食らった様子で、当初はこちらの声も聞こえていなかったようだ。それもそのはず、昨今の若者たちが楽しみを見出しているらしいあの小さな耳栓をしていたからだ。わたしの耳には、歯医者の電動ドリルみたいな音が絶え間なくかすかに聞こえてくるだけで、それのどこが面白いのやらさっぱりだよ。

「そんなふうに走るのはいけないね、お嬢さん」わたしは言ってやった。「肉体に無理な力を加えるのは弛《たる》みや皺の原因になって、三十路《みそじ》を迎えないうちに、わたしの知り合いのミセスBみたいになってしまうからね」白状すれば、この娘さんの胸がことさら気になったのは、読書する裸婦の観察研究を重ねるうちに、コンピューター操作だけでなく、女体に関してもちょっとした大家になったつもりでいたからだ。新たな趣味がとんだ知的進歩をもたらしてくれたものだよ！　親しくお喋りするあいだにも、この若いお嬢さんが裸で寝そべっているところを易易と想像できたし、彼女までもがロジエ版『百科全書』の探求に関わりがあるように思えてきた。

そこですでに耳栓をはずしていた彼女に、ミセスBがいきなり職場放棄したことを打ち明け（娘さんは気の毒そうな顔をした）、それで野菜をこうして買ってブロス（肉と野菜の澄ましスープ）を自分でこしらえてみるつもりだが、まずもって成功はおぼつかないだろう、実のところ、ミセスBの絶品スープとまではいかずとも、彼女の失敗作くらいの出来になれば御《おん》の字と思っているのだと伝えた。

「その袋、持ってあげようか？」そう言って、彼女はカトリアナと名乗った。申し出をありがたく受けることにし、並んでゆっくり歩いていくあいだに、彼女がライフサイエンス専攻の学生だと知った。

「ライフの科学かね！」わたしは声をあげた。「きっと時間の有効な使い方を学べるんだろうね」嬉しいことに、娘は袋をわたしより多く持ってくれ、ウォークマンなる機械のスイッチも切ってくれ、分別ある速度で進んでいたから胸の揺れもだいぶおさまっていて、これにはほっとした。「科学者に一度会ってみたいとかねがね思っていたんですよ。いろいろ答えてほしい疑問があるんでね」

「例えば？」彼女は言った。自宅まであと少しというところまで来ていた。

「どうして緑の猫や犬はいないのか、とかね」

彼女は困ったような顔をした。「はい？」

「つまり、鳥や昆虫や蛇には緑色をしたのがいる。オレンジ色や赤い猫ならいるし、青いのだっている。ところが緑色はいない。便利な色だと思うんだがね、身を隠しやすいし」

カトリアナはつと立ち止まり、笑顔を向けてきた。「さあどうしてかな」

「うちはその角を曲がったところなんだ。まだランニングを続けるなら、といっても、あまりお勧めしたくはないが、あとは自分で持ちますよ」

ろまで来ていた。それでもカトリアナは家まで運んであげると言ってくれたものだから、玄関まで来たところで、よかったらなかでお茶とジャムパンでもどうかと誘ってみた（親切に対して心ばかりの駄賃も渡したいと言い添えた）。すると、娘は、「うん、いいよ」と言った。

またずいぶんと妙な具合になったものだと思いつつ、紅茶の在り処《あか》を探り、ポットに茶葉を何杯入れたらいいのか思案に暮れた。この時カトリアナは居間にいたのでね。こんなふうにことが進むのを、いったい誰に予想できただろうかと思わずにはいられなかった。タイヤのパンク、にわか雨、偶然見つけた一冊の本、コンピューター画面に現われた奇妙な画像、スーパーマーケット探訪、そんなこんなが興味深い新しい友との出会いをもたらし、こうして自ら紅茶でもてなすことになるとは驚きだった。てんてこ舞いでがさごそ探し回る物音を聞きつけたのだろう、カトリアナがキッチンにやって来て、「何か手伝おうか？」と言ってくれたので、何かではなく、そっくり全部お願いしたいと全権を譲り渡した。もっとも今は違うからね。コンピューターに興味を持つようになり、ミセスBに見捨てられて以来いろいろなことを学習したわけで、紅茶の淹れ方もそのひとつだよ。まず最初にポットを温めておくなどというちょっとしたコツとか、さすがのきみも知らないんじゃないかな。

とにかくわたしが何も知らないので、カトリアナは不思議だったようだ。「ほんとに紅茶の淹れ方、知らないの？」

「いかにも。でもきみだって科学者なのに、なぜ緑色の猫や犬がいないのか知らないじゃないか」

「それとこれとは話が別だよ」彼女はトレイに茶器の一切合財を載せて、居間に運んだ。

「そうかな?」わたしはあとを追った。

「そうだよ。お茶を淹れるほうが緑色した猫より大事だもん」

「きみが猫だったら、そんなことはないだろうがな」ふたりしてソファに腰をおろすと、彼女は紅茶を注ぎ、ミセスBのことやわたしの暮らしぶりについてさらに訊いてきた。その辺の事情は今さらきみに言うまでもないだろうから、ここでどう答えたかは省くことにするが、それはともかく、カトリアナは話の途中にしょっちゅうコメントをさし挟んだ。「じゃあ、飛行機に一度も乗ったことがないわけ?」とか、「つまりテレビは一度も置いたことないわけ?」とか「まさかスープの作り方も知らないの?」とかね。作り方のほうはいずれ教えてもらうことにしたからいいとして、正直言って彼女の猜疑心の強さには閉口したよ。わたしがビスケットを探しに行くと、彼女もついてきて先に見つけてくれた(これまで見たこともない缶のなかにダイジェスティブが数枚入っていた)。そこでわたしは訊いてみた。「運転はするのかね?」

「教習を受けてるところ」

「ほう、わたしは運転歴が長いんだ」といばってやった。「だが、タイヤ交換をしてもスペアタイヤの補充のほうをうっかり忘れてしまうんだがね」それからロジエの『百科全書』に言及している書物を見つけた経緯を話し、ついには購入した『認識論と不条理』を取ってきて、ザンティック族に関する箇所を披露したりもした。ライフサイエンスの学徒なら、火を生命体と見なす説に興味を示すのではと思ったわけだ。「今のとはまったく別物の宇宙論を展開している本がこの世のどこかに存在しているなんて、ちょっとわくわくするじゃないか。ビスケットをもう一枚どうかな？」すると彼女はイエスと言った。

再び居間に戻り、ボーイフレンドはいるのかと訊いてみた。わたしの目から見ても、とてもきれいな娘さんだからね。すると、最近ユアンだかゲーリーだかいう子と別れたばかりだと言うので、それは残念だったね、まるでミセスBと破局を迎えたわたしみたいだな、と言うと、彼女はうなずいてにこりとした。だからひとりでランニングをするか、あるいはこんな老いぼれ爺さんを相手にする以外、やることがないのだろう。

「結婚したことはないの？」と訊いてきたが、答えるまでもなかったようだ。「だったら……恋愛とかは？」

「経験なし」そう言いながら、わたしは缶の底のビスケットのかけらを拾い集めていた。スープ作りにかける以上の情熱を傾注していたわけだ。

「それはさみしいね」彼女にそう言われ、ずいぶん妙な感想だなとわたしは思ったよ。これまで、さみしいと思ったことなど一度もない。長い人生で心を掻き乱されたことといったら、善良なるミセスBの離反くらいのものだ。しかし同じことでも人それぞれまったく違った受け止め方をするものだし、これまでの生涯に起こった出来事をそっくり掘り返して、この子のなかに注ぎこんだら（それを頭のなかに入れられるとしての話だが）、彼女ならそこにさみしさを感じるのかもしれない。こっちはただただ空腹なだけだったがね。

「ヒュームを読んだことはあるかな？」

「ない」

「恋愛がどれほど素晴らしい非凡な体験だとしても、この人の立派な文章を味わったり思い出したりする喜びにはかなわないはずだよ。ユアンに恋をしていたのかね?」(いやゲーリーだったか、まあどうでもいいが)。こう訊かれてしばし考えこみ、彼女はかぶりを横に振った。この曖昧な態度に、この子は本当に恋をしたことがあるんだろうかと首をひねりたくなった。読み終えた本に関してなら、どれが好きか嫌いかはきっぱり口に出して言えるからね。ビスケットをかじりながらあれこれ考えた末にようやく否定にたどり着くようじゃ、読書体験のほうが本物で、耐久性があり、意義深いように思うがね。

「さみしくないの?」と訊かれたので、ミセスBがいないのは不便だが、夢想や蔵書がいつだって申し分のない友になってくれるからねと答えると、カトリアナのさみしさもいくぶん解消されたように見えたので、ここでスープ作りを催促した。

キッチンに立つとカトリアナは生姜をさっさと放逐した。サツマイモとアボカドも同様に将来の使用のために脇に追いやられた。器用な包丁さばきですべての材料を刻み、それを鍋に投げこみ(「それで全部かね?」とわたしは呆気にとられて尋ねたくらいだ)、コンロの上で鍋がぐつぐつ煮えだすと、もはや教えるべきこともなくなった彼女だが、すぐにも立ち去りたいとの大いなる衝動を見せるでもなく、実はお腹がぺこぺこなのだと言って、一緒に食べていってもいいかと訊いてきた。その申し出は結局のところありがたいものとなった。そうしてもらわなかったら、こっちはスプーン類のしまってある場所を発見するのに午後いっぱいかかっていただろうからね。

ふたりしてせっせとスープを平らげながら、ミセスBがほんの一瞬コンピューターを覗いただけで滂沱《ぼうだ》の涙を流した、あの時からずっと続いている戸惑いを、わたしは口にした。

「どうしてそんなに狼狽《うろた》えたのかな？」カトリアナは、口をもごもごさせながら言った。「さてね。眼精疲労か何かだったのかもしれないと睨んでいるんだ。きみなら説明がつくんじゃないかな、わたしにはわからないことも、きみはいろいろ知っていそうだし」そう言いながら思い浮かべていたのは、紅茶、スープ作り、ヘッドホン・ステレオなどのことだ。

ふたりのスープ皿が空になったところで、彼女を連れて二階へ向かった。

「ちょっと散らかっていて申し訳ないね。ミセスBがいてくれたら、朝のうちに整理整頓も……」

カトリアナの目はモニター画面に釘付けになっていた。わたしが書斎のドアを開けてやり、先になかに入った彼女は、今や無用の長物となった鍵のかかった本箱にはちらと目を走らせただけで、すぐさま煌々《こうこう》と光を放つ画面に目を奪われた。それからわたしを見つめ、また画面に目を戻し、再びわたしを見つめてくる。これがまたミセスBとそっくりなんだ。

知ってのとおり、わたしはこれまでずっとミセスBを人間一般の模範というか見本とみなしてきた。世間の人がどう思うか知りたければ、常にミセスBにお伺いを立ててきた。彼女が考えていることは（それを口に出そうが出すまいが）まずもって同じ問いを発したら返ってくるであろう世間一般の意見だと確信していたからね。となれば、画面に映し出されている色鮮やかな画像、『フェランとミナール』と題する本、それを読んでいる裸の女性（いや娘と言うべきか、名前も知らぬこの読書人はカトリアナとさほど年は違わないのだが、そのカトリアナも相変わらず魚のような目で画面に見入っていた。ついでに言っておくと、この裸婦の読んでいる本は、昨今やたらと人気の出てきた本通りにある書店のひとつで後日見つけ、カトリアナと一緒に読むことになったのだがね。その話はいずれまた）、話を先に進めると、そういったものに対するミセスBの反応こそ、思うに世間一般のそれに違いないわけで、その画像を見つめすぎて少しく疲労を覚えてのことだろう、カトリアナがひきつった表情で、視線を画面とわたしの顔のあいだをせわしなく往復させる様は、ミセスBそっくりだった。しかしミセスBの場合は涙が目に溢れていたけれど、カトリアナは涙ひとつ見せず、意志堅固な様子で、もの問いたげだった。彼女ははっきりこう言った。「ビョーキ《シック》だね」

すでに言ったように、この機械はわたしにとって汲めども尽きぬ好奇心の源《みなもと》だからね。世界を、無音の揺るぎない世界をそっくりそのまま、斬新な方法で開示してくれるんだ。これまで何時間もこの裸体の女性を凝視しつづけながら、ロジエに関してこの女性から引き出せそうな情報が何か転がっていやしないか？　壁紙の色に意味があるのだろうか？　ヒントはベッドカバーの模様だろうか、本のタイトルだろうかと頭をひねりはしたが、（なにしろサーチエンジンがこのサイトと所在不明の『百科全書』とを結びつけてくれたのだからね）まさかこの無名の裸体の友が——穏やかで思慮深く、目の前に掲げた本に夢中になっているこの女性が——どこか具合が悪いなどとは思ってもみなかった。

「どうして病気《シック》だとわかるのかね？」わたしが身を乗り出して画面を覗きこむと、それに呼応するかのようにカトリアナは身を引いた。

「この人がじゃなくて、このサイトがだよ。サイテー。悪いけど、あたし帰る」

「そうかね。スープをどうもありがとう」

なのにカトリアナは、似たような状況におかれたミセスBと同じく何を考えているのやら、帰ると言っておきながらその場に立ちすくんだまま動かないんだ。わたしにコートを取りに行かせたいのだろうかとふと思ったが、緊張の一瞬に頭を働かせてみれば、彼女はそもそもコートなど着ていなかった。

「帰る前に教えてくれないかな」わたしは言った。「どうしてミセスBはあんなふうになったんだと思うかね？　何やら画面のせいで目をやられたのだろうかね？　そうなると医者にかかるよう言ってやらないとならないかな。二年前に白内障を患っているし……」

カトリアナは椅子に腰をおろした。なんとも大胆な振舞いである。部屋にひとつきりのこの椅子はわたしが仕事で使っているもので（この手紙も今ここで書いている。カトリアナは別室で寝ているのでね。そのあたりの事情は改めて説明する）、ミセスBとて決してこの椅子をわたしから奪ったりはしなかった。カトリアナはこう言った。「こんなもの見てるなんて、マジでキモくない？」わたしは記憶を頼りにこれをそのまま書きつけておく。彼女の非文法的な言い回しが何を言わんとしているのかさっぱりわからなかったのだが、この不可解なコメントがわたしの記憶に刻みつけられたものでね。

「そうかね」わたしは言った。「それはそうと坐らせてもらえるかな？」——長いあいだ立っていると体にこたえるんでね——娘は疲労した本来の所有者に椅子を明け渡してくれた。「ミセスBの反応について説明ができないなら、この画像とロジエの『百科全書』とのあいだにどんな関連があるのか教えてくれないかね？」

カトリアナは、わたしを見て何かを思い出したみたいな顔になった。「ああそうか、ロジエね。その話は本当のことなのね？」

「ロジエのかね？　当たり前じゃないか」

「これを見せるための口実だったんじゃないのね？」

彼女が何を言っているのかさっぱりだった。

「マジで……つまり、変態《パヴァート》じゃないのね？」

〈パヴェルテール〉、我々の血肉とも言えるラテン語でいうところの「逸脱」だ。たしかにジャン＝ベルナール・ロジエ探求を指して逸脱行為と呼べないこともないわけだが、それでもわたしはかぶりを振るだけにとどめた。

「ならいいの」彼女は言った。「この画像を取っておく？」

ここでこの画像の重要さを説明した上で、保存のし方を習うことになった。手順は厄介だったが、スープを作るのとたいして変わらなかった。奇妙な読書人と寝室を容れてあるファイルは、カトリアナがハードディスクと呼ぶ一隅に素早く収めてくれた。カトリアナが机に身を乗り出し、マウスを振り動かしてカチリと押すと、ピー音とともに作業は完了した。

「本当に恩に着るよ」わたしは言った。これでまたロジエの探索が可能になった。彼女が帰ったらすぐにでも再開するつもりだった。ところが先ほどの発言とは裏腹に、いっこうに立ち去る気配がない。

「お茶をもう一杯、飲もっか？」彼女が言った。

この申し出にはほとほと参ったよ。だってそうだろ、この年で水分を摂りすぎれば、当然のこと、いやでもトイレの回数が増えるからね。「わたしはいいから、きみの分だけ淹れなさい。わたしはウェブ検索に戻りたいのでね」たいしたもんだろ？　アリやミセス・キャンベルやサポートエンジニア君らの操る、妙なる新語をこのわたしが自在に駆使しているんだよ！

お茶を飲みたいと言うかと思えば、もう帰らないと、と言いだすカトリアナの一貫性の欠如にはびっくりだった。「ねえ《ルック》」と彼女は言った。（どこを見る《ルック》のかね？と、わたしは画面から目を上げ、きょろきょろしてしまった）。「家政婦さんが帰ってこないなら、人手が欲しいよね……」

そうか、うっかりしていた！　買物袋を運び、スープをこしらえ、ファイルの保存までしてくれた彼女に駄賃を渡し忘れていた……わたしは立ち上がってポケットに手を突っこむと、スーパーマーケットでもらった小銭を掴み出し、どっさりある銅貨のなかからポンド硬貨を一枚、摘まみ上げた。「これで何か買いなさい」そう言ったのだが、お気持ちだけ頂戴するということなのか、彼女は私の手を押し返した。わたしはなおも押しつけたが、彼女はやんわりと断わりつづけるばかり。正当な報酬を差し出しているだけなのに、断わるのが礼儀と世間一般は思うらしいね。

「ねえ」彼女は言った。（こう言われてやはり頭《ルック》が混乱したが、今回は窓のほうをふり返ることはしなかった）。「掃除とかの手伝いが必要なら、やってあげてもいいよ。相場は知らないけど、ミセスBがもらっていた額で手を打つわ。たぶんあたしのほうが有能だよ。どう？」

カトリアナの申し出をありがたいとは思いつつ、だからといってその厚意にすぐさま飛びつくのもためらわれた。だってそうだろ、ミセスBが戻ってくれたら日々の暮らしは元どおりなのだし……。しかしミセスBが戻らなかったらどうなるのか？　そんな恐ろしい考えが突如現実味を帯びて感じられた。

「ミセスBが戻ってくるまででもいいかね？」わたしは言った。

「もちろんよ。明日からにする？」

わたしがうなずくと、カトリアナはにっこり笑い、わたしの手を取った。すでに玄関を出ていたが、わたしは相変わらずこの奇妙な成行きの平仄《ひょうそく》合わせに必死だった。ウェブ検索やファイルの保存、スープの作り方、服を剝がれた女たちの姿態などといったことについて学習したところへ、今度はいきなり新しい家政婦を雇ってしまったのだからね！　若者というのは決断が速い。我々のような年寄りにはとてもついていけないよ、そうじゃないかね？　カトリアナはすでに通りに出ていた（書斎の窓から見ていると、彼女はふり返って手を振り、駆けだした。あれほどやめろと言っておいたのに）。気がつけば、すべては別の宇宙を開示するという『百科全書』探しから始まっていた（その所在すら突き止められずにいるというのに！）。やれやれといった気分で、飲んだ紅茶をすっかりトイレに流し、今いるこの場所に戻ってサーチエンジンに「ロジエ」と打ちこんだ。

　ここで、何千件もの検索結果のなかから掘り当てた論文を以下に、そっくりそのまま転記してお目にかけようと思う。


　ニコラス・クレリの探求は、ごく型どおり、古典作品の韻文の格調に関する研究から始まった。きわめて完成度の高い修辞的発話ではほぼ中間地点に中心軸が据えられているが、〈詩における梃子《てこ》の支点〉が厳密に語句《フレーズ》の中間地点にある必要はない、という彼の主張は、多くの理論家も認めるところである。ニコラス・ボワロが注釈をつけている標準的な作例は、ルイヨン作「ノストラダムスに捧ぐ」であり、この詩の中心軸は四行目の〈心臓《クール》〉という語にある。しかしながらクレリは、一七五〇年代のある時期に、こうした周知の諸見解をさらに発展させ、「力　学　詩《ポエジー・メカニーク》」の理論を構築した。

　クレリ自身、閃きの瞬間をこう書き記している。クレマン・マロの詩の朗読を聞きながら、修飾上の支点が認識できるばかりか（それはたまたま〈わたしの《モン》〉という語に置かれていた。より正確を期すなら、その直前に打たれたコンマにあった、とクレリは『日記』に記している）、さらには、中核となる箇所の前後にくる語の配分が効を奏し、この韻文の完全なる調和が達成されているということに気づいた。クレリによれば、そうした前後に配置された語が、浮かした腕に均等にかかる重力のごとく、たちまちにして詩全体の平衡状態を完全なものにするのだという。これに続くクレリの理論は、とりわけ純粋な韻文形式の場合、中核部以外では金細工職人の天秤の正確さをもって揺れるように作られている秤が潜んでいるというもので、これを数学的に割り出せることを実証する必要があった。

そこで彼は、韻文や戯曲の格調パターン内で起こる〈重力の分散〉の分析に着手した。その概念群と諸音節とを関連づけ、句読法と強勢の置き方を調整することによって、任意の一行、あるいはさらに範囲を広げて、連《スタンザ》、一篇の詩、悲劇作品全体の重心計算に成功する。この理論が提唱する支点を意識することで、作品のより深い解釈ないし理解が可能になるというわけだ。クレリの計算によれば、ベレニスは〈幼年時代《アンファンス》〉の第二音節と等価となり、ブリタニキュスは〈森《ボワ》〉に要約され、フェードルは心臓に終止符があるということになる。しかしこの解釈が実証されることはなかった。クレリ理論には未整理の部分があったためである。

「詩の均衡カタログ」はクレリにとってほんの出発点にすぎなかった。この理論は散文から日常会話に至るまで容易に応用できるはず、そう彼は考えた。ところがすぐに、韻文における梃子の原理を一般化するには無理があると気づいたクレリは、〈修飾重力〉を例えばマドモワゼル・ド・スキュデリーの作品の一節に当ててはめてみた。すると、安定した重心を得るためには、それらの単語を七本の軸で構成された装置（各軸に三つの語群が配された軸が一個の軽い枠組に糸で吊ってある）として解釈せねばならぬことが判明した。クレリはこの装置の製作を試みたが、実験に用いられた『ル・グラン・シリュス』第八巻の冒頭と装置とがどうつながるのか理解できない彼のパトロンである領主は、興味を持つどころかすっかり腹を立てた。この機械はいったんは街路に据えられたものの、たちまち薪として持ち去られたという話だ。

それでもクレリは、「人声をもってなされる発話はすべて、発話者の手で形成される装置と等価である」との主張を続け、コルネイユから魚売りの呼び声に至るあらゆる発話に潜んでいるはずの〈装置〉とはどんなものなのか、その発見に着手した。だが、領主の不興を買ったことに懲《こ》りたクレリは、精巧な図面作成に専念するほうが無難だと考えた。それらの図面は今も彼の論文「力学詩について」におけるもっとも興味深い資料となっている。

クレリは、どんなテクストであれ、諸力が全体のバランスを作り上げていると考える。作品の内部は作用と反作用、負荷と張力が絡み合った構造になっていると説く。モンテーニュの「経験について」の詳細な分析は最大級の賞賛に値する業績であり、そのなかでクレリは、二千九百五十三個の部品を持つ機械システムに相当するものとして、例えば滑らかな床に置かれた六本足の大テーブル、壁に立てかけた梯子、緻密な計算によって配されたさまざまな物品（書物とか髑髏《どくろ》など）、テーブル上に敷かれたいささか理想化された敷物などを示して見せている。

テクスト解釈はほかにも試みられた。ロウナン侯爵の庶子への領地移譲に関する曖昧な法的文書は、クレリの力学的翻訳にかかると、曲線を描く傾斜地に投げ出された一個のボールが、さまざまな隙間（そのひとつひとつが法律の従属節を構成する）を勝手気ままに落下していき、最終的には長方形のトレイのなかで静止する、といったように表わされる。このトレイは図面上の〈楡またはそれに類する森〉の存在を示しており、嬉しい戸惑いを露呈させながらも、自分が眺めているものが貴族間で交わされた契約書だと気づいてもいないような顔つきの、優美にやつれたご婦人が、その土地を調べてみれば、結局そこは、わずか数エーカーの痩せた土地だったり、うち捨てられた小屋ひとつだと判明するのである。

クレリは、どんなテクストであっても――それが散文であれ、韻文であれ、日常会話であろうと――扱えたし、それを構成する諸力を自らの体系に則って分析し、該当する力学的説明を見つけることができた。彼の理論は一見すると専断的で、徐々に増えていく原稿を見せられた相手から即座に非難されるのだが、それに対してクレリは反論するのも自在だった。発音のし方を変えたり、母音や音節を長くしたり短くしたりすれば、観念上の語群の再分配が可能となり、該当する力学の別パターンを導き出せるからだ。クレリはもちろん理想的な発音しか扱わなかったし、彼の力学システムにおける手法は、摩擦を度外視した滑車とか、軽量で重さを無視できる糸を都合よく利用するようなものだった。

しかしながら、これほど複雑な大作であり、しかもクレリがひとりコツコツと夜なべを繰り返しながら慎重に仕上げていった(とは、人を惹きつけてやまぬ彼の苦悶と混乱に彩られた『日記』に、沈痛な筆致で記録されている)正確かつ緻密な挿絵に彩られた本とあって、出版を引き受けてくれる出版社など見つけられるはずもなかった。彼と接触を持った者の多くは、かの領主の言葉をそのままなぞるだけで十分だった。あの男はすっかりイカレテイル、と。

だが彼はくじけなかった。母親からの気遣いの手紙は、戸棚のなかで入り乱れる釣竿《つりざお》に再現された。ある童謡は、ワンピースの裾にさした何本ものピンとなった。そうしているあいだもクレリは、理論の細部をさらに進化させせつづけた。彼の擁護者でさえ(この頃には三、四人いたが、彼がどうやって知己を得たのかは明らかでない)、小説まるまる一冊分のテクストに何らかの力学的バランスが働いていると考えることに疑問を抱き、そもそも小説など女が読む些末なメディアであり、そんなもので時間を浪費すべきでないと、クレリに忠告したほどだった。それでもクレリは、今日もっとも野心的な試みとされている、『クレーヴの奥方』の力学分析に着手した。まずは、自説のシステムに則り、ある語群を単語と記号に分け、続いて各単語がもたらす無数の力を分解し、個々の文章、さらには章全体が等価となるような道筋を見つけようとした。しかし焦燥と失敗の数週間を過ぎたところでクレリは、目標達成は困難かつ不可能だと気づいた。というのも扱うテクストが虚構、絵空事だからだ。そこでクレリは、真実こそが我々の語るものに均衡を与えるのだと確信するに至る。たとえ睡眠中の寝言であっても、こみ入った文法を易々と操るのは生来の調和が我々に具わっているからだ。とすると、我々自身の発話を分析できる装置があれば、犯罪者の供述の真偽を判定する方法を見出せるのではと考えた。心のなかで自らを安心させるために我々が発する声の、しかし結局は自己欺瞞でしかない声にならぬ声の有効性も発見できるのではないか、と。

そこで〈万能嘘発見器〉採用の提案書を書き上げると(とはいえ、被告や証人の言葉によって設定が変わるという非実用的な考案物で、円形の表示板に取り付けられた針が、上半分の「はい《ウィ》」か下半分の「いいえ《ノン》」を指すことで判定するというもの)、クレリは気を取り直して文学の諸問題に立ち返り、小説の真実は、真実を生み出すリアリティと切り離して判断することはできないにせよ、作品それ自体がなんらかの自立した――おそらく不安定でもあろうが――

均衡を維持しているはずだと思い至る。ラファイエット夫人の小説の分析が不首尾に終わったことが理論の改良を促し（と彼は『日記』のなかで晴れやかに述べている）、〈巧みな嘘〉という概念を用いて、虚言を単なる仕組まれた力と見なし、一見無視してもよさそうでも作品の意図を確実なものにする要素と位置づけた。この着想を採用したところ、第十四章のエピソードに関しては、予測とは裏腹の結果しか得られなかった。それでも企みはうまくいった。成功の喜びは、クレリの『日記』からもありありと伝わってくる。

どの虚構作品も、作品の一貫性を保つための虚言を少なくともひとつは含んでいるに違いない、ひとたび冷静さを取り戻したクレリはそう考えた。これが後の『力学詩』の第二十八定理となる。

ここに至りクレリは、〈動き〉を導入することで自説の普遍化に着手した。文学作品には遠心力（新たな登場人物、脇筋、複雑に絡み合う仕掛け全体を支離滅裂にしかねない余分な情報など）が働いているが、これと釣り合う求心力が細部をひとつの中心にまとめ上げ、やや難解とはいえ美しい描写の数々のなかに車輪のハブとして立ち現われる、そうクレリは考えた。やがて彼の描く図面は純理論的な惑星系の存在を表明するマニフェストの様相を帯びはじめ、あるいはモンテスキューやルソーといった流行の先端を行く作品群には、どくどくと脈打つ血管網のイメージが充《あ》てられた。しかしこの頃には、三、四人はいた信奉者ですら彼を見放し、この時期の彼を知る者たちの話によると、下宿の外でクレリの姿を見かけるとすれば、一緒にいるのは決まって黒い中型犬だけで、その犬も以前肉屋の店先を始終うろついていた野良犬だったという。クレリの論文原稿の後半部分を台無しにしたのはこの犬だとの話も伝わっており、その原稿の内容は、『日記』に記された興味深いコメントから推測するほかない。

クレリはどんなテクストでも力学装置に変えることができた。ならば、その過程を逆転させたらどうなるのか？　壁に立てかけられた箒《ほうき》について思いを巡らせ、そこに、どんな暗号化されたメッセージを読み取ることができるのかと彼は考えた。たちどころに計算がなされ、箒が表現しているのは恋人に贈る指輪を発話者が乏しい言葉で描写しているところだとの解釈が導き出された。これでひとまず満足したものの、選択した語群にはかなりの恣意性がある、すなわち誤謬《ごびゅう》の可能性を多分にはらんでいた。そこでこの箒をより丹念に分析すべく、箒の穂を一本一本数え上げ、重さを測り、再度壁に立てかけ、その傾斜角を正確に測定した。さらに精密なデータを入手してみれば、この指輪が形見の品であり、恋人はいささか冷淡で、例のお粗末な描写は怒りのせいだという結果が得られた。森羅万象はどうやらこうしたコミュニケーションなるものを有しているらしい、そう考えたクレリは、こうしたメッセージの探求に、世界を美しいけれども根本的に誤解を招く説明文でしかないテクストに還元することに、生涯最後の執念を燃やした（これを目撃したのは、『日記』にも歯形を残している犬だけである）。いや増しに高ぶる熱狂に駆られて森羅万象を記録するうちに、周囲の事物は――それまでは研究にとって単なる背景にすぎなかった住まいや通りや街までもが――唯一の読み手に向けて書かれた無限に増殖する文書に姿を変えた。

「彼はその要求を繰り返す。太陽はたゆたう記憶を遮る。（階段室）」

あるいは、その少しあとには、

「十二時を少し回った頃にはたどり着けそうだ、チーズが熟成していることを願うばかりだ。

（ひっくり返った荷車）」

そして最後は、

「惑星――星――聖なる終わりなき運行。火よ、火よ！　神の御言葉。（揚水ポンプ）」

『日記』の末尾同様、彼の最期ははっきりしない（もっとも件の犬が、『日記』だけでなく彼の死にも関わっていたという証拠はない）。またクレリの論文は死後何年も顧《かえり》みられず、出版もされなかった。その断片は「物理学・博物学・文学批評」なる定期刊行物に紹介されたが、完本として世に出たのは一七七九年になってからで（図表も見事な銅版画となって収録）、その冒頭に付されたジャン＝ベルナール・ロジエによる解説は、「詩学界のニュートン」とロジエが呼ぶところのクレリに関する唯一無二の資料であり、その結論部分でロジエは、クレリ理論が世間に受け入れられずにいるのは、惑星軌道を構成する要素は詩だとする彼の説を認めてしまうと、神がラシーヌの言葉を語っていると認めざるを得なくなる、そういう事態を恐れた人々からの反発があるからだと結んでいる。


どうかね、ジャン＝ベルナール・ロジエがまたしても見つかった。最初の登場から二十年ばかり経過しているが、相変わらず活動を続けていたようでまことに喜ばしい限りだ。では、そろそろ休ませてもらうとしよう。今こうして手紙を書いているあいだも、階下ではカトリアナがすやすやと眠っている。そのへんの経緯は次の手紙に書くとして、とりあえず保存しておこう。彼女が目を覚ましたら、この手紙を投函してもらうことにする。では次回を楽しみに。

第五章

　フェランとミナールは何時間も歩きつづけた。これだけでもちびで太り気味のミナールにはかなりの負担なのに、ふたりの所持品ばかりか、うら若き娘の殺害事件を引き起こし、パリから逃げ出す原因となった謎の原稿までを収めたずっしり重いカンヴァス地の包みを抱えていた。すでに夜が明け、鳥は木々で和《なご》やかにさえずり、都会の煤煙と汚泥は背後に遠ざかっていたものの、ミナールは何分かごとに「かわいそうなジャクリーヌ！」と切ない声をあげ、涙もしばしば流すのだった。出発以来この調子だったから、フェランのほうは、うるさい虫やら痛む足やら重い荷やらで苛立っていた。

「荷物はふたつに分けろとあれほど言ったのに」フェランは悲嘆に暮れる相棒をふり返りながら言った。相棒は荷物を引きずっていた。それまではふたりで両側から吊りさげていたのだが、背丈が違う分フェランの歩幅が大きく、そのためフェランが歩調を無理に緩め、ミナールが逆にスピードを上げないと、ふたりしてその場でぐるぐる回ってしまうのだ。そこで交替で荷を持つことにしたわけだが、これが不和の因《もと》になった。交替時間をどうやって判断するか？　ミナールが歌を使って時間を計ろうと提案すると、フェランもそれだと気分も晴れるだろうからと賛成したのだが、すぐに奇妙な現象が現われた。荷物を運んでいるほうの歌うテンポがついつい速くなるのである。しかもミナールは歌の途中で急に泣きだすものだから——気の毒なジャクリーヌの亡骸、血の気の失せた顔、青ざめた唇などが歩むたびに甦るのか、これをうじうじと口にする——そのたびに途切れた歌詞を何度も繰り返すことになった。

フェランは思い出したくもなかった。「彼女のことは忘れろよ」彼は言った。「すべて忘れるんだ」ミナールはこれまで何度も試験に落ちてきた身、忘れるのはお手のもののはずだった。「ぼくらの再出発なんだよ。名前だって変えないとな」

「そりゃそうかもしれないけど、できたらやるべきことは一度にひとつずつにしてくれよ」そう言うミナールは、今では体の前に荷物を抱え、アヒルのような歩みになっていた。フェランが荷物をミナールから引き取ると、ふたりはしばらく黙りこんで進んでいった。

じきに夕闇が訪れる時分だった。だいぶ前から木々の生い茂る地帯を歩いていた。ミナールはもうすぐジャクリーヌの両親の住むモンモランシーに着くはずだと思ったが、フェランは人《ひと》気《け》のないこの鬱蒼《うっそう》と茂る森にしばらく留まりたがった。ここなら人の手が及ばないというわけだ。

「ぼくとしては、人の手が及ばない場所が望ましいとは思わないけどな」ミナールが言った。「人間以外の手にかかるかもしれないんだぜ」虫の音が響き、時折正体不明の咆哮や金切り声が起きると、ミナールは博物学の勉強をあまりしてこなかったことを後悔した。「それに、こういうところには山賊がいるかもしれないんだろ?」

「いるわけない」フェランは言った。ふたりは小休止することにし、フェランは切り株に腰をおろし、ミナールは薄れゆく光を頼りに、坐っても大丈夫そうな小山を見つけると、アリやネズミや蛇などが棲みついていないかどうか確かめた。恐る恐るそこに腰かけると、一定の間合いで左右の尻に交互に体重をかけた。一方の尻が嚙まれても、もう一方が無事なら、アリにせよネズミにせよ蛇にせよ攻撃を仕掛けてくるものがあっても、ぱっと飛びのいて難を逃れられると考えてのことだ。「これ以上歩くのはよそう。どこか野宿する場所を探そうよ」

ミナールとしては手足の伸ばせる場所を決めようと言いたかったわけで、そういう場所はいくらでもあった。フェランは立ち上がると、場所をどこにするかで一夜が不快なものになるかどうかが決まるとでも言いたげに、あたりを歩き回った。

「このあたりは狼がいそうだな」ミナールは、ひときわ暗い木立のほうに目をやった。

「それはどうかな」フェランは小石を蹴飛ばした。

「確信はないってこと?」ミナールの気がかりは尻から喉首へと移っていた。その部分が、通りすがりの怪物が喜びそうなおやつになるような気がしたのだ。

フェランが言った。「たぶんこのあたりは二百年間、狼は出没していないはず、だからといってまったくいないとは言い切れないがね。いないことを証明するのは不可能だ」

「ぼくたちの食いちぎられた体が、いることの証明になるってわけか……」

「大丈夫だよ、ミナール君、狼はめったに人を襲わない」

「だったら物語に出てくる女の子はどうなのさ?」

「どの物語だよ」

「ほら、おばあさんのところへパンとミルクを届けるように言いつけられた子供の話だよ。森のなかを歩いていると、狼がどこへ行くのかと訊いてきて、『おばあさんのおうちよ』と答えると、狼が『どの道を通るんだい？　待ち針の道、それとも縫い針の道？』って訊いてくる、あれだよ」

「ああ、あれか」フェランが言った。「昔、母さんが話してくれたっけ。それでその子は、待ち針の道を行くと答えるんだよね」

「違うよ、縫い針のほうだよ」

「絶対に待ち針だよ」

「悪いけど、それは絶対に違うね」

フェランはこんな森のなかで議論などする気はさらさらなく、どんなことにも絶対などないということはすでにふたりのあいだでは了解済みだったから、喜んで相手の主張を受け容れた。

「だったら、ぼくは別バージョンを聞かされたのかもしれないね」しかし、ここでミナールがめそめそやりだした。「どうしたんだい？　おい泣くなよ、きみの望みどおりの物語で納得したんじゃないのか」

「かわいそうなジャクリーヌ」ミナールは涙を拭いながら声を絞り出した。「待ち針なんか借りなきゃよかったんだ」

フェランはミナールの横に腰をおろすと、腕を回して友を抱き寄せ、精一杯優しい声で語りかけた。「そうだねミナール、思い出したよ。女の子は……どっちかの道を行くと言い、そこで狼は別の道を行った」

「そうだよ」ミナールは溜息をもらし、フェランの胸に顔をうずめた。

「そしておばあさんの家にやって来た狼はおばあさんを殺し、その血を瓶に詰め、肉を切り刻んで皿に並べ、おばあさんの寝巻きを着てベッドにもぐりこんだ」

ミナールがつと立ち上がった。

「どうした？」

「何か聞こえた」

「ネズミか何かだよ」フェランが言う。

「狼かも」

ふたりは耳を澄ました。木々のほうからがさごそと何やら蠢《うごめ》く音がした。

「鹿だよ」フェランは落ち着きはらった声で言った。「いいかい、女の子がやって来ると、狼は服をお脱ぎって言うんだ……」

「静かに」ミナールが声をひそめた。「こっちに来るぞ！」

ふたりは身を伏せて息を殺し、徐々に大きくなっていく重々しい足音の主《ぬし》を見定めようとした。

「うひゃあ、熊だ！」ミナールは思わず手を口にやり、出かかった悲鳴を押しとどめた。

「違う、人間だ」フェランはすでに、そばまでやって来た人物の姿を目にしていた。そこで相棒に小声で囁いた。「いいかミナール、向こうがこっちに気づいても、自分たちが何者で、どうしてここにいるのかは決して喋るなよ。話をどう持っていくか、早いとこ考えないと」

ミナールはすっかり気が動顚《どうてん》してしまい、言われたことがよく呑みこめなかった。「どういうことだよ、話をどう持っていくかだって？　何言ってるんだよ？」

「嘘の名前を考えるんだ」歩いていた人物が立ち止まった。話し声が耳に入ったに違いない。

「そんなこと言ったって」ミナールはぶつぶつ言った。「ルイ……マザランとか」

フェランは立ちはだかる人影に目をやった。相手はあたりを探るように首を巡らせている。

フェランはミナールにあわただしく耳打ちした。「自分で勝手につければいいんだ、さっさとやれ！」

「モリエールでどうかな？」哀れこの男の頭のなかはすっかり白紙状態、落ちた試験の解答用紙そのままである。

「おふくろさんの旧姓を使え」フェランがそう促したその時、黒い人影が大声で「おおい！」と声をかけてきた。

今日のところはたいした愁嘆場《しゅうたんば》を演じずにきたミナールだったが、ここに至り、またべそをかきだした。「そんなの知らないよ」

「おっかさんの旧姓も知らないのか？」フェランは耳を疑った。

見知らぬ男は再び歩きだした。「おおい！」そう呼びかけながら左右をきょろきょろ見回している。「誰かいるのかね？」

フェランは、よくもそう自分の家族の歴史に無知でいられるものだとミナールに言いかけたが、そこへ相手が思いもかけず、まさにふたりのいる方向へ視線を移したものだから、目と目が合った瞬間、三人から同時に悲鳴があがった。フェランとミナールは観念して、怯《おび》えながら立ちすくむ農夫らしき人物の前に立ち上がった。

「てっきり狼かと思っただよ」農夫は帽子を取りながら言った。

しめしめ、相手はただの間抜けなお人好しじゃないか。ミナールは夜が更ける前に危険な森を抜け出せそうなことに安堵した。「ほら見ろ、フェラン」と彼は言った。「ぼくが言ったとおり、狼はいるじゃないか。何が『大丈夫だよ、ミナール君、狼はめったに人を襲わない』だよ。へへんだ!」ここでフェランの石と化した表情を目にして、ミナールは己の失態に気がついた。

「あ、しまった」情けない声をもらす。「名前のことですけど」と、ここで農夫のほうに目をやり、「今、こいつのことをフェランて呼んだけど、本名じゃないですからね」

フェランも農夫もミナールを無言で見つめた。

「それにぼくはミナールじゃないんです。これは綽名《あだな》、いわゆる通称というやつでして、本名じゃありませんからね」

「なるほどね」農夫は面食らったようだが、異議は唱えなかった。

「実はですね」ミナールはさらに続けた。「今言った名前は母方のものなんですよ、結婚前のね」フェランは救いようがないといった様子でかぶりを振っている。「それだって本当の名前じゃないんですがね。実を言うと、祖母の旧姓でして、それを時々使っていて……」

「もうよせ」フェランが言うと農夫のほうは、ふたりの素姓を根掘り葉掘りする気はないらしく、ではそろそろ、というようなことを口にしたのだが、ミナールはここで見捨てられてなるものかとばかり、先を続けた。

「ここは狼や熊が出るんですか？　だとしたら、ふたりとも生きて夜明けを迎えられないですよ！」

フェランはここに留まるつもりだったのだが、このあたりの森はおふたりのような紳士が夜を明かすにはふさわしくないし、よかったら一晩寝床を提供しますよと農夫が言った。そこでふたりは厚意に甘えることにした。フェランとミナールの前を行く農夫は、ふたりの荷物まで引き受け、しかも軽々と運んでいるようだった。ミナールはこんなふうに話しかけて会話を続けた。

「さっき言った名前のことは忘れてくださいね。ある任務のために偽名を使わざるを得ないんです。でも、さっきお会いしたときはそれがとっさに出てこなくなっちゃって、以前読んだ本に出てきたフェランとミナールって名前をつい使っちまったんです」

フェランはミナールの脇腹を思い切り小突いた。農夫が言った。「なんとまあ面白いこった。任務だとか本だとかが飛び出すとは、じつに傑作だ」

やがて日もとっぷり暮れた頃、三人は草の生える傾斜地に出ると、明かりのともる小さな平屋建ての家にたどり着いた。ドアを開けると、農夫の女房と四人の子供が静かに腰かけていた。一間きりの部屋にはテーブルとベッド、それと鍋のかかる暖炉があった。とりわけミナールの関心はこの暖炉に向かった。鳩の肉が煮える匂いが漂っていたのだ。

「王様の使いをなさっているおふたりの紳士をお連れしたよ、何でもおふたりのおばば様たちに関係あるそうだ」農夫は女房にそう説明した。

「それはそれは」女房は亭主の言葉をそのまま受け止めると、席を立ち、鍋を掻き回した。

ドアが背後で閉まるが早いか、フェランは室内をすっかり目におさめたところで問いかけた。

「わたくしどもはどこで休めばいいでしょうか?」

「ほら、ここですよ」農夫は大きな寝台を指さした。

「ではあなた方ご家族はどちらで?」

「ここに決まってるじゃないですか」と同じベッドを指さす。

フェランとミナールは互いに見交わし、農夫とその女房、それから四人の子供に目を走らせた。

「このあたりには本当に狼が出るのですか?」フェランが訊いた。

「すごいのがいるよ」いちばん大きななりの子供――男児――が興奮気味に口を開いた。「先週も馬一頭と木を半分食っちまったんだ」

「木は無理にしても、馬の一頭くらいならぼくも平らげられそうだな」ミナールは冗談をひとつ飛ばすと、火のほうへ近づき鉄の大鍋を覗きこんだ。煮えたぎる汁の様子から見て、具はたいして入ってなさそうだった。農夫の女房は慌てた様子でミナールに険しい視線を返した。

「おいしそうですね」ミナールは猫なで声を出した。「でもあんまり長く煮すぎると、口に入る前に中身が蒸気になって飛んでいってしまいますよ」

鍋が細長いテーブルに運ばれた。テーブルの一方の端に主人が、もう一方の端に女房が坐り、四人の子供はひとつのベンチに押し合いへし合いして収まり、その向かいの似たようなベンチに、フェランとミナールは席を与えられた。子供たちは背の高い順に並んでいた。そうする理由は、客人ふたりによそってしまうと、ほかには十分行き渡らないと気づいたときに明らかになった。狼の話をした少年が鍋にいちばん近い位置に着き、あとの三人の並びは体力順である。こうすることで二番目の子供（男児）がそこそこの量をもらい、残るふたりの娘は最後に残った一皿を分け合うのである。

子供たちの苦境に同情したフェランは、テーブル越しに身を乗り出すと、自分の皿から分けてやった。この行為は無言のまま受け容れられ、あとは、一同がひたすらズルズルやりだした。ここでミナールがいきなりしゃくりあげなければ、食事は会話のないまま進んだことだろう。

「どうかお許しください」フェランが言った。「最近、死に別れた人がいるもので」

農夫はさも同情するようにうなずいた。「おばば様はお年だったので？」

「八十一でした」フェランは即答した。こうなったら一家の主《あるじ》が勝手に作り上げた話に乗るしかないと思ったのだ。

農夫は皿の中身を飲み干して皿から口を離すと、唇を拭い、「その方のことは初耳だなあ」と言って女房のほうに目を向けた。「最近このあたりで死んだ人はおらんよな？」

「住まいはこっちじゃないんです」フェランは子供たちの戸惑うような凝視にさらされながら、そう言い訳すると、木目の粗いテーブルに突っ伏してすすり泣くミナールの背中を優しく叩いてやった。

「ああ、そうでしたか」農夫が言った。「だが、王様から報せがあってこちらに？」

フェランはうんざりした様子でうなずいた。「王様というのは当たっていませんが、似たようなものです」

その時ミナールが顔を上げ、涙を手の甲で拭うと、農夫に向かってこう言った。「モンモランシー出身のジャクリーヌという名のお針子の、家族を探したいんです」それから、しゃくりあげていたとき以上の奇声を発した。フェランがすねを思い切り蹴飛ばしたのだ。

「ジャクリーヌ？」農夫はその名前に思いを巡らせてから、皿に残った汁をさらに一舐めした。「ひょっとして村はずれに住んでいる、ろくろ細工師のコルネんとこの娘っ子のことかね」

「それです、そうだと思います」もう一度蹴られたミナールは、フェランにしかめっ面をして見せた。

「あの子がおたくのおばば様の知り合いだったので？」農夫が訊いた。

「いや」フェランが口を挟んだ。「それも本で読んだ名前でしてね」これには農夫も呆れて、口をつぐんでしまった。ミナールは食事のほうに気持ちを切り替えた。たちまちほかの者たちの熱い視線が集まる。ミナールの皿がいちばん盛りがよく、食べ終えるのも最後になったからだ。

「この鳩、珍しく臭みがきつくないですね」ようやく皿を空にしたミナールが言った。

「鳩じゃありゃせんですがね」女房が言った。

ここで四人の子供がベンチを立ち、部屋を出ていった。解放感からか、すぐにくすくす笑いが外から聞こえてきた。続いて父親も出ていき、女房もそのあとに続いた。しばらくして家族全員が戻ってきたところで、今度は自分たちの番だとばかり、フェランとミナールは腰を上げた。「行くぞ」フェランは友の腕を取ると、ドアが閉まった途端に生まれた漆黒の闇のなかに足を踏み出した。

「どっち向いて小便すればいいのかな？」ミナールが問うた。それから「フェラン、やめろ！こっちにかかってるじゃないか！」

「お仕置だよ」目では捉えられぬ流れを再度相手めがけて放射する。

「なんでそんなこと言うんだよ」

「あの人たちにぼくらのことをべらべら喋りやがって。何よりも知られちゃまずいのに」

「落ち着けってば」ミナールも足元の名もない草に放水を開始した。「そのことをずっと考えてたんだよ。それで思いついたんだ、正体を隠すつもりなら、実名を使うのが一番だってね」

「説明はもっとうまくやってくれ」フェランが警告を発した。「こっちの膀胱にはまだ半分残してあるんだぜ」

「いいかい、どんな名前を使ったところで、人は怪しむものさ。きみのことをマザランとかモリエールってぼくが呼んでいたとしたら、すぐにあのお百姓さんはこれは本名じゃないって疑ったはずだ」

「そう言われりゃそうかもしれないね」

「だったら、ここは人間に生まれつき具わる疑り深さを逆手にとって、わざと本名を名乗ればいいんだよ。これで一石二鳥、みんなにはフェランとミナールじゃなさそうだと勝手に思わせて……こら！　やめろ！」

フェランは態度を軟化させ（単に尿を出し切っただけとも言えるが）、むすっと言った。「今後は喋るのはぼくに任せてくれ。さあ寝るとするか」

ふたりが屋内に戻ると、家主一家はさっさと寝床に入って夜着姿でぴったり寄り添い、客人ふたり分の余地を空けて待っていた。火はすでに落とされ、燃えさしの明かりが、ベッドに上下互い違いになって横たわる者たちの姿を照らしていた。ここに何人が詰めこまれているかは、ちょっと計算してみれば簡単にわかった。末のふたりの娘は床に敷いた毛布の上に丸まっていた。ということは残りの四人がベッドの上、この人たちのかたわらでフェランとミナールは一夜を明かすことになったのだ。

ふたりは下着姿になった。ミナールは脱いだズボンを一振りし、風が通るように吊るしてからベッドに這いのぼった。サイズ以外の点でこのベッドは、馬の飼い葉桶のあらゆる物理的特徴を有していることが判明した。たしかに巨大ではあったが、あり余るほどというわけではない。フェランは、このもつれ合う状態のどこかで押しつぶされているであろう農夫を思い、子供らがこれ以上大きくならないことを願わずにいられなかった。さらに想像をたくましくしたフェランは、人口増産の営みは夜間を避けてほしいものだとも思った。これほど大勢の人間が、こんな尋常ならざる状態で寝ていたら、うっかり人違いをしでかしてもおかしくない。

ミナールのほうは、フェランと正体不明の人物に挟まれて横になったわけだが、これがまた鼻がもげそうなほど臭かった。悪臭の発生源が足なのか、それとももじゃもじゃ頭なのか、はたまた口臭か。友と向き合う恰好で右脇腹を下にして横たわったものの、この姿勢に慣れていないため、夜のあいだに心臓から血がすっかり流れ出て、朝にはきっと死んでいるのではとびくびくものだった。頻繁に寝返りを打たないと血の巡りが悪くなると聞いたことがあったからだ。少しだけ体を捻じってみようとしたが無駄だった。ゼリーに閉じこめられた果物のごとく身動きが取れないのだ。早くも親子全員は寝ついたようだった。聞こえるのは、高いびきに時折げっぷが混じり、虱《しらみ》のたかった頭を断続的に掻きむしる音ばかり。ミナールは相棒に声をかけるのを我慢した。どうせ小突かれるか、それ以上にひどい目に遭わされそうな気がしたからだ。そこで、一呼吸ごとに体をわずかでも膨らませられないかとやってみた。こうすれば、やがて寝返りを打つだけの余地ができ、心臓に血も回るようになるだろう。

明け方、とりあえず生きていた。見ればフェランが床の上で荷物に頭を乗せて寝そべっていた。「さあ行くぞ」フェランが囁いた。

小さな窓の鎧戸《よろいど》の隙間やドアの割れ目から、太陽の光が射しこんでいた。しかしミナールは、よほどのことがない限りベッドから出るのを好まない人間の本能から、まだかなり時間が早いことを感じ取っていた。フェランは立ち上がると伸びをし、ここを出ようと繰り返した。しかしミナールが目をまた閉じたものだから、フェランはその腕を引っ張りはじめた。

「やめろよ、フェラン」

「しーっ！」

「何だね？」農夫が物音に気づいて目を覚ました。声はベッドの裾のほうから聞こえてきた。やがて薄汚れた足のあいだから頭が現われた。

「ご親切、恩に着ます」フェランは小声で礼を言った。「もう行かねばなりません」

農夫は肩をすくめる代わりに眉を持ち上げた。肩のほうは押さえつけられていて用をなさなかったのだ。「今日がご葬儀で？」

「葬儀って何のことです？」ミナールが言うと、ベッド全体が息を吹き返したように、いたるところで頭や足が蠢《うごめ》きだした。最年長の少年が毛布の下から息を荒らげながら姿を現わした（ミナールは、よくもまあそんなところで死なずにいられるものだと感心した）。女房は死者に敬意を表して胸元で十字を切った。ここでフェランは友をベッドから引きずり出した。

「あんたたちのばあちゃんは、天使様たちのおそばにいるのかな？」布団の下から幼い娘のひとりが問いかけてきた。寝呆けながらも興味津々のこの娘に見守られながら、ふたりは身支度を整えた。とりあえずミナールのズボンは乾いていた。

「パンとミルクと卵でも食べていきなされ」農夫がそう勧めると、ミナールは早速これに応じ、硬いパンの皮をバリバリ言わせながら口に押しこみ、ジャグに入った酸っぱい牛乳で流しこんだ。フェランは荷物を持ち上げると、別れの挨拶や無事を祈る言葉に見送られながら、ミナールの腕を掴んで戸口まで引っ張っていった。

外へ出た途端、ミナールが泣きだした。「かわいそうなジャクリーヌ！」

「やめてくれよ、またそれを聞かされるのはご免だぜ」フェランは言った。

森には小川が流れていた。ふたりは顔を洗って髭を剃った。一息入れる場所もあったのでどうにか気力も回復し、農夫が提供してくれたのよりましな隠れ家を探そうということになった。それから一時間ほど歩きつづけ、立派な建物がそここに立つ村に出た。

「この辺で頼んでみよう」フェランは言った。「いいねミナール、今度はしっかり口を閉じてくれよ」

ミナールはうなずいて唇をキュッとすぼめると、荷を持ちやすいように抱えなおした。やがて堂々とした門の前に立った。人家にしては異様に大きく、重苦しい雰囲気が漂う大建造物だった。カーブを描いて延々と続く人気《ひとけ》のない道をたどっていくと、右手の、塀で囲まれた庭に続く戸口から、ひとりの神父が出てくるのが目に留まった。相手はこちらのかしこまったお辞儀にうなずいてみせ、近づいてきた。「オラトワール会モンモランシー校へようこそ」彼は言った。

「どなたかをお訪ねですかな、それともご見学でしょうか?」

フェランは口を開きかけた。「あ、その……」

「見学でして」そう答えるミナールに、フェランが顔をしかめてみせる。神父の視線は、足元のずっしりと重そうなカンヴァス地の包みに向けられていた。

「では礼拝堂のほうへ」神父が促した。

「手始めとしてはうってつけですな」フェランとしては、ミナールが精一杯演じて見せたもったいぶった態度を引き継ぐしかなかった。かくして突如、見学者を演じる羽目になったふたりは、神父について道のはずれまで行くと、アーチ形の玄関を通り抜け、中庭にやって来た。前方に小さな礼拝堂が姿を現わした。

「神父様、かたじけのうございます」そう言うとフェランは、荷を抱えたミナールを礼拝堂の戸口のほうへぐいぐい引っ張っていった。

「告解をなさりますか？」そう尋ねられたフェランとミナールは、目と目を合わせるやすぐさま声をそろえて、「ノン」と答えた。

内部はがらんとしていた。ミナールはやれやれとばかり戸口に荷を下ろすと、祭壇にひざまずくフェランの横に並んだ。フェランは、我が身と友の生命をお守りください、そして携えてきた秘密の原稿をうまく処分できますようにと祈った。ミナールのほうは、鴨のローストを乞い願い、気の毒なジャクリーヌの魂の安寧を祈り、そして自分の魂が救われますようにと祈ったところでさめざめと泣いた。

神父はすでに立ち去っていたが、じきにまた人の気配がした。フェランは礼拝堂に入ってきた人物のたてる咳払いに気づいたが、ふり返らずにそのまま祈りを、というか祈るふりを続けることにした。闖入者《ちんにゅうしゃ》の靴が通路の滑らかな敷石を鳴らしながら、じわじわと背後から迫りくる。足音がやんだ。立ち止まったのだ。そこでフェランは覚悟を決めて、入ってきた人物を確かめることにした。

フェランは十字を切ると立ち上がり、ふり返った。ミナールも同じようにした。そこにいたのは別の神父だった。背が高く、がっしりした体つきで、先ほどの人より見栄えがいい。見知らぬ来訪者を前に満面の笑みを浮かべてはいるが、その眼差しは冷ややかで、相手の特徴を慎重に読み取り、さらなる分析を試みようとしているかのようだった。フェランは即座にこの男に不信感を抱いた。

「ベルチエ神父と申します」フェランとミナールのお辞儀に対して、相手は淀みない口調で名を告げた。「崇美なるオラトワール会をご案内できて光栄に存じます。ここは学問、瞑想、祈りの場でございまして、わたくしども同様、神の無限の知恵におすがりしたい方にあまねく門《もん》戸《こ》を開いております」

とそこへ、フェランの耳に中庭を駆け抜ける足音が届いた。その音からして大勢の子供たちのようで、続いて怒鳴り声が聞こえた。「一列縦隊！」

フェランはベルチエという名前に聞き憶えがあったが、どこで耳にしたのかは思い出せなかった。「かたじけのうございます、神父様」そう言いながらミナールにちらと目をやると、こっちのほうも値踏みに忙しい案内役に負けず劣らずの笑顔を振り撒いていた。少年たちが礼拝堂に入ってきた。ベルチエ神父は、そばを通って席に向かう子供の頭をひとつ、ふたつなでてみせてから、フェランとミナールを外に連れ出し、いよいよ見学が始まった。明るい中庭に戻ると、やはり礼拝堂に向かうさらに多くの子供たちの規則正しい足音を耳にしながら、見学者ふたりは案内に従ってひとつの戸口をくぐり、両側に等間隔に並ぶ大きな窓からの光に溢れた長い廊下を進んだ。

「ひとつ伺いたいのですが」ベルチエ神父は前方に見える図書室の入口を指さしたところで、尋ねてきた。「モンモランシーにはどのような目的で？」

ミナールが口を開かぬうちに、フェランが先回りした。「避暑です」

「さようでしたか」ベルチエ神父はうなずいて、歩を進めた。「このあたりは風光明媚で人気がありますからね。リュクサンブール公のご尽力のお蔭で、数世紀前の自然美をここに甦らせることができたのです」彼は窓のひとつの前で足を止めた。天気がいいので開け放たれている。「どうです」ベルチエは、はるか彼方の鬱蒼とした森に見え隠れしている建物のほうに手をやりながら、威厳に満ちた声を発した。「アンギャン城がちらりと見えますでしょう。年に二度、公はあそこにご滞在あそばします。ちょうど今、お越しになっておられます。ご立派なお方で、奥方様もそれはよくできたお方です」神父は小さく咳払いをした。こうした貴族階級の人たちと交流があるのが自慢らしかった。「つい一週間ほど前には」と彼はさらりと言った。「ジャン=ジャック・ルソーと昼食をご一緒しましてね」

ミナールがたちまち勢いづいた。「ルソー？　あの『ジュリ』を書いた？」

ベルチエ神父は悠然と自分の爪の点検を始めた。「ジャン=ジャックとは親交がありましてね。ここモンモランシーあたりでなら、彼を親友と呼んでさしつかえないでしょうな」

「それはすごい」とミナールは言った。ルソーの『ジュリ　または新エロイーズ』は数か月前に出版され、大評判になっていた。初版はたちまち売り切れ、どこの本屋も時間貸し制度を採用したほどだった。貸料は六十分あたり二十四スー、これを読み切るには、一週間飲まず食わずで過ごすことになりそうなので、ミナールはこのベストセラー本をまだ読めずにいた。「つまり神父様、かの天才作家と交流がおありなんですね？」ここで今度はフェランに目をやり、

「ねえ、すごいじゃないか？」

フェランにはわかっていた、もしミナールが自分をよく見せようとして、畏敬の念を大安売りしようものなら、ふたりの身がまたしても危うくなる。「図書室にお邪魔しても？」フェランがそう切り出すと、ベルチエ神父はどうぞご自由にとばかり、大仰な身振りで行く手に腕を差し延べた。とはいえ、著名な友について一席ぶとうとしていた矢先に、話の腰を折られてむっとしているのがありありと見て取れた。

「当オラトワール会の教育は天下一品でしてね」ベルチエ神父は歩を進めながら言った。「生徒たちは将来に必要なあらゆる知識を授けられます。ご存じのように、オラトワール会運営の当校は、カリキュラムの幅の広さと寛容さにおいてはつとに有名でして。ここでは体育とダンスに特に力を入れております」

「神父様のご担当科目は？」フェランが尋ねた。図書室の重厚な扉が開かれる。

「物理です」ベルチエ神父が言った。「ここではアリストテレスに関する基礎知識を一通り叩きこまれるんです。かといってベーコンやデカルトの近代理論に触れないわけではありませんよ」ここでいったん言葉を切り、同行のふたりに図書室の見事さを誉めそやす余地を与えた。

書棚はサイズ、年代、劣化の具合などがさまざまな、息を呑むような数の本で埋まっていた。

「じつに素晴らしい」ミナールは声を落として言った。机に向かって勉強中なのか居眠りの最中なのか、僧服姿の者がひとり、ふたりいたからだ。しかしベルチエ神父は、自信たっぷりの朗々たる声を落とす必要などまったく感じていないのか、ふたりを書棚のひとつに案内し、

「ほら」と声を響かせた。「ベーコンがありますでしょう」神父は目指す本を抜き取ると、どうやら熟知しているらしいページを開き、ベーコンが提唱する知識の分類を客人に指し示した。「ほら、三つの機能ですよ。記憶、理性、そして想像力。申し上げるまでもなくご存じでしたかな？」ミナールは折り目正しく、だが無知をさらけ出してうなずいた。フェランは顎をなでさすった。ベルチエ神父が続けた。「ディドロとダランベールの『百科全書』にある〈人間知識の系統図〉ですが、あれはベーコンの着想を盗用したにすぎません。それについては『トレヴー評論』誌上で指摘しておきましたが」

ここでフェランは、ベルチエ神父の名前を思い出した。以前、筆写に関わった教会関係の小論文に出てきたのだ。ベルチエが口にした定期刊行物はイエズス会の御用雑誌だった。しかし目の前にいる文学的野心を抱くこの神父は、イエズス会の教育方針に賛同しているとはまずもって言いがたい学校に雇われているのである。どうやらベルチエ神父は、出世のためなら手段を選ばぬ抜け目のないタイプらしい。誰にでも好かれる振舞いを心得ているのだ。

「ええ、そうですとも」ベルチエ神父は誇らしげに続けた。「『百科全書』の編纂者たちがどれくらい先人の学問成果をそのままなぞっているか、いくらでも指摘できますからね。図版の巻はまだ刊行されていませんが、それもほかのと同様、二番煎じだと胸を張って申し上げられます」どうやらこの神父は、さほど親しくもない著述家たちの動向にもかなり通じているらしかった。

一方、ミナールはベルチエ神父とモンモランシー滞在中の著名人との関係に今なお思いを巡らしていた。「たしかルソーもあの『百科全書』に寄稿していたのでは？」と言った。

「ええ、そうですよ」ベルチエ神父は答え、今度は部屋のいちばん奥にある、先ほどのよりは地味なドアのほうへふたりを導いた。「彼はオペラの作曲家としての才能を買われて、音楽の項をすべて担当しています。しかしジャン＝ジャックは、信頼を寄せ友人とも呼んでいた人たちからひどい仕打ちを受けましてね。ディドロとダランベールはふたりして彼を深く傷つけました。モンモランシーに移って以来、彼は多くの困難を耐え忍んできたのです」

「ムッシュー・ルソーのことをよくご存じなんですね」ミナールは子犬のように神父にまとわりついた。「ぜひもっと聞かせてください」

「喜んでお話ししますよ」ベルチエ神父はそう応じると、またも笑みを浮かべた。それとて顔の下半分の動きだけであり、書き物机の秘密の引出しを開け閉めする手馴れた素早さで顔の筋肉を調整できるらしい。「よろしければ食事をご一緒にいかがですか」

ミナールがこの申し出にさっさと快諾を与えてしまったため、フェランには受けていいものかどうか考える暇もなかった。しかもこの背丈の足りないほうがうなずきながらこう言ってしまっては、もはや手の打ちようがない。「ムッシュー・フェランもぼくも、お近づきになれて大変光栄に思っています」

「それは恐縮です」ベルチエが言った。またしても自分の実名をばらされたフェランは、口のなかがからからになった。希望がさらにしぼんでいくのを感じずにはいられなかった。「で、あなたのお名前は？」

これを告げる段になってようやくミナールも、またしても自分がやらかしたしくじりに気づいたようだった。「あ……ミナールです。でも本名ではないんです」

「さようですか」ベルチエ神父はこれっぽっちも動じていない様子。フェランは、神がこの場で自分たちを叩きのめし、すべてを終わらせてくれればいいと思った。「わたくしの部屋にいらっしゃいませんか、そのほうがくつろげるでしょうし」

ふたりは彼のあとについて図書室を出ると、今度はだいぶ見劣りする廊下を抜け、階段をのぼり、二間続きの神父の私室にやって来た。三人は仲良く椅子に腰かけた。ベルチエ神父はもっぱらミナールに（とはいえ、その視線は絶えず動いていたが）問いかけた。「オラトワールのなかで特にご覧になりたい場所はおありですか？」

ミナールは肩をすくめ、フェランに視線を投げた。「ざっと見せていただければ十分です」

フェランが助け舟を出す。

「さようですか」ベルチエ神父は膝の埃をさっと払うと、お祈りをしようとでもいうように両手を合わせた。「お見受けするところ、どなたかのご子息のご入学をお考えなのでは？」

「いえ、とんでもない」ミナールは、フェランが最後の最後に使おうと考えていた口実を、いともあっさり反故《ほご》にした。

ベルチエ神父は無言でうなずき、「当校への関心は数多くの地区から集まっておりますからね。イエズス会運営の学校をやたら持ち上げる風潮もそう長くは続かないだろうと、もっぱらの評判です」そう言うと、ふたりからの賛同の言葉を期待してでもいるかのように言葉を切った。もっともふたりのほうは、話の中身がまるでわかっていなかったのだが。ベルチエは立ち上がると、ゆったりとした歩調で歩き回りながら指先を唇に当て、この謎の来訪者が抱いているらしき邪悪な目論見に、改めて考えを巡らせた。このふたりについては、礼拝堂においでくださいと告げに来たロッシュ神父から、「大荷物を抱えたふたり連れの見学者」と聞かされていた。ここでベルチエはさらに言葉を継いだ。「もちろんイエズス会の方であっても歓迎いたしますですよ」再び言葉を切る。「わたくし自身もあちらの一員だと申し上げるに吝《やぶさ》かでありませんしね」さらにまた言葉を切ったベルチエは、ミナールの前につと立ち止まり、彼を見下ろした。ミナールがフェランのほうにちらと視線を走らせる。

「そういうことでしたか」とベルチエが言う。「となると、わたくしたちは皆イエズス会修道士というわけですな」

ミナールとフェランは素早くかぶりを振った。「いいえ違います」ミナールが口を開いた。「イエズス会の者ではございません。実を申せばジャンセニストでして」これにはフェランの心も、それがまだ可能ならの話だが、さらに深く沈んだ。

「ジャンセニストですと？」ベルチエ神父は考えこむように言うと、ゆっくりとまた歩きだし、そうするあいだも、この最新情報の意味するところを考えるのだった。「それはまたじつに興味深い。本校はもちろんイエズス会の信条も、それ以外のまっとうかつ適切なる教理ともども受け容れております。それにおふたりが所属する会の信徒の方々のなかには、議会でご立派なお仕事をなさっておられ……」ここでベルチエはふたりに笑みを向けた。しかしフェランは、それが前より卑屈な感じで、うわべだけの笑みだと見抜いていた。ベルチエは地位の高い人間にはやたらと腰が低い。目の前の来訪者が権力側の人間であり、慎重に遇すべき相手だと勝手に思いこんでいる。ふたりが議会からの使者であるなら、その目的は何らかの情報収集であり、ここはご機嫌を取っておくのが賢明だと判断したのだろう。

「ジャン゠ジャックについてお話を聞かせてください」フェランは言った。

「ジャン゠ジャックですか」ベルチエは安堵に近い表情を輝かせ、再び椅子に腰かけた。「お知りになりたいことがあれば喜んでお話しいたしますとも。彼は何かと話題になる作家ですからね」

ミナールがしゃしゃり出た。「しかも俗世にまみれぬ天才ですしね」フェランとしては、友がつまらぬことを言って再びあらぬ方向に話を逸らしてしまうのだけは願い下げだった。

「天才、たしかに」ベルチエは、影響力を持つこの来訪者ふたりがルソーの敵なのか味方なのかを見極めようとしていた。

「あの方のお話をお聞かせください」フェランは、そう言いながらミナールのほうへきっと目を走らせて、「お話を遮るようなことはいたしませんから」と言い足した。

「いいでしょう」ベルチエは言った。「ムッシュー・ルソーがモンモランシーに来られたのは五、六年くらい前……そう、一七五六年のことでした」ベルチエはいささか動揺していたが、それでも言葉が前にも増して淀みなく溢れてくるに従い、不安の色は影を潜めた。「当初はマダム・デピネの客人として、ここからさほど遠くないエルミタージュと呼ばれるマダム所有のコテージにお住まいでした」ここでまずはフェランに、それからミナールに視線をやる。「ところが一、二年して、デピネ夫人と気まずくなり、そこを出られてからはモン＝ルイにある家に移られ、今に至っております。おふたりがたいそうお誉めになった『ジュリ』も」と話を続けながら、ミナールにまた目を向ける。「そちらで書き上げられたのです」

ミナールはこの餌に飛びついた。「今朝ムッシュー・フェランと歩いたまさにあの森と草原のなかで、かの大傑作が生み出されたってことですね！」

「ジャン＝ジャックのところには大勢の賛美者が押しかけておりますよ」ベルチエはミナールの熱い思いを即座に受け止め、さらに続けた。「ヨーロッパ全土からのお手紙も続々と」ここでいったん話を切ると、さもうっかり脱線していたことに気づいたとばかりにフェランのほうに目をやった。「よろしければ彼の家にご案内いたしましょう」と彼は言う。「お望みとあらば、ジャン＝ジャックにも引き合わせますよ」

「いずれお願いします」フェランが言う。「まずはお話のほうをお続けください」

「かしこまりました……ではご自宅の様子をお話ししましょう。じつに簡素にして素朴、世間を遠ざけている方にはうってつけです。家政婦のマドモワゼル・テレーズを伴ってそこに移り住んだ当初、おふたりとも寒さにたいそう難儀なさいましてね。それに加えて、ディドロとダランベールに足蹴《あしげ》にされたとあっては……」ベルチエは言葉を選ぶ。「もちろんおふたりとも立派なお方です。そうそう、ムッシュー・ダランベールとはつい昨晩、お会いしたばかりですよ、パリのほうでね。わたくしが『トレヴー評論』誌に、『百科全書』は初版の不備を改めれば右に並ぶものなき偉業となるだろう、と好意的な書評を寄せたことを忘れずにいてくださった。おっと、ジャン＝ジャックの住まいの話でしたな。あそこもずいぶん手を入れてよくなっています。リュクサンブール公が初めて彼の家にお出ましになられたときには、ご一行が床板を踏みはずすのではと案じたほどでしたからね！　そこでジャン＝ジャックは庭にある、ふだん執筆に使っている小さな四阿《あずまや》でおもてなしをする羽目になり、あれこれ無様をさらすことになったわけです。窮状を見て取られた公爵様はご寛大にも、更なる修理と改装を行なうようすぐさま指示を出され、工事が終わるまでアンギャン城内のプチ・シャトーに滞在するようジャン＝ジャックをお誘いなさいました」

「プチ・シャトーのお話をぜひ聞かせてください！」ミナールが口を挟んだ。「なんだかとても素敵そうだな」

「本当に」フェランは落ち着き払って言った。「どうぞ先を」そうやってベルチエの不安をあおり、同席している人間とは常に味方でいたがるベルチエの習性をうまく利用して、こちらが主導権を握ることでまたとない後ろ盾を得られるかもしれない、そうフェランは踏んだのだ。

ベルチエはうなずいた。「じつに美しく快適なお住まいですよ。実際にお訪ねしたことはないのですが」ここで咳払いをひとつ。「しかし、詳細はあれこれ耳に届きますので、この目で見たと申し上げてもいいくらいでして」

「あなたの想像力は賞賛に値しますな」フェランが言う。

「いや、それほどでも。住まいの修理が済んでからも、ジャン＝ジャックはプチ・シャトーにしばらく残っていらしたんですよ。公爵様がご滞在の折は、アンギャン城とモン＝ルイの自宅を行ったり来たりしてお過ごしです。昼食は公爵ご夫妻とご一緒され、夕食はテレーズと、といった具合に。そして夜もいずれかでお休みになるわけです」ベルチエは聞き手の関心を勝ち取れたことを願いつつ、ひとまず言葉を切った。

「本当にジャン＝ジャックに会わせていただけるんですか？」ミナールは興奮に身をよじらんばかりに尋ねた。これを見てベルチエは、もうひとふんばりした。

「まず問題ないでしょう。おふたりとも彼の人となりと作品にたいそうご興味がおありのようですから」

「そうですとも」ミナールが相槌を打つ。

ベルチエ神父は続けた。「どうやらモンモランシーでのご関心は、オラトワールよりジャン＝ジャックのほうにあるようですな。お知りになりたいことがあれば、喜んでお手伝いいたしますよ」

フェランはここで口を挟むのがよかろうと考えた。「こちらの関心はいろいろありましてね。ところで昼食の前にひとつお願いが、なにせ当地は不案内ゆえ、まだ滞在先が決まっていませんでね」

ベルチエ神父は即座に手配を引き受けた。「あらゆる便宜《べんぎ》を図らせていただきますとも」

「使用人は不要です」フェランは言った。「邪魔が入らず、仕事に専念できる場所さえあれば十分です」

ベルチエ神父はうなずいた。「万事お任せください」そう言って立ち上がると、難しい契約を取りつけてほっとしたとでも言わんばかり、ぽんと手を打ち鳴らした。「それでは食事にいたしましょう」それからふたりを部屋の外に促した。

フェランが言った。「しばらくふたりきりで外の空気に当たりたいのですが、かまいませんか？」

「もちろんですとも。ではおつき合いいたしましょう」

「それには及びません」フェランがベルチエにそう言うと、ミナールはいささか面食らったような顔をした。「食堂の場所をお教えいただければ、追ってそちらへ参りますので」

ベルチエ神父は、突如またしても卑屈な気分に陥りながら道筋を伝えると、階下に向かうフェランとミナールを見送った。

ふたりは足早に中庭に向かった。「まさか食べずに帰るんじゃないだろうね？」ミナールが息巻いた。

「いや、そうじゃない」フェランは言った。「ただ、人前では絶対に口を開かないと約束してもらいたいんだ、ぼくに同調する以外はね。ベルチエは役に立つが、信用するのはまずいよ。あいつはきっと何か企んでいる、それに巻きこまれたくないんだ。雨露をしのぐ場所さえ見つけてもらったら、あとは会う必要もなくなる。だがいいか、ミナール、きみが馬鹿なことを口走ったが最後、こっちの首にお縄が掛かることになるんだからね」

礼拝堂に向かいながら、ミナールはこの忠告を無視することにした。「ジャン＝ジャックに会うって話はどうなるのさ？」彼は尋ねた。

「奴と知り合いになる気はない」

「何だって？　あれほどの傑物と知り合えるチャンスを棒に振る気なのか？　ぼくらにとってどれほどためになるかしれないっていうのに！」

フェランは言った。「ぼくらが人目につくような真似は、まずいんだよ。『ジュリ』の作者への表敬訪問は、こっちの問題が片付いてからにすればいいじゃないか」

それからふたりは礼拝堂に入った。今は誰もいなかった。フェランは荷物の中身が探られていないことを確かめたかったのだが、それがそっくりどこかに消え失せているではないか。

「なんてこった」彼は呻いた。もっとも、なかに収まる原稿が消えてくれればむしろ喜ばしいわけで、さほどの痛手は感じなかった。

「昼食を食べに行こうぜ」ミナールが急《せ》きたてた。「それはあとで考えればいいじゃないか」この背の低い男は自分なりの優先順位を決して崩さない。

本館に戻ると、食堂の入口でベルチエ神父が待っていた。ふたりは部屋の奥の彼専用の壁龕《アルコーヴ》に案内され、大勢の聖職者たちに引き合わされた。食事中はフェランもそこそこ気を抜いていられた。腹を空かした相棒が食べるのにすっかり夢中で、馬鹿なことを口走らずにいたからだ。それでも、ミナールが口をもぐもぐさせながら、悲哀に満ちた苦しげな表情になったのに気づくと、また泣きだすのではと気が気でなかった。

「礼拝堂のお荷物は生徒に運ばせておきました」ひとりの神父が教えてくれた。「ご心配なく。

ちゃんと保管してありますので」

「あとでお住まいのほうに運ばせましょう」ベルチエ神父はフェランに言った。「食事が済んだら、ムッシュー・ヴェルノンのコテージにご案内いたします。夏のあいだはずっと空家で、お好きに使っていただけます。何でしたら使用人もお世話いたしますが」

「それには及びません」フェランはきっぱりと断わった。ベルチエには謎の権力者と思わせておくのがいちばんだし、それに使用人がベルチエのスパイということも考えられた。フェランはワインを一口、口にし、望みどおりに事が運んだことに大いに満足した。

一同が食べ終わり、ほとんどの者が立ち去ったあとも、ミナールは最後の一口を胃の腑に詰めこもうと頑張っていたが、葡萄《ぶどう》数粒とチーズ一片を飲みこんだところで、ようやく諦めた。その目は充血し、虚《うつ》ろだった。フェランにはミナールの心を悩ませている原因がわかっていた。あの娘のことを考えているのだ。一行は席を立った。

「コテージにはジャックがご案内いたします」ベルチエ神父がそう言って会釈したところで、三人は廊下で立ち止まり、別れの挨拶を交わした。開いた戸口のかたわらで、ひとりの下僕が肩に陽光を受けながら待っていた。ここでフェランがお辞儀をしてミナールの腕を引き寄せると、ミナールがいきなり喋りだした。

「もうひとつ教えてください」とベルチエに向かって言う。「この村に会いたい人がいるのです。ジャクリーヌ・コルネのご家族をご存じでは？」

フェランの落胆は、ベルチエの目に現われた一瞬の変化を捉えてさらに深まった。知っている目だ。フェランの心臓は凍りついた。

「コルネですか？」ベルチエは眉をなでつけながら、どう答えたものか迷っているふうだった。その視線がフェランからミナールへと移り、またフェランに戻る。礼拝堂で初めて会ったときに見せたのと同じ、対象を分析するような眼差しに、ここまでどうにか築き上げてきた何がしかの権威が、ミナールの余計な一言で崩れ去ろうとしているのがわかった。「いや」ベルチエは言った。「そういう名前の娘さんは存じ上げませんね。正直なところ、聞いたこともありません」

かくしてふたりの友は、この男の客人として滞在を許されたコテージに案内されていった。ふたりがオラトワールからの長い道のりの向こうに去っていくのを見送りながら、この男は眉をなでなで物思いにふけっていた。

第六章

ブリア＝サヴァランの、哲学と追憶と美食をないまぜにした奇妙にして心躍る著作、『美味礼讃』のなかに忘れがたい一節がある。そこで語られるのは、アフリカのどこかの国で罪を犯し、その罰として舌を抜かれたという不運な男との出会いである。ブリア＝サヴァランは当然のこと、この不運が食物の味を識別する上でどんな影響をもたらしたかに興味を抱き（味覚は驚いたことに損なわれることはなく、ただ飲みこむのが困難になっただけだそうだ）、また肉体を切り刻むのをよしとする一八〇〇年代初頭の旧態依然とした野蛮な司法制度に憤慨してみせてもいる。ブリア＝サヴァランは、そのわずか数十年前のフランスで、当時十九歳の騎士ラ・バールが賢明とはほど遠い言葉を軽はずみに口にし、それが冒瀆的かつ猥褻だとの判断から、苛酷な判決を下されたことを思い出していたのかもしれない。この事件は、十八世紀フランスにおける最高裁判所である十三の高等法院のうちのひとつが担当した。高等法院は、狂信的かつ時代に逆行した振舞いに出ることしばしばで、国民の検閲官ないし道徳の見張り番として絶大な政治権力を握っていた。訴えも虚しく下された判決は、ラ・バールの攻撃的な発声器官を切除し、さらにヴォルテールの『哲学辞典』一冊を首にくくりつけて火あぶりに処すというものだった。しかしながら啓蒙主義的価値観がすでにある程度広まっていたのであろう、処刑執行人はこの青年に慈悲をかけ、舌は切り落とすふりだけにとどめ、斬首《ざんしゅ》の後に火に投じた。旧体制《アンシャン・レジーム》下での意見表明は危険を伴う行為だった。だから作家が絶えず検閲にさらされていたのは驚くにあたらない。わたしがプラハでの学会に出席した折、あれはルイーザへの恋狂いが始まってすぐあとの夏のことだが、ある研究発表で紹介された記録文書はなかなか興味深いものだった。

パリ市警の某警察官が出版業界を監視する任務を与えられた。その人物が提出した報告書は十八世紀中期のフランス文壇の活動状況を伝える貴重な資料となっている。情報はスパイや密告者から寄せられ、ちょっとした噂話や職務質問からも集まった。作家ひとりにつき一冊のファイルがあり、そのなかには人相書、行動記録、さらには批評界での作品評価（これこそが研究者にとってもっとも興味を掻き立てられるところ）まで収められている。ルソー、ディドロ、ダランベールの三氏もこの監視下にあった。三文文士や素人芸術家に対しても事情は同じ、せいぜいが石炭の鉱脈一覧表や開業医名簿とそう変わらない人物調査票でもリストアップする価値ありと見なされた。つまり、記録することがこの時代の熱病だったのである。

これをもってアンシャン・レジームの抑圧的傾向を示す証拠、すなわちファシストまがいの悪しき警察国家が存在したことの証左と断じていいのだろうか？　それでは何の根拠もないまま、我々が属さない世界に我々の価値観を押しつけているにすぎない。〈観相学〉に基づき作家たちの一大保管庫を作り上げ、しかも文学批評に驚くべき眼識を持つ一警察官を我々はどう判断すべきなのか？　何をもって抑圧と見なすかは、難しい問題だ。例えばよく知られているように、ジャンセニストが大勢《たいせい》を占めていた当時の高等法院で、焚書《ふんしょ》が命ぜられるのはごく普通のことだった。しかも当時の出版社は、余剰在庫の処分のつもりでこの裁定におとなしく従った。いわばこれは十八世紀版売れ残り本の見切り処分と資源再利用だったのだ。本がフランス国外で出版され、しかも著者名が伏せられている限り、さほど面倒なことにはならなかった。たとえごたついたとしても、バスチーユの呪文のお蔭で作者の名誉が傷つけられることはなかった。悪名が文学的名声を支える便利な杖であるのは昔も今も変わらない。

しかしながら、ある時代の日常を想像しようとすると、どうしても悪しき還元主義に陥りがちだ。わたしと同世代の人なら誰でも知っているだろうが、例えば〈飛んでる六〇年代〉という風潮も、実際にはどこか別の世界の、自分よりファッショナブルな人々に起こった流行現象であり、こっちがどんなに飛んでるところを見せようと所詮は二番煎じ、永遠の出遅れ組だと感じずにはいられなかった。ラクロの『危険な関係』にしても、あれを当時のシニカルな道徳観の完璧な再現だと現代の我々は考えがちだが、彼と同時代人で、ラクロの小説が描いているとされる世界を実際に知っていたラ・アルプは、この作品を「何十人もの愚者とふしだらな女が登場する物語」と呼んでいる。つまりそれほど、かの作品世界とラ・アルプの現実とは、かけ離れていたのであり、それはわたしの現実が『イージー・ライダー』の世界とまるで違うようなものだ。

研究発表を聞いたあと、仲間の研究者たちとコーヒーを飲みに行き、そこで旧友と十五年ぶりに再会した。長い無沙汰を経て旧交を温める際にまず互いに驚かされるのは、相手の老けこみようだ。目の前の現実が、自分にもあてはまることをつい忘れてしまう。再会したのはドナルド・マッキンタイア。現在は教授となり、十八世紀の出版事情という重要な研究に取り組んでいることは風の噂に聞いていた。さっそく互いの近況を報告し合ったわけだが、その後、彼はわたしの顔を心配そうに覗きこみ、こう言った。「具合でも悪いのか？」

病というのは過ぎ去った歳月と同様、その多くは他者から知らされる。ルイーザに叶わぬ恋情を抱くようになってから、すでに四、五か月が経っていた。週を経るごとに、今頃彼女はさかりのついた筋骨たくましい青年に出会って夢中になっているに違いない、だから秋の新学期が始まっても木曜日に訪ねてくることはもうないだろうと、次第に確信するようになっていた。惨めな気分だったのは確かだが、まさか、赤の他人のドナルドに、こちらの心の奥底を、臓器の異変を、顔にありありと現われた何かを、いともたやすく見抜かれてしまうとは。わたしは彼に、いたって元気だと答えた。

当世風の分厚いカップでコーヒーを飲んだ。ヨーロッパ各地で愛用されているカップだが、縁のカーブの具合がいまひとつで、しずくを垂らさずに飲むのが難しく、茶色い筋がカップの側面にいくつもできた。学会というのはこんなふうに立ち話をするためにあるようなものだ。そのあいだ、わたしは友のよく動く顔を見つめていた。そこに深く刻まれた老いの徴《しるし》を初めて目にした瞬間は愕然となったが、一、二分もすると昔からこうだったように思えてきた。彼の年齢を物語るさまざまな特徴は、さながら芝居の紗幕のように、開演までは美しく照明が当てられているが、いったん芝居が始まると照明の魔術で消えてしまう、そんなふうだった。この時不思議にも〈いつものドナルド〉が戻っていたのであり、昔と何ひとつ変わっていないと言わざるを得なかった。

コーヒーを受け取る列にドナルドを見つけたその一瞬に目にしたものが紛れもない真実のはずだった。ところがその直後、風雨にさらされた碑文のように、目の前のドナルドの顔から歳月が拭い取られ、そこにいるのは現実のドナルドではなく、わたしの記憶のなかにある彼だった。我々が、気持ちの上では自分はまだ子供だと思ったり、今も若い頃の自分と少しも変わっていないつもりになって、老化を見て見ぬふりをするのも、それと似たような心理が働いていはしまいか。

ブリア＝サヴァランによる人間の舌の分析は、かの作者を同様の結論に導くこともできたであろう。というのも、近代の生理学者たちによれば、人が香りや風味に反応するのはせいぜい二、三秒のことだという。実際に味わっているのは単に記憶や期待感が呼び起こす味にすぎない。真実は最初の一噛みにあり、あとはすべてその反復なのだ。

エレンがダイニングルームに新しいカーテンを掛けることにしたときもまさに似たようなことがあった。それは何年も前、ルイーザと出会うずっと以前のこと、詳細は避けるが、子供が欲しくてエレンとわたしが何度も医者通いをしたあとの話だとだけ言っておこう。といっても、それによって受けた心の傷について語りたいのではない。ただ、そういうことがあったあとだからこそ、カーテンの掛けかえはある種の気分転換、「それでも人生は続く」ということを自らに言い聞かせる手だてと受け止めたにすぎない。エレンは突如として室内装飾マニアと化し、サンドペーパー仕上げの床板についての講釈にも、カルヴァンやノックスの激しい情熱もかくやと思われるほどの熱がこもっていた。

わたしはカーテンの生地選びにつき合った。彼女は「スウォッチ」なる小さな端布《はぎれ》を納めた見本帖を家に持ち帰り、それをダイニングの窓の脇の壁にピンで留めつけた。こうしておいてわたしたちは並んで腰かけ、六枚のぺらぺらした端布と睨めっこしながら、それらを頭のなかで窓を覆い隠すほど大きく引き伸ばし、壁紙との調和を検討した。こういうことは、辛い思いをしたり議論に疲れたりしたあとに誰もがやっていることだろう。結局、子供は望めないと告げられれば、時間と心を傾注できる別の何かを見つけようとするわけで、わたしたち夫婦の場合は、カーテンの生地選びにささやかな喜びを見出したのだ。当初は幅広ストライプにするつもりが、真夜中になってエレンがいきなり、「いろいろ考えてみたけど、ストライプだと、実際の大きさになったときに大胆すぎるんじゃないかしら」と言いだした。暗がりに並んで身を横たえたまま、そうだねとわたしは答えたが、小さな布切れだけ与えられても郵便受けの口から景色を眺めるようなもの、全体像を摑むのはかなり難しい。だったらあの花柄のやつにしたら？

水色と黄色の明るい柄がすっかり気に入り、恋に落ちんばかりの気分だったのだが、一日か二日経つと、そんな気持ちもあやふやになり、夜は迷いと話し合いに費やされ、生地見本がまたもやあの苛酷な試験にさらされることになった。エレンとわたしのどちらか一方がスウォッチを掲げ持ち、もうひとりがカーテンや窓の前、あるいは部屋のさまざまな位置からこれを眺めるのである。壁や肘掛け椅子にカーテンを掛けるわけではないにしても、はるか彼方の星の重力が地上のごく微量の物体を容赦なく引きつけるのと同様に、カーテンの雰囲気如何《いかん》で色彩にしろ装飾品にしろ、ダイニングルームのことごとくが影響を受けるはず、というのがふたりの一致した意見だった。そこでひとりが明かりを落とした劇場の人形使いよろしく目立たぬように室内を移動しながらさまざまな場所にスウォッチを置いてみせ、もうひとりは椅子に坐ってこれを見守り、候補の素材を想像上の心の天秤にかけて優劣を判断するのである。こうして子供のいない我々夫婦は余計なことは考えずに、それなりに充実した日々を送っていた。

そしてドナルド・マッキンタイアと話をしながら思い出したのは次のようなことだった。店内にたたずみながらエレンもわたしも、最終的に自分たちがどの生地を選ぶかはわかっていた。なのに最初に心惹かれたものが本命であり、それ以外のものはどれも記憶が生んだ口実にすぎぬと認めることができなかったのだと。

「お子さんは?」ここでドナルドが、残酷にもあっけらかんと訊いてきた。三人とか四人とか答えようかとも思ったが、うまく口から出てこなかった。嘘には桁外《けたはず》れの想像力が必要だ。人によってはそうした嘘をもっともらしく見せるために偽の写真を持ち歩いたり、あるいは、電話をかけないと、とか言って話をはぐらかすこともあるだろう。だが、わたしはこうした臆面もない作り話の世界に足を踏み入れたことはない。わたしが欺くのはいつもこの自分自身だった。

一週間悩み抜いた末、大きな花を配した生地に落ち着いた。最初に検討した、まさにその柄だった。新しいカーテンが吊るされると、ぴたりとくっつけたダイニングチェアにふたり並んで背筋を伸ばして腰かけ、まるで難解な外国映画でも観るように、長いこと居心地の悪さを味わってこそ、その意味が明確に姿を現わすとでも言わんばかり、窓辺にじっと目を凝らした。後悔の念に苛まれるかと思っていたが、正しい選択だったと納得し合ったところでベッドに入り、互いの体に腕をからませ静かに眠りについた。

数週間もすると、わたしはカーテンを気にも留めなくなっていた。常にそこにある、ただの目立たぬ背景と化したのであり、選択と決定というプロセスをこなすほんのわずかな期間だけ、カーテンが重要な意味を持ったにすぎなかった。やるべきことがひとまず片付けば、そんなことは忘れてしまうのだ。時折、夕食の最中にふと会話が途切れたときなど、わたしはフォークを窓のほうにかざし、「あれに決まるまで、さんざん苦労したね」と言ってひとしきり笑ってから、これで間違いなしと決まるまでに、どうしてあんなに時間がかかったのかと、首を傾げてみせたものだった。そうしながらもふたりはちゃんと気づいていた。初めてその生地を目にした瞬間からこれを買うことになるとわかっていたのだと。即決しなかったのは、自分たちの理性が、そして理性的選択という幻想が行き着く先を見届けたかったからにすぎない。今となってはカーテンに目をやる必要はなくなった。それは認識という不確定の領域から、記憶という心地よい住処《すみか》に移ってしまったのだ。

ドナルドは執筆中の大作について話しはじめた。わたしたちは大学の同期だった。エレンと引き合わせてくれたのもドナルドだが、以来、彼と会うことはめったになかった。せいぜい学会で顔を合わせるくらいのもので、それとて今回は十五年ぶりだった。彼が関心を持ちそうな最近目にした記事の話をしながら、つい目が行ったのは、壁に掛かる時計をふり返る際に彼の顎の下にできる弛みだった。だがそのうち、若い時分からこんなふうだったような気がしてきた。歴史それ自体を作りかえるのはかくも容易、そうやって人はしかるべき過去に後日の体験をせっせと投影する。その伝でいけば、フランス革命は、ナチの抑圧とローマ帝国の退廃を混ぜ合わせたような社会から生じたことになり、引鉄《ひきがね》となったのはルソーの『社会契約論』だということになる。あるいはいささか馬鹿げた発想をするなら、自分の娘と言ってもおかしくないような若い女に執着するのは、わたしが父親になりたくともなれなかったから、ということになるのだろう。

エレンは、予備室の模様替えにも夢中になった。そこはずっと子供部屋にするつもりでいた。そして、厳密とは言いがたい科学が引き出した結論によって医学への信頼を打ち砕かれたあともなお、それでもいつかその目的で使う日が来るかもしれないのだからと妻は言っていた。その部屋の壁紙は、ある老婦人から家を買った当時のままになっていた。引っ越してきた当初はどの部屋の壁も似たり寄ったりの、心楽しまぬ代物だった。それから何か月もかけて、家じゅうの壁を着々と張り替えていったわけだが、ひとつの壁を制覇するごとにエネルギーのほうは少しずつ失われていった。それもあって、この予備室だけはエレンが妊娠するまで作業を延期してもよかろうということになったのだ。やがて時が経つにつれ目が慣れてしまうと、その部屋の不快感は薄れ、わたしは何の不都合も感じなくなっていた。それがここにきて、客室として使えるようにしたいとエレンが言いだした。状況が変わればまたいつだって模様替えはできるのだからと、彼女は穏やかに提案した。

記憶の領域に暮らしていると、そこではどんな記憶も中古品だから、自分の家の真実の姿が見えなくなる。どんなに悪趣味な部屋でも何度も目にするうちに、何とも感じなくなってしまう。たぶんこれもまた、ラ・アルプが自分の生きた時代を見誤ったのと同様、わたしもまた自分が青春時代を過ごした〈飛んでる六〇年代〉の真の特質を感得できずに終わった理由なのだ。あまりにも身近すぎて、絶えず目に触れていたため、かえって何も見えなくなっていたのだ。歴史家というのは、ある時代についてまったく知らないからこそ、その時代を生きた人間以上に理解できるのかもしれない。自分が生きているこの瞬間は、自分に宿る自我と同様、自分では捉えがたいものなのだ。こと自分自身に関して、人間がこれを認識することは永遠にあり得ない。それを可能にするには、少なくとも一時的に「必ずしも〈わたし自身〉ではない〈わたし〉」になる必要がある。

あの日ドナルドとわたしは、ルソーを話題にした。ルイーザがくれた論文のコピーが彼の執筆中の本と関係がありそうだったので、わたしがその話を持ち出したのだった。そういえば、前回は紙が足りなくなって書きそびれていたことを今ここに書いておくと、もはやこれきりと思われたルイーザとの逢瀬はその後も続いていた。プルーストの最終講義の直後、彼女はひとりで研究室に現れた。彼女が着ているピンクのVネックのセーターが（すでに書いたと思うが）どことなく男を誘っているように感じられた。

あの日、「ささやかな取り巻き」のほかのふたりがいないまま、ルイーザとの質疑応答は気まずい沈黙で始まった。しかしそのうちルイーザが、牡蠣が組織内に真珠を形成していくようにゆっくりと、プルーストと同時代人のアンドレ・ジッドに関する質問を紡ぎ出してくれた。講義のなかで、ジッド（「新フランス評論《nrf》」の依頼でプルーストの原稿の下読みを引き受け、これを一刀両断に切り捨てた人物だが）は本質的にサント＝ブーヴの同類だとわたしが言ったことを取り上げて、それはどういう意味なのかと訊いてきた。彼女が質問を最後まで言い終わり、顔を上げ、こちらに視線を向けた瞬間、歯と歯の隙間から舌が、花弁にも似た色鮮やかなそれがちらりと覗いた。戦慄の走るこの一瞬に思い描いたのは（ドナルド・マッキンタイアと話をしている最中も、あの映像がありありと甦ってきた）彼女の口にわたしのあれを押しこんだらどんなふうだろうかということだけだった。

　講義では、プルーストが終生こだわったこと、つまり日常の自分（会話や交友やその他の表面的な事柄）と、より深遠な、芸術を通しておそらく見出すことのできる自己との分離について話したのだった。退屈そうな受講生たちを前に（例のふたりは、将来なるであろう、例えば職場やテニス試合や結婚生活で主導権を握りたがる、退屈な女性よろしく、わたしを見つめていた）、プルーストが十九世紀最大の批評家サント＝ブーヴの著作を猛然と攻撃することで、この理論を大げさに展開してみせた（ある時点でプルーストの小説は〝反サント＝ブーヴ〟と称されるようになる）、そのあたりを中心に講義したのだった。サント＝ブーヴの〈批評方法〉とは、作品理解のためには作者を一個人として知るべしというもので、すなわち作者の伝記と書かれた作品とを結びつけて論ずるというものだったが、プルーストに言わせれば、作品というのは作者本人とはまったく別の何者かが生み出したものなのだ。プルーストの喩えを用いれば、深遠なる自己は社会的自己とは明らかに別物であり、このふたつはジキルとハイドくらいの隔たりがある。読者は作品を通してその作者を知るのである。それに対してサント＝ブーヴは、何を血迷ったか、作者の育った環境、受けた教育、経歴などを問うことで作者を真に理解できると思っていた。

わたしの目論見は、さほど明解に伝わらなかった（この点、まさにわたしは教師の典型であろう）。しかしわたしの真の狙いはそこにあったのではないか。つまり、「ささやかな取り巻き」に揺さぶりをかけること、例のふたりには意趣返しのつもり、あとのひとりには誘引剤のつもりだった。これが効を奏し、ルイーザはやって来た。濁った池に吊るしておいたカンテラにおびき寄せられる魚のように、たったひとりでやって来て、ジッドはサント＝ブーヴの同類だと言ったわたしの真意を問い質しながら、左右の膝頭を十センチほど広げてわたしの前に坐り、わたしを引き寄せ、目に見えぬ磁界に捕えられたかのように身動きできなくさせたのだ。彼女の質問に対する答えは明解だったはずだ。それにしても、彼女が訪ねてきた真の理由は何だったのか？

ジッドはプルーストを個人的に知っていた。だからこそプルーストの作品を評価できる立場になかったのだ。ジッドはプルーストの作品を見ず知らずの他人の書いたものとして読むことができなかったと言ってもいいかもしれない。彼は、何年も前からつき合いのある若者についての自分の記憶をそこに読んだにすぎなかった。さして深く考えるまでもないほどよく知る人物の人となりを語る際に用いる還元主義によってジッドは、プルーストを俗物で怠け者、気取り屋でごますりだと捉えていたのだろう。出世しそこねた人、慢性的病人、癒しがたい弄言家《ろうげんか》、つまり作家として見ていなかった。これがまさにサント＝ブーヴがスタンダールやボードレールを切り捨てるのを可能ならしめた手法である。ルソーの『社会契約論』を恐怖政治の予言書だと決めつけるくらいに短絡にすぎる論法であり、また、コーヒーの列に並ぶドナルド・マッキンタイアを見かけたときに、当然こうあるべきと思っていた顔とうまく重ならず、すぐに彼だと気づかなかった理由もこれなのだ。我々はじつに運がいい——今、医長回診の前にこれを書きながらそんな感慨にひたっているのだが、我々が他者の作品を読み、自分自身を理解する以上に彼らを知ることができるのは、まさに、その作者に会うこともなく、彼らの作品が永遠に異世界のまま、我々の運命と無関係に、いわばX線が作る影の世界のようなものであり続けるからなのだ。

こんなふうにルイーザに語りかけながら、自分の声はほとんど耳に入らず、熱心に聞き入る彼女の顔に現われる神妙な表情の変化を観察した。そうしながら彼女に具わるさまざまな本性のなかでも、より深遠で官能的な自我が引き起こす反応を見定めようとしていたわけで、その深部に向けてわたしはメッセージを送りつづけた。それとて沈没しかけた船から電信技師が必死の思いで打つ遭難信号のように微弱なものでしかなかったのだが。すると彼女がついに、軽やかに、そして唐突に、こうやって学生と教師が定期的に会って雑談する機会があってもいいですね、と言ったのだ。雑談、そう彼女は言った。これが彼女からの唯一の反応だった。わたしは即座に同意し、〈文学サークル〉の看板を掲げることにした。彼女のとっさの思いつきのお蔭で、ある程度の情熱を公然と共有できるようになったのだ。小さな子供ふたりが話したり遊んだりしているその横で、彼らの親たちが、つまり我々の言葉にならぬ願望が、椅子と椅子をぴったり寄せ合い、意味深長な会話を続けられるささやかな場を手に入れたのだ。

ジル・ブランドンは、会の発足を知らせるポスターに面食らっていた。すでに〈フランス同好会〉や〈教員と学生の交流会〉があるのに、なぜいまさら学生を部屋に招いて、文学談義や雑談をしようというのか、というわけだ。教員にも声をかけるの？　もちろんだよ、と最後の画鋲を押しこみながらわたしは、後ろめたさをごまかすようにわざと鷹揚《おうよう》にかまえて言った。

次の木曜日、研究室にやって来たのは四人だった。ひとりはポーラという娘で、わたしが担当する指導学生のひとりでもあった。彼女はどうやらわたしにのぼせていたらしい。教師にはお馴染みの、退屈でよくある類の話だ。お次は血色の悪い陰気な青年で、名前は知らないがよく町なかをひとりでぶらついているのを見かけたことがあった。彼の毛髪は何としても洗うべき状態だった。三人目はボブ・コーマック、パイプを嗜《たしな》むにぎやかな教員仲間で、彼のラブレーへの傾倒は社会的逸脱と言えるほど、度を超していた。彼がやって来たのはおそらく、この会が盛り上がらずに終わることを確認したかったからだろう。そして最後のひとりはもちろんルイーザだった。この娘のために、暗黙の了解によって実現した集まりなのだが、当の本人は最初の十分間はただ黙って坐っているだけで、その間ボブが「嘘つきは記憶力がよくなければならない」なる寸言について、ひとしきり喋りつづけた。わたしが話の糸口として提供した話題を、そこは鼻持ちならぬインテリらしく、うまく自分に引き寄せてのこと、要は雄弁家クインティリアヌスの著作にこの言葉をつい最近見つけたのが自慢だったらしい。

ポーラはしきりにうなずいては、何度も足を組み替えた。もしわたしが彼女の仕草にそれなりの関心を示してみせたら、ルイーザは嫉妬するだろうか、そうすることでルイーザに、わたしが惹かれているのはきみだけではないとほのめかすことができるのでは、とふと思ったりもした。しかしボブの話が一段落したところで（クインティリアヌスの見解をラブレーが利用しているという結論は、はじめから予想がついていた）、ルイーザのほうに目をやると、彼女はわたしにもポーラにも、ましてや自己紹介もしない青白い寡黙な青年にも、まるで関心を示していなかった。この青年はその後、会の終わり近くになって、凍った池を渡るはぐれスズメのように、世界になんら影響を与えることもなく、音もなくすっと部屋を出ていった。

わたしは話題をラブレーからずらすことにした。ここはモンテーニュによるラブレー賛美を話題にするのが手っとり早いだろう（これならパイプをふかすボブとわたしが共有できる切り口にもなる）。そこからルイーザがくつろげそうな領域に話を持っていけばいい、そう考えた。この瞬間、文学はわたしの性の闘争手段と化した。長年にわたる学者人生すべてが、ユダヤ学者が用いる手の形をした装飾的な指示棒の、その鋭く尖った人指し指の先端にどっと流れこむ感覚を味わいながらわたしは、ルソー、シャトーブリアン、バルザックといった輝かしい名前を次々になぞっていった。そしてしばし、フロベールに話題が移った（とはいえ、わたしの耳には自分の声も届かず、わたしが丹精こめて用意した巣に住まうことを拒みつづけるルイーザしか見ていなかったのだが)。気がつけばわたしは、大人たちの前で歌を所望された子供のように意気揚々と、『聖アントニウスの誘惑』にまつわる有名なエピソードについて語っていた。

この初期作品を書き終えた若きフロベールは、友人のマキシム・デュ・カンとルイ・ブーイエをクロワッセの自宅に招き、書き上げたばかりの原稿を読んで聞かせた。朗読は一回につき四時間、これを一日二回行ない、延べ四日を費やした。すべて読み終わり、最後の一枚を置いたところでフロベールは誇らしげな様子で、友人たちに感想を求めた。気まずい沈黙のあとブーイエは、この作品は火にくべて二度と話題にするべからずと言った。聖アントニウスがすさまじい幻覚を体験し、悪魔と出会い、豚と会話するといったフロベールの目くるめく幻想に、じつに辛抱強い聴衆ふたりはただ困惑を覚えるばかりだったのだ。フロベールは懇願し、ひたすら作品の弁護に努め、書き直すこともいとわないと言ったが、無駄だった。この友人たちは、無言のまま重い足取りで帰っていった。後日、ブーイエは「ねえギュスターヴ、最近新聞に載ったあの話、医者の女房が服毒自殺をしたというあの事件を、取り上げてみたらどうかな」と勧めたのだった。

ジッドがプルーストに的外れな評価を下したのは有名な話だが、フロベールは自分が見えていなかったことで有名だ。ブーイエとデュ・カンに向かって自作を朗読するあいだ、フロベールは作品を内側から見るばかりで、その素晴らしさは書いた当人にしか届いていないことに気づけなかった。そこで友人たちはフロベールの過ちをこう指摘せざるを得なくなった——きみは自分の作品に恋するあまり、その欠点をも愛の対象にしてしまい、欠点もまた変更するに忍びないかけがえのない個性だと思いこんでいるのだと。フロベールが己の醜怪さに気づけなかったのは、ちょうどわたしが自宅の予備室の模様替えを必要と感じなくなったのにも似ていよう。集まった四人にこの話をしながら、誰よりも聞いてもらいたい相手に、ルイーザに、わたしの言葉がどう届いているのかと気にかけるうちにふと、人は皆、自らのドラマを紡ぎ出す作家なのかもしれないと思いはじめていた。本人は自作のドラマにすっかり惚れこみ、何ら違和感を感じてもいない。だがひとたび友人たちに読んで聞かせたなら、火にくべられて当然の代物と判明するのではないか。人は自分の人生をほとんどいつも自分の内側からしか見ていない。たぶん我々は昔のハリウッド映画に出てくる、しがない看板書きのようなもの、探偵事務所のドアの内側から、ガラスに鏡文字を苦心しながら書いているにすぎない。その書かれた文字を我々は常に裏側から読むばかりで、向こう側にある外の世界にはまるで無頓着なのだ。

「で、どうなったのですか？」ついにルイーザが口を開いた。「フロベールはどうしたのですか？」

彼はブーイエの忠告を受け容れ、彼には何ら意味を持たぬ女性の話を書いたわけだが、ついには「マダム・ボヴァリーはわたしだ」と言うまでになった。ポーラはこの説明に、そんなことは聞くまでもないと言わんばかりに露骨な笑みを返してきた。青白い寡黙な青年は鼻を鳴らし、ボブ・コーマックは言い古されたジョークが受けなかったときのような気の抜けた笑い声をもらした。ルイーザは再び押し黙った。

〈文学サークル〉は思惑どおりの展開になった。翌週、姿を見せたのは、ルイーザと寡黙な青年（相変わらず名乗らない）だけだった。ただひとり残ったこの邪魔者が消えるのも時間の問題だと、ルイーザにもわたしにもわかっていた。メンバーはまずもって積極的とは言いがたいふたりだけ、助け舟を出してくれるボブ・コーマックも、うなずきと微笑みと足の組み替えで間を埋めるポーラもいないとなると、進行の大半をわたしが引き受けざるを得なかったが、それでもルイーザに、こちらが必死で伝えようとしている思いをわかってもらえさえすればいい、ただその一念だった。

　前回ルイーザがわたしの研究分野について質問してきたこともあり、その日はルソーのこと、そしてふたりの謎の人物フェランとミナール（テレーズがこのふたりにつけた綽名は〈おしゃべりおばさんたち《コメール》〉、すなわちゴシップ屋である）について話すことにした。ルソーはこのふたりとモンモランシーで知り合い、しばしばチェスを一緒にやっている。『告白』の第十巻に登場する人物だよ」そう彼女に言いおいて、得意満面の生徒よろしく、わたしは書棚から自作の本を取り出した。ルイーザに貸してあげたかったのだが、寡黙な青年の手前、やめにした。青年が見守るなか、ルイーザはわたしから本を受け取ると、粗末なベッドにかかるカバーを扱うようにページを繰っていった。こうべを垂れ、彼女と知り合うよりずっと以前にわたしが綴った文章にじっと見入るその姿は、この本は今この瞬間、自分のためにだけ存在していると言いたげだった。

「で、最近〈おしゃべりおばさんたち〉のほうはどうなの？」ドナルドが訊いてきた。ドナルドやルイーザとの出会いが、ルソーをモンモランシーから出奔させ、狂気へと追い詰めた、あの摑みどころのないふたりの話と結びついたところで、そろそろこの会話のことに話を戻してもいいだろう。

しかしひとまずペンを置き、医長の「ご気分はいかがですか？」の問いかけに答えることにしたい。彼の回診を待っていたのだから。そのあとでジャン＝ジャックについてさらに話そう。高我々と同様、他人の目には明らかなことを、自分ではちっとも見えていなかった男の話を。高みから己の姿を見ることができたらいいのにと人は思う。患者にとっては由々しき病も外科医にはごくありふれた一症例でしかなく、さっさと処置するなり見放すなりして、ランチを食べに出かけていくのだろう。そんな外科医の公平かつ冷徹な眼差しで、誠心誠意、私情を交えず、あるがままの自分を眺められたらと願わずにはいられない。

第七章

今、カトリアナが数日後にはきみが読み終えているだろう手紙を出しに行って留守なので、その続きを書こうと思う。

わたしがあるウェブページを見つけ、ジャン＝ベルナール・ロジエの実在を改めて確信するに至った経緯はすでに話したね。ひどく気持ちが高ぶっていたのでほんの一、二分眠るつもりで横になったはずが、目が覚めたら一時間も経っていて、口のなかはねばねばするし、頭はがんがんするしで、参ってしまった。これはきっとわたしの脳細胞のサーチエンジンを酷使したせいで疼《うず》いているのであって、画面やや左寄りに保存してあるライブビデオ・リンクのせいではないと自分に言い聞かせた。こいつに今リフレッシュを試みれば、ある種の気晴らし療法になるかも知れぬと考えて書斎にとって返し、ブラウザを起動させ、『フェランとミナール』を読む裸婦がいるサイトを呼び出した。

ところがそこには別人がいた。年はさほど変わらぬ娘さんで、股間にピンクの大きな物体を挟んでいるのだよ。何が起きているのやら、まるで見当もつかなかったので、カトリアナがやってみせてくれたやり方で画像の保存をしておいた。こうしておけば、次回掃除に来てくれたときに彼女に見せられる。なにせライフサイエンティストなのだし、ここで進行している儀式が何なのかきっと知っているはずだ。画面に映る娘さんは毛を剃っているのだろうかと首をひねり、男性がすべすべの顎を維持するのと同じく、女性も皆これを毎日やっているのかと、そんな疑問も抱いた。というのも、実は最近、女性もやはり手入れすべき髭を蓄えていることを発見したのでね。いやはや、とんだもの知らずの大馬鹿者だよ！　世界に向けて開かれた新しき窓がかくも迅速な教育をしてくれようとは！　《ディクソンズ》の親切な人たちにいま一度ありがとうと言わなくてはいけないね！

あの店の人たちに関して（特にアリだが）、もうひとつ言っておかねばならない。毛を剃っている娘さんの静止画像（体を洗っているのか、例のピンクの大きな物体を用いて何をしているのかは不明ながら）のことをあれこれ考えるうちに、彼女が自らの肉体に施しているメンテナンスからの類推で、この新しいお仲間、すなわちコンピューターにも日々の清掃なり身づくろいなりをしてやるべきなのではと思いはじめたのだ。カトリアナは明日来てくれることになっている。だが、週に四日（あるいは五日）来てもらい、家のこまごまとした雑事や習慣を仕込み終わるまで、すべてを混乱させたままで本当にいいのか？　考えてみれば何だってひとりでできたではないか。スープだってもう少しやる気を出せば、まったく手に負えないわけじゃない。最初の試みで生姜とアボカドを鍋に投げこむ過ちを犯しかけたのは、素直に認めるにしてもだ。と、こんなふうに考えた結果、コンピューターを洗浄してやることにした。わたしはバケツ一杯の石鹼水と雑巾を取りに行き、精魂込めて作業を開始した。

アリやカスタマー・サポートの人が繰り返し言っていたルールの大切さを思い知らされたの

はこの時だ。「メンテナンスの際は、必ず電源を切ってください」それともうひとつ、「絶対に液体洗剤は使わぬように」画面が突然真っ白になり、これによってわたしの馬鹿さ加減が明白になった。すぐさまカスタマー・サポートの頼もしき友デイヴに電話を入れたのだが、電話口に出たのは女性の声で、サンドラ・スピーキングと名乗った（「サンドラが受けたまわります」を意味する応待マニュアル）。こちらが状況を説明した途端、サポートどころか大爆笑を買ってしまったよ。「そのままお待ちください、書き留めますので」とサンドラ・スピーキングは言ってから、再度《ディクソンズ》に掛け合ってみたらどうかと言うではないか。うまく話を持っていけば、向こうは同情してくれるだろうとね。礼を言って会話を打ち切ったあと、さてどうしたものかとひとりごちた。タイヤのパンクとにわか雨から始まり、もうひとつの宇宙を扱う『百科全書』を探すうちに、コンピューターに液体洗剤は禁物だとか、《ディクソンズ》にうまく話を持っていくことの重要性だとかを教えられることになるとは予想だにしなかった。

　そんなわけで、すぐさま店に出向いたわけだが、話の持っていき方がよかったのか、とにかく効を奏したようだった。アリはいかにもアリらしく、問題を理解している素振りすら見せず、こっちが誰かもわかっていなかった。わたしとしては専門用語でどう言えばいいかわからないので、「ピンクのプラスチック製の物体を持った若い女性の画像が、機械に石鹸水をかけた途端、消えてしまったんだ」と言うしかなく、ここでミセス・J・キャンベルに助っ人として再登場してもらった次第で、すでに保証期間は過ぎているので「修理代は自己負担になる」と教えてもらった。疑問に対して簡潔な回答が欲しいときは《ディクソンズ》に行くべし！　わたしは別れの挨拶を丁重に申し上げ、帰りがけに図書館に立ち寄った。

マーガレットが元気だったかと訊いてきた。しばらく姿を見せないから、先日の雨にあたって風邪でも引いたと思っていたようだ。そこで手短に、コンピューター導入のこと、ミセスBの辞職、コンピューター逝去までの顚末を報告した。すっかり全部話したわけじゃない。何せ彼女は多忙な身の上だし、わたしの後ろに行列もできかかっていた。「でも心配には及びませんよ」わたしは言った。「今ではひとりでウェブ検索だってできるんですから」わたしはずらりと並んだPC（こう呼ぶことはもう知っているね）の一台に陣取り、「フェランとミナール」の文字を入力したところ、なんと嬉しいことに合致データから、あの裸体の読者が読んでいた本の正体が判明したんだよ。正式なタイトルは『フェランとミナール――ジャン＝ジャック・ルソーと失われた時の探求』、著者はA・B・ペトリ博士。わたしの母校でもある大学の、フランス文学科所属の先生だった。これは面白いことになってきたぞ、とわたしは心のなかで呟いた。「ロジエ」という単語を手がかりに十八世紀文学の項に飛んでみれば、まさにどんぴしゃりの本を繙《ひもと》く女性を映すライブビデオ・リンクを探し出してくるのだから、サーチエンジンの賢さは想像を絶するね！　モダン・テクノロジーとはまったくもって天晴《あっぱ》れ至極、そうは思わないかね。

「順調ですか？」マーガレットの真珠と香水の香りがわたしの肩先におりてきた。

「ええ、たいしたもんですよ」わたしはそう言ってから、前回きみに書いた最後の部分をまるまる繰り返しそうになったのだが、やめておいた。マーガレットにはやることがいっぱいあるし、すこぶる有能な女性だからね。彼女の完璧なベテランぶりにはまったくのところ崇敬《すうけい》の念を抱かずにはいられない。そんなわけでわたしはペトリの本の詳細を伝えるにとどめたわけだが、これが蔵書に入っていないとわかるや彼女は、図書館相互の貸出し制度によるリクエストカードを作成する手助けをしてくれ、ありがたいことに三週間で届くと請合ってくれた。ロジエ探しもいよいよ大詰めだよ！　高揚感とともに図書館をあとにしたのだが、家に帰り着いたところで、コンピューターの死を思い出した。

バケツに石鹼水を満たし、死をもたらすこの液体を友に浴びせかけた愚行をただただ後悔するばかり、親切なミセスBを失うに等しい喪失感だった。彼女だったらもっとずっとうまく、乾いた布を使ってやってくれていたに違いない。真っ暗な画面を見つめながら数時間を過ごし、なす術もなく絶望感に苛まれながら床に就いた。

翌朝、カトリアナは時間どおりにやって来た。最近の若者のなかにも時間厳守の大切さをしっかり身につけている者がいるのは喜ばしい限りだ。

「それがね」とわたしは、彼女を招じ入れながら早くも言い訳を始めていた。「ちょっと擦《こす》ってやったらよかろうと思ったんだが……」するとカトリアナは、わたしが見てあげると言った。

修理を要する欠陥商品があるなら、ぐずぐずしないで《ディクソンズ》かサポートエンジニアに相談すべし――いや、ライフサイエンスの専門家を雇うのが一番だ！　耳にイヤホンを捻じこみ、小さな胸を保護してもいないポニーテールの若い娘さんは、さっさと書斎に入っていって、機械や壁に飛び散った水滴の跡を点検するとすぐに、ヒューズが飛んだ以外どこも壊れていない、ちょっといじれば直せる、とたちまち診断を下し、寝室にあったテーブルランプのコンセントを引き抜くと、これをコンピューターの電線の先端に取り付けた。その手際のよさといったら、まるで古いロープを切るくらい簡単だと言わんばかり、ただただ驚くばかりだったよ。カトリアナが一度も使ったことのないテーブルランプの電気をコンピューターに送りこんだあと、この外科手術で使用した唯一の道具、ペンナイフを落ち着きはらってたたんでいるあいだにも、コンピューターはたちまち息を吹き返し、ウィインと唸りをあげて光をぱっと放ったのだからね。その創意工夫たるやなんとも度肝《どぎも》を抜かれたね！　ついでにサーチエンジンの修正までこなし、これも以前どおり回復した。これだけの作業をサポートエンジニアにやってもらえば、ミセスBの一週間分の給金以上の額になるはずだ。そこで、相場の料金を払うとの申し合わせもあることだしと告げたところ、なんとできた娘さんだろうか、笑うばかりでとりあってくれなかった。

カトリアナの目下の関心事は、どうやら一緒にお茶を飲むことにあったようだ。こっちは目覚めの水をコップ一杯飲んだばかりで、お茶の時間にはまだ早すぎた。だが恩義もあることだし、断るわけにもいかず、膀胱には無言の抗議をさせておけばいいと腹を決め、ふたりして階下のキッチンに向かった。

ライフサイエンティストのきみに訊きたいことがある、ただしきちんとした資格のある人にしか答えられないだろうが、女性が股間に挟んで使うピンクのプラスチック製の物体のことなんだがね、とわたしは言ってみた。カトリアナの握ったヤカンが宙でぴたりと静止した。見れば顔を赤らめている。

「ああ、参ったな」わたしは言った。「それは女性用のものなんだね？」いやはや、そんなことはとっくに知っているべきだったのだ。

彼女は話題を変えた。「ミルクは入れる？」

わたしは彼女に向かって、「プラスチックの器具のことは、インターネットで調べたほうがいいんだろうね。わたしにはどうでもいいことだとは思うんだが、なにせこれまで広い世間のことをどちらかというと見過ごしてきてしまっているものだから。検索にはどんなキーワードを入れたらいいのかな」

彼女がポットになみなみと湯を注いだので、わたしの膀胱はなおいっそう恐怖に縮み上がった。「お爺ちゃんの探している『フェランとミナール』という本は、探せば見つかるんじゃないかな」

ライフサイエンスの専門家とて、そういうことは図書館に行けばすぐに解決するのは百も承知のはず、そこに行けばマーガレットのような親切な人がこの種の望みに応えるべく休みなく働いていることくらい知っていて当然だろう。「それはすでにリクエストを出してあるよ」わたしは誇らしげに言ってみせた。「三週間もすれば届くんだ」するとカトリアナは顔をしかめ、三週間はかかりすぎだと言い（彼女の年頃ではそう感じるのだろう）、《ウォーターストーン》に行ったらどうかと言う。そこで今度ばかりはきっぱりと、彼女の間違いを正してやることにした。

「何を言っているんだね、カトリアナ」わたしはそう言いながら、差し出されたビスケットを断わった（もうじき昼時だったのでね）。「《ウォーターストーン》で売っているのは新聞雑誌の類じゃないか。わたしも以前、カーライルの本を探しに行ったことがあるけれど、すぐにお門違《かどちが》いだと気づいたよ」

ところがカトリアナは、ああいう店は覗いてみる価値があると言い張った。マーガレットが君臨する王国のわずか数エーカー程度の書棚に収まる本などものの数ではないという。近頃の若者ときたら、世間についてじつに奇妙な考え方をするものだよ。《ウォーターストーン》のような雑誌屋に、十八世紀フランスの人々について書かれたハードカバーが置いてあるだなんて、妙な妄想に取り憑かれているとしか言いようがない。だったら金を賭けてもいい、店に連れていくから、一緒に本を探そうと言いだす始末。

やはりミセスBの流儀をすっかり身につけさせるにはしばらく時間がかかりそうだ、そう思ったよ。ふたりでお喋りするのはいいとしても、いったんわたしが書斎の椅子に坐ったら、カトリアナはキッチンに行ってミセスBのように水拭き作業にいそしむといった具合に、こっちがキッチンのことに煩わされずにすむようにすべきなのだ。ところがカトリアナときたら、まだお茶を飲んでいるような有様で、野菜の皮剝きはいったいいつになったら始めるのか、気が気でなかった。昼食を済ませてから《ウォーターストーン》に行くことに同意したのも、彼女に食事の準備のことをごくさりげなく思い出させたいがためだった。ここでわたしは席を立った。飲んだお茶がそっくり全部、一気に体内を通過してしまったものでね。

書斎に戻ったところで電話の受話器を取り上げ、大学にかけてみることにした。ペトリ博士と話をして、博士の著書といまだ尻尾を摑めずにいるロジエの『百科全書』との関わりをその場で確認できさえすれば、《ウォーターストーン》に無駄足を運ばずに済むのではと考えたからだ。

間の悪いことに電話は故障しているらしかった。コンピューターばかりか電話のヒューズにも水をかけてしまったか、さもなければ、電気製品のひとつが修理されると、宇宙の調和のために別のひとつが壊れなくてはならぬといった、自然界の法則でもあるのだろうか。原因は何にせよ、いまいましいことに電話はうんともすんとも言わなかった。

「ちょっとカトリアナ」わたしは階下に呼びかけた。キッチンのほうからにぎやかな音が聞こえていた。掃除だか料理だか知らぬが、いずれにせよありがたいことだ。「どうやらきみのペンナイフにまた活躍してもらうことになりそうだよ」

カトリアナは呼び出された理由《わけ》を見届けにやって来ると、受話器を耳に押し当て、若々しく輝くプロの眼差しをコンピューターに注ぎつつこう言った。「モデムがつながったままだからだよ」

次に続くやりとりがあって初めて、すぐには何がなんだかさっぱりだった彼女の発言の意味するところを、ここに書き留められるというものだ。「つまり、このウェブページは電話線を伝って届くってことなんだね?」わたしがそう口にできるのも、サポートエンジニアからモジュラー二分配アダプターとかいうカトリアナ世代の者にしかわからぬ機器を渡されたのはなぜか、この三日間電話が一回も鳴らなかったのはなぜなのかなど、彼女にしつこく説明をせがんでようやく理解するに至ったお蔭だ。「だったら請求書にそれが全部加算されるんだね？」そう言ってから、ミセスBとじっくり時間をかけて交わせたであろう会話や、そこから生まれたかもしれぬ和解に思いを馳せた。それをせずにオンライン・テクストや裸の女性にあたら時間を費やしてしまったとは。「なるほど」わたしは言った。「それについては《ディクソンズ》じゃ何も教えてくれなかった」この言葉にカトリアナはただ微笑んだだけだったが、わたしのほうは、あそこはいい店だし、あの役立たずのアリを雇うという欠点はあるにせよ、信頼できる店だと今でも思っていると念を押しておいた。

カトリアナは仕事に戻り（ランチはもうすぐだと請合ってくれた）、わたしは大学に電話した。何か所かたらい回しにされてようやくフランス文学科につながったが、いささかぶっきらぼうな女性の声が、あいにくペトリ博士は病欠中だと伝えてきた。では来週かけなおそうと言ってみたが、秘書は来週も出てこないだろうと言う。では二週間後にと言えば、それもまだ無理だと言う。今月末ではどうかと提案してみたが、これもあっさり却下され、ええいままよとばかり、八週間後と言ってやり、おそらくサンドラ・スピーキング嬢と同じ学校で身につけたのであろう非協力的な態度の秘書に向かって改めて問い質した。その長引く不在によって甚大なる損害を被っていると思われる十八世紀研究の世界に、ペトリ博士がお元気な姿で復帰なさるのはいつ頃なのかと。

秘書は黙りこんでしまった。沈黙のあまりの長さに、こちらがうっかりモデムを切り替えてしまい、うかつにもウェブページのダウンロードに耳を澄ましているのではと思いかけたほどだ。ようやく相手は口を開いた。「ペトリ博士はかなりお悪いんです。実のところ、今の状況からすると、もうお戻りになれないかもしれません」

「それはいけませんね」わたしは遺憾の意を表明した。「どこがお悪いのですか？」

またしてもあの長い沈黙、こっちはプロの秘書だと思い知らせる引き延ばし作戦か。とはいえこの種の問い合わせを嫌というほど捌《さば》いてきたせいでこうなったのかもしれぬ（というのも十八世紀フランス文学の研究者というのは、しかるべき研究機関では引く手あまたなことをわたしは知っているからね）。ついには「これ以上は申し上げかねます」ときた。この口のきき方に関しては、その後カトリアナの背中を泡立てたスポンジで洗ってやりながら（この話はいずれまた）話すことになったのだが、カトリアナの見るところ、この秘書の真意は、もっといろいろ話したいのは山々だが緘口令《かんこうれい》が敷かれている、と読めるそうだ。

「ではペトリ博士に一日も早いご快復をとお伝えください」わたしはそう言って、受話器を置きかけたのだが、ついでに、「もしお会いになるようなことがあれば、ジャン＝ベルナール・ロジエの『百科全書』について何かご存じないか伺っていただけるとありがたいのですが」と付け加えておいた。

もうじき支度が調《ととの》うランチのおいしそうな匂いに誘われて階下に向かいながら、人生の不思議をつくづく感じていた。タイヤのパンクとにわか雨、それと当然のこと、車輪の発明にも匹敵するテクノロジー革命など、いくつもの偶然が重なって（考えてみれば、まさに車輪をなおざりにしていたことからすべては始まったのだ）、わたしの人生は一変した。ペンナイフ一本で日用品の不具合を直してくれる若いお嬢さんにめぐり逢ったばかりか、こちらの存在も、互いに共通の関心事があることも、ましてやベッドに裸で寝そべる女性に自分の本が読まれていることなどまるで知らずに病に臥《ふ》せっている男性に、励ましの言葉をかけることになろうとは思いもしなかった。

キッチンに入ったところで、がつんと頭をなぐられたような衝撃に見舞われた。

「それは、スパゲティかね？」深鍋のなかでのたくる赤い物体が目に留まり、わたしの声は上ずった。ミセスBは『アンブローズ夜話』とか『クライクム・クラブ年鑑』とかのページを繰れば見つかるようなものしか食卓にのぼらせたことはなかったからね。カトリアナは陽気な笑みをただ浮かべ、わたしが知っているイタリア語には属さぬ料理名を言ってごまかしおった。

「おいしそうだね」と、そこはそつなく誉めて席に着いたわけだが、胃袋のほうは、心待ちにしていた牛すね肉のスープとか潰し野菜のパイ包みを食べさせろと喚きたてていたような気がするよ。カトリアナは料理を——食べる相手によってはこれとて絶品料理なんだろう——陶器の器に盛りつけるにも、わたしが見たこともない器具を使っていた。見憶えがあるのはボウル類とミセスBご愛用のしゃもじくらいだ。かくして目の前には、湯気のあがる、大いに食欲をそそる逸品がどんと置かれた。決して不快ではないが予想外の盛りのよさだった。こちらとしては明日までエネルギーが切れない程度の、ほんの少しのスープと皮の硬いパン一切れがあれば十分なんだがね。

「どう？」一筋のパスタがくねくねと身をよじらせながら、窮屈にすぼめたわたしの口のなかに消え去ると同時に、彼女が訊いてきた。「食べられそう？」

「おいしいよ」ここでわたしは、人間の想像力ほど変幻自在なものはないとしみじみ思ったね。たとえ内部および外部の感覚諸器官によって植えつけられた概念を超えるのは無理にせよ、ありとあらゆるフィクションとビジョンを駆使してこうした諸概念を混ぜ合わせ、組み替え、分離分割するという途方もない能力が、想像力には具わっているのだよ。そこでかのデイヴィッド・ヒュームの卓見を拠りどころに、わたしは料理の見てくれや食感の再構成を試みた。パスタの回虫めく形状、トマトのふやけた塊、いくばくかのだま（これは扱いが容易な部類）を、頭のなかで理想形に作り直し、〈スパゲティ・トロヴァトーレ〉（たしか彼女はそんな名前を口にした）の感覚データの置換と変形を施すことで、わたしの頭と体が覚えている、そして欲している、くつくつ煮え立つ濃厚なスープを、やむを得ず切除手術を受けた人の幻肢のごとく出現させ、そうすることでこのごたまぜ料理もミセスBのいつもの味とそっくり同じに感じられるという寸法だ。

　こんなふうにしてランチタイムは終了した。

「お代わりは？」彼女としては少なめに盛ったつもりでいるその最後の一口をどうにか口に押しこんだところへ、彼女が訊いてきた。そこで、わたしのような老いぼれには、スリムで元気溌剌としたライフサイエンティストの摂取量より少なめで十分なのだと言ってやった。わたしの胃袋がこの日最後の悲鳴をあげた頃、カトリアナは、そろそろ《ウォーターストーン》に出かける支度にかかろうと促した。

彼女にはすでに言っておいたし、きみもわかっていることだが、わたしがそこへ行くのは何年かぶりのこと、うっかり間違って入ってしまった時以来のことなのだ。バスを降りて店に着いてみると、思った以上に大きな店構えで、記憶にあった新聞雑誌や菓子の類どころか、けっこうな数の書籍をたしかに置いている、だからといってずっと便利になったとは言いがたいのだがね。

カトリアナはわたしの腕を摑むと、「先に買いたい本をざっとチェックしておきたいんだけど、いいかな?」と言った。どうやら彼女には目指す場所がわかっているらしく、階段をとんとんと上がっていって、大量の本がじつにぞんざいにだらしなく放置されている平台をいくつか通り過ぎ、わたしたちがたどり着いたのは〈一般科学《ジェネラルサイエンス》〉と表示された棚の前だった。

「ほう、サイエンスにもこんなに種類があるんだね」わたしは呟きをもらした。「まずはライフサイエンス、それからジェネラルサイエンス。お次はいったい何かね?」

ところがカトリアナは自分が何を探しているのか確信が持てなくなったようだった。顎を引き、視線はある一冊から次の一冊へと移っていく。たしかに棚をざっと眺めるだけで求める本が見つかると考えるのは愚の骨頂だと、有能なマーガレットならきっとカトリアナに即座に言い渡し、〈書名別索引〉、〈著者別索引〉、〈テーマ別索引〉の三種類に分かれた、タイプ打ちした小型カードの収まる深めの裁縫箱のような引出しのほうへ案内しただろう。わたしなどは年に何度も、自分の欲しい本で迷ったときはいつだって、浮き立つ心でこのカードを繰ったものだ。そこで、不毛の検索を続けるカトリアナをその場に残し、《ウォーターストーン》――もはや記憶にあった新聞販売店ではどうやらないらしい――にもあれと似たような索引カードが置いてないだろうかと確かめることにした。それがあれば『フェランとミナール』のことも調べられるだろうからね。

「いやはや、またありましたよ」〈コンピューターサイエンス〉と表示されたコーナーが目に飛びこんできて、わたしは思わず通りかかった若い女性に話しかけていた。「サイエンスの増殖には目ざましいものがありますね」これは十歳か十二歳くらいの少年（そう見えた）に向けて発した付け足しの感想だ。この少年、実はここの店員だと判明したわけで、どうやら〈索引カード〉という言葉の意味を懸命に考えているようで、このあたりの反応は、ごく最近コンピューター問題を持ちかけた際の《ディクソンズ》のアリと似たようなものだった（年齢的にも近いし、多くの点で共通する部分がある）。店員の坊やはユーザー・アクセス・ターミナルをどうとかこうとかと言っていたが、ターミナル駅で荷物を運ぶ程度の手伝いを引き受けてもらってもね（そのくらいが彼にはお似合いなのだろうが）。

「はて、これは何かな？」〈自己成長《パーソナル・グロウス》〉と表示された隣の区画に目が向いたところで、妖しげな香りを漂わせる女性に視界をふさがれ、その背中に問いかけていた。子供の成長と何か関係があるのだろうかと当たりをつけたわけで、となれば、きみにもわたしにも興味は湧きそうにない。それでも、並んだ背表紙のなかには、『ライフプランナー――自分を見失わないために』などというのがあるではないか。抱えている悩みはいろいろあるが、とりあえずは失われた一冊を探し当てることと、なかなか尻尾を出さぬ人物（例えばロジエ）の行方を追うことが当面の課題であり、自分を見失うという面倒な状況とは今のところ縁がない。自分の住所や電話番号、あるいは記憶そのものをなくす日が来るということだろうか？　ミセスBとはいずれ連絡が取れれば嬉しいが、自分自身とのつき合いはもうだいぶ長いから、自分と連絡がつかなくなるのではと不安になったことはない。それと、これはどうだ？（ここで腕を伸ばしたところ、例の妖しげな香りを振り撒くお隣さんと体同士がもつれそうになり、やけに過剰な反応をされてしまった）――『ライフソング――内なる声に耳を傾けよう』。幸いにも、わたしの内なる声など、腸の忍耐強い活動同様（あまたの年月、酷使されながらもいまだ律儀《りちぎ》に働いてくれているのには神に感謝したいくらいだ）、こちらにはあずかり知らぬこと。そもそも内なる声を分析しようとする意図がとんとわからない。内なる声には生産的な日々をつつがなく送るためのエンジンルームとして働いてもらえればいいのであり、自然の摂理に逆らうつもりはさらさらない。せめてあと一、二年、このままの状態が続いてくれたら御《おん》の字だ（それはそうと「ザ・スコッツ・マガジン」に地元の記念碑について書いた例の論文では、とても好意的な手紙をもらったよ）。

「おたく、わざとやってるんでしょ？」香水女はそう言って、わたしの腕で陰になっていた棚から〈スピリチュアル・ヒーリング〉関連の何やらを引き出そうとするので、わたしは腕を引っこめ、索引カード探しは別の場所で続行することにした。

階下で、〈スコットランド関係〉という表示を見つけ、わたしは嬉しくなった。「これは楽しくなりそうですよ」と、おそらくまた別の店員であろう通りかかった若者に話しかけた。「さっきスパゲティからの連想でヒュームの『人間知性研究』がふと頭をよぎり、その一節を思い出しましてね」ところが、多くの書棚が〈スコットランド関係〉に充《あ》てられているにもかかわらず、あるのは感傷的もしくは煽情的な小説ばかり、サー・ウォルター・スコットもスティーヴンソンも、まるで聞いたこともないような作家たちの本（それも二冊ずつ）にすっかり凌駕されていた。カーライルはどこだ？　ヒュームは？　そうか、やはりここは相変わらず新聞販売店だったのか。変わったのはカウンターに菓子類が並んでいないことくらいだ。ボズウェルも、ジョン・バーバーもサー・トマス・アーカートもなし。ジェイムズ・ホッグは代表作のみ。ロバート・バーンズはあるが、トマス・キャンベルなどは惨憺《さんたん》たる有様だ。ジェイムズ・トムソンに至ってはその安否もさだかでないのか、スコットランド人扱いされていないのか、そのいずれかだろう。「ひょっとして、イングランドの愛国歌『ブリタニアよ、統治せよ』を作ったせいでスコットランドでは発禁処分扱いなのですかね」とネクタイ姿の男性に問いかけたくらいだ。『衣裳哲学』や『教区年代記』はどうした？　『バスカヴィル家の犬』、『たのしい川べ』、『ピーター・パン』は？　ここの棚で見つからないなら、偉大なるスコットランド人作家たちはどこに身を潜めてしまったのか？　わたしにはめったにないことだが、かなり虫の居どころが悪くなりかけていた。

その時、肘のあたりが引っ張られ、「見つけたよ！」と言ってわたしの横に立ったカトリアナが差し出してきたのは、光沢のある表紙の見憶えのある一冊だった。あんな藪睨《やぶにら》みみたいな検索方法で、しかも〈ジェネラルサイエンス〉のコーナーなんかで、どうやってこの偉業を成し遂げられたのか、まったく見当もつかないが、ともかくペトリの『フェランとミナール』を探し当ててくれたのだ。

「でも、店の人に一言、言っておかないと気がすまないんだがね」会計の列に向かうカトリアナに、わたしは性懲《しょうこ》りもなく訴えつづけた。順番待ちのあいだに腹の虫がおさまるとはとても思えず、そこでわたしは売り場に引き返した。今回は索引カードを探すにあらず。そういうものがこの店に備わっている可能性は、アダム・ファーガソンやドゥーガルド・スチュワートの著作が見つかる可能性と同程度のもの。そういう本を自宅で読んで過ごしていたら、自分の内なる声を聞いたり、トルコの市場《バザール》みたいな匂いを撒き散らす女から意地悪されたりすることもなかったのだ。それはともかく、探すべきは、アンドルー・ラングやジョン・G・ロックハートの運命を左右できる立場にある者、つまり店のバッジをつけた十代の若造である。二階にたどり着いたわたしは、少々息が上がっていた。「それと何よりも奇妙なことは、もはや新聞すら売ってない点ですよ！」と、わたしが私見をぶつけた相手はひとりの紳士で、向こうはいささかギョッとしたらしい。どこぞの著名人の伝記か何かを鼻先に広げて楽しんでいたようだ。その後、気がつけばサイエンスのコーナーに舞い戻っていた。〈フィジカルサイエンス〉に〈エンバイオロンメンタルサイエンス〉と続き、それと国境を接しているのが、さらにもっと広大な〈研究《スタディ》〉なる帝国だった。そこには〈ビジネス研究〉〈文化研究〉〈女性学研究〉などなどが、増殖する中央ヨーロッパの小国さながらひしめき合っている。こういう中身が曖昧な弱小王国は、さらに仔細に調べてみれば、階下の〈カレドニア（スコットランドの雅称）〉コーナーと同じく、統一性も規律もないごった煮状態だ。さらに言うなら、配架担当者の無知蒙昧ぶりが店全体に蔓延しているに違いなく、これを正常な状態に復するには、棚のなかそっくり全部ひっくり返し、最初から並べなおすしか道はない。

少し気を鎮めないといけないね。

わたしは〈コンピューターサイエンス〉と〈数学〉の境目に来ていた。後者は歯科医と対面したときのような気分というか、子供時代の辛い思い出と似ていなくもない。そこで、ここよりはずっと明るい色調の背表紙が並ぶ棚のタイトルに目を向けた。『インターネット・ガイド』、『PCトレーニング』、『ウェブ開発者のためのCGIのタスク設定』――よし、ここならわたしにも理解可能なものがありそうだ。ロジエやザンティック族、その他諸々の情報収集に役立ちそうな数冊を手に取った。この店の支離滅裂さに比べたら、ワールド・ワイド・ウェブのデータベース検索が引き起こす混沌なんて可愛いもんだよ。

階下に引き返すと、カトリアナは列の先頭になったところだった。『フェランとミナール』の代金は彼女が払うと言う。とんでもない越権行為だと言ってやった（まだ腹の虫が完全にはおさまっていなかったんだ）。彼女が手にしていた酵素関係の本はわたしからの贈り物ということにして、この二冊とコンピューター関係の七冊とを合わせて会計した。しめて二百ポンド弱、安いもんだよ。

「インターネット関連の本をお探しなら、《ウォーターストーン》がお薦めですよ。品揃えは申し分ありませんからね」とわたしは、店を出たところで行き会った女性に伝えておいた。

それから帰途についた。

カトリアナはバスに乗りこむなり酵素の本を読みだし、わたしのほうは『サルでもわかるHTML』の序文に目を通した。文体はこれまで読んだどの本ともまるで違い、ウェブページのそれと驚くほどよく似ていた。内容はちっとも理解できず、ということは、この本が対象にしている〈サル〉にわたしは属していないのだなと、我が身を慰めた。

自宅近くでバスを降りたところで、バッグを取りにうちに寄るかねと尋ねると、カトリアナはきょとんとした顔になり、何も置いてきていないと言う。だったらここでいいよ、また明日、と言ってやった（ミセスB時代の終業時間をとうに過ぎていたからだ）。

「わたしもそっちのほうだし」カトリアナはそう言って玄関までつき合ってくれたのだが、まだ自分の勉強に戻りたくないのか（一体全体、ライフサイエンス科の学生というのは一日じゅう何をやっているのだろうか？）、お茶を一杯飲みたいと言う（いいとも、一杯でも二杯でも）。わたしの膀胱はもはや不平をこぼすのにも飽きたのか、ちょっと肩をすくめてみせる程度だったので、ドアの鍵を開け、喉が干上がっている若い友人を先に通してなかに入った。ああ、きゅっと締まりのいい括約筋を、老いてなお持てる喜びはいかばかりか！

「わたしはここで本を読んでいるよ」そう彼女に伝え、『Drクールのウェブ・マジック』を次なる気晴らしに選んで肘掛け椅子にどすんと尻を落とすと、カトリアナのほうはさっさとキッチンに行ってしまった。この二冊目も先ほどのと同様ちんぷんかんぷんで、《ディクソンズ》

で聞いた話とはほとんどつながりそうになかった。こうなると本屋の〈コンピューターサイエンス〉なるコーナーも、とどのつまりは〈スコットランド関係〉の名のもとに悲惨にも混沌と化しているあのコーナー同様、配架ミスの犠牲をこうむっているのではなかろうかと思わずにいられない。

「いやはや、じつに奇妙かつ異常な事態じゃないか」数分後、カトリアナが重そうにトレイを運んできたところで（嬉しいことにトレイの上には、たぶん今朝、彼女が持ってきたのだろう、見憶えのないビスケットが数枚、載っていた）、わたしはさらに続けた。「このウェブページというのはどれも、せいぜいが山型カギ括弧でくくられた、英数字数個の命令で成り立っているのだからね」その頃にはわたしも、Drクールのすこぶる難解な散文から、いくばくかの知識を自分のものにすることができるようになっていた。そこでＨＴＭＬタグによって（この呼び方もこれで習得した）、本を読む若い女性の怪しげな写真をこっちのコンピューター画面に正しく表示できるんだよ、などとまずは一席ぶってから、あれと同じ本をきみの機敏な検索のお蔭で手に入れられたのも僥倖《ぎようこう》というか、棚ボタというか、そう呼びたくなるような嬉しい巡り合わせの結果なんだろうが、これもまた何か別の、修正不能の隠れたソースコードによって決定されていたのかもしれないね、と話してやった。

だがカトリアナは上の空だった。彼女は茶を注ぐと（液体の流れる音を聞くだけで、体内から抗議の声がまたあがったものだから、こっちはごく少量をゆっくり飲むよう心がけた）、くつろいだ猫のように肘掛け椅子に身を投げた。しばらくして、「ひとつお願いがあるんだけど」

と言った。口を開く前にごくり、言ったあとにもごくり、と茶を飲んだ（こっちはぐずぐずと時間を引き延ばし、そうするあいだにカップのお茶がいくばくかでも蒸気になって飛んでくれないものかと願うばかりだというのにね）。

「言ってごらん」彼女の口ぶりからして、何かとてつもなく金のかかる難題をふっかけられそうな気がした。まるで見当がつかない。

「ほんと、参っちゃったの、アパートのボイラーが壊れちゃってさ……」またごくりとやって、ビスケットをかじる。「二日前からお湯が使えないんだ」

ボイラーの修理を頼みたいというなら、それはお門違いというもの（ミセスBならたちどころに解決してみせるだろうが）。いや、カトリアナなら万能小型ナイフであっさり対処できそうだ。

「で、言いにくいんだけど」彼女は言いよどんでいたが、すでに喉まで出かかっていた。「お風呂を使わせてもらえないかな。ここのお風呂を」彼女の顔つきは、勉強をさぼってもいいかとおねだりする子供のようだった。

「お安い御用だよ」わたしは言った。すると二分もしないうちにカトリアナはお茶を飲み終え、早速タオルを要求してきたものだから、こうなったら自分でキッチンに足を運び、おいしいけれど飲み切れなかったお茶を流しに捨てに行くべきだろうかと、しばし考えこんだ。当然のこと、タオルの在《あ》り処《か》などこっちは知る由もなく、わかっているのはミセスBがレールに掛けておいてくれたタオルだけ、そこでカトリアナにはタンスのどれかに入っているはずだと言ってやった。ビスケットをぱっとどこからか出現させてみせたのと同様、タオルを探し出すくらい造作もないだろうからね。ほどなく二階に向かう軽やかな足音が聞こえてきた。

いやはやびっくり、二階に駆け上がり、三つあるタンスをバタバタと順繰りに開け閉めする一方で、蛇口を目いっぱいひねって湯を満たし、脱衣をすっかり済ませるまでに要した時間といったら、こちらが椅子から立ち上がってキッチンまでカップを運び、茶色の液体が流しの穴から渦を巻いて落ちていくのを見届けるまでにかかった時間とほぼ同じなのだから恐れ入る。茶は四分の一ほど飲んだだけなのに、早くもその効果が出はじめていた。

居間に戻ってDrクールの深遠な知恵をもう少し味わいたかったのだが、この時起こりつつあった尿意は色濃くなるばかり、体を動かすたびにこれが促進されるわけで、こうなったら書斎に上がり、カトリアナが風呂を使い終わるのと同時に素早く用を足せる位置に待機するのが賢明かと、そんなふうに頭のなかを整理した。彼女のスピーディーな動きから考えると、こちらが二階に行き着く頃には、ほぼ体を洗い終わっているはず。そこでわたしは階段をのぼりはじめた。

四、五段目に足を掛けたあたりで、我慢は限界に達した。おそらく風呂の湯の飛び散る音に刺激され、すでに便器の前に立って一連の手続きを始めているような錯覚を起こしたのか。なにせわたしの生活は、習慣どおりにことを進めてこそうまく運ぶわけで、この日は日常をすっかり逸脱し、こんなふうにやりつけないことをしていたのだから、膀胱がいささか混乱をきたしたとしても不思議はない。

階段の上にどうにかたどり着き、おぼつかぬ足を前に踏み出すごとに危機感をつのらせながら、浴室の前まで来てみれば、湯の音がしない。これはカトリアナがまだ湯浴みに取りかかっていないということか。あるいは、茶を飲むにしろ本屋で本を見つけ出すにしろ、あれだけの早業なのだから、もうとっくに体を洗い終わって、のんびり湯に浸かっている最中なのかもしれない(もっとも、そうなると彼女が湯から立ち上がったとたんに湯がうねって飛び散る可能性は大、となれば彼女と同程度に、こっちもびしょ濡れにされるということだ)。

さて、ついに微妙かつきわどい場面にさしかかった。わたしはドアをノックした。

「カトリアナ?」

「何?」

「湯に浸かっているのかね?」

「そうだよ」それを裏づけるかのように、湯のばしゃんと跳ねる音がした。そこでわたしはこう切り出した。「ひとつ頼みがあるんだがね」

こっちは、彼女がやったように交渉をぐずぐずと引き延ばす気分ではなかった。相手の気持ちを慮《おもんぱか》ることより、股間で起こっている危機のほうが重大だ。ありのままの事実をストレートに伝え、詫びを入れ、今すぐドアを開けないと、いかに度量の広いミセスBでさえ異議を唱えるであろう困った事態に陥ることになりそうだと訴えた。

「だったらどうぞ」そう言うと、カトリアナはさらに盛大に湯音を立てた。

浴室に鍵をつけなかったのは正解だった。以前はそんなこと考えもしなかった。だが、鍵をつけないという、このちょっとした選択がわたしの人生のソースコードにあらかじめ仕組まれていて、いつでもその役目を果たす準備ができていたのかもしれぬと納得した。なかに入ると、自分の目指す場所（いまいましいことに便座は下りていた）にのみ視線を集中させてはいたのだが、それでもカトリアナが浴槽で体を丸め、抱えこんだ膝に顔を埋めているのがわかった。こういう場合、世間一般ならこうするのが常識だろうと考えて、盛大に口笛を鳴らしながら用を足した。もっとも、久しく続いたミセスBとの規則正しい日々には、こういう類のことは起きなかったから、これが常識なのかどうか、正確なところはわからない。

ことを済ませ、水を流し、いつものように几帳面に手を洗い、あとは好きなだけゆっくりどうぞとカトリアナに言ってやった。ところがこちらが引き揚げようとしたその時、彼女が不意に口を開いた（こちらがへたくそな口笛でワーグナーのアリア「夕星の歌」を吹いている最中は黙りこんでいたくせに）。

「せっかくだから、お願いしちゃおうかな」

互いの貸し借りの帳尻はすでに合っているはずだが、お願いの第二ラウンドも拒めそうになかった。スポンジで背中を洗ってほしいというのだ。

「湯に浸かるだけじゃ駄目なのかね？」わたしは尋ねた。「わたしはいつもそうだがね」

「ならいいよ」相変わらず先史時代の埋葬を思わせる恰好で体を丸めている。「嫌だって言うなら」

わたしは弁明した。「嫌だと言ってるんじゃないんだ。寝そべっているだけじゃ不足だというなら、こっちが袖を捲《まく》るなど造作ないことだよ」女性は皆、背中を擦《こす》ってもらうものなのだろうか、とわたしは首をひねった。ミセスBとの会話にそんな話は出てこなかったが、答えを知りたければワールド・ワイド・ウェブで検索すればいい。袖を捲り上げ、スポンジを手に取り、カトリアナの背中を擦った。スポンジを通して脊椎や肋骨のでこぼこが伝わってきて、湯が指のあいだから流れ落ちた。

「きれいな背中だね」わたしは言った。

「ありがとう」

背中を上下に数回往復した。洗車に比べれば（これを以前よくやったのは、きみも知ってのとおり）苦もないし、こっちのほうが面積が小さいから作業もずっと楽なわけで、次第にリズミカルに磨けるようになっていた。

「いい気持ち」彼女が言った。そしてこちらがそろそろやめにしようとしたところで、「うなじのところ、お願い」と言って、顔をさらに膝頭に押しつけるものだから、こちらは要求に応じるべくスポンジに再度湯を吸わせた。うなじの細かな部分は、洗うのにいささか不便にできていて、わたしのかつての愛車モーリスの、無骨な丸みと凹《へこ》んだ部分を持つ車体を思い起こさせた――あの頼もしい車が懐かしい！――カトリアナの耳たぶの裏側の骨ばった箇所などは、曲がり角を曲がる際にひょいと出す、踏切りの信号機みたいな方向指示器を連想させた。

カトリアナはこんなふうに洗ってもらうのを楽しんでいた。頭をこちらにひねると、その目は閉じられていた。きっと石鹸が目に入らないようにしていたのだろう。たしかにわたしは愚かだった、これほどデリケートな若い女性だもの、汚い湯のなかに体を沈めたいはずがない。湯が鼻に入ったり、耳にばい菌が入るかもしれないわけで、片方の耳など、濡れた髪のなかに落ちたピンクの貝殻のようだった。スポンジを肩に沿って動かすと、彼女は一方の腕を持ち上げて髪を片側に掻き寄せた。濡れた髪はいっそう黒味を増し、微妙な濃淡を醸《かも》し出していた。すっかりくつろいでいるのか、それまでずっと膝を抱えていた腕をほどいて足を伸ばしたものだから、スポンジは、シャシーというかボディというか、要するに体の前面も擦る恰好になった。カトリアナの小さな胸のふくらみはジョギングとかいう運動でダメージを受けた様子もなく、『フェランとミナール』を読む女性の胸とはだいぶ様子が違うこともわかり、ほっとした。

まったくおかしなことになったものだとわたしは心のなかで呟いた。タイヤのパンクとにわか雨、《ウォーターストーン》の若造店員たちのめちゃくちゃな本の並べ方と老朽化して弛んだ膀胱、それらが雑多な非表示コード(これを突きとめるためのマニュアル本は、書店を自称するあの店の、終わりなき混沌のどこかにきっと紛れているはずだ)と連動して、つい今しがた窮地を救われた老人とうら若き女性(こちらも満足している模様)をこんなふうにいきなり、否も応もなく集合させるとはね。そして目下、女性のほうは手を腰に当てて支えた体を仰向けて、やや反り身になっていたわけだが、こっちはあとどのくらいでここから解放されて腰をおろせるのだろうかと考えていた。

「質問があるんだが、いいかな?」そう声をかけたが、相手は目も開けない。そこでこれを了解の徴《しるし》と勝手に解釈して、質問に移った。「女性は皆、そこに髭を生やしたままでいるのかね？」カトリアナの脚の付け根に生えている薄い山羊鬚《やぎひげ》のようなものと、ライブビデオ・リンクのなかのふたりの女性がさらしていた盛大な茂みとを見比べる機会に恵まれたのでね。「それともたいていはきれいに剃り落とすのを好むのかね、あるいは、口髭みたいな恰好に剃るとか？」

「見ればカトリアナは夢から醒めたかのように目を見開き、またもや膝を抱えこみ、「女の裸、マジで見たことないの？」と訊いてきた。前日にスープとか飛行機とかいった身近なものについてわたしがあまりにも無知だと知ったときと同じ、猜疑心をあらわにした声だった。

わたしが黙りこくったので、答えはおのずと明らかになった。「嘘クサ」彼女は言った。「それはどうでもいいけど。ほとんど男じゃないんだね。あ、悪い意味じゃないから」と、あわてて付け加えた。これを忠実に文字化する術を身につけたからいいようなものの、なんとも舌たらずな自己弁護じゃないか。「年のせい……ううん、そういうのとも違うんだな。ま、いっか、だよね」それから少しばかり体をずらして寝そべると、顔以外をすっかり湯に潜らせた。だったら初めからわたしの言うとおり、ただ湯に浸かるだけにすればいいわけで、どうしてわざわざスポンジで擦らせたのか、わけがわからなくなった。

バスタイムが滞《とどこお》りなく終了したところで、彼女が湯水をはね散らかしながら立ち上がる音を背に、わたしは浴室を出て書斎に向かった。これで一件落着と思いきや、まだ先がある。これ以上この話できみを煩わすのはどうかと思うが、服を着て見憶えのないタオルを頭に巻いた彼女が（何枚見つけてくるのやら、うちにはいったい何枚タオルがあるのだろう）、書斎に入ってきたところで始まった会話がまずかった。

その時わたしは、彼女がコンピューター内に作ってくれたファイルを探しているところだった。これにいささか手間取っていたものだから、ついカトリアナに助けを求めた。もっとも、なぜ彼女は部屋に入ってきたのか、さよならを言うでもないのだ。超過勤務の手当てを請求しに来たのか、丸一日働けばこちらの提示額をもらえると思ったのか、とにかく不可解だった。わたしに代わって件《くだん》のファイルを見つけ、これを開くと、裸体の読書する女性が現われた。すると彼女はこう言ったのだ。「他人にこんなふうに覗き見させるなんてエグいよね」

わたしはこの意見にあえて異を唱えることはしなかった。これ以上お茶を飲みたいと言いだされても困るからね。

「だってそうでしょ」彼女は先を続けた。「この女《ひと》、裸を見られるのが好きなんだよ、きっと。それって女王様気分っていうやつかも」

カトリアナは自分自身を相手に議論を始めてしまった。それをできる限り忠実にここに書き留めておく。もっともそんな努力は、異国の文字で書かれた処方箋を書き写そうとするようなもの、こっちには意味をなさぬのたくった文字を書き取ったところで、不正確だろうし、とんでもない勘違いをしでかさないとも限らないがね。

彼女はさらにこう言った。「バスルームに入ってきたとき、どぎまぎしなかった?」

これに関しては有益なコメントが思い浮かばず、わたしはひたすらマウスのクリックにいそしんだ。

「なんだかこっちは、バスタブに浸《つ》かった洗濯物って気分だったな。だからちょっと見なおしちゃった。あれって気をつかってたわけじゃないんだよね。でも女のなかには、本を読んでいるこの人とかもそうだろうけど、ちっとも変な気を起こさない人に見られてるって想像するだけでコーフンしちゃう人もいるのかも。お爺ちゃんがまさにそれ、何ていうか、お医者さんとかそんな人に見られてるみたいなっていうか」

付け加えるまでもないが、こうしたやりとりはわたしにとって『Drクールのウェブ・マジック』を読むのと同様、荷が重いし、興味もさほど湧かないのだが、カトリアナのほうはまだまだコメントする価値があると思っていたようだ。

「つまりこの女性がカメラの前でポーズを取る気になったのは、この映像で男たちをムラムラさせたかったわけじゃない。あくまでも自分のためだったのかも。だってカメラは発情しないもの。それこそが彼女の理想の男性ってわけ。発情もせずただ見つめてくる、そのこと自体にコーフンさせられちゃうんだろうな」

何度も何度も「ムラムラする」だの「発情しない」だのと繰り返すものだから、こっちは頭がすっかりこんがらかってしまった。きっとここに書きとめた文章もひどい間違いだらけだろうし、そうなると彼女の言わんとしていたこととはすっかり違っているかもしれない。だが、意味不明の言語をもろに浴びせられながら、Drクールがすでにわたしの意識に染みこんでしまったのと同じように、よし、だったらこっちもこいつを使ってやろうじゃないかと大胆な気分になっていた。

そこでこう言ってやった。「風呂に浸かりながらきみもムラムラしたのかね?」こうやって自分の言っていることがわかっているふりをする、ある種の言語ゲームに身をゆだねていれば、そのうちライブビデオ・リンクのことも多少は理解できるようになるかもしれぬ、そうすればロジエや、フェランとミナールやその他諸々にさらに一歩近づけるのでは、そんな思いだった。これと似たようなアプローチの仕方をして、少なくともある程度、アリやミセス・キャンベルには効果があったのだし、やってみる価値はあるだろうとね。

カトリアナは、まるで質問が難解で、微妙で深遠にすぎると言わんばかり、タオルからはみ出す濡れた髪をしきりにひねっていた。以前、ユアンだかゲーリーだか忘れたが、その青年を好きなのかと尋ねたときも、同じように煮えきらない態度だった。そして今度もまた、「さあどうかな」と言っただけ。ただし今回は、質問したのをこっちが忘れてしまいそうなほど間があって、「ムラムラしたかも。なんでだろう」と言った。さらにまた長い沈黙が生まれたので、これでやっと解放されそうだと希望の光が見えたと思いきや(結局、読書する裸婦の解釈に役立つような収穫は何ひとつなかったのでね)、またしてもここに正確に書き記すのに往生しそうな破格構文で、こう付け足してきた。「背中、流してくれたでしょ……マジで……めちゃうまかったし」

「それはどうも」わたしは礼を述べた。

「つまり、ああいうことをこれまで一度もやったことがない人ってのが、ウッソーって感じ」またしても「マジで一度も……?」というお決まりの台詞が飛び出しそうな雲行きだったから、これを阻止せんがため、ヒュームを読む気になったかねと尋ねると、「まさか」という答えが返ってきたので、だったら『フェランとミナール——ジャン＝ジャック・ルソーと失われた時の探求』にざっと目を通し、そこにジャン＝ベルナール・ロジエのこととか、謎に包まれた彼の『百科全書』について何か触れていないか教えてくれないかと言ってみた。結局のところ、こうして立て続けに、それも長々ときみに手紙を書いたのだって、この本のことを知らせたいがためであって、《ウォーターストーン》の棚を穢《けが》している感傷的もしくは煽情的な小説にこそお似合いのどうでもいいことにかまけている場合じゃないからね。

やがて彼女が書斎から引き揚げ、お茶の誘いを受けずに済んだわたしは大いに胸をなでおろした。階下に向かう足音が居間に吸いこまれていくのを聞き届けたところで、まずはルソーのウェブ検索に取りかかった。やがてDrクールが言うところのハイパーリンクであちこちのサイトにジャンプするうちに、国立古代文化博物館、オンライン映画ガイド、さらにはテキサス在住でコンピューターサイエンスを勉強中の、トールキンが大好きだという若者のホームページに行き着いたりもした。そうこうするうち、瞬く間に四十五分が過ぎていた。しかし結局、中身のある新情報には行き当たらずに終わった。

そろそろカトリアナをボイラーなしのアパートに帰して自主研究をやらせねば、そう考えた。ライフサイエンス科の落ちこぼれにさせるつもりは断じてないからね！　下に行くと、彼女はソファに寝そべり、『フェランとミナール』を胸の上に広げたまま、赤ん坊のようにすやすやと寝入っていた。そこでそっと本を取り上げ、書斎に戻り、手紙を一通したためた。彼女が目を覚ましたら、自宅に戻る途中で投函してもらうつもりだ。その手紙というのは、わざわざ言うまでもないが、今きみが読んでいるこの手紙だ。きみもとりあえず最後まで読み通してくれたようだし、この辺でそろそろ口を閉ざすとしよう。

第八章

　フェランとミナールは新しい住まいの点検中だった。ベルチエ神父の下僕が案内してくれたコテージは小さいながらもきちんとしていて、ふたりにお誂《あつら》え向きだとフェランは思った。下僕はチップを期待しているふうだったが、どうにか手ぶらで追い返した。

「じつに感激だな！」ミナールはそう言いながらドアを閉め、窓の鎧戸《よろいど》を次々に開けていった。片やフェランはあちこちの家具の表面に指を走らせては、掃除したてなのを確認し、満足した。

「思えば、このひなびた田舎町がジャン＝ジャックにインスピレーションを与えたんだよね」

　ミナールは興奮気味に、開いた窓から見える景色を誉めちぎり、陽光が部屋に射しこむにまかせた。

「前にも言ったろ」フェランが言った。「ルソー氏に会うつもりはないからな」彼は床板を踏み鳴らしながら窓に近づくと、鎧戸を半分ほど閉めた。ミナールが勝手気ままに部屋を歩き回っては家具をいじったり、タンスや引出しのなかを浮かれ気分で覗きこんだりしているものだから、自分たちが陽気にしていられる状況でないことをすっかり、いや少なくともこの一瞬は、忘れているように思え、そこでフェランは、簡素なテーブルに向かって腰をおろすと、こう言った。「ぼくらの新生活の始まりだ。ここでまっとうな仕事を見つけ、静かに暮らすんだ」

ミナールは向かいの席に腰をおろした。「そうだね。ぼくらの新生活だね」彼はフェランの両手をはっしと握りしめ、永遠の友情を誓い合ったところで、またしてもここに至るまでの艱《かん》難辛苦《なんしんく》を思い出したのだろう、めそめそしだした。「それにしてもジャクリーヌはかわいそうなことをしたよ！」彼はさめざめと泣いた。

「またそれか」フェランはうんざりした様子でそう言うと、涙で袖をぐっしょり濡らしながら突っ伏す友の頭を優しく叩いた。「その名前は金輪際《こんりんざい》口にしないと約束してくれたまえ。どこで誰が聞いているかわからないんだ、いいね。彼女のことを尋ねたときのベルチエ神父の反応に、きみも気づいただろ。ぼくらが何やら曰《いわ》くつきだとわかったんだよ。ということは、そのうちにっちもさっちもいかなくなって、別の村へ逃げる羽目になり、この先ずっと逃げ隠れすることになるんだぞ」

ミナールは顔を上げると、フェランの分別ある言葉に同意のうなずきを返した。

「ぼくはそろそろ寝るからね」フェランは言った。「今朝は早かったし、ベルチエ神父のところでたっぷり食べたしで、とにかく眠いんだ。ベッドの具合を一緒に試してみないか」

ミナールは、フェラン以上にたらふく食べ、前夜もたっぷり寝たとはいえまだいくらでも寝られそうだったが、友につき合うつもりはなかった。フェランはちょっとむっとした顔をして、部屋の片隅のマットレスのほうへ行くと、ひとり横たわった。やがてテーブルに居残ったミナールの耳に、友のかすかな寝息が聞こえてきた。

少しして、ドアをノックする音がした。ミナールが出てみると、自分たちの荷を背負った下僕が立っていて、疲労と安堵の溜息とともにミナールの足元にどさりと置いた。「これはどうも」ミナールはそう言いながら、今度ばかりはチップなしで帰ってもらえるだろうかと気が揉めた。ミナールが荷を室内に引き入れるあいだも、フェランの葦笛《あしぶえ》のような寝息は乱れることなく続いていた。そこでミナールは下僕が立ちつくす玄関先に引き返すと、外に出てドアを閉めた。

「お手間をかけました」ミナールは言った。「お礼を渡したいところですが……まずは中身がちゃんとあるかどうか確かめてからということで。それはそうと、ろくろ細工師はどこに行けば会えますかね？」要はジャクリーヌの父親の居どころを尋ねたわけだが、コルネという苗字は出さぬというフェランとの約束は守ったつもりだった。

下僕は怪訝《けげん》そうな顔をした。「何か家具の修理ですかね？」

ミナールは首を振りかけたが、ここはうなずいておいたほうがよかろうとすぐに思い直した。

「そうなんですよ、たいしたことじゃないんだけど」

「テーブルの脚ですかね？　それとも手すりの子柱が壊れているとか？」

ミナールは素早くうなずいた。「そう、それそれ、手すりの子柱」だが、すぐさまコテージに階段がないことに気づき、今度は激しく首を横に振りたてた。その様子を下僕はじっと見つめ、辛抱強く答えを待っている。ミナールはフェランほどまことしやかな話をでっち上げられないのだった。「いや、テーブルの脚のほうだった。ろくろ仕上げだと思ったけど、ひょっとすると角材だったかもしれないし、ちゃんと見ておかないとね」

この下僕がたまたま大工見習か何かだという可能性も見越しておくべきだった。「実はテーブルの話じゃないんだ」

下僕がさらに困惑の色を深める。

「ちょっと言いにくいんだけど」ミナールは下僕ににじり寄って耳元に囁いた。「ほら、ぼくらは重要な任務があってここに来ているだろ」

「それは心得ておりますですよ」

ミナールははっと身を退《ひ》いた。「心得ているだって?」

「もちろんですとも。村じゅうが知ってますだ。それで本名を名乗らんのでしょ」

ミナールは出鼻をくじかれた気分だったが、自分の作り話が功を奏し、この村の純朴な人々を煙《けむ》に巻けそうだと察し、気を取り直した。「テーブルの脚のことは忘れてくれ。ろくろ細工師のコルネの居どころだけ教えてくれたらいいんだ」

「あの男は、あなたのおばば様のことでしたらとっくに知ってますだよ。まったく気の毒なこって、おばば様の見事なベッドの脚をお作りしたことは今でもよく憶えていると言っとりました。クルミ材のそりゃあ豪勢な造りだったとね」

ミナールは一歩進むごとにどんどん不条理の罠にはまっていくような気がしなくもなかったが、ここは素直に相槌を打つのが一番だと考えた。「ほんとに豪勢でしたよね。祖母を亡くしたのは残念に思ってます」

下僕は言った。「そいつんとこに案内してさしあげましょうかね?」

「それは助かるな」ミナールは答え、ふたりはろくろ細工師コルネの家に向かった。フェランが目を覚ましたのは、すでにふたりが出かけたあとだった。

ミナールの軽挙盲動を罵りながら――ミナールが何かやると必ずまずいことになるとわかっていたからだ――フェランは床に放置された荷物のそばにひざまずくと、中身をじっくり調べてみた。これを結んだのは自分だったのだが、包みを解きながら、自分の結び方ではないと確信した。それでも、そこにあるべきもの、つまり打ち続く不運の元凶とも言うべき膨大な原稿の束はちゃんと収まっていた。

一摑み取り出してはみたものの、ベルチエとその一派の者がこれを調べたのかどうか、あるいは一部を抜き取っているのかどうか、判断のしようがなかった。こんな怪しげな原稿が娘の死とどう結びつくのか？　これのどこにそこまでする価値があるのか？　フェランは原稿をそっくり全部テーブルの上に積み上げると、椅子に腰をおろした。これをすべて順番どおりに並べ替えれば、あの男が破格の賃料で浄書を依頼した意図がわかるのではと思ったからだ。彼は読みだした。

実験は一七五九年三月三十一日、私の助手ルイ・ティソの住まいで行なわれた。まずは彼の細君の指輪を三つの器のいずれかの下に私から見えないように隠してもらい、その後私がひとつの器に手を乗せたところで、ティソが指輪の入っていない別の器を持ち上げ、ここで選択を変更するかどうか私に訊くといった手順である。我々が百回以上この実験を繰り返した末、選択を変更するのが最良の戦略であることに私は気づいた。この発見に大いに気をよくした私は、ティソの細君が指輪を返してほしいと言わなかったら、さらに延々と実験を繰り返していただろう。

翌日、素晴らしいこの発見に触発され、私は再びティソの家を訪ねると、新たな実験を提案した。ヴェルヴェット地の小ぶりの袋に黒石と白石をそれぞれ同じ数だけ入れ、これをティソの細君に口を広げて持ってもらう。そこからわたしとティソが目かくしをしたまま、石を一個ずつ取り出し、それぞれが選んだ石を細君に確認してもらい、「少なくともひとつは黒」もしくは「少なくともひとつは白」のいずれかを告げさせた。そこで目かくしをしている我々は、部屋の両端に分かれて立ち、ティソが黒を持っている可能性を考えるわけである。

結果が予想を大きくはずれたものだから、ティソなどは細君の記録の正確さを疑う始末で、第一回目の実験は、夫婦間の辛辣な口論で幕を閉じることとなり、さらにここから細君の母親をめぐる言い争いが始まり、ケーキを焦がした話が蒸し返され、家事のやりくりについてあれこれ不満が噴出し、これには私も正直なところ閉口した。一息入れたところで、私は次のような提案をした。選んだ石を手に握りこんだまま目かくしをほどき、それぞれが部屋の両端に分かれて立ったところで手を開いて中身の色を確認し、これを書き留めておく、そうやれば細君の記録と照合ができるではないかと。この提案に細君はいい気持ちがしなかったようだが、夫君のほうは名案だと言った。方角もわからずに歩くのは不便だし厄介だし、へたをして、二か月前に姑の衣装ダンスを動かす際にひねった足首をまた痛めるのも嫌だと言う。ティソの細君が、足の痛みは母親のせいではないと言い返したものだから、ふたりのあいだにまたしても口論が始まらぬうちに、それでやってみようと私は言った。新ルールのもと、何度も実験を繰り返した末に三人の記録を見比べてみたところ、細君のデータ集計が完璧であることが判明した。「ほらごらん！」彼女は言った。「言ったとおりでしょ！」ここでティソが焦がしたケーキの話を蒸し返しそうになったので、私はふたりを放っておいて実験結果をさらに詳しく調べてみることにした。例えばティソの細君が少なくともひとつは黒だと言うときは必ず、どちらか一方が黒を掴む確率は、奇妙ではあるが明らかに、二分の一ではなく三分の二だった。しかしながら、私が自分の石を見て黒と確認した場合、ティソが同様の結果となる確率は突如二分の一に落ちこんだ。

「わかった《ユリイカ》ぞ！」私は、湧き上がる喜びと恐れを押し殺して呟いた。目を上げるとティソ夫妻が拳を振り上げ、今まさに殴り合わんとしていた。

「やめたまえ！」私は声を張りあげ、次の実験に取りかかるぞと宣言した。

細君の汚名が晴らされた今、目かくしをして実験を続けることにした。細君が勝ち誇ったように腕組みする横で、夫君は不平を鳴らした。

「ぼくが躓《つまず》いて、足首をまたひねったらどうするんだ？」

「ゆっくり歩けばいいじゃないか」私はやんわりと言った。「科学の名のもとに歩くわけなんだからね」

ティソはそれでも抵抗した。「どうせ部屋の隅に行ったらすぐに石を確認するのに、どうしてわざわざ目かくしをしなくちゃならないんだ」

そうじゃない、きみは目かくしをしたまま、自分の摑んでいる石は見ないのだよと私は告げた。この実験によって、私がその石を目視した途端に、確率の純粋な波動がたちどころに部屋のこちらからあちらに伝わることが示せると思ったのだ。これで確率三分の二から二分の一への急激な変化の説明がつくはずだ。ふたつの石のあいだを奇跡のごとく流れる（重量六分の一の）確率の〈量子《クオンタム》〉が、私自身の〝目視〟という行為によって生じるのだと。

ティソも細君も、私が何を言っているのかピンとこなかったようだが、あの記念すべき春の午後、妄想に取り憑かれたかのように興奮して、何百回も実験を繰り返す私に従う以外なす術はなかった。ふたりの実験仲間は徐々に疲労の色を強め、ついにはいささか注意散漫になり、ティソが姑の衣装ダンスやらケーキやらの悪口をまくし立てると、細君は細君で鼻息を荒らげ、これは裁縫箱にあったものだからと言って石の入った袋を引ったくってぷいと部屋を出ていってしまった。彼女の清廉潔白をいまだ疑っていたティソは、いずれ日を改めて、今度は聖職者を交えて実験をやり直そうと言いだした。曰《いわ》く、細君はきちんとできないか、あるいはやる気がないから、実験結果がおかしなことになるのだと。しかしながら、なぜそうなるのかの説明を私はすでに見出していた。

この実験や、その他さまざまな観察から得た閃きによって私が構築しようとしている宇宙理論は、もっぱら情報とその伝達を基礎に据えている。つまり現実というものは、測定可能なものでできているということだ。「万物は絶えず変化する」私は別の機会にティソにこう話してやった。「世界は無限大の海なのだよ。その海の波動こそが我々すべての者を操る偶然と必然なんだ」この時期すでにティソは、助手の仕事に専念するため（姑と顔を合わせずに済むからでもあったが）自宅を出ており、私が測定問題と呼ぶものについて説明するのを熱心に聞いてくれた。

説明は次の通り。人間が物差しを使う場合、その精度はその器具の刻み目の範囲を超えることはない。さらに目盛りを増やせば精度は上がるが、それとてこれで十分ということはない。目盛りを倍々に、どんどん細分化していけば、最後に確固とした正解にたどり着けるのか？答えはノンである。現実の長さは測定を無限に繰り返すことでしか得られない、とすれば、測定で得られる長さに物理的意味はあり得ない。ゆえに、どんな線にも、精度に限界があることを認めた上での計測値は別にして、長さは存在しない。これが「ロジエの不確実性原理」であり、これを発見した天才、すなわち私にちなんでそう命名した。

存在しているのは、しかるべき長さを持つ線という可能性のみである、そう私は仮定したい。千回の測定を経て得られるのは、平均値の周囲に集合した諸数値の分布にすぎない。ティソが、細君とその母親への不満をその間ずっとぼやきながら行なったように、これら測定した数値をグラフに起こしてみれば、その分布が〝吊り鐘形〟になることがわかる。これを私は〈可能性の波〉と名づけたい。また、計測がなされるときには常に、この波が砕けてただひとつの数値が現出する。石を取り出す実験では、これと類似の波がとてつもない速度で増大することがわかった。この場合、波の砕け方には人間の意識が決定的に介入しているのである。ここから導き出せる結論は、手のなかの石を見ないうちは、それは白でも黒でもないということだ。このひとつの発見から私は、困惑するしかないような推測に立ち至ったのである。

受刑囚が窓のない独房に閉じこめられているところを想像してみたまえ、と私は驚き顔のティソに向かって言った。囚人は、見た目はそっくり同じふたつの飲み物のいずれかを選ばねばならないとする。ひとつは飲めば自由の身になれる無害のもの、もう一方は死に至らしめる毒入りだ。

「それが器の話とどうつながるんですか?」明らかにティソは私の説明についてこられずにいた。

「影響力の問題とでも呼んでおこう、それだけのことさ」私はそう答えた。さて、囚人は外からは内部が見えない場所に閉じこめられていて、そのなかで選択を迫られる。私の理屈に従えば、房の扉が開かれるまで、我々は彼が生きているとも死んでいるとも名づけられないということになる。つまり、彼は生と死が重なり合う状態にあるというか、この世でもあの世でもない、幽霊のような中間的存在なのだ。

日が経つにつれ、ティソは家庭内の揉め事にさらにふり回されるようになり、私のほうは、純粋な情報は万物の基本的構成要素として機能するという哲理を完成させた。知識をもっとも迅速に伝播《でんぱ》させるにはどうすればいいだろうかと、私は手紙を書いている最中のティソに尋ねたが、返事は返ってこなかった。何らかの報せを広範囲に広めるには、馬がもっとも速い手段であると私は考えた。うち沈んだ助手の顔を見ているうちに私は、書かれたものを通してしか意思の疎通が図れないふたりの人間には、それぞれ異なる速度で時間が流れているのではないかと考え、そこで時間の流れの分析に着手した。ティソと細君は、わずか半日のあいだに怒りの手紙を何度もやり取りするようになっていた。それで思い出したのは、王女を誑《たぶら》かした罪で追放されたある男の話である。追放の身となった男は毎日王女に手紙を書き送ったのだが、その愛情溢れる手紙も、彼が馬で国から遠ざかるにつれて王女との距離も広がっていくため、手紙の到着はどんどん遅くなっていった。結局、次の手紙を待つ時間がどんどん長くなる王女の視点に立てば、相手の一日の長さそのものが無限に延びていくように感じられただろう。だが追放の重圧と苦悩から、男の生きる速度は徐々に落ち、ついには次回を約束したまま手紙は途絶えてしまう。愛する王女が感じたとおり、男の時の流れは、北の最果ての地にたどり着いた時点で止まってしまい、手紙が届くことは永遠になくなったのである。私はティソに、同時性と時間そのものは相対的概念として捉えねばならず、馬の動きに支配されているのだということを懸命に説いて聞かせた。しかし話の途中でノックの音に割りこまれ、入ってきた小僧が持ってきたのは、ティソの細君がつい今しがたしたためたばかりの、相も変わらぬくだくだしい非難の手紙だった。内容はまたしても、ティソが私との交際を絶《た》ち、捻挫のことや母親の作る料理のことでつべこべ言うのをやめるなら、互いの性格の不一致は不問に付すという内容だった。ティソがもうしばらく私の寓居に留まることに決めたのは喜ばしい限りだが、そばにいても彼に進歩が見られない点は残念でならない。

彼が私の諸理論をきちんと把握できていないことがわかったのは、その数日後のことだった。その頃、彼の妹が出産間近で、ティソはどこかの赤ん坊(女児)を金で雇って産室に連れこんだ。こうすることで生まれてくる赤ん坊が男である確率が二倍になると考えたのだ。ところが生まれてきたのは姪っ子だった。弟子の誤謬がどこにあるのか、あっけなく説明はついた。ティソは私の編み出した鮮やかな理論「双子の逆説」を誤解したのだ。この理論は、仮にある男子が自分にはきょうだいがいると言った場合、それが女子である確率は二分の一とはならず三分の二となる、というものだ。ティソは別の場面でもこれと似たような誤りを犯している。あれは、ティソが陰気くさい様子で、私の机を占領しつづけていることに私が痺《しび》れを切らしたときのことだ。私は彼に向かってこう言った。「来週ここにきみの奥方を連れてくるから、ふたりでじっくり話し合い、双方の問題を整理してみるんだね。会いたくないのはわかっているから、彼女がいつ来るかは教えないが、来週末までには会うことになるだろう」

ティソが考えたのは、金曜日に細君が連れてこられることはまずないだろうというものだった。その根拠は、木曜日の夜の時点で明日は細君が来るとわかれば、居留守を決めこめるからだという。しかしそれと同じように考えを進めれば、水曜日が何事もなく過ぎた時点でティソが警戒するだろうから、私のほうも木曜日を避けざるを得ないはず。そうやって一日おきに考えていったティソは、細君がいきなり現われて説教を垂れることはあり得ないという結論に達した。ところが木曜日、ティソがドアを開けてみれば、そこにいたのは細君ばかりか姑も一緒で、ふたりして彼の横面を景気よく張り倒すものだから、私は恐ろしくなったが、これも自業自得、あまりにお粗末な論理を振り回した報いだと、心ひそかに思ったものだった。

ティソが姑を相手取って裁判を起こすべく、その作戦本部として私の机を使いはじめると、それを横目で見ながら私は、助手の助けのないまま調査研究を続行した。この頃には、私の新理論はコペルニクスが巻き起こしたのにも匹敵するような大変革を学術界にもたらすだろうとの確信が十分に熟していた。そこで私は、その真価を認めるに足る器量を持つと思われるムッシュー・ダランベールに知らせることにした。だが、彼から受けた屈辱的な扱いについては触れないでおく。ここでは、私がかの『百科全書』にたずさわったあまたの著述家たちと肩を並べ、わが哲学の正統性を知らしめるべく、たゆまぬ努力をしてきたがゆえに失望したと述べるにとどめたい。

ティソに関して言えば、ついに私は助手を失うことになり、残念ではあったが、彼が法的手段に訴えずに済んだのは何よりだった。細君と折り合いがつき、ここを出る準備に取りかかっている彼に向かって私が話してやったのは、もしも私から学んだことがひとつでもあるとすれば、その本質を受け容れる限り、克服できない問題はひとつとしてない、ということだった。そこでネロ皇帝の話を持ち出した。この皇帝は、ある山が夕日の眺めを遮るのが気にくわず、ひとつずつ石を取り除くことで山を移動するよう命じたという話が伝わっている。この作業のために一万人が動員され、十年の歳月が費やされた。しかし最終的にどの時点でこの山が消滅したと言えるのか？　最後の石が取り除かれたのはどの時点か？　ザンティック族出身の哲学者アルゴスのフィロンは果敢にもネロにこう進言した。山には最後の石などあり得ないのだから、山は永久的存在か非存在かのいずれかでしかないのだと。つまり奴隷たちは、傲慢な支配者の想像の産物でしかない障害物を排除するために無駄骨を折ったということになる。

フェランには、書かれていることのどれひとつとってもさっぱり理解できなかった。それでもこの論文の背後にロジエなる人物が潜んでいることはとりあえず感じ取れた。《レジャンス》でフェランが出会った人物こそがロジエ本人か、あるいはその使いの者だったのであり、この論文が新しい哲学の基礎を開陳しているのは間違いなさそうだった。

その頃、ミナールはコルネの家にたどり着いていた。下僕が案内したのは裏手の庭で、そこではコルネがろくろを回していた。ろくろ鉋《かんな》がゆっくりと回転する丸太を削っていく。ふと目を上げ、ふたりの来訪者に気づいたコルネは、挨拶をしようと作業の手を止めた。

「こちらはムッシュー・ミナールだ」下僕が紹介した。

「ああ、そうでしたか」コルネが言う。「本名ではないんでしょうが、心得てますよ」

「それは結構。いいお日和で」ミナールは咳払いした。

「おばば様のことはご愁傷様でした」コルネが心底同情しているといった顔をしたので、ミナールはこの男にジャクリーヌの悲劇的な死の報せをどう伝えたものかと思い悩んだ。

「たしかパリにお嬢さんがいらっしゃるとか」さりげなく本題にもっていく術を思いつけず、ミナールはそう切り出した。

コルネはうなずいた。「元気なめんこい子でしてね」ここで大柄なろくろ細工師が下僕のほうに目をやると、これを下僕は帰れという合図と受け止めた。

下僕がぐずぐず居残っている理由《わけ》がミナールにわかった。じっと見つめてくるその眼差しは、ビスケットを待ちわびる犬そっくりだった。「もちろんこのお礼はさせてもらいますよ……近いうちに」下僕はしぶしぶ引き揚げていった。

コルネがミナールににじり寄った。「ジャクリーヌは元気にやっとりますか？」

ミナールは相手の屈強そうな体に気圧《けお》され、あとじさった。「ええそりゃもう……なぜそんなことを？　彼女のことは何も知らないんですが」

コルネは不審げに眉をひそめた。「オラトワール神学校であの子のことを尋ねたって話でしたよね？」

ミナールにはコルネの意図が測りかねた。

「ベルチエ神父様があの仕事を世話してくださったんですよ」

「お針子の仕事をですか？」

コルネのほうはまだ、ミナールのおずおずと探るような眼差しに気づいていなかった。「お針子だなんてとんでもない。まったくあきれたお人だ。あの子は立派なお屋敷に奉公に上がってるんですよ——暇を見つけては一日おきに手紙を寄越します」

「本当ですか？」ミナールはそう言ってから、驚きを懸命に隠そうとした。あのかわいそうな娘は、仕事のことで家族に嘘をついていたのだ。「いい仕事を見つけたようで、ぼくも嬉しいですよ」

コルネの表情が和《やわ》らいだ。「何もかもベルチエ神父様のお蔭です。何年にもわたってあの方には、娘もわたしら家族もそりゃもうよくしていただいてます。この辺じゃあの方の悪口を言おうものなら、ただじゃ済みませんよ」

「何か理由があって、彼の悪口を言いたがる人がいるのですか？」ミナールは問いかけたが、コルネは肩をすくめてみせただけだった。それでも事の真相は、聞くまでもなかった。ベルチエがジャクリーヌを手籠《てご》めにし――ひょっとして、孕《はら》ませたのかもしれぬ――それで厄介払いのつもりか、あるいはかえって関係を持ちやすくするためか、彼女をパリに送り出したのだろう。家族に宛てたジャクリーヌの手紙というのが、示し合わせて本人が書いたものなのか、それともベルチエの息がかかった人物がでっち上げたものなのか、その辺はミナールにはどうでもいいことだった。真実を話してこの気の毒なろくろ細工師に一撃を食らわすのも気が進まなかったし、下世話な話をさらにあれこれ穿《ほじく》り返すのも願い下げだった。

「ご一家のご幸福を願っています。それではごきげんよう」ミナールは言った。

コルネはきょとんとなった。「あなた様もごきげんよう。お話はそれだけで？　ジャクリーヌに何かまずいことでも？　困ったことになってるんじゃねえでしょうな？」

ミナールはこの不運な男にこれ以上語ることができず、首を横に振った。それから踵《きびす》を返し、出口に向かった。やがてコルネの回すろくろの唸りと、木肌を削る音が聞こえてきた。男の視界からはずれると、ミナールは哀れなジャクリーヌを思ってまたも涙で頬を濡らし、これを最後にもう涙は流すまいと誓うのだった。

その頃フェランは、テーブルの上に散らばる原稿のなかから、別の論文を取り上げていた。

こんな話がある。中国語で書かれた一通の手紙が、さる大図書館に届いた。司書たちにこの文字の判読はできなかったが、幸い中国語の辞書と文法書はここに収蔵されていた。ほかにも東洋の書籍は数多くあったし、なかにはじつに美麗な刷りと装丁のものもあった（細密な挿絵入りの『翡翠宮対話《ひすいきゅう》』という稀覯本はなかでも選りすぐりの一冊として評価が高い）。司書たちは返信をしたためるべく作業に取りかかった。まずは手持ちの資料を駆使して、手紙に使われている表意文字の同義語を探り当て、利用可能なあらゆるテクストに出てくる文字の頻度と前後関係を調べ上げ、実用可能な言語理論を構築するといった具合に進めていき、ついに司書たちは意味以外のすべてに精通するまでになった。

この理論に則り司書たちは返信文をこしらえた。出来上がったものは、緻密に組み立てられた表意文字の羅列でしかなかったが、きちんと筋の通った文章になっていたから、中国側の受取人は内容をすっかり理解できた。発信者がシャウ・リンという名の若い女性だとわかると、たちまち男は（物語の常として）恋に落ちる。かくして手紙のやり取りが続き、ついには結婚の約束を取り交わすのだが、これが不幸にも破談になり、男は自害する（この男は、そもそも宣教師マルティン・ゴットフリートに関する情報を集めるのが目的で図書館に手紙を出した歴史家だった）。この物語の結末は、司書たちが中国に派遣され――そこでは当然のこと、言葉は通じない――この歴史家の墓を訪れ、涙にくれる云々となる。

この心打たれる物語に登場する司書たちは、一丸となってひとりの女性の心を演じたわけだが、彼らは自分たちの誰ひとりとして理解できない言語規則にただ従ったにすぎない。意識と、それを生じさせる無意識界の構成要素とのあいだには大きな隔たりがある。それはちょうど、大量の麦がざーっと音を立てて落ちるのと、たった一粒が音もなく落ちるのとくらいの開きがある。したがってほかのロジエ理論と同様、思考は情報処理だと単純化して促えるなら、それに見合う構造体の細部を徹底的に調べ上げることで人工知脳の創造は可能となるだろう。

人工知能というロジエの考えは、人間の脳の個々の機能を機械に置き換えてイメージされており、それぞれに想定される機能を、例えば情報交換という機能であれば滑車装置に、あるいは水圧利用の機械に見立てている。これはちょうど適切に設計された人工心臓が、本物の筋肉のように効率よく血液を送り出すのと同じように、我々が頭蓋内部で行なう思考活動を完璧に模倣し、同様にその機能をも模倣することで実現できるはずだ。この装置内（すなわち脳内）の意識という部位は、無意識界に住まう翻訳者集団によって構築された表意文字から立ち現われる美しい中国人女性のように、現実には目で捉えられぬ、非存在物である。惑星ほどの大きさを持つ機械内部のどこかに、ロープと滑車の狭間《はざま》に、その磨きたてられた管とポンプのあいだに、思考が、つまり観念と感覚が宿るのだ。それは自らの生成過程については無自覚ながら、学習意欲は旺盛で、我々人間の質問に知的に反応できる頭脳を持つ知性体である。あとはこの機械と我々人間とのあいだに双方向の意思疎通を可能にする手だてがあれば事足りる。

あるいは司書たちの代わりに、世界じゅうの人間が参加する壮大なゲームを想定してみてもいい。各人のもとに他のプレイヤーたちから送り手の名前が書かれたカードが届く。これを受け取った者は、自分の名前を記したカードを自分の知り合いのゲーム参加者全員に送る。参加者リストがきちんと整理されていれば、社会に張り巡らされたこの網の目は、頭脳活動とそっくり同じ働きをするのではないか。この場合、新規のアドレスが増えていくことが〈学習〉に相当し、〈思考〉のほうは、複雑怪奇な通信規約に則ってなされる相互交流を無限に繰り返して初めて（時には各人各様の関心事に気を取られながら）生まれてくる。

故に小生ロジエは、世界情報網《ワールド・ワイド・ウエブ》の創設を提案するものである。もしもこれが十分な規模を持ち、構造的にも適切に吟味されるなら、究極においてそれ自体が思考能力を有することになるだろう。もっとも、この頭脳内部にどのような発想が生まれるのか、それを知る術はなさそうだ。各要素を人間ひとりひとりが受け持つ頭脳となり、その思考速度は郵便制度の効率如何《いかん》で決まることになるだろうが、郵便制度とて、情報網実現の日までに格段に進歩しているはずだ。

我々が最初に行なった、機械仕掛けの知能に関する実験は、十三、四世紀のスコラ哲学者ライムンドゥス・ルルスの著作に基づくものだった。その著書『アルス・マグナ』が提唱しているのは、厳密な規則に則って、該当するフレーズの選択と組み合わせにより引き出せるデータ表である。これをさらに進化させ、用途も多様化させたものが、細かい溝が刻みつけられた金属盤の見事な装置だ。これはルルスの原理を用いて各地で生み出され、使用者によっては、これに回転を加えてまったき無意識のうちに語句や文章全体を現出せしめ、滑らかな円盤の表面にたまたま並んだ刻み目にすぎぬものから着想を得るといったことをやっている。文字テクストは、それに見合うだけの容量さえあれば、そっくり全部こうした装置のいずれかによって紡ぎ上げることも可能だろう。つまりこうした文章作成装置が、もの書きが本を著す上で唯一の手段となっている非効率的な作業に取って代わる日が来ることを、すなわち機械文学構想を、ロジエ派の理論は唱えている。この機械文学に関する実験は、今のところ断片的かつ暫定的な成果を生むに留まっているが、ニコラス・クレリの機械による詩作が成功している以上、さらなる進歩が期待できるだろう。もっとも、いまだ障害もあるわけで、例えば〈三大形容詞〉という重要な問題は未解決のままだし、この先ずっと解決不能ということもあり得る。

　クレリは、均衡を保つためにはさまざまな力が働くという意味で、あらゆる発話は固体のありように似ていると考えた。逆に言えば、物体の集まりは単語に置換できるということだ。その伝でいけば、惑星の運行それ自体が神秘に包まれた宇宙文書となるはずだ。しかしながら、重力に支配されている惑星や恒星が、可能性の波の干渉を受け、絶えず情報をやり取りしながら天球上に軌道を保っていることは、すでに知られている。となれば、宇宙それ自体を、思考を伴わずに影響を及ぼし合う惑星と恒星で構成された、思考する存在と見なしてもいいだろう。惑星や恒星の振舞いに思考の自由は与えられていないが、宇宙の脳内で軌道が思考の先触れとなるべく、それらは宇宙の貯蔵庫として機能する。例えば彗星は、宇宙が導き出した結論の蓄積によって、インスピレーションの閃きと化し、春分点の移動つまり歳差《さいさ》は、心理学の微妙な問題ゆえに数学計算の平穏な領域に一掃される、といった具合に。宇宙の想像力はゆっくりと着実に、壮大な大転換を果たし、純粋にして崇高なる認識力を持つに至る。まさにこれぞ神ご自身の頭脳、神のひとり遊び、そして恩寵に満ちた神の御業《みわざ》の喜ばしき観察記録に違いなく、我々ひとりひとりの存在を確かなものにしてくれるはずだ。今や万物創造の全貌は、我々の理論がユニバーサル波動関数と呼ぶところのテクスト内にコード化され、無尽蔵の図書館さながら、神のあらゆる思考がそこに収められている。我々自身は細胞を構成するさらに微細な細胞であり、夢の登場人物であり、神聖な光に育まれた可能性の樹木の、いずれは落下する運命にある葉のうちのもっとも小さな葉にすぎない。これを見届けるのは、我々を創造し、我々に生み出された存在のみ、その存在の中心は遍在し、その外縁は果てることがない。

ミナールはしょんぼりと、もと来た道を引き返した。もう二度とジャクリーヌのことは口にすまい、それより何より、彼女のことを考えるのも嫌になった。それというのも、彼女に死をもたらしたのがベルチエ神父の薄汚れた野心であって、フェランがすごい価値があると言ってはばからないあの原稿ではなかったからだ。とにかく彼女のことは忘れよう、昨日目にしたあの魂の抜け殻となった肉体のおぞましい姿も忘れよう、遺体はきっと自分が逃げ出したすぐあとに、ブランショ老人が発見し、今日あたりはパリ市民の大半がこの自分の行方を追っているに違いないのだ。

ベルチエが彼女を殺《あや》めたのだろうか？

そんな考えが道を曲がったところでふと浮かび、気づいたときにはなだらかな坂をのぼっていた。すぐ前を行く小太りの女が、重い荷物をふうふう言いながら運んでいた。ベルチエ神父と会ったときは、その威厳に圧倒されるあまり、フェランが必死に訴えていた不信感に見向きもしなかった。しかし、コルネ老と話をしたことで、あの微笑を浮かべた神父がすっかり別人に思えてきた。ジャクリーヌの誘惑者であれば、何としても彼女を厄介払いしたかったはず。しかもそのチャンスはいくらでもあった。あの独特の高慢ちきな口調で、首都にはしばしば出かけていると言っていたではないか。どうせ向こうでは高名なサロンに顔を出しては、鼻持ちならぬバターのごときべたつく物腰で哲学者たちにすり寄り、面前では誉めそやし、陰では毒づいているのだろう。ミナールが訪ねていったときにジャクリーヌが留守だったのは、権柄《けんぺい》を握るこの後見人に呼び出されていたからかもしれない。そういえばベルチエは、昨日はパリにいたと言っていたのだ。

　フェランはフェランで別の結論に達していた。ジャン＝ベルナール・ロジエがすべての背後に潜んでいるに違いない。彼こそは、フェランがこれまで読んできた原稿を、順序もばらばらなこの書物を、中身ゼロのこの奇妙な『百科全書』をまとめ上げた人物だ。ロジエは狂人か、はたまた天才か、あるいはそのいずれでもあると考えられそうだった。もし仮に彼の〈宇宙理論〉が妥当なものであるなら、これは間違いなく人ひとりの命以上の価値がある。だがこれがそっくり全部狂気の産物なら、そんな人騒がせな狂人が残虐行為を働いても不思議はない。というわけで、原稿の一部を読み終えたフェランは、すでに自分が知っていること——すなわち罪のない娘が得体の知れない哲学のせいで、確率がらみのパラドックスのせいで、死んだということ——に確証を得た思いだった。この原稿のせいで娘が死に、自分たちもまた、ロジエの

『百科全書』と何らかの形で関わる限り、危険にさらされ続けるということだ。

しかし原稿を処分するわけにはいかない、そうフェランは自分に言い聞かせた。ベルチエはこちらの荷物の中身を探り、それが何かをすでに知っている。もしもロジエ、あるいは彼の代理人がモンモランシーにやって来れば、ベルチエは嬉々として、このささやかなコテージの玄関口に案内するだろう。


ミナールは小太りの女に追いついた。女は相変わらず手さげ袋と格闘していた。見れば大量の野菜が入っている。「手伝いましょうか?」ミナールは声をかけた。

ふり返った女は、疲れは見えるが若々しく潑剌とした表情だ。といってもミナールより少し若いくらいだろう、「助かるわ」と言った。荷物を受け取り、その重さを知った瞬間、ミナールはやめておけばよかったと後悔した。こんな重いものをひとりでずっと抱えてきたとは驚きだった。ミナールはかけ声もろとも袋を肩に担《かつ》ぎ上げると、モンモランシーでの新生活は重い荷を背負うよう運命づけられているのだろうかと思った。

「どちらまでいらっしゃるんですか?」女に問いかける。

「モン=ルイまで」女は、さもこちらがその所在を知っていて当然のような口ぶりだった。ミナールは、ここは知っているふりをするのがいいだろうと考え、分かれ道に来るたびに相手を先に行かせた。

女は鼻歌まじりで歩いていく。ミナールは女がどこかの使用人で、このまま行けば雇い主の住む立派な屋敷にたどり着くのだろうと当たりをつけた。

「このあたりじゃ見かけない顔だね」女は鼻歌をやめて言った。

「ちょっと立ち寄っただけですから」ミナールは野菜運びの辛さを顔に出さないようにした。

女は道端の草むらから長い葉を引き抜くと、それを噛みだした。「ご家族も一緒なの?」

「友人が一緒です」

「へえ、そうなの」まるでミナールが深遠なことを打ち明けでもしたような反応だった。それからこう言い足した。「友達なんて、そんなものは信用しちゃ駄目だよ。人間てのは埋もれつき孤独なんだ」

いったい何を言ってるんだろう? ミナールは、息を整えられるよう立ち止まってくれないものかと思いながら、こう言った。「それを言うなら埋もれつきじゃなくて、生まれつきだと思うけど」

女は歩調を緩めなかった。「生まれつきだろうが、埋もれつきだろうが大差ないよ。音が似てるなら、意味だって似たようなものだわさ。まったくどうしてこんなにどっさり言葉を発明するんだか」

「うっ、痛っ!」ミナールはいきなり荷物を放り出すと、木にもたれて片方の靴を脱いだ。

「釘が刺さっちゃったみたいだ」嘘だった。ミナールは弱音を吐くのを潔《いさぎよ》しとせず、それでも小休止はしたかったというわけである。

「釘って厄介だよね」女がしたり顔で言った。この女は単細胞で気立てはいいが、おつむは足りないようだった。ミナールは荷物を放置して逃げ出すべきかどうか、決めかねた。「人間は生まれてくるときは自由でも、そのうち足枷《あしかせ》をはめられちまうんだ」

この奇妙な物言いをどこで身につけたのか、ミナールには見当もつかなかったが、まさか本から仕入れたわけではないだろう。

「読書家だとは意外ですね」再び歩きだしてから言ってみた。

女は顔をしかめた。「本なんて厄介なものだよ」

「靴に刺さった釘みたいなものでしょうかね」

女はこれを無視した。「うちの人が言ってたよ、あんなものがなくなればこの世はもっと楽しくなるってね」

カフェで取り交わすのにうってつけの洒落た話題である。だが相手はそんなことをしているつもりはなさそうだった。「ご主人は何をなさっているんです？」おそらく下僕か馬丁だろう。

「浄書屋」

同業者だと知って、ミナールは俄然この女に興味が湧いた。「だったら、おたくは奉公人じゃないんですね？　賄《まかな》い女とか洗濯女とかではない？」

女は驚いたふうだった。「なんで昔のことを？　今は違うよ、立派な亭主がいるもの。この野菜だって、うちの人が今夜食べるのさ、帰ってくればの話だけど」

地元の浄書屋と知り合っておけば何かと好都合だ、ミナールとフェランも仕事にありつけるかもしれない。それは別にしても、相手の腕前を見ておくに越したことはないだろう、そうミナールは考えた。「あんたのご主人にぜひ会ってみたいな」

「待つのが苦じゃなけりゃね」女は言った。

本がなければこの世はもっと楽しくなるなどと考える浄書屋なんて、どう考えてもおかしい。そんなことをつらつら思いながら最後の急勾配をえっちらおっちら、両の肩に食いこむ荷の重さに黙々と耐えた。女は鼻歌をまた歌いながら前を歩いていく。

坂をのぼりきる手前で、大きな家が見えてきた。高い垣根が広大な庭園のぐるりを囲んでいた。頂上まで来ると庭園に通じる木戸があり、女がそこを開けると、敷地にぽつんと立つ、先ほどのよりずっと小さな建物が目に入った。作業小屋のように間口が狭く、二階建てで、小さな窓がいくつか並び、きめの粗い漆喰壁《しっくいかべ》にはペンキも塗られていなかった。ミナールは女に続いてこのコテージに入った。入ったところは簡素な調理場だった。ミナールが石敷きの床に荷物をおろす。女は「いるのかい？」と何度も声を張りあげたが、返事はなく、二階に誰もいないとわかるとほっとしたようだった。

「このニンジンでおいしいスープをこしらえてあげるからね」女は誇らしげにそう言って、袋からニンジンを取り出した。「うちの人の帰りがいつもみたいに遅くなるようなら、先にご馳走するよ」

これはすこぶる結構な申し出に思われた。オラトワールでたらふく腹に詰めこんだ昼食も、すでにどこかへ消え失せていたし、ミナールにとって、空腹になりかけている状態は空腹も同然だった。

その時、女が言った。「うちの人が向こうで仕事してるのかどうか、見てこようかね」

「庭園で、ですか？　入ってきたとき、土いじりしている人は見かけなかったけど」

女はかぶりを振った。「そうじゃないの。一緒に来るといい、紹介するから」女は再びミナールを（ちょうど食事のことを考えはじめたところで）外に連れ出した。家の裏手に回り、カーブを描く小道を庭のいちばん奥まで進むと、小さな四阿が見えてきた。三方を壁で囲っただけの簡素な造りで、赤い瓦ぶきのとんがり屋根が載っていて、小ぶりのパゴダを思わせた。建物の正面は、かつては吹きさらしになっていたのだろうが、植物を育てる温室のようにガラス戸がはまっている。石段をのぼると、ガラス越しに無人の室内が見えた。粗雑な造りのテーブルには紙類が山をなし、インク壺の蓋は開いたまま、その横に鵞ペンがあり、周囲の床にも原稿が積み上げられていた。まるで長く続いた仕事が佳境に入ったところで放り出されてしまったかのような有様で、目の前でガラスのはまったドアを開けようとしている女には無縁の世界に思われた。

「どんな仕事に取りかかっているか見たいだろ？」そう言ってミナールをなかに招き入れた。「おてんと様が照ってる時分なら、ここも息苦しくないんだけど」

ミナールは戸口をくぐり、浄書屋のデスクに向かって腰をおろした。最初に目に留まったのは、そこから眺められる素晴らしい景色だった。窓から見える庭の向こうには谷があり、そのさらにずっと先には、何本もの小さな尖塔や細糸のような黒煙が立ち昇るパリの町並みが広がっていた。一瞬、ミナールの胸のわだかまりがすべて梱包《こんぽう》されて、あのはるか彼方の町に追いやられたかのような気分になった。あの町の苛酷な裁きの手もここまでは届きっこないのだと。

ミナールは、テーブルにきちんと重ねてリボンで束ねてある原稿に目をやった。いちばん上の用紙にはこう書かれていた。『ジュリとサン＝プルーの往復書簡――ジャン＝ジャック・ルソーが公爵夫人のために厳選』

明らかに、不在の浄書屋は偉大な仕事に恵まれていた。かの巨匠が貴族のパトロンに捧げた作品の筆写を手がけているのである。しかもここにあるのは作者自身の生原稿！　棚のものを整理している女のほうをふり返り、ミナールは口を開いた。「この作者と会ったことがあるんですか？」

「誰とだって？」

「ムッシュー・ルソーですよ」

女は怪訝そうにミナールを見やり、それからあははと笑った。「まったく笑わせてくれるね。会ったことがあるのかだって？　そうだね、一度か二度はね。たいていは出かけてるし」

「声をかけられたこともある？」

女はまだにやにや笑っていた。「あるよ、パイプを取ってくれとか、首を掻いてくれとか。うちの人の頭んなかは、あたし以外のことでいつもいっぱいなのさ」

「ご亭主じゃなくて、ルソーの……」と、ここで、とんでもない事実に思い至った。「つまり、この家はあの方の家で、この部屋はあの方が仕事をする部屋で、この原稿は全部あの方が書いたもの？　まさか、あなたはあの方の奥方……なんですか？」

女の昏がどんなもんだいとばかりに引き結ばれた。「あの人の家政婦でもあるし、連れ合いでもある」

ミナールにはまだ信じられなかった。

「でもご主人は浄書屋だと言ったじゃないですか」

「ああ、そうだよ。その稼ぎでまっとうに暮らしていけるのさ。歌の浄書をやっているんだ――ほら、そこにあるだろ」そう言って女は、壁際にうずたかく積み上げられた紙束を指さした。見ればそこには楽譜が書かれていた。

ミナールの頭は混乱した。「ルソーは卑しい浄書屋なんかじゃない。れっきとした著述家ですよ。世界一著名な！」

女は肩をすくめた。「うちの人は本があまり好きじゃなくってね。でも殿方っていうのは悪さができないように、何か夢中になれるものが必要なんだよ」

ミナールは歓喜の声をあげた。「常々お会いしたいと思っていたんですよ。ついさっきもベルチエ神父が、そのうち引き合わしてくれると請合ってくれて……」

「あんた、神父さんのお友達？　それは奇遇だね、今朝、あのお方もここに来たよ。ジャン＝ジャックが鶏が鳴く前に戻ってくれれば、きっと神父さんのことをあんたから聞きたがるよ。でも、ここに長居は禁物だよ。お客人を仕事場に入れるのを嫌がるんだ。もっとも来た人が必ず見たがるのがここなんだけど。どうしてかねえ」

この頃にはミナールも、驚きすぎて疲れたからというわけではないのだが、この女の世間知らずなところがさほど気にならなくなっていた。「そりゃ誰だって見たくなりますよ。あのジュリが、まさにこのテーブルの上で生み出されたんですからね！」

女は顔をしかめた。「あのふしだらな娘のことはその気になればいくらでも話してあげられるけど、今日のところはやめとくよ。そろそろ食事の支度にかからないと。いつまでもここにいなさんなよ、それと見たものはちゃんと元どおりにね」

そう言って女は、巨匠の机に向かうミナールを残して出ていった。ミナールは畏れ多い聖遺物でも扱うように、そろそろと『ジュリ　または新エロイーズ』の原稿の一部を取り上げ、何ページかめくったところで、その原稿の下に同じようにリボンで束ねられた別の原稿があるのに気がついた。『社会契約論』という不可解な表題がついていて、「ジュネーヴ市民、ジャン＝ジャック・ルソー」と署名されていた。つまり、ルソー本人を除けば、この自分が、世界で最初にこの新作を目にしたということだ！

ミナールは椅子から立ち上がって、この小さな部屋に満ちあふれる、すさまじいパワーを感じ取っていた。壁が非凡な才能に打ち震えているかのようだった。どこに手を触れるのもありがたく、もったいない気がしたが、衝動を押しとどめることができず、身をかがめると、床に積まれたルソーの書き写した楽譜にしばし見入った。畏敬の念に囚われながら、今は不在の作家のペン先から生み出された、細かい記号ひとつひとつにインスピレーションを感じ取れればとの思いだった。

すると、妙なことに気がついた。

楽譜のあいだに別のものが挟まっていた。別人の筆跡で書かれていて、しかもいったん丸めてから広げたのか、紙は皺だらけだった。それがなぜこの声楽曲《カンタータ》の楽譜のあいだに、隠すようにして挟みこまれているのか。ミナールはこれを引っ張り出した。書かれてある内容を理解するのにさほど時間はかからなかった。宇宙の非存在に関する曖昧模糊《あいまいもこ》とした論文。ミナールの手に握られていたのは、つい二日前、市場に用を足しに行くときに持って出て、そのあとジャクリーヌの部屋に置き忘れた、まさにその原稿だった。あの気の毒な娘の首に手をかけた人間が持ち去った原稿、それが今こうして、ジャン＝ジャック・ルソーの仕事部屋にあるなんて！

ミナールの耳に女の声が届いた。「ジャン＝ジャック！　お帰り！」ミナールは犯罪の証拠とも言えるこの原稿を無我夢中でシャツの下に押しこんで部屋を飛び出すと、ガラス戸を閉め、石段を飛びおり、ばれませんようにと祈りながら小道を引き返した。裏手からコテージに近づくにつれ、その向こう側で進行中の会話が聞こえてきた。

「あんたに会いたいって人が来ているよ。庭を見せてあげたんだ」

「まさかぼくの部屋に入れたんじゃないだろうね、テレーズ」

「そんなことするわけないだろ。絶対するもんか。その人、ベルチエ神父の友達なんだって。神父様からの伝言を持ってきたみたいだよ」

「だったら会わないわけにはいかないね。何ていう人？」

「たしかミナールだった。村の噂じゃ、本名じゃないそうだけど」

ミナールが角を曲がると、ジャン＝ジャックが杖を小脇に抱え、戸口に立っていた。ふり返ってミナールを見たが無言のまま、じろじろ睨《ね》め回すばかりで、ミナールが自己紹介を切り出すのを待っている様子。だがミナールの口のなかは干上がり、満足に喋ることができなかった。

第九章

ある高名な詩人がかつてこんなことを言った――政治指導者を選ぶ際の判断基準を、その人物の公約ではなく読書量にすれば、世の中はもっと幸福になるだろうと。たしかに文学には教化力があると誰しも思いがちだ。犯罪者にはジョージ・エリオットの『ミドルマーチ』を与えて読ませさえすれば、我々の抱える社会問題は根絶できるというわけだ。これは、鉛筆削り器をさんざん生徒たちから投げつけられてついには神経を病んだ、星の数ほどもいる教師たちが好みそうな信条だ。この考えが間違っているのは、強制収容所の所長たちが何かにつけゲーテを引用したがったという話からも明らかだ。アイヒマンは法廷でカントを引用して自己弁護に努めたという。しかし、芸術作品が世の中をよいほうに変えてくれるなどという青臭い楽観論は――これを熱心に唱えるのはほかならぬ芸術家だ――しぶとい雑草のように、世代交代のたびに姿を現わすから性質《たち》が悪い。私見を述べるなら、作家というものは自分が何かしら社会に役立つ存在だと考えずにはいられない生き物なのだ。

ルソーはそれとはまったく違う路線を取った。彼にとって、書物は人間を堕落させるものであり、著述家は軽蔑されてしかるべき存在だった。彼とて生涯一貫してそんなふうに考えていたわけではない。子供の頃は父親と一緒に『プルタルコス英雄伝』を読むのを楽しんだようだし、『告白』のなかにも、一冊の本を手に森に出かけ、それを置き忘れ、何か月も経ってから、その本が下草に覆われ腐っているのを発見したという話が登場する。彼の本嫌いは徐々に形成されていったもので、ついには（狂気の先触れとして）とことん嫌い抜くようになった。しかし本嫌いが高じ、しかも自分が忌み嫌うまさにこの習慣にますますのめりこむようになっても、本を読むのはあくまでも浄書の仕事で堅実な生活を手に入れるための手段だと少なくとも主張できたし、自著のなかでは、逆説的なことながら、文学活動に不快を表明する姿勢を崩さなかった。『ジュリ』の序文に、彼はこう書いている。「大都会には演劇が必要であり、腐敗せる民衆には小説が必要だ」と。男子教育を扱った小説形式の論文『エミール』では、作家を金細工師と同様、不必要かつ贅沢で怠惰な職業と断じている。

　ならばなぜ彼は書くのか？　理由は作家なら誰でもそうだろうが、読まれることを欲したからだ。どんな読者を想定し、どういう反響を期待し、何に衝き動かされて書くのか、こうした諸々が作家の違いを生む。

　カフカの有名な遺言、「自分が死んだら作品は処分してほしい」は、辛辣な反証としてしばしば引き合いに出される。「書くことは祈りの一形式」とするカフカの考えに注目したのはオーデンだった。カフカが想定していた読者は、どうやら神だったらしい。プラハでの学会に出席するついでにカフカの墓に詣でたわたしは、この言葉について思いを巡らせた。この墓参もまた、意味などないのにやらずにはいられない聖地巡礼のようなものだった。これをあらゆる行動に人を駆り立てる、世間によくあるものの弾みだと一言で片付けることもできるだろう。

オーデンの説とは裏腹に、カフカは生前多くの物語を出版し、死の床にあっても次の選集の準備に余念がなかった。自分で校了を見届けられない作品は、神であれ大衆であれ、何人《なんびと》の目にも触れるに値しないと彼は考えたのだ。ゆえに彼の遺言は、〈芸術家の良心〉が命ずる至高のものと考えていいだろう。またの名を〈虚栄〉ともいう。

カフカはユーモリストをもって自任しており、自作を友人たちに読んで聞かせながら、思わず自分が噴き出すこともしばしばだった。しかし言うまでもなく我々は、彼の作品が大真面目な冗談であることを知っている。彼の婚約者フェリーツェ・バウアー宛の手紙のなかで、執筆中の彼のそばにいたいという彼女の望みを突っぱね、執筆は自分をとことんさらけ出す行為なのだからと釈明している。書いている最中は存分にひとりきりになれないし、十分な静寂もなければ、「十分な夜もない」という。カフカは延々と書きつづけることのできる地下室を夢想した。決まった時間にそのドア口に食事が置かれるだけの、暗くひっそりとした小部屋にいてこそ、恐ろしいまでの驚異を生み出せると考えたのだ。

プルーストもまた、自分のアパルトマンに同様のものを見出していた。オスマン大通りの穴蔵のような自室の四方の壁は、一九一〇年夏にコルク張りにされた。これが出来上がるまでのあいだ、カブールに行って小説を書いた。フロベールは冬眠中の熊のようにクロワッセに引き籠《こも》った。モンテーニュはボルドー近郊の古城の塔にしつらえた図書室に隠棲した。かつてこの城を妻のエレンと訪ねたことがあるが、ここにあった貴重な蔵書はもはや跡形もなく、代わりにわたしたち観光客がひしめいていた。

そしてジャン＝ジャック・ルソーも、モン＝ルイの庭の奥まった一隅に、自ら〈根城〉と呼んだささやかな庵《いおり》を結んだ。その建物は、わたしの目には一九三〇年代のコンクリート製のバス待合所のように映り、妻エレンと石段に立ち、ガラス戸越しに室内を覗きこんだものだった。この部屋で『ジュリ』、『エミール』、『社会契約論』その他の作品が生まれ、そのなかで彼は、あらゆる科学や文化の発展が結局は人間本来の無垢を堕落させるとの信念を繰り返し述べ、ちょうど自ら手本を示したように、真に生きる道は俗世に身を置くのでなく、孤独にこそあると主張した。

ならばなぜ彼は書いたのか？　その目的は単に記憶の助けにするためだと、何かの折にルソーは言っている。とりわけ語や引用をしっかり憶えておけないからだと。また、ある場面をいったんどこかに書いてしまうと、過去を記録することが過去と訣別する手段であるかのように、細部をもはや思い出せなくなるからとさえ言う。一種の自己セラピーというわけだ。しかしながらルソーが生涯を通じて切望したのは、表向きは自分自身に向かって語っているような場合でも、熱心な読者がくだす好意的な評価にほかならなかった。

ガートルード・スタインは、「わたしは自分自身のため、そして見知らぬ人々のために書く」と言った。怜悧《れいり》にして含蓄のある発言だ。たしかにルソーは晩年、友人たちのために書くことはできなくなった。そこに至るまでにはわざと友の大半を失うよう自らを仕向け、モンモランシーに来て初めて彼が公《おおやけ》にした陰謀の、その片棒を担いでいると彼が思いこんだ人々を糾弾することに多くの時間を費やした。たぶん自叙伝に着手した頃のルソーは、自分自身のため、そして自分の著作を通じて知り合うことになるだろう見知らぬ人々のために、生きはじめたのではなかろうか。彼は、人間誰しも時として訪れるべきだとモンテーニュが言うところの「奥《アリ》の間《エル・プティーク》」に、店の裏手の部屋に、自らを永久に閉じこめた。人生の片隅に設けられたこの仮の庵には人とのつながりも絆《きずな》もべたべたした感情もないから、こうしたいっさいを実際に失う日が来ても、狼狽《うろた》えることなくやっていけるというわけだ。

　モンテーニュは孤独の利点を誉めそやす。彼はセネカの助言に従い、世間から自らを隔離し、これぞ人生における偶然の道筋を唯一の導きの糸とする迷路だと、サント＝ブーヴがいみじくも呼んだ一連の随想を書き上げた。プルーストは異様に暑いアパルトマンの一室にあえて身を置き、先達《せんだつ》と仰ぐサン＝シモンとシャトーブリアンの再現に励んだ。しかしルソーは、自分には先駆者がいないと考えた。以上のような話をルイーザに聞かせたのは、ふたりの発案による〈文学サークル〉の二回目の集まりでのことだった。

　例の寡黙な青年もやって来た。わたしは書棚から『フェランとミナール――ジャン＝ジャック・ルソーと失われた時の探求』を抜き出し、回覧したが、ほとんどページが開かれることもなくわたしの手元に戻ってきた。まるで古代文明の怪しげな遺物を見るような、というか、どこか郊外の居間のテーブルに飾ってある、印象的ながらもいささか気恥ずかしい思いにさせる男根を象《かたど》った彫像か何かのような扱われ方だった。

　ルソーは名声を求めて書いたのか？　その必要はなかったはずだ。モンモランシーに引き籠る前からすでに有名になっていたのだから。とはいえ、どんなことでもそうだが、名声もまた過去を語る際には違う意味合いを帯びるのかもしれない。それはともかく、長さ三十ページの懸賞論文で彼は一夜にして成功を手に入れ、三十九歳でサロンの寵児となる。故郷ジュネーヴをあとにし、その後スイス、イタリア、フランスの各地を転々とした後に移り住んだパリでの暮らしも、すでに十年ほどが経っていた。十三歳の時、彫刻師に弟子入りし、やがて奉公人となり、奉公人仲間にリボン盗みの罪を着せたりもした。ルソーは『告白』第二巻の最後で、本書はこの出来事への罪悪感に端を発した作品だと打ち明けている。もっとも、この先さらに十巻も書き綴らずにいられなかった彼を思うと、いささか首を傾げたくなるのだが。

彼は音楽教師、大使秘書、さらにはママン（ヴァラン夫人）の椅子に接吻するといった若いツバメもどきのこともして、生計を立てた。男女を問わず誘惑されればこれを受け容れ、十六歳の終わり頃からはあらゆる快楽のなかでもっとも自然な行為に耽り、というわけで文学の領域にマスターベーションを最初に持ちこんだのがルソーなのかプルーストなのか、それについての研究者の意見は分かれるところだ。

一七四二年、音楽新記符法で一財産作ろうとパリにやって来たルソーだったが、この目論見によってたちまち変わり者のレッテルを貼られ、これが結局は彼の持ち味となっていく。彼はオペラやバレエ音楽を作曲し、ディドロの『百科全書』に寄稿した。その後、「学問と芸術の進歩は道徳を堕落させたか、それとも純化させたか」というテーマでディジョン・アカデミーが論文を募集すると、「メルキュール・ド・フランス」誌でこれを知ったルソーは、学問と芸術にできるのは人を堕落させることだけだという主旨の小論を著し応募した。ルソーにかかれば、アイヒマンがカントを引き合いに出す振舞いも、読書や文学や文化の進歩がもたらす必然の結果だと容易に看破されたであろう。

自らの新理論に鑑《かんが》みて、ルソーは〈自己改革〉を目指したのであり、質素な身なりをし、あらゆる世俗的な野心を放棄したわけだが、サロンはそれをもてはやした。これに対してルイーザは、ルソーは〈アンチ・ファッション〉の元祖だったのですねと言ったが、たぶん当たっているだろう。もっともここで再び思い出さねばならぬのは、当時唯一のマスメディアが新聞であり、抜群の販売部数を誇る週刊誌「メルキュール」でさえ、ヨーロッパ全土あわせてわずか七千部といった状況にあって、名声の持つ意味は今とはおのずと違っていたはずだ。ルソーは本質的にパーティの花形であり、知的進歩や啓蒙を誉めそやす自称哲学者たちとは反《そ》りの合わぬ意見の持ち主だった。

しかしそれだけで彼を語り尽くしたことにならない。もしもルソーが素朴な人生を送るつもりだったなら、パリを離れるべきだったろうし、自らが主催するサロンでルソーを宝石扱いしていたデピネ夫人から、モンモランシーそばの田舎家エルミタージュを貸すと言われても断わるべきだったろう。かの地でルソーが夢のような田園生活を送るようになると、これをじつに多くの者たちが模倣したのであり、これにより近代的意味での名声をさらに高めることになっていく。マリー＝アントワネットがプチ・トリアノンで田舎遊びに興じたのも、やがて興《おこ》るルソー主義ブームに触発されてのことであり、ルソーが一七七八年に死去すると、エルムノンヴィル邸内の小島にできた彼の墓に彼女も詣でている。また、この墓にぞくぞくと人がおしかけるようになると、起業精神旺盛なジラルダン公爵は入島料を取り、この作家の遺骨を展示し、ガイドブックまで売り出したほどだ。

ルソーが眠る〈ポプラの島〉の神秘的なたたずまいのせいで、彼に私淑する者のなかにはボートを使わず泳いで島に渡る者さえ現われた。そこまでしないまでも、何日もかけて巡礼のような旅をしてこの地にたどり着く者もいれば、敬愛する偶像のかたわらに葬ってもらおうと、この島で自害する者もひとりふたり現われた。そして、ロベスピエールが革命の守護聖人として聖油を注ぎ、パンテオンで美辞麗句の限りを尽くして讃《たた》えたのは、ヴォルテールでも百科全書派でもなく、ルソーだった。崩れ落ちたバスチーユ監獄の壁の巨石を用いて制作されたルソーの胸像は花輪で飾り立てられ、頭上に月桂樹の冠を戴《いただ》き白衣に身を包んだ六百人の乙女と、護衛兵の一団につき従われながらパリ市内の街路を運ばれていった。その時テレーズはパレードへの参加を許されず、窓から一部始終を眺めたという。素朴な暮らしの唱道者にしてはまばゆいばかりの勝利で生涯の最後を飾ることになったわけで、あの田園での実験生活は、当人にとっても、彼を実際に知るすべての人にとっても、釈然としない結果に終わったということになろう。

モンテーニュは自分の城に引き籠り、たちまち鬱《うつ》病に取り憑かれた。オスマン大通りでのプルーストの隠遁生活は、持病の嗜眠症をさらに悪化させただけで、その結果、真夜中に《リッツ》に駆けこんで昼食を摂り、朝になると幽霊のようにこそこそと部屋に戻り、日中は眠って過ごした。孤独がもたらすさまざまな危険はよく知られているが、パリを出てモンモランシーに行くというルソーの計画に対し仲間たちのあいだに広まった懸念の声はただひとつ、その中心にいたのはメルヒオール・グリムである。

グリムはドイツ生まれ、ルソーより十歳年下の文芸評論家で、その分析的手法と鋭い洞察力でつとに知られていた。グリムがデピネ夫人との知遇を得られたのはルソーの口添えによる。三人は夫人の家で音楽の演奏に興じ、そのなかにはこの家の女主人自らが作曲した曲もあった(才気に溢れ、暇を持て余すこの女性は、モデル小説にも挑もうとしていたほどだ)。グリムはやがて彼女の愛人となった。また、パリ北部の田舎家での孤独な生活はルソーに何ら益をもたらさないと予言めいた警告をしたのも彼だった。さらには、モンモランシー滞在を切り上げ、逮捕への恐怖心から逃亡を余儀なくされ、余生を怯えて暮らすことにもなったルソーが、一連の奇妙な出来事の首謀者として非難した相手も、やはりグリムだった。ルソーは、暗くて孤独な小部屋に驚異を求めたはずが、魔物たちを解き放ってしまい、狂気の淵まで自らを追いこむ結果になったのだ。

なぜ彼は書いたのか? たぶん、ある朝、ジル・ブランドンがコーヒールームでふと口にした意見をヒントに、わたしが導き出した仮説がもっともしっくりくる。彼女はこう言った、男はすべてセックスのために書くのだと。わたしはしばし考えこんでから、彼女の考えに思わず同意したい誘惑に駆られた。どの男でもいい、自分が百万ポンドを手にしたところを想像させてみるがいい。彼らがまず思い浮かべるのは、これまで自分に見向きもしなかった美女(男でも羊でもいいが)がいきなりこちらの魅力に気づく、そんな場面だろう。金銭はセックスを獲得するのに手っとり早い手段だが、名声や文学その他諸々も有効だろう。たぶん書くという行為は、栄光を夢見ること、誰かに愛されたいという虚しい願望の表われなのかもしれない。ロックスターがただ女性にもてたくてギターを習得したなどと語るのをよく耳にする。人が小説家や哲学者、宇宙飛行士や独裁者になるのも、同じく卑俗な理由からだとしても驚くに当たらない。ルソーは『告白』第十一巻冒頭で、一七六一年に出版された『ジュリ』が世間に巻き起こした一大ブームについて触れている。批評はふたつに分かれた。グリムはこの小説には統一感がなく、文体が大仰で馬鹿げていると評した。しかし女たちは熱狂した、そうルソーは興奮気味に報告する。何より最大の収穫は、四十八歳になった彼が、階級の別なく、どんな女性でも選り取り見取りとなったということだ。彼女たちが夢中になったのは、この小説を作者の実体験だと思いこんだからだとルソーはさらに続ける。家に訪ねてきた人たちは、ジュリの実在を信じて疑わず、彼女の肖像画を見せてくれとせがんだ。

ジュリはたしかに実在していた。その名はソフィ・ドゥドゥト、デピネ夫人の二十六になる義理の妹だ。彼女がルソーの前に現われるのは、ルソーが作品を半ばまで書き上げた頃のことだった。彼女こそ「最初で最後の恋人」だと確信すると、突如執筆中の主人公が現実味を帯びはじめる。彼女はルソーの性的衝動を投影することのできる真っさらな紙面だったのだ。『告白』には、ルソーがソフィに会いに出かける前に行なった激しい自慰行為が明かされてもいる。同様に、プルーストが彼のアルベルチーヌを創造したのは、不運なアルフレッド・アゴスチネリが巣づくりする小鳥の忍耐をもってプルーストが造形したこの役どころに収まるよりずっと以前のことである。アゴスチネリはやや体重過多ではあったにせよ、少なくとも醜男《ぶおとこ》ではなかった。片やソフィは顔に天然痘の痕があり、ひどい近視だったため、当時彼女を知る者たちは彼女をやぶにらみと描写した。それでもルソーは彼女の虜になり、彼が自分の本に加筆しつづけたのとほとんど変わらぬ文体で綴られた情熱的な恋文を、テレーズに届けさせるようにもなる。現実と夢想を混同する傾向は早くも顕著になりつつあったのだ。デピネ夫人の不興も買った。彼女からエルミタージュからの立ち退きを迫られ、苦々しい思いでこの小説をルソーが書き終えたのは、モン＝ルイの〈根城〉でのことだった。

男はセックスのために書く、そうジル・ブランドンは言った。それに続けて、まるでそのことと関係があるかのように、あなたたちの文学サークルは順調かと出し抜けに訊いてきた。妙な力をこめて言外の意味をにおわせ、秘密は守るとさも言いたげな口ぶりだった。ああ、楽しくやっているよとわたしは答えた。出席者はルイーザひとりだけという状況がすでに五、六回続いていた。

「参加者はたくさんいるの？」ジルに尋ねられ、わたしは肩をすくめ、まだ本格的とは言えないが、あまり結果を急ぎすぎるのも何だしねと言っておいた。すると彼女は、なおも易々と論理の連鎖を広げていき、こう言った。「あなたにはまだ借りがあるのよね。プルーストを講義してくれたでしょ」

そこへボブ・コーマックがやって来て、椅子にすわってパイプをくゆらせはじめた。わたしたちの席からも、ドアからも、窓からも離れた椅子を選んだのにはどうやら意味があるらしく、意地悪な空気の循環によってパイプの煙が確実に部屋の隅々まで行きわたる、そんな位置だった。

ルソーの恋情はやがて冷めたが、『ジュリ』は十八世紀でもっとも成功した小説となった。それは現代で言えば『風と共に去りぬ』に匹敵する。モン＝ルイでの質素な暮らしが伝説となり、作者にはヨーロッパじゅうの読者から賞賛の手紙が舞いこんだ。世俗への関心を捨ててはいたが、アムステルダムの出版社との友好関係はそのまま続いていた。ファンレターをそっくり全部取っておくこともしたわけで、これらは現在、彼の『書簡集』第八巻から第十巻までに収められている。ここまでの話から、彼がすでに現世の聖人として扱われていたことがわかるだろう。彼の信奉者たちは——男女の別なく——ジャン＝ジャックの感性がいかに自分の人生を揺さぶり一変させたかを語っては、大仰に溜息をもらし涙を流してみせた。多くの人にとって彼は完璧なロールモデル、理想の人間だった。

もちろん、言われるがままに恋文をせっせと配達したテレーズ・ル・ヴァスールは、この時点ですでにルソーの子供を五人出産し、その子供たちは、生まれるとすぐにルソーの手で孤児院に送りこまれたという事実を、こうした愛読者たちは知る由もなかった。ルソーの愛人（後に妻となるが）でありつづけ、列聖式も窓越しに見守るしかなかった、読み書きも満足にできないこの元洗濯女について、『告白』では、人生最良の伴侶として描きながらも、生涯一度も彼女には真の愛情を抱いたことがないとルソーはにべもなく言い放っている。住まいにほど近いアンギャンにあるリュクサンブール公の屋敷に滞在の折には、自作の小説を朗読して聞かせるほかに、テレーズがしばしばやらかす不作法な言葉遣いを真似ては公爵を笑わせ、言葉の言い間違い集を回覧用に作ったりもした。こうした振舞いにルソーは悪びれるふうもなかった。エリート階級と親しくつき合うなかで彼を悩ましたこと、質素な暮らしを唱導する感受性豊かな預言者にとっての憂鬱の種、それは召使たちが期待する心づけだったという。これのせいで彼はいつも金に不自由していた。

ルソーは偽善者だった。何千もの人々が押しかけ分かち合おうとした幻想に生きた。そして彼の胸像が街路を運ばれていくとき、人々の信仰の対象となったのは生身の人間のほうではなく、彼が著作のなかで後世のために自らが彫り上げた偶像のほうだった。ここから我々が学ぶのは、一個の人間に具わるある資質をもってそれとは別の資質をも語ることはできないということだ。繊細な洞察力を具えた作家でありながら、とことん不快な人間だということもあり得るのである。アイヒマンがカントを引き合いに出したからと言って、これを性質《たち》の悪い冗談と決めつけるわけにはいかない。アイヒマンのような男に最良の文学を味わう資格はないと言っても意味はない。これもまた、芸術が人類をさらに道徳の高みに押し上げてくれるという思いこみがいかに愚かしいことかを示す一例だ。たとえヒトラーがワーグナーやブルックナーやレハールの音楽に夢中だったからといって(ついでに言うと、彼は「狼なんか怖くない」のメロディをうるさいほど口笛で吹いていた)、そこから彼の趣味は節操がないと結論づけることはできても、バイロイト音楽祭で流したのが空涙だったとは言い切れない。どれほど多くの偉業をなし遂げた人でも悪をなし得るのであり、逆に、悪人にも善はなせるのだ。こう考えてくると、意気消沈の友人や身内の者が切々と、入院中の愛する人が「すっかり人が変わったように」なったと訴えるのを耳にするとき、この発言が無意味なのは明らかだ。患者はただ周囲にとって予想外の振舞いをしたにすぎない。だとすれば、国の指導者たちの読書歴などは無視すべきだし、彼らの過去の経歴にしても、今後の活躍を占う指標としては不完全だと心すべきだろう。とりわけ、石に彫られたものであれ活字になったものであれ、崇《あが》め奉《たてまつ》られた偶像には用心してかかるべきなのだ。

ジル・ブランドンはわたしにこう訊いた。「ルイーザって子、たしか、あなたのサークルのメンバーだったわよね？」ここでジルの視線が煙の渦のほうに流れたような気がした。その煙幕の中心には、にやけ顔のボブ・コーマックがいた。わたしはうなずくと、ふと約束を思い出しでもしたかのように立ち上がり、すかさず腰痛を愚痴《ぐち》ってみせた。上体を前後に屈伸させては背筋をほぐす動作をしながら、つい今しがた出た話題がうやむやに終わるのを待った。

「僕はしなりやすいけど、ポキッと折れたりはしないよ、てとこかな」ボブ・コーマックがラ・フォンテーヌの一節を引いて茶化してみせると、これに対してジル・ブランドンは、以前も口にした「引用は権威主義的な叙述形式の最たるものである」という台詞でやり返した。これとて誰かの引用だ。書くこととセックスをからめた至言とは異なり（これは考えれば考えるほど、ますます魅力的に思えてきた）、こっちのほうは、せいぜいがクリスマスに鳴らすクラッカー程度のにぎやかしに思えた。例えばモンテーニュは、わたしが思いつくなかでもっとも権威主義的ではない作家であり、片やルソーは（ちなみに彼はモンテーニュを「陰険」と評している）文学への言及や引用が皆無に等しい作家だった。彼の頭には乏しい蓄積しかなかったからだと言ってしまえばそれまでだが、むしろ、ルソーが本嫌いで、作家というものを憎悪し、唯一興味がある作家は自分自身だったからというほうが理由としては説得力がありそうだ。この場でボブ・コーマックにも指摘したのだが、『告白』のなかでただ一か所、ラブレーに言及しているのを思い出すばかりだ。それは、ルソーがモンモランシーで知り合った人々のことを描いている第十巻に登場する。友人のベルチエ神父の薄笑いを、ラブレーの「第四之書」に出てくる羊商人ダンドノーをまんまと出し抜いたパニュルジュのそれと重ね、ベルチエも陰謀に加担しているのではとルソーが疑うくだりだ。

「あら、またフェランとミナールの話？」ジル・ブランドンが言った。「きっとあなたの説をルイーザにもひととおり話してあげたんでしょうね」これを潮にわたしは席を立った。ふたりに背を向けた瞬間、ジルとボブが目くばせを交わし、笑いを押し殺しているのがはっきりとわかった。

この頃にはルイーザを説き伏せ、自著のサイン本を受け取らせるところまでこぎつけていた。週一度の集まりはさらに続き、どの回も初回同様、節度ある楽しいひとときだったから、次回までの遅々として進まぬ六日間が消えてなくなってほしいとさえ思うようになっていた。彼女の服装のこともわかってきた。暖かい日にはブラウスやTシャツ姿、肌寒い日には二枚あるセーターのうちのどちらかを着ていた。四季の移ろいは、ブラジャーの透け具合が教えてくれた。彼女の月の経過を告げるのは、彼女の月経臭だった。彼女は男のことも恋人のことも何ひとつ話さなかったし、こちらから尋ねたりもしなかった。彼女は芳《かぐわ》しき真空に生きる存在であり、わたしはこれをこよなく愛し、あえてそれを何かで埋めようとも思わなかった。いずれわたしのもとを去っていくのはわかっていたし、ただひとつの望みは、せめて一晩だけ彼女を思いどおりにすることだった。暗い水に棲息する未熟な存在から成虫になった昆虫のように、自由を得た束の間の数時間を、生まれながらに定められた務めに使いたい、その一念だった。

妻のエレンが出張で家を空けることになった。それはまだだいぶ先のことで、キッチンの壁に掛かる、趣味の悪いクマのイラストが入った書き消し自在の万年予定表に、赤い印がつけられた。ルイーザの月経周期は計算済み、天が味方してくれているのか、好都合な日取りだった。わたしがこういう細かいことに詳しいのは当然といえば当然だった。エレンの乱れのない月経周期は街道沿いに等間隔に出現する距離標識さながら、長年にわたり、家族計画の指標になっていたからだ。だが、そんな暮らしもいつしか終わり、残りの人生で出くわす喜びといったら、道路沿いにレストラン・チェーン《リトル・シェフ》を見つける程度のものになっていた。

運命が定めるところの五日間、エレンが会計監査をしに出かけるプラスチック製造会社が指定してきた五日間に、しかるべき結合を生じせしめる機会を作る必要があった。その週のどこかでわたしは妻に対して不義を働くことになるのだ。すべてが終わってから、はたして何食わぬ顔ができるのかどうか自信はなかった（大嘘つきもいいところ）。しかしそれ以上つきつめて考えようとは思わなかった。他人に不正直なのは、この場合、自分に正直ということだと、自分を納得させた。人は己の心の命ずるままに行動すべきだとするディドロの哲学を、わたしは実践しようとしているのだと。

ルソーはディドロのこの考え方を不謹慎だと考えた。ならばディドロと同じ信念に従い人生を送るのを潔しとしなかったかといえばとんでもない、不義密通をぬけぬけとやってのけていた。テレーズはソフィの存在を知っていたばかりか、ソフィに恋文を届けさえもした。ジャン＝ジャックがリュクサンブール公夫妻に招かれて、パリの邸宅やアンギャンの屋敷に泊まろうとも、テレーズはいっさい問い詰めたりしなかった。ルソーは天才でありながら、とことんロクデナシでもあり、不思議にも世間はこのふたつの資質の共存を許したのだ。芸術は我々をより高次な道徳へと高めてくれるものならば芸術的創造力を発揮できる者は道徳上の判断を免除されるとでも言いたげに。アイヒマンがカントを引用するどころか、実際にカントその人であったならどうだろう？　高名な擁護者たちがひきもきらず現われて、不幸な生い立ちや青年期に受けた冷遇が、非人道的犯罪に彼を向かわせることになったのであり、しかし、それとて哲学的見地に立てば、ある程度罪を軽減してやれそうな犯罪ではないのか、などと切々と訴えるのだろうか。入院中の男であれば、人が変わったように振舞う自分を自分で弁護するしかない。ところが芸術家の場合、この患者と同じような心神喪失状態にあっても、独創性を生み出すのに必要不可欠な相矛盾する言動だと見なしてもらえる。気がつけば奇妙なことに、偉人の狂態を賛美しておきながら凡人の人生で起こるそれはつまらぬジョークだとして取り合わない、そんなあざとい価値の付け方にわたしは嫌気がさしていた。わたしがルイーザと一夜を共にするのを正当化するためには、わたしも『ジュリ』を書かねばならぬというのか？

まだ何か月も先のことではあったが、エレンが出かける週の計画を立てはじめた。すぐに思いついたのは――想像力の通例どおり――すこぶる陳腐《ちんぷ》で、誰もが考えそうなものだった。例えば、研究室でなく、もっとくつろげる場所でモンテーニュやフロベールを論じ合いたいね、とか白々しいことを言ってルイーザを食事に連れ出すのはどうか。こうした誘いならまず間違いなく乗ってくれるだろうが、さてそれをどう切り出すか、これがなかなか難しかった。

ならば、妻が手料理でもてなしたいと言っていると嘘をつき、自宅に招くのはどうか。しかし、嘘で固めた計画の行き着く先が、安っぽいメロドラマのようなものであるのは目に見えていた。ここはやはり正直が一番だ。そもそもエレンを裏切るといっても、エレンもわたしも信じていない宗教に従って立てた誓いを、一夫一婦制という時代遅れの慣習を、破るだけの話。唯一の障害は、妻を傷つけるのではという恐れだった。いや、それと同じくらい、たぶんそれ以上に、ばれるのが怖かった。だが、発覚さえしなければ、妻が傷つくこともないし、ルイーザと過ごす秘密の一夜が、人類の幸福の総和を増やすことにもなる。わたしがうまく立ち回りさえすればすんなり事は運ぶ、そう思うことにした。

そんな胸算用をしているところへ、ルイーザが研究室にやって来た。彼女は毎週のように、わたしが興味を持ちそうな数ページ程度の論文を持ってきてくれた。今回はジャン＝ベルナール・ロジエという人物がダランベールに出した手紙だった。ロジエという名前は初耳だった。手紙にはアジアで捕えられた男が、お馴染みの〈三つの器〉のゲームで試される話（これについてわたしが知っているのは、絶対に男が勝てないからくりがあるということくらい）が紹介されていた。

これをインターネットで見つけ、わたしに見せたくてプリントアウトしてきたのだとルイーザは言った。この心遣いが彼女の愛情表現そのものに思え、ふたり並んで腰かけると、わたしはこれに目を通した。読み終わったところでわたしは、数学に関する説明がまるでちんぷんかんぷんだと白状した。彼女もわからないと言い、ふたりして声をあげて笑った。互いに無知を認め合った瞬間、自分たちがこの上なく深く理解し合えたように感じられた。そこでわたしは、そろそろインターネットの使い方を覚えようかと思っていたところでね、よかったら教えてくれないかと持ちかけた。これぞ愛と忍耐が必ずや最後にもたらすだろう類の僥幸というべきか、自宅に彼女を招く口実がいきなり口を突いて出たのだ。彼女は微笑みで承諾の意を告げてきた。

論文を何度も読み返したが、書かれていることが理解できたとはまずもって言いがたい。割合と確率をめぐるややこしい判じ物は、学校時代の拷問を思い出させた。「わかりません」というこちらの声に数学教師がやることはただひとつ、そっくり同じ説明を十回も、外国語で聖なる祈りを唱えるみたいに繰り返すだけだった。ゲームの話から、パスカルの有名な賭け事を思い出した。器のひとつを選ぶといった些細な行為が人ひとりの運命を決めるという、ぞくりとするような美にも思いを馳せた。これと似たような容易ならざる事態にあって、よく考えもせずうかつに我々が行なっている選択のあれこれに思いを巡らせてもみた。人は一生のうちに選択を無限に繰り返し、そうやって各自の歴史は繰り返され、よい方向にあるいは悪い方向に転ずるものだと我々は思っている。だとしたら、こうしたさまざまな選択を経てもなお「同じ人物」でありつづけるのか、それとも実は周囲の出来事が我々を形成し、変容させているにすぎないのだろうか。そうであるなら人生は子供の粘土遊びのようなもの、柔らかな表面にボタンやらコインのようなものを気まぐれに押しつけられ、そっくり同じ形が鏡像として刻印されていることになる。

夏が近づき、試験期間に入ると、我々のサークルは一時中断となった。そうなると何週間も先の秋が、ルイーザにまた会える日が、そして妻の出張が、待ち遠しくて仕方なかったが、それもプラハ旅行でいくらか気が紛れた。学術会議というものは政党の集会同様、もっぱら社交が中心で、普遍的かつ衝撃的であろうとするあまり、かえって俗っぽさが鼻につくテーマを掲げることがしばしばだ。この年も〈啓蒙の再定義〉を旗印に三十人ほどが集い、研究発表をいくつか拝聴し、例えばドナルド・マッキンタイアのような旧友と近況を報告し合うことになった。

「で、最近〈おしゃべりおばさんたち〉のほうはどうなの？」コーヒーを飲みながらドナルドが訊いてきた。

ルソーは『告白』第十巻で、ベルチエ神父の薄笑いについて語ったすぐあとに、彼らふたりのことに初めて触れている。『告白』は入院中の今も手元に置いてある。ここの看護師のひとりが昨日、看護という職務ならではの屈託のない人懐こさを発揮しながらわたしを小突き、この本のタイトルを指さし、きわどいタイトルだと笑いながら言った。中身のテクストがフランス語だと知ると、わたしのベッドサイドの戸棚にはポルノ小説がぎっしり詰まっているらしいと勝手に思いこんだようだった。それはともかく、ルソーはこのふたりについてこう書いている。

ふたりはまるで旧約に登場するメルキゼデクの子孫のごとく、出身地も家族も、おそらく本当の名前も、誰ひとり知る者はなかった。彼らはジャンセニストで、いつも細身の剣を肌身離さず持ち歩くせいで、聖職者は仮の姿だと思われていた。ふたりの挙動は異様に謎めいていたので、何かの組織の黒幕といったふうで、わたしは「教会新聞」の編集にたずさわる者だと睨んでいた。ひとりは長身で愛想がよく口もうまい男で、フェランと名乗っていた。もうひとりは背が低くずんぐりしていて、含み笑いを浮かべた俗物で、ミナールといった。ふたりはいとこ同士を名乗っている。パリでは、ダランベールの養母であるルソー夫人（わたしとは無関係）の家にダランベールともども寄宿し、モンモランシーでは小さな部屋を借りて一夏を過ごすとのことだ。家事は自分たちでこなし、使用人も使い走りも置かず、毎週交替で買出しや炊事や掃除をしている。ふたりの暮らしぶりはじつにきちんとしていた。我々は一緒に食卓を囲むこともあった。なぜ彼らがわたしにかまうのかはわからない。わたしとしては、ふたりがチェスを嗜《たしな》むという理由から、懇意にしているにすぎない。つまらぬ勝負をしたいがため、四時間にも及ぶ退屈に耐えたこともある。彼らは何にでも出しゃばるし、どんなことにも口出ししたがるので、テレーズは彼らのことを〈おしゃべりおばさんたち〉と呼ぶようになり、この綽名はモンモランシーにいるあいだずっと彼らについて回った。

この一節は一七五九年を扱った巻に登場するのだが、（彼の『告白』にまま見受けられるように）この部分に関するルソーの年代配列はやや疑わしい。わたしは調査を進めるうちに、フェランとミナールに彼が会ったのは一七六一年以前ではあり得ないと確信するに至った。それにしても、この奇妙で秘密めくふたりの男はいったい何者なのか？　英語でもフランス語でも同じ〈教母《ゴッド・マザー》〉を意味する言葉を、テレーズは彼らの綽名にしている（ちなみに〈ゴッド・シブズ〉は出産に立ち会う女友達のことだ）。またルソーが皮肉をこめて言う「メルキゼデクの子孫」のメルキゼデクとは、創世記に出てくる子供のいない人物である。祖先も子孫も持たぬところが神のような不死の存在を思わせた。ほんのちょっとした好奇心から始まったフェランとミナールへの関心が、歴史への忠義を試されるようなことになるにつれて、両人に対して子を思う父親のような感情が生まれ、いつしか彼らは博士論文のなかで大きな位置を占めるようになっていた。

　わたしが十八世紀研究の道に進んだのは、ほんの偶然からだった。プルーストがわたしの初恋の相手ではあったが、教育現場につきものの番狂わせが重なり、マダム・ジョフランの研究者が指導教官に割り振られ、文学サロンや啓蒙思想家たちの世界に投げこまれたからにすぎない。同じ指導教官のもとで学ぶことになったドナルド・マッキンタイアは、ラクロ作品の含意と格闘しつつ、妙なものを研究テーマにしたわたしに興味津々だった。そのことをあの日、残り少なくなったコーヒーを飲みながら、彼は懐かしそうに口にした。なにせ十五年ぶりの再会だったのだ。

「で、最近〈おしゃべりおばさんたち〉のほうはどうなの？」答えはわかっていると言わんばかり、さりげなく優越感をちらつかせてこう彼は切り出した。

ルソーは彼らと出会った頃、すでに晩年の諸作品でもっともあらわとなる被害妄想症になりかけていた。この精神状態はわたしにも痛いほどよくわかった。いずれはすっきりと論文の脚注に収められる日が来ることを願いつつ、フェランとミナールの正体を求めて資料を漁るのだが、何ひとつ発見できず、そうこうするうち論文のテーマがルソーその人ではなく、この摑みどころのないゴシップ屋ふたりであるかのようになっていた。一方ドナルドは、好色文学を題材にメランコリーの概念を着々と解明していった。指導教官は放任主義を体《てい》よく気取り、研究室にうるさく出入りせず、各自、自分の選んだテーマで研究を続けなさい、最終的に提出された論文に研究成果がきちんと示され、かつ指導教官の全著作からの引用が盛りこまれていさえすればそれで結構、と言った。

エレンと初めて出会ったのは、ある年のドナルドの誕生パーティの席だった。遅々として進まぬ研究の悩みで手一杯のわたしは、たいした話もできなかった。彼女は会計士の試験の話をし、わたしは国立公文書館に収められている史料の閲覧手続きのやり方を説明した。かくして、はからずもふたりのあいだに何かが生まれ、勢いにまかせ、どっちつかずの曖昧な気持ちのまま、エレンとわたしは結ばれた。ちょうど偶然がルソーとわたしを結びつけたように。彼女はルソーとの因縁をかなり喜劇的に受け止め、どうせこれも一時的なもので、論文が完成すればこの病的な執着も治まると思っていたのではないか。その後わたしは研究人生という終身雇用を保証された墓場に棺桶よろしく滑り落ちていった。その墓場からドナルドがここにこうして甦り、今しがた注ぎ足したコーヒーカップを掲げていたというわけだ。

メルヒオール・グリムは、ルソーがいずれ狂気の淵に落ちていくことをすっかり見通していた。だがその症状も、ジャン＝ジャックが一七六二年にモン＝ルイを出奔し、スイスに逃れた時点では、まだ初期の段階にあった。ルソーはヌーシャテル在住の、スチュアート王朝を支持して国を追われたさるスコットランド人のもとに身を寄せた。そしてこの地で突如、アルメニア風の衣裳を身につけるようになる。この長衣は、泌尿器疾患をある程度緩和するのに使っていた尿道カテーテルを隠してくれた。これが一七六四年、文学に造詣の深い自己分析家として華々しい活動に乗り出して間もない若きジェイムズ・ボズウェルが、ルソーを訪ねた際に目にした姿である。自らの出奔の引鉄《ひきがね》にもなったパリ高等法院の恥知らずな有罪宣告についてルソーが不満をもらせば、ボズウェルは性の自由についてルソーの考えを尋ねるといった具合に、のちにボズウェルがテレーズに対して持論を実行に移す機会を持つに至るほど、この訪問でふたりは親交を深めている。

この頃までにルソーは文学から永久に足を洗ったと宣言し、ヌーシャテルの善意ある人々を困惑させつづけたわけだが、とうとう翌年になると――彼が好き勝手に彼らに浴びせかけた顰蹙《ひんしゅく》ものの悪態を思えば、必ずしも理不尽とは言い切れないが――彼らは彼の家に石をさんざん投げつけ、狂人ルソーを家から追い出した。続いて、孤独こそが人間にとって自然な状態だという持論を実践するため（それと、『ロビンソン・クルーソー』へのひたむきな情熱を示すため）、彼はビエンヌ湖の真ん中にあるサン＝ピエール島に移り住んだ（エレンとわたしは新婚旅行でここを訪れ、プラスチックの銘版のことで口論になった）。この地でルソーはまずまず幸福だった。本をすっかり締め出し、彼に嘲《あざけ》りと迫害をもたらすだけの書き物机もない、溢れているのは草花だけの部屋である。今や園芸家を自称するルソーだった。しかし牧歌的な暮らしもやがて終わりを告げる（エレンとわたしはまたしても、ジュネーヴへの帰り道のことで喧嘩になった）。ルソーの精神的破綻への道程で次に来るのは、イギリスでの一年間だ。かの地では、温厚なデイヴィッド・ヒュームが保護の手を差しのべた。テレーズはボズウェルに伴われて渡英した。ボズウェルはその途上、少なくとも十三回、彼女を寝取り、その後チズウィックで彼女をルソーに引き渡すと、ドクター・ジョンソンのところに向かう。案の定、ルソーの滞在はヒュームをさんざん罵倒することで幕を閉じた。戸惑うばかりのヒュームは厄介払いができて喜んだ。その後ルソーは残りの二十年間に凋落の一途をたどる。偽名を使ってフランスに帰国すると、『対話、ルソーはジャン＝ジャックを裁く』と題する、熱に浮かされたような『告白』の続編を書き、この原稿をノートル＝ダム寺院の主祭壇に捧げようと試みるも金属製の衝立《ついたて》に阻まれ、これを神のお告げと受け止める。この頃までにルソーは神と和解していたのだ。自分は恐ろしい陰謀の犠牲者だと相変わらず思いこんでいたルソーは、フランス国民に支持を訴える手書きのビラを、道行く人に配るという痛ましい手段に打って出た。

彼の絶筆となる『孤独な散歩者の夢想』には心の平安が戻ってきているが、やはりここにも、スパイにずっとつけ狙われているという文言が繰り返し現われる。そうしたスパイの筆頭に挙がるのが、フェランとミナールだと言っていいだろう。彼らは『告白』のなかでほんの一、二度登場しただけで、その後うやむやに姿を消してしまう。わたしは、彼らをそこから甦らせようと藁《わら》にもすがる思いだった。ところでルソーがふたりと出会った一年後の夏、彼らは住まいを移している。新しい住まいはルソーの家のすぐ隣だった。庭伝いに容易に出入りができる立地だ。そして、ルソーの仕事場からものがなくなりだす。

二百年間誰も調べようとしなかったふたりの人物に取り憑かれ、まるで彼らと顔見知りであるかのように話すわたしを、エレンはおかしな人だと思ったようだ。ディナーパーティに行くたび彼女は、〈おしゃべりおばさんたち〉を地元のテニスクラブの仲間でもあるかのように、ふざけ半分に話題にのぼらすようなこともした。しかしそのうち、すっかり慣れっこになってしまったのだろう、そんな魔法も解けてしまった。

ドナルドとわたしはコーヒーを注ぎ足した。そこでわたしはこんなふうに切り出したのではなかったか。きみと会って、認識の瞬間がいかに素早く記憶の習性に取って代わられるかに気づかされたよと。普段の我々は何も見ずに生きていて、例えば知り合いの男が髭を剃り落としたとか、ある女性が髪形をすっかり変えたとかいうことにも気づかないでいる（結婚生活における行動規範において、姦淫の次に重いこの罪をわたしは何度か犯し、ひどい目に遭わされた経験がある）。何よりもいちばん見えていないのは自分自身のことであり、ドナルドが病に気づかせてくれたのもそれだった。病に対する怠慢と無関心が我が身を危険にさらしていたのである。しかしまた、ルイーザがわたしにあれほど熱を上げている理由《わけ》も理解できた。彼女には習慣がもたらす感覚の鈍磨などあるはずもなく、どの瞬間もみな初めての体験だったのだ。束の間の逢瀬のたびに、わたしもほんの少しだけその気分を味わった。それはわずか数秒後には消え失せてしまう、生理に訴えかけてくる感銘にも似た体験だった。だが、わたしに与えられていたのはこの数秒間だけ、言ってみれば、その道のプロが十数種類ものワインを口に含みはしても決して喉に流しこまず、新鮮な感動を無限に押し広げる、といったふうだった。ルイーザはわたしにとって常に未知の人だった。だからこそ彼女をこれほど激しく愛したのだ。

正体不明の人ほど激しく妄想を焚きつけるものはない。あの〈おしゃべりおばさんたち〉がまさにそれだった。彼らがこれほどまでに想像力を刺激するのは、彼らをどこにも発見できなかったからなのだ。彼らは『告白』のなかでたった二回、ちらりと登場するだけだが、それがルソーの狂気の物語における決定的瞬間と重なり合う。ルソー本人はそれと気づいていないが、この本は彼の病の進行を物語ることになっている。ルソーが一連の奇妙な出来事に気を高ぶらせるようになるのは、『ジュリ　または新エロイーズ』の成功直後からだ。彼は匿名の手紙を受け取るようになる。それは彼の名声を危うくさせようとの企みが透けて見える奇怪な内容だった。手紙はすべて、いずれこの自分が死んだら、遺稿のあいだから発見されるだろう、とはルソーが我々読者に向かって記しているところだ。パリでは、彼にまつわる噂があれこれ広まりつつあった。アムステルダムに残りの原稿を送り、あとは出版を待つばかりとなっていた『エミール』と『社会契約論』への、不可解な誹謗中傷が起こった。どうやら原稿の包みが郵送途中で開封され、原稿のまま回覧されたようだった。中傷の中身そのものも胡散臭いものだったが、それ以上に解せないのは中傷騒ぎがふつりとやんだことだ。すると今度はいきなり、ルソーの送ったものが何であれ、速やかに出版されるにふさわしいものであり、政治的にも無害だとする声があがる。彼は一杯くわされたわけだが、誰が背後で糸を引いていたのかは依然として摑めなかった。

この一連の出来事は、フェランとミナールがモン＝ルイのすぐ隣に越してきて、ルソー宅に易々と出入りできるようになった時期と重なる。朝、ルソーが執筆の続きに取りかかろうと仕事場に行ってみると、原稿が荒らされていたということがたびたびあった。ドアに鍵をかければ、翌日の混乱はもっとひどいことになった。本が丸々一冊消えたかと思えば、不思議なことにその数日後、まるでさんざん夜の巷《ちまた》で乱交の限りを尽くした牡猫《おすねこ》のごとく、忽然と消えたその同じ場所に戻っているのである。

陰謀の首謀者、執念深く他人の友情にひびを入れようとする者、ルソーの失墜をじわじわと企む者、いずれ『告白』のなかで正体を暴かれ、痛烈な言葉でとことん弾劾されることになる人物、それはダランベールとその一派を味方につけたメルヒオール・グリムだった。ルソーによれば、グリムこそが、『エミール』と『社会契約論』に対し高等法院が有罪判決に続いて発した逮捕令を画策した人物だという。スイス、そしてイギリスでの逃亡生活も、偽名でフランスに舞い戻ったのも、何年もつけ狙われ嗅ぎ回られたのも、すべてグリムのせいだと、ルソーは断言している。

しかしながらルソーの主張のどこまでが事実で、どこからが妄想なのかは確認しようがなかった。これについてはドナルドの誕生パーティで初めて出会ったエレンにも説明した。ルソーが言及している匿名の手紙は、結局のところ、遺品のなかから見つかっていないし、ルソーが友人たちから受けたという誹謗にしても、どう控えめに見ても的外れなことがしばしばだった。ディドロとの不和も、この哲学者がルソーの手紙にすぐに返事を出さなかったせいだと考えられる。また、ディドロが送ってきた戯曲のなかに、「かのよこしまな人間だけが孤独だ」という台詞を見つけ、自分への当てこすりだとルソーが受け止めたのも事態をいっそう悪化させた。ダランベールが犯したとされる罪も、やはり些末なことだった。彼は（『百科全書』の一項目として）ジュネーヴに関する情報をヴォルテールから入手し、ルソーに依頼しなかったからだ。グリムはどうかと言えば、ルソーが複写保管していた手紙と、デピネ夫人が別の時期に公表したそれと同じ手紙を比較し、また彼女の覚書、グリムの書簡、サン＝ランベールやディドロやその他の人々の証言を照合し、さらに『告白』が取り上げている問題の箇所をじっくりと読み返してみれば、グリムが負うべき重罪、ルソーから稀代の策士でキリストの敵呼ばわりされる原因となった罪とは、たった一度、彼らがデピネ夫人の住まいに滞在中、ルソーが書き写した楽譜のなかの写し間違いを彼が見つけ、それを指摘したことくらいしかない。孤独は些細な侮辱を育てる養分となり、ついにはルソーの精神を食いつぶす怪物に成長してしまったのだ。

では、ふたりの〈おしゃべりおばさん〉はどうか？　フェランとミナールはダランベールとパリで一緒に暮らしたことがあるとされているが、ダランベールが彼らについて発言した形跡はどこにもなかった。彼らが偽名を使っていたとするルソーの推測は、あながち間違いではないとわたしは考えた。ダランベールには書きたい材料がほかにいくらもあったろうし、それは認めるとしても、このふたりの同居人について、ひとりはのっぽでやけに愛想がよく、もうひとりはちびでずんぐりで癪《しゃく》にさわるほど几帳面といった好対照のふたりについて、いっさい語っていないのは腑に落ちない。わたしの想像世界では、ちょうどルソーの目に映ったのと同様、このふたりの謎の人物はあくまでも呼吸し、歩き、食べていた。しかしふたりは「教会新聞」とも無関係だったし、彼らが絡んでいそうな警察関係の書類も管理記録も存在しなかった。新たに見つかった資料のどこを調べても、彼らは依然雲を摑むような存在のまま、彼らの秘密めく暮らしぶりは不可視性を帯びるばかりで、ある時期に実在したことを裏づけてくれそうな資料や逸話にもこの不可視性が及んでいるように思われた。

以上のような考察を経て、わたしはひとつの結論を導き出した。これを聞かされたエレンも肩の荷がおりたようで、論文にまとめて発表したらひとまずこれを頭から締め出して、文学とは無縁の土地、例えばスペインのベニドルムにでも行ってのんびりしたいわね、そう彼女は言った。しかしわたしが学者でいられるのも、フェランとミナールに関する仮説を立てられたからこそなのだ。ちょっとした悪評も立てば、束の間論争が持ち上がりもするが、そのお蔭でプラハでのような二流どころの学会から招聘《しょうへい》状がちらほら舞いこもうというもの。わたしはドナルドに、〈おしゃべりおばさんたち〉の研究は順調だ、いずれコンピューターを導入すれば、資料の検索も大いにはかどるだろうから楽しみだと言っておいた。

「実はね」とわたしは言った。「うちの学生が、インターネットを使ってリサーチを手伝ってくれているんだ」それからルイーザが見つけてきた資料のことを話題にした。きみが執筆中のフランス出版業界の本に役立つかもしれないし、あいにくここには持ってきていないが、イギリスに戻ったら、それのコピーを送ってあげようと約束した。ここで次の研究発表を聴きに行く時間が来た。発表を聞きながらわたしは、ルイーザのことばかり考えていた。壁の時計の分針がゆっくりと進むにつれて、エレンが家を留守にする週が刻々と近づいてくるのを実感していた。そう、十八世紀フランス文学の研究発表に耳を傾けているはずの人々が、つい頭に思い浮かべてしまうこと、それは性行為なのだ。

第十章

　この手紙を書きだしながら、わたしはこんなふうにひとりごちている。タイヤのパンクやにわか雨といった、この宇宙に埋めこまれたハイパーテクストのソースコードのどこかに自覚無自覚を問わず存在する（用語の使い方がかなり達者になっただろう、これも『Drクールのウェブ・マジック』のお蔭だ）諸々の偶然が重なったことで、普通ならとっくに死んでいておかしくない年齢になって初めて、不快とばかりは言えぬ性行為のさまざまな興奮を体験することになろうとは、誰に想像できただろうかとね。そうなんだ、まったくそのとおり！　今回はこれまでに起きたさまざまな出来事が意外な展開を見せることになる。早速その一部始終を聞かせよう。

　前回は、カトリアナが風呂のあとに、『フェランとミナール』を胸の上に広げたまま、ソファで眠りこんでしまったところまで話したんだったね。わたしは本をそっと取り上げ、二階に戻って手紙を書きだした。それをちょうど書き終わった頃、彼女がごそごそ動き回る気配を聞きつけた。

「おお、目が覚めたのかね」と大声で呼びかけてキッチンにおりていくと、不吉にも彼女がティーポットに手を伸ばしていた。「後生だから、わたしの分はなしにしておくれ」とわたしは訴えた。それで少し前にわたしが急に尿意をもよおしたことを思い出したのだろう、ならばさしつかえなければ自分だけ飲ませてもらうと彼女は言った。すでに五時を回っていた。ぐずぐずと滞在を引き延ばし、我が家のPGチップス（紅茶の銘柄）によほど執着しているらしいその様子に、ボイラーの故障で不便を強いられているばかりか、彼女の部屋には、電灯もティーバッグもないのだろうかと思わずにいられなかった。学生たちが耐え忍ばねばならぬ困窮生活とは、こういうことなのだね。

寝こむ前にペトリ博士の本をどのくらい読めたのかと尋ねると、彼女はちょっと申し訳なさそうにかぶりを振った。酵素について書かれたものを読むのとはだいぶ勝手が違ったのだろう。ペトリの文章は難解で読むのに骨が折れるからね。「マジつまんない」というのが、カトリアナのきっぱりとした感想だった。

「今夜のご予定は？」わたしは尋ねてみた。この親切にして有能な友をうまく追い払えるかどうかが気になりだしていたわけで、すぐにも腰を上げてもらえそうな話題にもっていくのが得策と考えたのだ。「宿題がどっさり出ているんじゃないのかね？」

目を上げると、先日スーパーマーケットでにきび面の青年が見せたのと同じ表情がそこにあった。そして彼女はこう言った。「あるにはあるんだけど、自宅じゃ無理なのよね」

言われてみればたしかにそうだ。暖房も紅茶もないアパートでは、ライフサイエンスの学徒も論文執筆はおぼつかないだろう。「だったら大学の図書館にでも行くのかな？」

「ううん、行くのは別のバイト先。お金ももらえるし」高等教育におけるこの種の課題は初耳だったから、今度はわたしのほうが虚ろな眼差しで見返す番だった。彼女は言った。「《オアシス》っていう店。聞いたことある？」

そのような学習施設は知らなかったが、ひょっとして馴染みのパブのことだろうかと訝しんだ。そこなら暖房費はただだろうが、店の片隅でざわめきに取り囲まれて書きものをしていれば、ほかの客がノートにうっかり酒をこぼすなんてこともありそうではないか。「パブなら一度行ったことがあるがね」わたしは勿体《もったい》をつけた。「あそこは居心地も悪いし、嫌な匂いもしていた。暖をとるのにわざわざそんなところへ行かなくたって」

「《オアシス》はパブじゃないの」彼女は少し悲しげな顔をして言った。「マッサージパーラー。と言っても、どんな店かは知らないだろうけど、でしょ？」

今回は、いつもの「マジで知らないの？」という台詞でばっさり切り捨てるつもりはないらしかった。「何を言うか、知っているとも」わたしは自信たっぷりに答えた。「蒸気が盛大に噴き出しているそんな場所じゃ、講義ノートを駄目にしちまうんじゃないかな。店から出る頃には、インクが流れて読めなくなってしまうだろうに。暖はとれるだろうが、いい成績をとりたいなら、そういう仕事はすべきじゃないね」

正直なところ、彼女がちゃんと話を聞いていたとは思えないが、それでもこちらの気遣いに微笑みで応えてくれた。「これも生きていくためだよ」彼女は言った。「好きじゃないけど、ほかにやれることもないしね」

ここなら蒸気も、どんなに頻繁に沸かしたってせいぜいヤカンから出るくらいのもの、だったらここで働くほうがましではないかと言ってやった。それにカトリアナの話の内容から察するに、奨学金が時給払いだとすれば、相場どおり、クリーニング屋で働くのと同額を支払うのに吝《やぶさ》かでないとも言ってやった。彼女は考えてみると言い、腕時計にちらりと目をやり、そろそろ引き揚げ時だと気づいたらしい。「蒸気にはくれぐれも気をつけるんだよ」とわたしは、彼女がコートをはおる横で念を押した。「呼吸は浅く、深く吸いこまないようにね」

「やだ、するわけないじゃん」これには大いに安堵した。

わたしはコンピューターのところに戻ると、気の毒にもミセスBに相当なショックを与えることになった例の画像を再び呼び出した。『Drクールのウェブ・マジック』の英知に触発されて、この画像のソースコードをじっくり調べることにしたんだ。無論、きみには何のことやらさっぱりだろうが、インターネットのサーチエンジンがはじき出す検索結果の優先順位は、ファイル・ヘッダ内にHTMLメタタグとして隠されているキーワードで決まるんだ（同書五八ページ）。早い話が、ジョージ・ブキャナンのラテン語の詩を一、二ページ読み解くのとおっつかっつの難事業をこなした末に、裸体の読書家の画像が重要なメッセージを隠しているらしいことを突きとめた次第だ。つまりユーザー側に気づかれぬまま、サーチエンジンに読み取らせるプログラミング言語によって、いともすみやかに、この若い娘さんはわたしの眼前に現われるべくして現われたというわけだ。こんな具合になっていたのさ。

〈meta name = ‘keywords’ content = ‘Ferrand, Minard, Rosier’〉

有能な家政婦をわたしから奪い去り、新たに別のひとりを送りこむことになったこの謎めいた画像は、インターネットでフェランやミナールやロジエを探している人の目に飛びこんでくるよう巧妙に仕組まれていたのだよ。彼女がたまたま読んでいた本でなく、見ず知らずの娘さんにはからずも遭遇する恰好になったのは、まさにこれのせいだったのさ。

　数時間後、一日分の作業としては十分すぎる量をこなし、ぶんぶん羽音をたてる頭を抱えて床に就いた。わたしの目は、コンピューターテクノロジーに見合うだけの能力をまだ身につけていないからだろう、翌朝には頭痛がぶり返し、その疼きで目が覚めてしまった。

　カトリアナは時間どおりにやって来て、すぐさま仕事に取りかかった。ランチにはスープをこしらえるということだった。量の多さはともかく、パスタ・ファン・トゥッティとかいうあれはとてもうまかったよと、いちおう誉めてはおいたのだがね。午前中は、前もって見つけておいたロジエ関連のページのＨＴＭＬのソースコードを覗いてみたり、ＵＲＬやハイパーリンクを確認したりして過ごした。できることなら今のわたしの姿をミセスＢに見せてやりたいものだと、ひとり呟いたよ。ランチを終えて、午後の作業もほぼ一段落したところで、またいつものお茶の時間になった。カトリアナを説き伏せてこれを断念させるには至っていないのでね。「今夜も仕事かね？」わたしとしては、お茶の効果がいつ何時《なんどき》現われるか知れず、ならば、退去を促すのはできるだけ早いうちにやっておこうと決めていた。

　カトリアナは、仕事はないがパーティに行くと言った。それはいいね、ひとり暮らしが長びくと、若い人はすぐに退屈するだろうからねと言ってやった。「パーティといえば、なかでも椅子取りゲームが好きだったな」と、若かりし頃に出かけていった社交場を思い返しながら言い足した。「だったらダンスもあるんだろうね」

カトリアナはうなずいた。「たっぷりとね」

「ダンスは楽しいが、ワルツとか三拍子のステップはマスターできずに終わったな」ところが昨今はまったく別種のダンスをすると言うので、ならばひとつ踊って見せてくれないかと頼んでみた。

「え？ ここで？ 今やるの？」彼女は笑い声をたてると、居間の中央のぽっかり空いた空間に目をやった。「でも音楽がなくちゃね」なんなら口笛を吹いてしんぜようとわたしが言いかけると、カトリアナは席を立ってレコードプレイヤーのところに行った。もう何年も部屋の片隅で沈黙を守っている代物だ。彼女は下の空間に打ち捨てられたままになっている数枚のLP盤を調べ、にやりと笑って一枚を引き出した。「ケネス・マッケラーにする？ どうやってセットするの？」

「横の穴から音盤を差しこめばいい」わたしは教えてやった。「モイラ・アンダーソンもあるよ。ジミー・シャンドとか、どれも、昔流行ったスコットランド民謡ばかりだ。ミセスBがだいぶ前に置いていったんだ」

「どれか、かけてみるね」カトリアナが言った。「ただし坐って聴くだけだよ」

わたしは好きにさせた。やがて、ドサッ、シュッという音に続き、アコーディオンの音色が響きわたると、ジミー・シャンド楽団の演奏が始まった。「グッときちゃうね」わたしはミセスBが口にした感想を思い出しながら、洒落《しゃれ》た言い回しを試してみた。

カトリアナはキッチンに立った。まだ紅茶を飲み足りなかったのだろう。そこで彼女に向かって、軽快な音楽に負けじと声を張りあげた。「給金は日払いのほうがいいのかな?」

「別にいいってば」彼女の声が返ってきた。

「でも買わなきゃならない本だってあるだろうし、アパートには蠟燭も必要だろうし、それと菓子だって――いろいろ大変じゃないか」

「言ったでしょ、何とかなるって」と取り合わない。

相場の給金ではカトリアナが提供する労働量に見合わないのは承知していた。何しろペンナイフ一本でコンピューターの息を吹き返してくれたのだ。同じことをするだけでサポートエンジニアならとんでもない額をふっかけてくるところだ! 初めて会った日に情報処理を手伝ってくれた駄賃も、受けとってもらえぬまま、まだ渡していなかった。気まずい思いはさせたくないので、椅子の脇の床に置きっぱなしになっているバッグのなかに、一、二ポンド忍ばせておくことにした。あれはパースというのか、それともハンドバッグというのか、わたしにはわからない。昔はハンドバッグといえば大ぶりのもので、パースは革の肩紐がないものと決まっていたはずだがね。

「ダッシング・ホワイト・サージャント」のリズムに合わせて椅子から立ち上がると、ポケットから金を取り出し、部屋を横切っていった。それからカトリアナの小ぶりのパースを取り上げて、口を開いた。中身は口紅、ボールペン、バスの定期券、それと銀紙に包まれたものがいくつか。すると絵がついている青い錠剤が目に留まった。初めて見る丸薬だったから、カトリアナはどこか悪いのだろうかと首をひねった。婦人薬の類かもしれない、そう納得してみたものの、気になって仕方ない。そこへカトリアナが戻ってきた。

気まずい空気が流れた。「ダッシング・ホワイト・サージャント」が終わり、次の曲に移るまで、溝を擦る針の音だけが聞こえるなか、わたしは口の開いたパースを片手で抱え、もう一方の指先に薬の粒を摘まんだまま立ちつくしていた。紙幣を入れるところを見られたと思い、「まあ、堅いことは言いっこなし」とわたしは言った。またしても押し問答にならないことを願ってのことだ。

「そうだね、どうってことないよね」彼女が言った。

これで一件落着。だが錠剤のことがあった。カトリアナは病気なのか？　あんなにお茶ばかり飲むのはそのせいか？　彼女のほうに手を伸ばし、薬を差し出した。「これはすぐに飲むのかい？　それとも風呂のあと？」

カトリアナは錠剤を受け取ると、まだこちらの手に握られているパースにそれを戻してから、パースを手元に引き取った。「今夜の分」

「パーティ用の薬なのかね？　たしかに社交というのは度が過ぎると頭痛を引き起こすものだからね」

彼女は不可解な笑い声をたてると、ソファに腰をおろした。

「わたしが服用しているのは、ブルーとオレンジのカプセルだけでね」彼女の隣に腰をおろしながら言った。「ミセスBが渡してくれる薬に、鳥のマークがついたものはなかったな」

カトリアナは言った。「これは薬じゃないよ。気晴らしに使うもの」

「どうも腑に落ちないね。じゃあ、どこも悪くないんだね？」

「うん」

「だったら菓子の類かね？」

　彼女はうなずいた。

「余分があるなら、ひとつ試してみていいかな。スマーティーズ（キャンディの銘柄）の味が好みでね」

　彼女は言った。「やめといたほうがいいと思うよ」

「それはそうと、そろそろ風呂の時間だよ」すでにわたしたちには決まった日課が定着しつつあったんだ。しかし、少し考えこんでから彼女はこう言った。

「マジで試してみたい？」

　たかがスマーティーズごときで、どうしてこう勿体をつけるのか理解に苦しんだよ。「ひとつしかないなら、半分ずつにしたらどうかね？」

「これ、すごく高いんだからね」彼女が言った。

　貸借は一日ごとにちゃんと清算するからとわたしが言い張ると、彼女はキッチンに引き返し、しばらくして、ナイフで半分に割った錠剤と砕けた粉を紅茶の受け皿に載せて戻ってきた。プレイヤーからは、アコーディオンが奏でる別のメロディが流れてきた。カトリアナが大きいほうの粒を摘まみ上げ、にやりとした。「ではご一緒に」わたしは残りの半欠けを口に入れた。

「スマーティーズにしては最悪の味だね」わたしは感想を述べた。「これが昨今の菓子事情だとしたら、現代の子供たちにいたく同情するね」

ほどなくすると、ふたりはダンスを始めていた。先に踊りだしたのはカトリアナだった。曲はたしか「ボニー・ボニー・バンクス」だ。そのうち彼女が歯止めがきかなくなったように体をゆすりだしたので、わたしも立ち上がって少し体を揺らしてみた。やがてふたりで声を合わせて「きみは登れ《ユー・テイク・ザ・ハイ・ロード》」とかどうとか歌いだし、思わず目に涙が溢れそうになった。嬉しいことに、その間わたしの泌尿器管はいつもと違う活動に気をとられていてくれたらしい。例の錠剤が膀胱障害に、じつにめざましい効果を発揮するとわかったのでね、今ではカトリアナに定期的に買ってきてもらっているんだ。

まだ気分が乗ってこないうちにジミー・シャンドのA面が終わってしまった。「別のをかけるね」それからカトリアナは、ケネス・マッケラーが歌う「収税史なんかくそくらえ」に合わせてくるくる旋回した。次の「やさしいキス」でも、これまでとまったく同じステップを踏む彼女に、行き当たりばったりに旋回するだけが昨今の流儀なのだろうかと首を傾げずにいられなかった。しかし、そうであるなら若者たちはじつに恵まれている、四分の三拍子などというギクシャクしたテンポに心悩ます必要がないのだから。これにはわたしもすっかりハッピーになった。

一瞬、旋回するのをやめて彼女が言った。「昨日のこと、ずっと考えてたんだ」

昨日はたしかにいろいろありすぎた。彼女の入浴は言うに及ばず、本屋にも行ったし、たっぷりネットサーフィンも堪能したしで、思い出すだけの価値が大ありなのは十分理解できる。

「ほら、あのことだってば」彼女が言った。

わたしはソファに坐ることにした。頭のなかがいつもとまるで違っていた。頭痛も起きないし、すっかり別人になった気分だった。これはきっと今日まで続けてきたソースコードの学習効果に違いない、そう思っていた。ラテン語文法を学ぶよりいささか健全さに欠けるものの、恰好の頭の体操になったのだと。「好きなだけやるがいいさ」わたしは言った。すると彼女は早くもカーテンを閉めにかかっていた。なぜそうするのかさっぱりわけがわからない。「クリーニング屋の時給と錠剤の代金に、奨学金の相場の時給を足して請求すればいい。あとでまとめて支払うよ」体が火照《ほて》ってきたので、わたしはネクタイを緩めた。

「マジでこれまで一度も、したことないの？」彼女は言った。「女の人と、って意味だけど」

「さて、どうだったか」わたしは答えた。「二十年くらい前に一、二度、ミセスBとあったかな」よくよく考えてみれば、女性とこの居間で踊ったことなど、ミセスBとだって一度もない。

「じゃあ、どうしてほしい？」彼女はいきなり熱を帯びた声でそう尋ね、わたしの横に腰をおろした。この問いかけにどう答えるべきなのか、皆目見当がつかなかった。彼女の履修コースも知らなければ、どんな宿題が出されているのかもわからないのだ。

「きみがすべきことをすればいい」わたしは言った。「気遣いは無用だよ。わたしならここでじっと息を殺し、無駄口は叩かずにいるから」

音楽が相変わらず流れていた。わたしは「チャーリーは私の愛しい人」に合わせてネクタイをはずし、目を閉じた。コンピューターで酷使しすぎたせいか、目がしょぼついた。この時カトリアナが教科書を取りに行ったとばかり思っていたので、彼女の手がさっとわたしのシャツのボタンにかかり、ひとつずつはずしだしたのには仰天した。一瞬きまり悪くもあったが、ほっこりと気持ちが和んでもいた。《ディクソンズ》ではそんな助言はされなかったが、コンピューターの過剰使用で肉体がオーバーヒートしてしまったのだろう。行為が徐々に進行するにつれて、この気の毒な娘が勤め先のマッサージパーラーで何をして過ごしているのかがはっきりとわかってきた。目を閉じたまま、何をされても必死で気づかぬふりをした。やがて彼女の手がわたしの胸部をなで回しはじめたところで、これが、昨今のライフサイエンス専攻の学生に課せられた実地研究なんだろうと自らを納得させた。彼女が授業の一環としてわたしの筋肉組織を調べているのであれば、このまま最後までじっとしていられるかどうか自信はなかったが、実験台になってあげられるのは何よりだと。

慣れた指使いで胴体部分の検査は速やかに実行された。この段階で既存の一般原理を彼女がすっかり塗りかえることになるのだろうかとふと思い、古い轍《わだち》に新たな溝を作ろうとする彼女の徹底した探究心に満足を覚えた。そのあと彼女は、わたしを横たわらせると、ズボンを脱がせにかかった。わたしはあたかもそこに存在しないかのように振舞っていたものの、これにはちょっと狼狽えた。どうやら観察項目のうち、もっとも使用頻度の高い箇所の詳細な分析に移る準備が整ったようだった。

今やわたしは丸裸、彼女の気を削《そ》がないよう体の震えを必死にこらえ、すがる思いで「ぼくの恋人は真っ赤な真っ赤なバラ」に意識を集中させた。カトリアナのほうは、授業中に、それも女学生の面前で、その名を口に出して言うのもはばかられる器官を用いて実験を始めた。奇妙なことに、わたしに抗《あらが》う気は起きなかった。ここにいるのは看護師だと自分に言い聞かせ、できうる限りの客観性を働かせて、彼女の最終チェック項目である陰茎《メムブルム・ヴィリレ》の学究的観察を思う存分させることにした。彼女はそいつをなで回し、連打し、小川の小鮎のごとく飛び跳ねさせた。我々の時代の自宅学習といったら、ひたすら暗記ばかりだったわけで、それと比べたらなんという違いか。彼女の両手が科学の実験でふさがっていることから判断して、ノートは取っていないようだった。

いやはや、これが長時間にわたり続いた。こちらにはたしなみがあるから文句を言うつもりはなかったが、最後の最後でようやく、彼女がなぜこれほど作業に手間どるのかがわかってきた。もちろん観察はじっくり丹念にという立派な心がけもあったのだろうが、あの部分をしかるべき特殊な状態に変化させたかったのだよ。そうと知っていたら、喜んでさっさとそういう状態にもちこんであげたのに。そうすれば実験も早々に片付いたろうし、こっちも別のことに取りかかれただろうに。

ようやっと件《くだん》の器官が目標の状態に達した。ところがカトリアナは、こいつに向かってリズミカルでいささか乱暴なことをしはじめた。ミセスBがチェダーチーズの塊をおろし金でおろすやり方に似ていなくもない。これはきっと学期末直前に担当教官に提出するレポートに、脈拍数を報告するためだろうと見当をつけた。ところが不運なことに、ここに来てコンピューターの弊害を思い知らされることになったんだ。目はちかちかするし、頭の芯は疼いているのに、それでもなおサーチエンジンやライブビデオ・リンクのことが頭を離れない。それから全身がじんわりと熱くなった。体内で何かとんでもないことが起こっていた。発作を起こす寸前のような、いや死の淵に立たされたような気分なのに、抗う気にはなれなかった。そしてついに、光に溢れた激烈な一瞬が訪れ、結局これでよかったのだろうかと自問した。わたしの人生をここまで一変させた一台の機械を手に入れんがため、埃だらけの古臭いガラクタを捨てたのは正解だったのだろうかと。

彼女の手の動きが止まった。恐る恐る目を開けると、彼女がちり紙を使って何やらやっているのが見えた。教科書もノートもどこにも見当たらない。すべてはこの聡明な娘の頭に収まっているというわけか。彼女が立ち上がり部屋を出ていったので、もう服を着てもいいだろうと判断した。腕と胸部がまだ痛んだが、それもしばらくして治まった。

宿題をすっかり片付けたカトリアナは、習慣になった湯浴みをするべく二階に行ってしまった。学期末のレポートの首尾はどんなものか、わたしはネクタイを締め直しながら自問した。そして、先ほど襲ってきた奇妙な発作のことが頭をよぎり、コンピューターでブラウジングする時間を減らすべきだろうかとも考えた。

カトリアナが戻ってきたので、支払いの件を持ち出した。彼女は相場の半分でいいと言い、わたしは倍額出すと主張した。結局五十ポンドで折り合った。彼女が膀胱に効く錠剤をまた持ってくると約束してくれたので、わたしのほうは、マッサージパーラーなどという不健全な場所に無理して通うまでもない、勉強ならここでやればいいじゃないかと言ってやった。

「パーティ、楽しんでおいで」立ち去る彼女に声をかけた。つい調子に乗って、お土産に風船を頼むよと言ってしまったが、翌日彼女がやって来たとき、そんなことはどちらもすっかり忘れていた。

今では日々のパターンがすっかり出来上がっている。かつてのミセスBの神聖にして侵すべからざる時間割のごとく、それは厳格に守られた。午前中はカトリアナが雑用をこなし、わたしは情報の過剰摂取で刺激を受けすぎないよう気をつけつつウェブページのダウンロードをして過ごした。ランチのあとはふたりして寝室に行き、カトリアナの自主研究につき合った。それでも何日かすると、このまま同じ課題をいつまで続けるつもりなのかと気になった。こんなこと、せいぜいが脚注程度の価値しかないだろうにと思いつつも、その一方で、研究の中心テーマのようにも思えるのだった。つまり、これこそがライフサイエンスのライフサイエンスたるところなのだと自らを納得させ、カトリアナが車輪のようなものをわたしの性器の上で転がすにまかせた。きっとこれで寸法を測って別の調査報告に使うのだろう、こんなことばかりしてあたら時間を無駄にしているのだから、緑色した猫や犬が存在しない理由をなかなか見つけられないのも無理はない、そうわたしは思ったね。錠剤の効き目で尿意を食い止めておけるあいだは、裸のまま長時間じっと身を横たえ、さも何も起こっていないかのようなふりをしつづけたあとは、ワールド・ワイド・ウェブにさほど接していない日でも、決まってあの発作に見舞われた。それでも次第に、死にかけているわけではないとわかってくると、この行為がじつに心地よいものだと心底思えるようになり、カトリアナに負けず劣らず、この日課を待ちわびるようになった。そのあと彼女が風呂に入り、その背中をわたしが流し、そうするあいだ彼女がゲーリーだかユアンだかいう青年のことをうっとりと語るのを聞いていると、勉強がはかどり気分も晴れたのだろうとしみじみ思ったものだ。

実験四日目、相変わらずノートはどこにも見当たらぬまま、いつもどおり準備に取りかかっていた彼女が、こう言った。「全部やっちゃう?」わたしが、イエス、必要とあらば何でもやるべきだと言うと、時給は二倍だと言うので喜んで同意した。彼女の知的労働には対価を支払うという約束だったのでね。

この日の課題は、こちらは片目を開けて成行きを見守っていたのだが、まずはゴム製の袋を件《くだん》の器官にかぶせ(これに関する文献は、彼女の学部図書館の棚一段をまるまる埋め尽くしているに違いない)、これを彼女の肉体の一部に沈めることだった。こういうのは一般カリキュラムに含まれていないのではと、わたしは不審に思った。襲ってきた発作はいつもより激烈で、隠すのに往生した。すぐさま彼女にも発作が起きた。わたしが持ちあわせる科学知識といったら、Drクールとワールド・ワイド・ウェブで仕入れた程度のものだが、それでもカトリアナとわたしがやっていることが性行為というものだくらいの判断はついた。決して不快ではなかったが、何ゆえこんなことをせにゃならんのかと思わずにいられなかった。同じ時間をかけるなら、スティーヴンソンの『子供の詩の園』を読むとか、ミセスBのスープを味わうとかするほうが、よっぽど満足感を得られるだろうに。

まったく、昨今の学生は単位を取るためとはいえ、とんでもないことをやらされているんだね。わたしの学生時代はとうの昔のこと、当時は暗記のみが己を磨く唯一の道と考えられていたから、こんな努力をしなくて済んだのは何よりだよ。

というわけで、ウェブに氾濫するあの手の画像の存在意義を解明してくれると思われる行為を経験するに至った事情はこれでわかってもらえたと思う。もっとも、わたしら年寄りの興味を掻き立ててくれるような代物じゃないわけで、それを言うなら、どこの本屋にもどっさり置かれている、感傷的もしくは煽情的なおびただしい数の小説もしかりだろう。さて、手紙もいよいよ終盤にさしかかった。実はこれがきみへの最後の手紙になるんだ。カトリアナにもう手紙は書かないと約束してしまったのでね。以下にその経緯を書く。

つい昨日のこと、カトリアナが玄関マットから郵便物を拾い上げる音が二階にいるわたしの耳に届いた。郵便回収といったら数十年前はなかなかの骨折り仕事で、明け方から日暮れまで、日に何度もやらねばならなかったが、今では近代化が進んで午前中に一度やればいいようになったわけで、さらに改良が進めば、いずれは二、三日おきに郵便受けの蓋をぱたぱたやれば済む程度になるだろう。書斎でわたしは、コンピューターの冷却ファンが低い唸りをたてるなか、ちかちか瞬く画面に目をしょぼつかせながらも、玄関先で回収した手紙に深い瞑想を引き起こされたかのように、その場に立ちつくすカトリアナの姿が、足元の床を通して手にとるようにわかった。

午前中は請求書をパラパラめくる音から始まり、続いてタマネギを炒めて缶入りトマトで煮こむお馴染みの匂いが漂いだすことで時は刻まれていき、やがてパスタの時間が近づいてきて、謎めくハーブ数種のかすかな香りがそこにアクセントを添える頃、わたしは満ちたりた気分でインターネット作業を切り上げ、宙に浮かぶファウストがはるか彼方の大陸を経巡る気ままな旅（どこの土地でも、あるのはそっくり同じものばかりだが）におもむくようにとはとてもいかないが、難儀な歩みをゆっくりゆっくり進めながら、喜びに打ち震える嗅覚に導かれるようにして階下へと向かった。キッチンに入ると、カトリアナが慣れた手つきで作業にいそしんでいた。

彼女がふり向いた。「手紙はテーブルの上だよ」

彼女の言うテーブルとは、作業台のことだ。こうした家具の呼び名の境界が徐々に曖昧になっていくのは、思うに、もはや留まるところを知らぬ進化の一過程なのであり、このまま行けば最後には、あらゆるものがたった一語で言い表わせるようになるのではあるまいか。手紙のささやかな束に目を通すと、そのうちの半数が、きみ宛の手紙の差し戻し分だった。それだけを選り分けるわたしの手元をカトリアナはじっと見つめ、鍋を掻き回し、また見つめてくるものだから、なんだかこっちまで煮詰まらないように見張られている料理にでもなった気分だった。

「ミセスBはこれにはいつも気を配っていてくれたんだがね」わたしはそう言うと、これの処理を彼女が心得ていることを願いつつ、カトリアナのほうに差し戻し分を押しやった。そうしながらも、伝えそこねていたこの業務について、改めて指示を出すべきか、さもなければこの際、手紙のほうをやめるべきかと考えていた。

「これって、あたしが投函したお友達宛の手紙だよね」まるでわたしがその事実に気づいていないかのような口ぶりだった。カトリアナというのは、現物を目にしても自分が何か勘違いしていないか確かめないと気が済まない性分らしく、時々言わずもがなを口にしたがるのだよ。「どれにも〈宛先不明〉のハンコが押してあるってことは、きっと引っ越しちゃったんだね。新しい住所は聞いてないの？」

わたしは言った。「友達はしばらく前にいなくなったんだ、郵便屋でも配達できないところにね」

カトリアナは「まさか……？」と言いかけ、愕然とした表情で見つめてきた。鍋を掻き混ぜる手がはたと止まり、鍋が濃密な泡をはじけさせて抗議した。「……死んじゃったの？」「もう八年と四か月になる」わたしは言った。「誰にも必ず終わりは来るさ」「だったらどうして手紙を書きつづけてるの？」そう訊かれてもうまく答えられなかった。それほど深く考えたことがなかったからね。何かをするには理由があるわけで、それは自分なりにわかっているつもりなのだが、聖アウグスチヌスの時間をめぐる思索じゃないが、いざ言葉にしようとするとたちまちわからなくなってしまう、要するにそういうことだ。

「習慣を変えるのは難しいんだよ」わたしは説いて聞かせた。「それに手紙を書く相手がいなくなったら何をすればいいんだね？　日々それで埋まっていた二時間が、いきなり空っぽで手持ち無沙汰になったらどうすればいい？　たしかに一番の古馴染みはいなくなった、だからといってなぜそれを終わりにせねばならんのかね？　大勢の作家たちが作品を紡ぐのだって、決して知り合うことのない読者が相手なんだ。それでも書くのは、己のペン先から湧き出す一字一句を、それを待ちわびているどこかの誰かの目や耳に届けたい、その人の思考や心を揺さぶりたいと思うからじゃないか」

白状しておくと、この威勢のいい啖呵《たんか》は、概ね《おおむ》『フェランとミナール――ジャン＝ジャック・ルソーと失われた時の探求』から失敬したものだ。自分なりの理屈が見つからないものだから、ペトリ博士に助け舟を出してもらったという次第だ。

「そりゃそうかもしれないけど」カトリアナが言った。「毎日のように死んだ人に手紙を出しつづけるなんて。ちょっと何ていうか……あまりにも……」

「悲しすぎる」と彼女は言いかけ、その言葉を呑みこんだのがわかった。だが、あえて言わせてもらえば、ふたりのうち最初にこの世を去ったのが、とりとめのない手紙を辛抱強く受け取ってくれていたきみのほうだったということこそ、何をおいても悲しむべきことだと思うがね。もしわたしが先に逝っていたら、きっときみからの手紙はわたしのより何倍も愉快なものだったろうからね。「友は逝く、されど友情は永遠に続く」と、ここはペトリ博士にはお引きとりいただき、「ザ・スコッツ・マガジン」で見つけた詩の一行に加勢してもらうことにした。

カトリアナは神妙にうなずいた。「素敵な話だね」これで彼女がしばしば口にする悲しみをひとまず追い払うことができたようだった。そこでわたしは、ミセスBがいかに律儀に手紙を投函し、これの取扱いにすっかり慣れている集配局から後日返送されてくると、それをいちいちファイルに収めてくれていたのだと説明してやったが、カトリアナにはなぜかすんなり呑みこめないらしく「ほっときゃいいのに」と彼女は言った。もっともこちらとしては手紙に指一本触れる気はさらさらないわけで、今しがた拭き清められた作業台の上にきっぱりと放置されたままだった。「幻想に生きるなんておかしいよ。お友達は死んだ、なのになぜ死んでないふりをするわけ？」

しっかりした考えを持つ見上げたお嬢さんじゃないか。こちらとしては否も応もなかったよ。彼女の知識は酵素とか電気のコンセント、コンピューターや鳥の絵のついた錠剤のことばかりじゃなかったんだね。なんといってもカトリアナはライフサイエンティストだし、彼女の人生哲学からすると、わたしのような惨めったらしい愚か者の狂態が許せないのだろう。今後は配達業務に支障をきたすような面倒を郵政局にかけないと彼女に誓わされた。もはや、わたしなりに興味を抱き面白いと思うことがあっても、誰が読むでもないものを書くことはないだろう。子供の頃からの大親友が、暖かい手と手をつないで半ズボン姿で一緒に学校に通った大親友が、この先あと何か月、いや何年かわからないが、わたしが息をしているあいだ、それと同じように今もまだ息をしているかのように振舞うのもやめにする。そう、こんな馬鹿げたことはもう終わりにして、彼女が言うように、「まっとうに」生きようと思うんだ。どうだね、わたしも教養を積んで少しはましになっただろう。薄汚れたガラクタをわたしの世界から一掃しただけでなく、過去の亡霊も永遠に追放することにした。きみにはかなりショックだろうが、近い将来きみと合流することになるのは間違いないのだし、そうしたらまた手紙のやり取りを再開すればいい。

「まったくきみの言うとおりだよ」パスタを食べ終わったところで、わたしはカトリアナに伝えた。「友はもういない。彼は本日をもって完全に死んだ。これで新たな経験に乗り出せるというものだ」それからわたしは二階に行って、コンピューターでフェランとミナールの検索を再開した。このキーワードで引っかかってくるサイトが、あと何件くらいあるのだろうかと思い巡らした。きみに話したいことはまだどっさりあるというのに。きみがまだ生きていてくれさえしたら！　つい今しがたもインターネットからひょっこり出てきたのは、どこかの女性が殺され、その犯人探しで騒然となったパリから逃げ出したふたりの男の逃亡劇とその顛末なんだ。ついにロジエの『百科全書』がすぐ手の届くところまで迫ってきた。だがこの話はこれ以上しないでおく。きみにいよいよ最後の、心からのさよならを言わないといけないね。

第十一章

ミナールはルソーの家の外で棒立ちになった。そんな彼を作家がはっしと睨みつけてくる。「ベルチエ神父の友人というのはこの人かね、テレーズ？」ルソーが女房に問い質し、彼女がうなずいた。「ならばなかへどうぞ、神父の近況など聞かせてもらいましょう」こうしてミナールは再度この家に足を踏み入れた。さっきまではテレーズの手料理を心待ちにしていたのに、その食欲もまたたく間に失せていた。

なぜジャクリーヌの部屋から消えた原稿がルソーの原稿に紛れてここにあるのか、ミナールはそこが知りたかった。服の下に隠し持った原稿が胸のあたりでがさついた。そんなことは知る由もないジャン＝ジャックは二階へと彼を促した。小さなキッチンから、テレーズの寝間の目隠しに使われているらしき衝立の脇を抜けた奥に、螺旋《らせん》階段があった。階段をのぼっていくこの家の主人の姿を目で追いながらミナールは、この世で最も著名な作家がどうしてこんな雑然としたところに暮らしていられるのかと、答えをひねり出そうとした。論理はミナールの得意分野ではなかったから（これで何度も試験に落ちている）、このことに頭を大いに悩ませるあまり、階段の上に出現した続き部屋にはほとんど注意が向かなかった。実際はひとつの部屋だが、階下のテレーズの私室のように衝立でふたつに仕切られていて、壁の引っこんだ場所に造り付けの大きなベッドがあった。

ミナールは頭のなかを整理した。ジャクリーヌはこの土地の出身だ、だからこそ真っ先にフェランと自分はこの地にやって来た。また、彼女はベルチエ神父と知り合いで、ルソーも神父を知っている。ということは世界一有名なこの作家が、娘の死と狂人の原稿という、ミナールが抱える問題に関与していたとしてもおかしくない。そうだ、これで謎は解けたも同然だ。ここでルソーが、手にした杖で床をトンと突いた。どうやら階下にいる連れ合いに何やら指示を出したらしい。

「で、神父様はお変わりなく?」ルソーが口を開いた。

ミナールは思わず言葉を呑みこんだ。そうか、ベルチエがジャクリーヌを殺したんだ。彼女の部屋から原稿を盗み出し、昨夜モンモランシーに持ち帰った。そしてミナールとフェランが今朝オラトワールに置いてきた包みのなかに、似たような原稿を見つけたというわけか。だが、こちらがそのことに気づいたことをベルチエに知られたとなると……ベルチエが世話したコテージにいるフェランがまずいことになる。

「やっぱりあいつだ!」ミナールが興奮のあまり素っ頓狂な声で口走る。

「何ですと?」

「いえ、ぼくをここに寄越した人がね」ミナールは取り繕った。「ベルチエ神父だって言いたかったんです」

ジャン=ジャックは焦れたように肩をすくめた。「それはわかってますよ。で、話というのは何なんです？」

　ミナールは努めて冷静を装った。テレーズがピッチャーにワインを入れて持ってくると、ルソーは目顔で小さなテーブルを指し示した。テレーズが下がると、その強い眼差しをミナールに戻し、「何か心配事でも？」と水を向けてくる。

「心配事？　ぼくに？」ミナールは上ずった笑い声をもらした。シャツの下の原稿が肌を擦《こす》った。ジャクリーヌの死に顔、ベルチエの薄笑いが脳裏をよぎり、今頃フェランはどうしているだろうかと気になった。「そうだ、『ジュリ』のことを聞かせてください」

「ノン」ルソーはあっさり切り捨てた。「ベルチエ神父のことを聞かせてもらいましょうか」

　まるで裁判の尋問のようだった。だがミナールが犯罪を犯したわけではない。「とてもお元気ですよ、よろしくとのことでした」

「彼とはどの程度親しいのですか？」ルソーは問い質した。「たしかパリで会ったという話でしたね」ミナールはうなずきながら、ベルチエの手がジャクリーヌの白い首を絞め上げ、ジャクリーヌの頭部が激しく揺さぶられるさまをまざまざと思い浮かべた。「で、ディドロとは？　彼のお仲間とも知り合いですか？」ルソーが訊いた。

　世の中には敵味方の区別があるが、ミナールはそういうことに鈍感だった。この場にもその区別があるなら、どちらの側につくのが得か、心して正解を選ぶべきだろう。「ディドロはじつに立派な方です」彼はあまり深入りせぬよう、さらりと言った。

「ではダランベールは？」ルソーが言い足し、これにもミナールはうなずいた。するとルソーは、「村で聞いた話では、ダランベールの友人が——たしか彼と一緒に暮らしていた人らしいが——夏のあいだ、こっちに来ているとのこと。ひょっとして、あなたたちのことじゃないのかな？」

「ええ、ぼくたちのことです」ミナールは即座に相槌を打った。ジャン＝ジャックが勝手に話をこしらえてくれるのはありがたかった。「フェランとミナールと申します、以後お見知りおきを」

ルソーが片眉を吊り上げた。「フェラン？　それはもうひとりの方ですかな？」

ミナールはうなずき、さらに言葉を補った。「もちろんどちらも本名じゃないんですけどね」

どうしたわけか、世界一有名な作家は訪問者に痺《しび》れを切らしているようだった。フェランのことよりベルチエ神父を話題にすべきだと気づいた客人は、オラトワールで神父と共にした昼食の模様を話すことにした。だがテリーヌまで話が進んだところで、ルソーはもはや心ここにあらず、話題を変えようとしたのだろう、気の乗らぬ様子でこう言った。「チェスはやるのかね？」

これに対してミナールは、「これはびっくり、《レジャンス》はぼくの別荘みたいなものですよ」と返した。もちろん本当ではない。ここでミナールは、フェランがあらゆる災難の根源とも言うべき原稿を持った男と出会った店が《レジャンス》だったことを思い出し、あわててこう言い足した。「どちらかといえば《マグリ》のほうが好みですがね」

「だったら、《レジャンス》でなくて《マグリ》のほうを別荘と呼ぶべきじゃないのかね？」

ルソーは溜息もあらわに言った。

すでに述べたように、ミナールは論理的思考が苦手だった。しかも今はベルチエ神父がジャクリーヌを殺す場面が頭のなかに渦巻いていたので、指摘された矛盾点をうまくかわせなかった。「《レジャンス》を別荘と言ったのは、《マグリ》が第一の住まいだからですよ」

「だったらダランベールと暮らしているという話はどうなるんだね?」

ますます話がややこしくなった。「ああ、そっちにはほとんどいませんからね、だから数に入れてないんです」

「だったら第三の家ってことかね?」口を挟んだのはテレーズだった。ワインの減り具合を見にやって来たのだ。だがそんな助け舟もジャン＝ジャックの非難するような凝視に遮られた。

「いや、第三ですらありません」ミナールは言った。「モンモランシーのコテージが第三ということになるでしょうね。ダランベールと一緒の下宿なんてものの数にも入りません」

「だが実際に住んでいるのはそこなんだろうが」ルソーが念を押した。怒りだしそうな勢いだ。

「おお、あれを住んでいると言えるならね」ミナールはしれっと言ってのけた。

「そりゃいったいどういうことかね?」ルソーはテレーズに再度顎をしゃくって退出を促しながら、問いつめた。

口から出まかせを始めてしまった以上、ミナールもその線で話を進めるしかなかった。「いや、ダランベールがどんな奴かはご存じでしょ。一緒に暮らせと人に勧められるような人間じゃない。それにあれの細君ときたら……」

ルソーは困惑の態で頭を掻いた。「ダランベールに女房はいない！　まさか一緒に暮らしている養母を細君と勘違いしているんじゃ……それとも、あんな不細工で心のねじくれたキーキー声の小男が、ついに恋人を射止めたとでも言うのかね？」

ルソーがダランベールを嫌っているのは明らかだった。ミナールは彼と関わりがあることにしたのを後悔した。第三だか第四だかに格付けした共同の住まいをでっち上げたのもまずかった。「実はディドロと一緒にいるほうが好きなんです」

ルソーの目が眇《すが》められた。顎をしきりになでている。「こんなことを申し上げては何だが、あなた、かなりの変人だ。お友達のフェランもやはり変わり者なんでしょうな？」

「変わり者どころじゃありません」ミナールは笑みを浮かべて返答し、ルソーの言わんとするところを摑んだつもりになった。「でもぼくらの関係にしても家事のやりくりにしても不都合はまったくありません。プライバシーを尊重し合ってますからね、うまくやってます。実は兄弟でして」

「苗字《みょうじ》が違うのに？」

「いや、いとこって意味です」

「ではそろそろこの辺で」ルソーはそう言って立ち上がった。「やることがいろいろあるんでね。お話しできて愉快でしたよ。モンモランシーの夏を満喫なさいますよう、おいとこさんにもよろしく、テレーズに見送らせましょう」

ミナールは会見が首尾よく運んだことにすっかり気をよくして階下に向かった。ルソーの親友ベルチエ神父が人殺しだとはおくびにも出さなかったぞ！　頭のなかで考えごとをしながら別の話題でお喋りができる才能に自分でも惚れ惚れした。もっとも生まれてこのかた、彼はいつもそんな調子だったのだが。それにしてもジャン＝ジャックはなぜチェスの話を持ち出したのか？　ミナールは二階に声をかけた。「いずれ一勝負と行きますか！」返事のつもりなのか、唸り声が返ってきた。「フェランを連れてきますよ――手ごわい相手ですよ！」

ミナールは、ニンジン・スープのお相伴にあずかり損ねたことを悔やみながら、テレーズに暇を告げ、庭の小道を抜けて通りに面した木戸のところまでやって来ると、突然わっと泣きだした。「かわいそうなジャクリーヌ」そう呟いて袖で顔を拭うと、丘を下って帰途についた。危険をはらむ原稿ががさごそと胸のあたりを突いてきた。

戻ってみると、フェランがテーブルに突っ伏していた。

「わあ大変だ、きみまで殺《や》られたのか！」ミナールは駆け寄って友を抱きすくめようとした。眠りこんでいた友は原稿の山から起き上がった。

「ミナール君よ、時々思うんだが、きみって究極のアンポンタンだよな」フェランは、ミナールから彼の推理を聞かされたところで断言した。そこでミナールはシャツの下から原稿を取り出した。原稿には少しばかり汗染みがついていた。フェランは腕を目いっぱい伸ばした状態でこれをじっくり点検した。なるほどこれは手元にある原稿の、フェランが今ではロジエの『百科全書』だと信じて疑わぬ原稿の一部だと認めざるを得なかった。

「だったら残る謎はあとひとつだけだね」ミナールが言った。「なぜベルチエは犯行現場からこれを盗み出し、ルソーに渡したのか？」

フェランはゆるゆるとかぶりを振った。「そういう謎解きは忘れるんだな」彼は厳かな口調で友を諭《さと》した。「今やるべきはロジエの『百科全書』を書き写すことなんだ。それ以外のことを考えている場合じゃない」

フェランは新しい鵞ペンの先を削り、ロジエ理論に基づく農業関連の論文の浄書を再開した。片やミナールは意気消沈の態で原稿の山から別の論文を取り上げた。フェランが作業から顔を上げてミナールの手の動きを不満げに目で追えば、その手は原稿を持ったままドアのほうに移動した。やがてミナールは、そこにあった荷袋の上に尻を落とした。

ミナールが論理的思考に目がないという事実を踏まえるなら、この時目を通していた原稿が推理機械の製造に関するものだったのは、妥当かつ幸運なことと言ってよいだろう。一読した印象では、用途はまるで異なるが、天体観測器《アストロラーベ》とか時計についている数字を単語や語句に入れ替えたような、精巧なからくり細工といったもののようだった。この機械の動く仕組みは、読んだだけでは想像がつかなかったし、そもそも何に使うものか見当もつかなかったが、さまざまな語句の断片を組み合わせたり組み替えたりして、演繹的推理を組み立てていくという発想に興味が湧いた。この機械が論理的に結論を導き出す、その力量がいくつかの例で紹介されていた。

人はすべて栄光を求める。何人《なんびと》も犬ではない。したがって犬は栄光を求めない。

栄光を手にした者は幸いである。犬は栄光を手にすることはない。したがって幸いである者は犬ではない。

人は犬にあらず。人のなかには臆病でない者もいる。したがって犬のなかには臆病でない犬もいる。

人はすべて動物である。動物には四本足の動物もいる。したがって人間にも四本足の者がいる。

この機械を実際に作れたら、とんでもない発明品になりそうだ、そうミナールは確信した。それには自分とフェランが依頼主の注文どおり、原稿をすっかり書き写さない限り実現しない話である。だが考えてみれば、謎の依頼主であるロジエには、ふたりがモンモランシーにいることを突き止められないはず。となれば『百科全書』は今やふたりのものであり、テーブルに向かいせっせとペンを走らせるフェランのたゆまぬ努力は、彼自身の血肉となるはずだ。それと同様、ミナールも自己教化の一環として読むだけでいい。つまり、ふたりしてこの片田舎で過ごしながら、以前はもどかしいほど手の届かなかった、こうした学問を身につけるだけの時間をようやく持てたと考えればいいのだ。

というわけで、ミナールはさっそく論理学に取りかかった。じっくりと注意深く読み進め、やがて三段論法について知るべきことはすべて、四種類の格をも理解した気になった。こうした純粋で厳密な思考こそ、厄介な問題や気の毒なジャクリーヌを忘れるためにも必要なことだった。

一時間が経過した。フェランはひたすら書き写し、ミナールはひたすら読んだ。今やミナールは論理学の大家になった気分だった。前件肯定式《モーダス・ポネンス》あるいは後件否定式《モーダス・トレンス》の箇所で躓き、否定的《モーダス・》肯定式《トレンド・ポネンス》と肯定的否定式《モーダス・ポネンド・トレンス》が出てきてさらに頭がこんがらかったが、なんのことはない、前のふたつをややこしく表現しているだけで、同じものを指しているのだと気がついた。論理学なんて要は常識を働かせるだけの話、それなら自分はいつだって実践しているではないか。

ミナールは、ジャクリーヌを殺した犯人はいずれ罰を受けることになるのだろうかと考えた。犯人は縛り首になるのか、ならないのか、覚えたての排中律と呼ばれる方法を応用して考えてみた。これを使えばどちらか一方が真になるはずだ。しかし、もし縛り首になるなら、正義の必然的勝利について、ミナールがこれ以上心を痛める必要はないことになる。また、もし縛り首にならないとしたら、やはりこの場合も、ミナールがいくら頑張ったところで、その判決をくつがえすことはできないだろう。となれば、ミナールはこの件はさっさと忘れて、学問に身を入れるべきだとの結論に至った。

さらに一時間が経過した。ミナールの自己評価によれば、己の演繹力は四倍、五倍にも飛躍し、このペースで行けば、人類最大の謎を解明するのもそう遠くないように思えた。いきなりミナールは話しかけた。「ねえフェラン、人は誰でも殺人を犯す可能性がある、という言い方は正しいと思うかい？」

フェランはしばし考えこみ、この質問がまったくもって的外れだとの結論を下した。「いいや」そう言って浄書を再開した。

「だったら、これの反対の仮定だとどうなる？」ミナールが問いかけると、これに対してフェランは、今度は顔を上げもせず、それだと誰にも殺人を犯す可能性はないということになるぞと言った。「ありゃりゃ」ミナールは言った。「でも、誰かがジャクリーヌを殺したのは間違いないわけだし、ということは人は誰でも殺人者になる可能性があるってことだよね」それからこう言い足した。「きみも、ぼくもね」しかしフェランは聞いていなかったし、聞いているふりもしなかった。

論理的推論は、ミナールが日々の暮らしで遭遇する問題を処理する際に用いてきた常識となんら変わるところはなかった。それでも自分なりに理屈をつけていく行為を魅力的な用語で呼べる自分が嬉しかった。さらに十分ほど考えこんだあと、彼は出し抜けに大声をあげた。「やっぱりそうだよ！」その声のあまりのすさまじさ、あまりの唐突さに、フェランの手が跳ね上がり、iの点が見苦しい染みになった。これをなんとか取り除こうと必死のフェランにはおかまいなしに、ミナールは高らかに宣言した。「ぼくの前提が正しいなら、ジャクリーヌ・コルネを殺した犯人は、ジャン＝ジャック・ルソーだ！」

フェランは気むずかしい顔で染みを削り取った箇所に息を吹きかけ、それからミナールをぎろりと睨みつけた。「まったくきみって奴は、何を言い出すかと思えば」

でもこれは単純明快なことなんだと、ミナールは説得に乗り出した。「わからないのか？ぼくの言っていることが正しいなら──つまりぼくが真ならルソーは殺人者──だってぼくの仮定は正しいんだから、ルソーは殺人者に決まっているんだよ!」

フェランはじっくり辛抱強く耳を傾け、修正を済ませた用箋をテーブルに戻した。「よし、わかった」彼は言った。「じゃあいいかい——あくまでも議論のためだからね。二時間以上もかけた挙句、きみから知性をすっかり奪い去ってしまったと思しき論理の前提そのものからして——きみは正しくない、そう仮定してみよう」

ミナールは激しくうなずき、まるで仕掛けた罠にフェランがまんまとはまったとでも言いたげににやりとした。「いいかい、もう一度言うよ。もしもぼくがさっき言った前提が正しいなら、ルソーはあの殺人を犯した張本人だ」彼は、自分がとてつもなく重大な事実を明かしでもしたかのように、得意顔でフェランの応答を待った。

「わかったよ」ようやくフェランは口を開いた。「だったら、きみの前提が誤りだとしたら?」

「その場合は、その逆が真に決まってるさ。いいかい、『もしもこの前提が真なら、ルソーはあの殺人を犯した張本人だ』の反対はどうなるんだ?」

フェランにはミナールの論理トレーニングにつき合うよりも大事な仕事があった。「『もしもこの前提が誤りなら、ルソーはあの殺人を犯した張本人だ』ということになるんじゃないかな」

「そうか!」ミナールは叫んだ。「前提が誤りだからこそ、ルソーがまさしく殺人者なんだね!」

「このトンチキめ」フェランはぼそりと吐き捨てたが、ミナールはそう簡単に黙りそうになかった。

「だったらこれでどうだ」ミナールは食い下がった。「ルソーが殺人者でないなら、きみはフランス国王なのか？」

フェランには、友が学問にいささか打ちこみすぎてしまったように思えた。「この調子じゃ明日になったら、円を四角にする方法とか、鉛を金《きん》に変えるやり方をまくしたてていそうだな」

「ああ、たぶんね」ミナールは応じた。「これまでさんざん試験に落ちてきたけど、ロジエの『百科全書』でついに汚名返上ができる、そう気づいたんだよ。もちろんぼくが落第したのは、当日体調をくずしたり、前夜ワインをちょっと飲みすぎたり、教師の教え方が悪かったせいで……」公園のベンチで最初に言葉を交わした際にも、フェランはこうした言い訳を聞かされ、その後もことあるごとに耳にした。「さあ答えろよ」ミナールはまたも話を蒸し返した。「きみはフランス国王か？」

フェランは無視を決めこんだ。

「でもさ、もしルソーが殺人者でないなら、きみはフランス国王かもしれないという論理には、賛成してくれるんだろ？」

フェランにはついていけない議論だった。「万が一きみが法律家になるとしたら、ロジエの『百科全書』のお蔭ってことはなさそうだな。どうしてルソーが無罪だとぼくが王様になるんだよ？」

今ではミナールは立ち上がり、アリストテレスの崇拝者を気どってあたりを闊歩していた。彼ら哲人がよく歩き回ることで有名だったと、何かの本で読んだような気がしたのだ。『百科全書』にも、何らかの結論を導き出すには誤った前提を用いるのも可って書いてあるし、そうなるんだよ。もしもルソーが殺人者でないという命題が誤りなら、きみはフランス国王なのさ。きみがフランスの国王じゃないなら、それゆえルソーは殺人者なんだよ。論理に基づく事実を証明してみせる方法はいくらもあるだろうけど、これは数学の定理と同じくらい絶対だからね、ジャクリーヌ・コルネの白くかぼそい首を絞め、息の根を止めたのは、世界一有名な作家の残忍な手なんだってば！」ここでミナールがしくしくやりだした。彼のかわいそうなジャクリーヌを思ってのことなのか、彼の偉大な論理の鎖についてこられないフェランへの憤りなのか、それとも以前は憧れの対象だったジャン＝ジャック・ルソーに絶望したせいなのか、判然としなかった。

「ねえきみ、悪かったよ、でも、きみはとんでもない愚か者だぜ」フェランはこれだけを言って、目の前に置かれた原稿の浄書作業に戻った。

しかしミナールはこの問題をそのままにしておかなかった。フェランが仕事に専念する横で、ロジエの論理学の論文のページをせわしなく繰りつづけた。この推理機械がいずれ組立て可能となれば、自分の分析の正しさを証明してくれるはず。それが無理でも、この三段論法計算盤を改造して、略図や表を多用した教育玩具のようなものを作ることができないか。ミナールは反故《ほご》になった紙を小さく切り分けはじめた。

「遊んでる暇はないんだぞ！」フェランは不平を鳴らした。怒りはなおいっそう強まっていた。ミナールは鵞ペンを削ると、それをフェランのインク壺に勢いよく突っこみ、インクを跳ね飛ばさんばかりにペンを引き上げるや、用意した小さな紙片に何やら書きつけていった。テーブルはフェランに占領されていたので、ミナールは床で作業するしかなかった。それからロジエの解説どおりに紙片を並べていく。その様子はフェランの目にはカバラの儀式を思わせた。

やがて夕闇が迫る頃、ミナールは慎重に考え抜いて並べた四十枚から五十枚ほどの紙片の中央にひざまずいていた。それぞれの紙片には「あらゆる殺人者は臆病者である」とか「人間は必ず死ぬ……」とか「犬のなかには四本足のものもいる」といった文章が記されていた。なぐり書きされた文字は、薄れゆく光のなかでかろうじて読める程度だった。紙片の配置はまるで落ちるにまかせたかのようにめちゃくちゃで、これが床一面に散らばっている。それでもミナールは紙片と紙片の隙間を縫うように歩きながら、たまに立ち止まっては論文中に示されたルールを確かめ、紙片から紙片へと自分のたどるべき道筋をひとつひとつなぞっていく。さながら細心の注意と技能を駆使して航路を決めていく船乗りである。ミナールが作り上げた命題の迷路は何通りもの行き方が可能だったが、どこをどう通ろうと、必ずひとつの目的地に行き着いた。ばらまかれた紙片のいちばんはずれ、離れ小島のようにぽつんと置かれた紙片、そこには「ルソーは殺人者である！」と書かれていた。

「これで六十四通りの方法で証明できたぞ」ついに彼は口を開いた。「全部で千二十四通りはありそうだな」そこへノックの音がした。ドアが開き、一陣の風で紙片の配置が台無しになった。戸口にはベルチエ神父が立っていた。

「コテージはお気に召しましたかな？」神父はそう尋ねながら、一瞬にしてすべてを目におさめた。ミナールは紙を並べなおし、フェランは手元の用箋を重ね合わせた。

「申し分ありません」フェランはそう言いながら、なかに足を踏み入れミナールを見下ろしているベルチエの目に触れぬよう、原稿を腕で覆い隠した。

「おふたりのお仕事のことで何かお手伝いできればと……」とベルチエは切り出した。

フェランが言葉を挟んだ。「おわかりかと思いますが、ここは慎重に慎重を期すのが肝心、オラトワールの名声に傷をつけぬためにも、ご放念いただければそれに勝るものはありません」

「承知しました」ベルチエ神父は言った。「でもどうか、ちょっと腹を割って話しませんか」彼はドアを閉め、声を落として言った。「高等法院がジャン＝ジャックに目をつけているのは存じております。当局があなた方を差し向けたのも、それがためでしょう。オラトワールにいらっしゃったとき、そのようなことをたしかおっしゃいましたよね。何もお尋ねしません、おふたりを困らせるようなことはいっさい伺うつもりはありません。ただ知っておいていただきたいのですが、わたくしのところにも、件の人物に好奇の目を向ける友人や修道会上層部の者がいるという話は届いておりましてね」

ミナールは言った。「では、ご存じなんですね？」さっきまで、一瞬とはいえ、ベルチエがジャクリーヌの愛人で、この男に彼女は殺されたとばかり思っていた。なんと馬鹿な思い違いをしたことか！　もはやベルチエがルソーの罪を承知しているのは明らかだった。

またしてもフェランが話に割りこんだ。「調査のほうは、そういうこととはいっさい切り離してやるのが一番です」

「当然です」ベルチエは即座に同意した。「ただ、おさしつかえない範囲でお手伝いする用意のあることをお知らせしたまでです」それからミナールに向かって、「ルソーとは、わたくしの友人だと名乗って、直接お会いになられたようですね。いずれモン＝ルイにはおふたりそろってお連れいたしましょう、もう少し改まった紹介をしてさしあげられますし。ジャン＝ジャックは簡素な生活の唱道者ですが、それでも物事の筋をとおすのが好みですのでね」ベルチエは取り入ろうとするような癇《かん》にさわる笑い声をたて、さらに言葉を続けた。「率直に申し上げましょう。今日、この村出身の娘の名前を口になさいましたね。ずいぶんいろいろとご存じのようで、それを自在に辻褄《つじつま》合わせして利用できるお立場にある、そのようにお見受けしました。ただこう申し上げておきましょう。我々の目的は同じ、おふたりもわたくしも同じ主人に仕えていることはおおいにあり得る話だと。したがって、ここは一致団結して行動するのが双方にとって有益ではないでしょうか。求めるべきはルソーに関する情報、となればお互い助け合える立場にあるということです」

ミナールが言った。「では、彼の逮捕はあると?」ここでフェランはわざとインク壺を床に落とし、友にこれ以上喋らせないようにした。

「まさか逮捕の権限までお持ちとは」ベルチエは返した。「その可能性についても聞いております。もっとも国外退去という形で話をまとめれば、誰も傷つくことなくめでたしめでたしなんでしょうがね」

ミナールが愚痴る。「あれほどのことをやっておいて無罪放免だなんて！」ここでフェランは、床に転がったインク壺を、手をインクまみれにして回収して立ち上がると、友の袖をぐいと摑んだ。このトンチキを黙らせるには、丸めた紙を喉に詰めてやるしかない、そう思わずにいられなかった。

「ミナール、それ以上言うな！」フェランはできるだけ冷静に言い、それからベルチエに念を押すように、「いや、これは偽名ですから」

「わかっておりますとも」ベルチエ神父は言った。「明日、モン＝ルイのジャン＝ジャックを訪ねる予定にしています。ご一緒なさるおつもりがあれば、喜んでご紹介いたしますよ。彼についてはいろいろお話ししてさしあげられますし。それと当然のこと、モンモランシーご滞在中は、オラトワールに何なりとお申しつけください。いつでも食事をしにおいでくださってかまいません、遠慮はご無用に願います」

これを聞いてミナールは気をよくした。「遠慮なんかしませんとも。それはともかく、あんな大それたことをしたのだから、やはり牢に入ってもらわないと」この友の言葉を、フェランはインクだらけの手で封じた。

「それでは明日」フェランはミナールの口をふさぐのに奮闘しながら言った。片や、背の低いほうは身をよじり、ふがふがと口のなかで不満の声をあげていた。

「それと、あとひとつ」ベルチエは、客人たちの取っ組み合いに困惑しながらも、そこは鷹揚に構えて言葉を足した。「ムッシュー・ダランベールと同居しているふたり連れがモンモランシーに来ていると聞いていますが、それはあなた方のことですよね？」

フェランはうなずき、ミナールが手に噛みついてきたので悲鳴をあげた。

「ではおやすみなさい」ベルチエ神父は穏やかに挨拶をして戸口をくぐり、ドアを閉めた。

その後、手の怪我とこぼれたインクをめぐって、さらにはどっちが床を掃除するかで一悶着あった。しかし最後には抱擁を交わし、この先変わらぬ友情を確かめ合うのだった。ひとしきり涙が流され、ふたりは深い眠りについた。


フェランの言うとおり、ふたりの新生活はまだ始まったばかりだったのだ。それからの数か月、オラトワールは浄書の仕事をどんどん回してくれた。これで自活ができるようになると、ベルチエ神父の訪問も間遠になり、ついには週に一度となった。過分な報酬を気前よくくれるところをみると、どうやら神父のお眼鏡に叶ったらしい。ベルチエのところで食事をする喜びを奪われたミナールでさえ、ロジエの『百科全書』から仕入れた調理術で料理を楽しむようになっていた。フェランのほうは『百科全書』の編集と整理を続行した。浄書の依頼主から言われていた納期はとうに過ぎていたが、ロジエに見つかったが最後、ジャクリーヌ・コルネと同じようにあっさり殺されるだろうとの確信があった。フェランは、ミナールが何と言おうと、ロジエこそが殺人犯だと信じて疑わず、パリに戻るなど論外だと思っていたのだ。

もちろん、フェランとミナールがモン＝ルイに出向いてルソーとチェスに興じるという長く続いた習慣のあいだも、これを話題にすることは一度もなかった。公式訪問の際、ベルチエ神父はふたりを美辞麗句で飾り立て、しばらくは曖昧で噛み合わぬ混乱した対話に終始した。そうするあいだもルソーは、フェランとミナールと名乗るこのふたりが聖職者なのかとか、ふたりがダランベールと寝起きを共にしているというのは本当かとか、しきりに探りを入れてきた。そこへワインを運んできたテレーズが、ダランベールに再度手紙を書くようルソーに催促した。というのもテレーズの母親のことで、ベルチエ神父があいだに立ってパリで進めていた示談話が流れたからなのだが、陰で進められていたこの一件についてまったく知らされていなかったルソーが急に怒りだしたため、訪問者たちはほうほうの体《てい》で退散したのだった。これについて後にミナールは、あれはまさに殺人者であればこそ、著名な作家にあるまじき振舞いだったと決めつけた。以来、あの悪党と会うときは必ず剣を携帯すべきだと、ミナールはフェランを説き伏せた。かくしてルソーの罪の動かぬ証拠を何としても手に入れたいミナールの強い要望でルソー詣ではしばらく続き、ついには、剣が目につきにくい丈長の僧服を着用するまでになっていた。

やがて会話のタネも尽き、チェスだけが頻繁に訪ねていく口実になった。三人のうちふたりが対戦すれば、あとのひとりは観戦に回る。とはいえ、フェランとミナールがチェス盤に向かい合った途端にジャン＝ジャックは部屋を離れることが多かったから、そういう時は《マグリ》に出入りしていた頃のように、ミナールとフェランの勝敗はきっちり五分と五分、それもミナールが勝つのは決まってフェランがわざと馬鹿げたコマ運びをしてのこと、これも永遠の友情のためというわけだ。

彼らの日常は平穏のうちに過ぎ、冬が来て天候が悪くなってもそれは変わらず、ベルチエ神父などは、モンモランシー滞在は夏場だけだと六月からずっと言っていたのにと当てこすった。パリに戻るご予定は？　フェランはノンと答えたが、この時期ふたりはルソーに接近することもなく、『百科全書』の浄書に打ちこみ、日々その枚数を増やしていき、今ではどちらも諸学のエキスパートになっていた。互いに異なる箇所の浄書を担当しているので、知識が重なることはない。そのため競争心から友情にひびが入るということもなく、お喋りの話題もマンネリにならずに済んだ。

例えばある日、夕食を囲んでフェランがこう言った。「以前、火は生命体だという仮説の話をしたの、憶えているかい？」

それは出会ってすぐの頃にフェランが話してくれたことだったから、ミナールも忘れようがなかった。

「どこで読んだのかは憶えてないんだが」フェランは話を続けた。「『百科全書』に、その説に触れている箇所がなかったかなと思ってね」

するとミナールは、生命体は情報の複製で成り立っているとするロジエの人工生命理論を披露した。

「ということはだ」フェランが言う。「ロジエの『百科全書』それ自体が生命体であり、きみとぼくはこの本を生み出す器管てことになるんだね」

ふたりはこの卓抜な解釈に満足そうにうなずき合い、陽気に祝杯をあげた。ふたりがこの世に生を受け出会ったのは、力を合わせて一冊の書物に生命を与えんがため、この本がふたりを生き長らえさせてくれるというわけだ。この『百科全書』はふたりの子供だった。

クリスマスの頃になると、ミナールは自らを論理学三形式と幾何学四種の大家だと考えるようになった。時計製作や大工仕事にもかなり精通し、紙の製造方法もいろいろ試し、人体に具わるふたつの玉に生える縮れ毛の、抜け毛を少しずつためておき、紙作りに必要なボロ布の量をふやすのにこれを利用するという方法も発見していた。夜な夜なふたりは就寝前に裸になると、ミナールがしかるべき繊維を集めるといった具合に、これをせずには一日が終わらぬほど、ふたりにとって大切な儀式となった。

とはいえ、すっかり苦労も不安もなくなったわけではなかった。今でもミナールはかわいそうなジャクリーヌを思い出しては泣きじゃくり、世界一有名な作家を裁きの場に引きずり出してやると息巻くこともままあった。ルソーの家でフェランとミナールがチェスの対戦をする際に、それを観戦するという心配りがルソーになかったからだ。これに対しフェランは、そんなことは口が裂けても言ってはならぬと釘を刺した。ルソーだけでなく、自分たちふたりのこともベルチエは嗅ぎ回っているし、ジャン＝ベルナール・ロジエもまた、消えた自作の『百科全書』を執念深く探し回っているはずだと。そんなふうに注意を促してからフェランは、臍《へそ》のあたりに見つけた縮れ毛を差し出しては、友の機嫌をとるのだった。

春が来る頃には、フェランは水文学《すいもんがく》と鉱物学と地学に関する知識を身につけ、ミナールもうらやむほどになっていた。ベルチエ神父は、モンモランシーでの彼らの任務が終わりに近づいているのかどうかを知りたがり、渡り鳥がまた飛来するようにルソー訪問を再開するほうが、偽の素姓と矛盾しなかろうと入れ知恵してきた。「あとひとつ、あるんです」ベルチエ神父は付け加えた。コテージの所有者が土地を利用するため、この家を壊したがっているというのだ。フェランとミナールは残念そうに互いを見やった。すっかり馴染んだこの住まいが、わずか一年たらずとはいえ静かな田園生活を満喫させてくれたこの家が、じきに消えてしまうとは。

「どうしたらいいでしょう?」ミナールは泣きついた。

「心配には及びません」たとえ仕事がやたらのろくて成果がほとんど上がっていないとはいえ、ベルチエ神父がスパイ仲間のふたりを軽んずることはなかった。「別の地所をお世話できます、ここと同じくらい住み心地は満点です。所在地を聞いたらきっと大喜びなさいますよ。なんと、ルソーの家のすぐ隣なんです!」

ベルチエ神父は午後になったら三人でジャン=ジャックを訪ねようと言いだした。リュクサンブール公はまだパリから到着していないので、ルソーが公の城でなく自宅の仕事場で執筆している公算は高いというわけだ。たしかに神父の言うとおりだった。三人がモン=ルイの庭に入っていくと(ミナールの提案で、昼食時を狙った)、テレーズは盥《たらい》で洗濯している真っ最中だった。彼女は水のしたたる洗い物を手に立ち上がると、額に手をかざし、入ってきた客が誰だかわかると、「おやまあ、〈おしゃべりおばさんたち〉がまた来たよ!」と全員に聞こえるほどあからさまな声をあげ、それからぐっと言葉を呑みこむと、「先生はいつものとこですよ」と言った。

フェランとミナールはベルチエ神父について小さなコテージの横を回り、狭い小道を抜け、四阿の石段までやって来た。なかではルソーがテーブルに向かい、書きものをしていた。ガラスのはまったドアは開いていた。ルソーは物音を聞きつけ、顔を上げた。その途端、インスピレーションに捉えられた作家の顔が（そう見えただけかもしれぬが）、痛みがぶり返した持病持ちのそれへと変化した。

「ジャン＝ジャック！　お久しぶりです」ベルチエは友を抱きすくめようと石段をのぼっていった。ルソーは立ち上がって抱擁を受けながら、ベルチエの肩越しにあとに続くふたりを見やった。

「きっとびっくりなさいますよ」ミナールは大仰に言ってみせた。「ご無沙汰していたこの数か月のあいだに、ぼくはチェスの腕をめきめきと上げましたからね」

「ムッシュー・ダランベールはお元気かな？」ルソーが尋ねた。

「ダランベール？　会ったこともありませんよ」ミナールはうっかり口を滑らした。

「彼もしょっちゅう留守にするし、こちらも同様ですから」フェランが取り繕う。

今や四人全員がルソーの狭い書斎に立ちつくしていた。この家にはこれまで何度も足を運んだが、フェランとミナールがそろってここに入るのは初めてだった。

「で、最近はどんなものを書いていらっしゃるんですか？」ミナールはテーブルの上の、まだインクも乾かぬページをいじりながら、おずおずと訊いた。「小説の新作ですか？　タイトルはまだ決まっていない？」

ベルチエはおほんと咳払いをひとつしてみせると、ルソーに向かって、「おふたりはモンモランシーの別の住まいに引っ越すことになりましてね。どこに住むか、それを聞いたらさぞや仰天なさるでしょうな」そう言うと、ルソーを戸口のところまで呼び寄せ、塀の向こうに立つ黄色い家を指さした。

「そこに？」ルソーは言った。「まさか、そこに越してくる?!」

「喜んでくださると思いましたよ」ミナールがルソーの肩を思い切り強く叩いたものだから、作家の鬘《かつら》が危うく脱げそうになった。「お隣同士になったら、チェスを毎日でもできますしね。名勝負を期待していてくださいよ、ジャン＝ジャック。『百科全書』のお蔭で、ぐんと上達しましたからね」

フェランは友を脇へ引き戻した。それから四人は黙りこんだまま黄色い家に見入った。この時それぞれの脳裏に何が去来していたのか、そこはご想像にお任せしよう。ルソーの場合は、哀れを誘うような溜息からそれは察せられるだろう。

塀の向こうとこちらは、それぞれが細長い形の庭になっていた。この塀が直角に折れるあたりに、高床式のルソーの四阿がある。つまりフェランとミナールの住まいの窓越しに、ルソーの仕事部屋がすっかり見通せるということだ。

「午後になったら、こちらの隠れ家にちょいとお邪魔して、一、二勝負やれそうですね」ミナールが言うと、フェランはその言葉に脅迫めいたものを嗅ぎとった。ここ数週間ふたりのあいだにその話は出ていなかったが、友がいまだにルソー犯人説にこだわり、その罪を償わせる機会を窺っているのは知っていたし、もしもミナールが何か馬鹿をしでかせば、ふたりとも身の破滅だと思っていた。

「そろそろ新居に行ってみませんか?」ベルチエ神父はふたりを促すと、石段をおりはじめた。

「わざわざ遠回りしなくても済みますよ、ほら」ミナールはそう言って、境界の塀に足を掛けた。塀は人の背丈以上あったが、ルソーの四阿が高床式のため、乗り越えるのも簡単なら、塀に使われているでこぼこした石を足がかりにすれば、向こう側へおりるのもわけなかった。

「さあ、やってごらんよ!」ミナールは塀の向こうから声を張りあげた。

「ぼくはごく一般的なルートにするよ」フェランはそう言ってベルチエ神父に続いて石段をおりると、「それではご免ください」と、ルソーに挨拶した。

「近いうちにいずれまた!」ミナールも新居の庭を歩きながら声をかけた。ルソーは四阿のなかに戻ると、ドアをしっかりと閉ざしてしまった。

フェランとベルチエが到着してみれば、ミナールはすでに屋内に入りこみ、前の住まいよりかなり広く、申し分のないことを確かめていた。

「何とお礼申し上げてよいやら」フェランは神父に皮肉まじりに話しかけながら、メインルームに足を踏み入れた。そこではミナールが窓辺に立ち、無言で外に視線を注いでいた。ルソーの仕事部屋が丸見えだった。

ベルチエはミナールの肩に手を置き、話しかけた。「申し分ないでしょう? きっと喜んでくださると思いましたよ。これで思う存分、じっくりと監視できますね」

「今に見ていろ」ミナールが呟くと、フェランはすかさず話に割って入った。

「おいミナール、気分が悪そうじゃないか。もう横になったほうがいい」

ルソーとの距離がさらに縮まった今、すでに四千九十六通りのやり方で（裁断してもかまわぬ紙と床面積には限りがあった）証明を済ませた仮説が、ミナールのなかでさらなる確信へと強まったかのようだった。

ベルチエ神父は声を落とし、「くどいようですが、こうして便宜を図ってさしあげるのも見返りを期待してのことじゃありませんからね、ただ、お仕事にわたくしが手を貸したという点はどうかご内聞《ないぶん》に。これでルソーの部屋への出入りが容易になりましたね。大勢の人が彼の書いているものに興味津々ですから、金を払ってでも知りたいはず。もしも当局の報酬が十分でないようなら、わたくしが高値で買い取らせていただきますですよ」

ベルチエ神父は、ふたりの身の回り品はあとで運ばせるからと言い残し、帰っていった。見送りに立ったフェランがドアを閉めてふり返ると、ミナールは相変わらず、とんでもない妄想を膨らませていた。

「ミナール、そこに突っ立っているのはまずいよ。ルソーのことも、ジャクリーヌのことも、一切合財忘れるんだ。でないと、ぼくらの人生が台無しになるぞ」

しかしこの日の午後はずっと、ミナールはむすっと沈みこんでいた。

その後数日はいくらかましになった。ミナールの猜疑心も薄らぎ、関心は難解な組み合わせ問題に移ったようなので、フェランもほっとした。友は、ロジエの論理に従って、百四万八千五百七十六枚の紙片を網の目状に糸でつなぎ合わせ、これを演算機《コンピューティング・エンジン》関に見立ててこの難問を解いてみせると言いだした。まあいいさ、誰しも趣味は必要だ、とフェランは自分を納得させた。

生活費を稼ぐ仕事はほとんどフェランがこなしていた。オラトワールから頼まれる浄書は、そっくり全部彼が担当し、ミナールのほうは二階で自作の論理装置にかまけるばかり。毎夜遅くまでフェランは辛抱強く原稿を書き写し、ミナールが床を這い回るたびにがたがた音を立てる天井に向かって悪態をつくこともままあった。こんなふうに夢中になれる新たな対象がミナールにできたことで、ふたりの関係がおかしくなるのではと不安に駆られもした。たまにミナールはむすっとして取りつく島もなくなるが、それがますますひどくなってきたのも彼の新たな熱狂のせいだろうか。「記憶力を高める方法が何かあるといいんだがな！」とミナールは、膝や床の上でもつれ合う膨大な量の紙片を前にして、途方にくれた。それもこれも目的はただひとつ、ジャクリーヌを殺した犯人を確定するためだった。

それでもフェランは、自分の肩にますます重くのしかかるようになった仕事のことで異を唱えることはしなかった。ミナールを支え、この難局を乗り越えさせるのは自分の務め、それもきっとやり遂げられるはず、そう思っていた。以前はミナールも食糧の買出しを進んでやってくれたし、洗濯や料理だって少しは手伝ってくれた。それが今では食事の最後のほうになると会話も途切れがちになり、ミナールは食べ終わるや席を離れ、さっさと演算作業に戻ってしまうのだった。

すでにルソー有罪説を立証する論証法がおびただしい数に達していたので、ミナールはこのテーマに絞った本を執筆したいと思うようになっていた。他の追随を許さぬような知の樹形図を頭に思い描き、それについてあれこれ考えを巡らせながら、目下は公爵とアンギャン城に滞在中のため、主《あるじ》のいない四阿を窓からじっと見つめていた。そこでフェランは声をかけた。

「ミナール、話があるんだ」

ミナールがふり返った。「話?」

「ぼくらのことだよ」

「ぼくらの何だよ?」

フェランは傷ついたような顔をした。「『ぼくらの何だよ?』だなんて、それしか言えないのか?」

ミナールは頭がこんがらかった。「『ぼくらの何だよ?』だなんて、それしか言えないのか?』って、何だよ?」

こんな具合に話は進み、ついにフェランは、食事作りの荷が重すぎること、洗濯の大半を自分がやっていること、浄書の仕事をほとんど全部自分が片付けていることなど、不満を並べたてた。そして、「朝方まで寝床に入れないことだってあるんだぞ!」と駄目押しした。

ミナールは、家政婦を雇えばいいと言った。

「だったら、きみが浄書をやってその分を稼いでくれるのか?」

「ベルチエ神父に頼んでみたらどうかな。ただでひとり回してくれるよ」

「おおそうかい、だったらひとっ走り、ご親切なベルチエ神父のところに行ってきてもらおうじゃないか」

「そのご親切なベルチエ神父ってのは、何なんだよ?」

こうして言い争いは延々と続いた。攻撃と和解の言葉、揚げ足取りと自己弁護が繰り返された挙句、ついにフェランが涙にくれて二階に駆け上がり、ミナールが散歩に出てくると言い放ったところで、口論に終止符が打たれた。

ドアをばたんと閉めた途端ミナールは、さてどこへ行くつもりなのか自分でもわからず、散歩などちっともしたくないことに気がついた。それよりも自作のコンピューティング・エンジンをいじっていたかった。だがそこは今フェランが占拠しているのだ。その泣き声がミナールのいる小道まで聞こえてきた。

庭の横を走るこの小道は、ルソーの四阿の裏手へと延びていた。ここに立っていると、まだフェランのすすり泣きが聞こえるような気がしたし、フェランが泣いている部屋に置きっぱなしの、糸でつないだ紙片同士がもつれ合うさまが思い出され、これが怒りにまかせてめちゃくちゃにされていなければいいがと気になった。そこまで考えたところで、こうなったらひと稼ぎしてやるかと腹をくくった。小道には誰もいなかった。ミナールは塀をよじ登り、四阿の戸口のほうに回った。ドアの鍵はかかっていなかった。なかに入り、原稿の山の真ん中あたりから一束、抜き取った。これくらいならと、心はさして痛まなかった。それから外に出ると、塀を乗り越え、オラトワールに向かって歩きだした。

ベルチエ神父は手放しで喜んだ(神父と話しているあいだもミナールは心のなかで「ご親切

い、なベルチエ神父」を繰り返し、嫉妬心をむき出しにしたフェランの声を思い出していた)。「ようやく味方と認めてくださったとは、この上ない喜びです」神父の私室にゆったりと腰を落ち着けたところで、神父がワインを注ぎながら言った。ベルチエはミナールが持ってきた原稿に目を通した。「どうやらこの『エミール』も完成間近のようですな。高等法院はこれをどう受け止めるのでしょうね?」ここで言葉を切り、ミナールの目をじっと見つめてきた。「しかし本当におふたりは高等法院とは無関係なのですか?」再び間を置く。「ねえ頼みますよ、あなた方を雇っているのはどこの組織なんです?」

ミナールは頭のなかでフェランとの口論を再現するのに忙しかったから、話をほとんど聞いていなかった。

「金はダランベールからもらっていらっしゃる?」

返事はなし。

「あるいはグリム? デピネ夫人?」

ミナールの頭のなかでは相変わらず口論の場面が続いていた。なぜきみばっかり窓に近いほうで寝るんだよ、窓の開け閉めだっていつもきみの都合だけで決めて、ぼくの都合は無視されるばっかりじゃないか。そんな不満をフェランがもらす。これに対してミナールが、それが嫌なら別々の部屋で眠ればいいだろと言うと、フェランが、よし、そうしようじゃないかと言いだしたものだから、ミナールが折れて相手の機嫌をとる羽目になったのだった。「あそこで折れなきゃよかったんだ」ミナールは心のなかで呟いた。

「ひょっとして、ディドロですか？」ベルチエはなおも追及の手を緩めない。「いいでしょう。いくらだんまりを決めこもうとお顔が語っていますよ、ムッシュー・ミナール、すっかり白状なさい」

ここでまたミナールが口走る。「あいつは自分で思っているほど、浄書をどっさりこなしてるわけじゃないんだ」

「たしかに」ベルチエは相槌を打った。「こっちがせっせと音楽の原稿を送り届けても、その大半はあの小部屋にただ積まれていくばかり、それでも浄書したしないに関わらず、こっちは支払いだけしている始末です。要はルソーの、自尊心を傷つけないことが何より肝心。本人はこれで立派に自活しているつもりになれるわけだし、友人の援助を受けていると思わずに済む。だがこっちは彼が偽善者なのはお見通しですからね」

「そうだ、偽善者ですよ」ミナールはその言葉に飛びついた。「でも、寝室の窓が開いているか閉まっているかなんて、どうしてそんなことにこだわるのか、わからないな。やはり精神的に追い詰められているんでしょうかね」

ベルチエは居ずまいを正した。「やはりそうでしたか？　実を言えば、わたくしもそうじゃないかと思っていたのです」

そこでミナールは自分なりの読みを披露した。「たぶん『百科全書』が原因でしょう。彼はあなたから頼まれた仕事にかなりの時間を割いているようなことを言っているが、実はそれ以上に『百科全書』にかまけているんですよ。彼がこれまでに書き写した原稿に何が書かれているのか知らないが、最近の情緒不安定はそれと関係があるに違いありません」

ベルチエはすっかり話を真に受けた。やはり、ジャン＝ジャックの作品の真の秘密とはそういうことだったのか！　ルソーは、虫の好かないディドロやダランベールへの挑戦状のつもりで、自前の『百科全書』を書いているのだ。「ぜひともその原稿を見てみたいものですな」ベルチエは言った。「もちろんそれに見合うだけのものをお支払いいたしますよ」ベルチエは、ミナールが持ちこんだ最初の貢物《みつぎもの》への謝礼をまだ渡していなかった。そこで書き物机のところに行くと、鍵のかかった引出しから巾着を取り出した。「百リーヴルあります」と告げて、ミナールのすぐ横の小机に袋を置いた。「これは今後お持ちくださる『百科全書』の初回分の前渡金とお考えください」ミナールは巾着をポケットにしまうと、これまで自分が書き写した分だけでも家一軒買えそうだと胸算用した。『百科全書』で大金持ちになれる、そんな夢物語についい引きこまれ、一瞬フェランのことはどうでもよくなった。

ベルチエのもとを辞したミナールは、家に戻るとフェランを優しく抱き寄せたが、持ち帰った礼金のことは黙っていた。代わりに話をでっち上げた。地元の毛織物商のところで使い走りの仕事を引き受けたので決まった額を稼げるようになった。だから浄書の手伝いをいっさいしなくとも家計費を折半するのは可能だと告げたのだ。これでじっくり手間ひまかけてコンピューティング・エンジンを完成させられるし、フェランに文句を言われることもなくなった。

「どうしてそこまでするのか、わからんね」これは、『百科全書』の新しい項目の筆写に取りかかろうとしているフェランに向かって、ミナールが口にした感想だった。「そのうち、くだらない考えで脳みそが埋まっちまうぞ」

こんなふうにふたりの仲がぎくしゃくしだしてから、彼らの隣家への訪問はかえって頻繁になった。とはいえ、今では別行動だった。ミナールが好んでモン＝ルイで過ごすのはテレーズがいるときに限られた。おつむは弱いが、彼女は少なくとも殺人犯ではなかったし、ミナールのチェス熱も今はどこへやら、頭のなかはロジエのコンピューター理論のことばかり、綾取り糸のごとく錯綜する糸につないだ紙片を使っての論理的推理に没頭するうちに、チェスはどうでもよくなっていた。片やフェランは、ルソーの在宅中に出かけていき、何時間もチェスにつき合わせ、執筆の邪魔をした。そうしながら、むっつりと不機嫌な同居人と顔を突き合わせる心の準備をするのだった。

ミナールがルソーのいない仕事部屋に忍びこむのは、そうしたゲームの最中だった。世界じゅうの紙片と糸を総動員して、それをそっくり全部並べられるだけの広さを持つ床に敷きつめ、あらん限りの論証を駆使すれば、必ずやしかるべき仮説の正当性を証明できるはず、その思いに今もまだ取り憑かれていた。彼のコートのポケットには機械の断片が詰まっていた。「もしも」とか「ならば」とか「結果として」とか「まずまず有罪」とか「何らかの願望」とか「秘密の生活」といった語句が書かれた紙である。こうした予備の部品の扱いがとことんぞんざいなものだから、何か別のものを取り出そうとポケットをがさごそやろうものなら、紙片が不吉な雪のごとくあたりに舞い散ることもしばしばで、一度など、ルソーの四阿をあちこち引っ掻き回している最中に、その一枚がルソーの原稿のあいだに紛れこみ、後日、ルソーが見つけてみれば、そこには「人殺し！」と書かれていた、なんてこともあった。

ミナールはベルチエ神父のもとにせっせと『百科全書』の原稿を持ちこみ、懐《ふところ》はどんどん潤っていった。やがてパリにいるルソーの友人知人のあいだにさまざまな噂が広まった。ルソーが準備中の大傑作のこと、孤独と瞑想と簡素な暮らしが彼の精神を極限まで追いつめてしまったらしいこと等々。今やルソーに興味津々なのはミナールやベルチエばかりでなかった。ある夜、ミナールが四阿に忍びこもうと塀をよじ登ってみれば、四阿のドアが開いていて、なかで見知らぬ男がルソーの原稿を漁っていた。

「きさま、何者だ」ミナールは問い詰めた。

不審者はぎょっとして飛びのくと、部屋のなかから塀の上の闖入者《ちんにゅうしゃ》を睨《ね》めつけこう言った。

「そっちこそ何者だ。どうやらそっちも、こっち同様、ここにいるべき人間じゃなさそうだな」

「名を名乗れ」ミナールは言った。

「ミナールだ」不審者が言った。

なんという偶然の一致、ミナールは思った。案外、月並みな名前なのか。

「もっともこっちは本名じゃないがな」ミナールは言った。

「こっちも偽名だ」ともうひとりのミナールが言い返す。

「おまえがダランベールの同居人なのか？」

「そうだ。そっちはどうなんだ？」

「もちろんだ。だがこっちの目当ては『百科全書』だがな」

「もちろん、こっちも同様だ」

話がすっかりややこしくなり、会話を続ける意味がほとんどないように思え、そこでミナール（つまり、とりあえず自分が本物だと思っているほう）は、自宅に引き揚げた。この奇妙な状況が再び繰り返されることはなかった。実際ミナールは、あれはただの夢だったに違いない、幾晩も夜なべしてコンピューティング・エンジンにかまけていたせいなのだと思いはじめたほどだった。しかしそれでますます気分が落ちこみ、それに伴いフェランとの仲もますます悪化していった。

そしてある朝、ついに破局が訪れる。

「ぼくは出ていくよ」フェランの声でミナールが寝ぼけ眼《まなこ》を開けると、フェランはすでに身支度を整えていた。

「『出ていく』ってどういうことだよ？」

しかし、いつもの口論の出る幕はなかった。

「ぼくの心はもう決まったんだ、ミナール。一緒にいて楽しいこともたくさんあった、それだけを思い出にできたらいいんだが。だが時間が経つにつれ、今のようなぎくしゃくした関係では、いい思い出まで台無しになりそうで怖くなったんだ」

いったいどうなってるんだ。フェランがなんでこんな奇妙な言い回しをするのか、ミナールにはさっぱりだった。『百科全書』の読みすぎか、あるいは、最近フェランがよく読むようになったルソーや彼の亜流どもが書く小説に影響されて、安っぽい感傷を振り回しているのか。

それもこれも隣家の殺人鬼のつくったブームのせいだ。

「もう少し寝かせてくれよ」ミナールはそう言うと、言行一致、すぐさま眠りに落ちた。

しばらくして、別の物音にミナールは叩き起こされた。己の信念の正しさをことごとく証明していく紙片と糸の夢を見ていた。馬、馬車、何やら騒動が起きているらしい。窓の外を覗くと、小道に立ったテレーズが御者に向かって喚いていた。「うちの人ならもういないよ！」

「だが、こっちには逮捕状があるんだ」

「逮捕状なんか何枚見せられたって、いないものはいないんだ」

フェランを逮捕しに来たんだ！　ならばミナールの逮捕状もあるのでは？　ベッドから飛び出すと、片足でぴょんぴょん跳ねながら靴下を履き、夜着の上から服をまとい、帽子のことはすっかり忘れたまま、大慌てでそこらじゅうの物を掻き集めた。コンピューティング・エンジンはあっという間に再生不能な形に丸められ、千切れた紙や糸のとれた紙が床に散乱した。それと金！　これが何よりいちばん大事！　今にドアが叩かれ、フェランの居どころを訊かれるだろう。自分はジャクリーヌ殺しの罪で起訴されるんだろうか？　それともロジエの『百科全書』を正当な持主に戻さなかった罪か？　あるいは、自分でもそれと気づいていない何か別の罪を犯しているんだろうか？

もはや脱出のチャンスはなかった。外には馬車が二十台、馬も百頭はいそうだった。おそらく指令を受けた軍隊が、この家をぐるりと取り囲んでいるはず。ほら、やっぱり！　見れば窓の向こうに、立派ななりをした人物がルソーの四阿の石段の上に立ち、ガラス戸越しになかを覗いている。きっと連中は庭を通ってこっちの家を襲撃してくるに違いない！
ミナールは敢然と布団にもぐりこみ、それから二時間後、もう安全だとわかってようやくべ
ッドから這い出した。
結局、連中がやって来ることはなかった。ということはテレーズが、ミナールもフェランも
もういないと告げて、逮捕されないよう手を打ってくれたと考えるしかなかった。彼女はおつ
むは弱いが、今朝はすんでのところで命を救ってくれた、そうミナールは納得した。
出発の準備は整った。必要なものはすべてひとつにまとめた。いくばくかの衣類、『百科全
書』の自分が担当した原稿の一部（残りはフェランが持ち去った）、それと自分で稼いだ金。
しかしどこへ行けばいいのか？　とりあえず暇乞いにテレーズを訪ねることにした。行ってみ
ると彼女はキッチンテーブルのところで泣いていた。
「ゆうべは恐ろしかったのなんの！」彼女は声を絞り出した。
きっとフェランとミナールが最後に言い争う声を聞いたに違いない。二軒の家がくっついて
いて、ごく普通の話し声でも筒抜けなのは以前から気づいていたので、ゆうべもフェランに、
もっと声を落とせと注意したのだが、「そんなにぼくが目障りなのか？」と言い返される始末
だった。
「たしかに、さんざんでしたよ」そうテレーズに相槌を打ちながら、フェランにいびきのこと
をちょっと指摘しただけでフライパンが飛んできて、こちらの頭を直撃しそうになった日のこ
とを思い出していた。「でも、もう行ってしまいました」

テレーズはまたも嗚咽《おえつ》をもらして、テーブルに突っ伏すと、腕に顔をうずめた。「いちおう警告は受けていたものね」そうひとりごちる彼女の声が、ミナールの耳に届いた。

「そうですとも」ミナールは言った。「このままじゃまずいことになるって、さんざん言ってやったんですから」

テレーズががばと身を起こした。「あんたが？　じゃあ知ってたの？」

ミナールはさも残念そうにかぶりを振った。「我々は皆、知っていました。先日もベルチエ神父に……」ふと見れば彼女が敵意のこもった眼差しをこちらに向けている。

「裏切り者はあんただったんだね」彼女は落ち着き払って言った。「何もかもあんたの仕業だったんだ」

それはあんまりではないか、とミナールは思った。どちらにも言い分があるってことを忘れないでほしいね。それを言うなら、夜の窓の開け閉めをフェランの好きなようにさせてもよかったのかもしれない。だがテレーズは殺人鬼と結婚してしまうほど、とことんおつむが弱いのだし、そんな人間に何を言っても無駄だろう。

「あんたのせいで、せっかく気に入って住みついたこの国を追われる羽目になっちゃうなんて」

彼女はすすり上げた。

「国を出たんですか？」ちょっとやりすぎではないのか。

「スイスに戻りさえすれば、あんたたちに悪さをされることもないだろうよ」

「スイスに行ったことがあるなんて、知らなかったな」ミナールは言った。なぜか旅は、ふたりの話題にのぼったことが一度もなかったのだ。「行き先の住所はご存じなんですか?」すでにミナールは、元友人に手紙を書く気になっていた。

テレーズは言った。「もちろん知ってるよ。じきにあっちで合流するんだもの」

ここでミナールの頭が混乱した。「合流?」

しかしフェランとミナールのあいだでは当たり前になっていたこの手のやり取りに、テレーズがついてこられるはずもない。「もう帰っておくれ」彼女は言った。「こっちはやることがあるんだから」

ニンジンのスープにはありつけそうもないとわかると、ミナールは自宅に戻ることにした。やがて通りから聞こえてきた大声で、コンピューティング・エンジンの助けを借りずとも、この日早朝に起こったことが判明した。

「ジャン=ジャックが逃げ出したんだってよ」誰かがそう叫んでいた。「スイスに行ったんだと」やがて小さな人垣が、モン=ルイの木戸の前にできた。

今ようやくミナールはすべてを理解した。もう一度手荷物を点検し、現金を人目につかないよう荷の隙間に押しこむと、置いていくつもりの品々をざっと見て回った。フェランとのかけがえのない思い出が詰まった品々である。裏切られた! 彼は今はっきりと思い知らされた。

フェランとジャン=ジャックが長時間にわたるチェスを何度も繰り返すあいだに何があったのか? ふたりの話題は、ひょっとしてぼくのことだったのではないか? あいつは家事を平等に受け持つのを嫌がるとか、うるさく言わないと下着を替えようとしないとか、紙と糸をつなぐことにうつつを抜かしているとか、そんな繰り言で盛り上がっていたのではないか？　ああ、それを肴《さかな》にふたりして馬鹿笑いしながら、ポーンを取り合っていたのだ。こっちが二階で知の探求に精を出しているあいだ、あいつはひとり取り残され、益体《やくたい》もない原稿を書き写すだけ、そんな孤独な身の上を嘆いてみせたりもしたのだろう。ぼくがルソーについてどう思っているかも、フェランはばらしてしまったのではないか？　その場面を思い描き、背筋が凍った。チェス盤を仔細に眺め回すルソーとフェラン。フェランが言う。「あいつ、あなたのことを殺人鬼だと思いこんでるんですよ！　まったく何を考えているんだか」

するとジャン＝ジャックが手を伸ばし、フェランの手の甲に触れる。それからぞっとするような笑みを浮かべこう言うのだ。「まったく呆れた話だね！　世界一有名な作家が、どうして殺人など犯すんだね？」

ますます大きくなるふたりの笑い声が、ミナールを嘲笑うその声が部屋を満たし、モンモランシー全域を駆け巡り、フランス全土を覆い尽くし、さらにはいつ果てるともしれぬ嘲笑が、今頃になってようやく裏切りに気づいたミナールをせせら笑う声が、世界じゅうにこだまする。そんな光景がありありとミナールの目の裏に浮かんだ。なぜか立ち去りがたく、玄関先にたたずみ、知らぬ間に窓辺の花瓶から引き抜いていたのだろう、手にしたドライフラワーの小花をひねり潰していた。

あのふたり、どんなふうにモンモランシーでの最後の一日を過ごしたのか？　ルソーがフェランを再度チェスに誘い、この計画を打ち明けたのか。すぐにもスイスに旅立つこと、フェランに危険が及んでいるという情報を摑んだこと、自分に逮捕状が出ていることなどを伝えたのか。

「ミナールはどうします?」フェランは訊いたはずだ。きっとそうだ、ミナールには確信があった。

「ひとりしか連れていけないんだ」そう答えが返ってきたのだろう。「きみを連れていこう、テレーズはあとから来る」

これが真相に違いない、そうミナールは確信した。家を出ると、パリ行きの馬車を手配した。パリからそのままスイスへ向かうつもりだった。殺人鬼ルソーは嘘で友を丸めこみ、信用させ、あとはどうにでも好きに始末ができる異国へと連れ去ったのだ。だがミナールは、ふたりがどこにいようとも、きっと見つけ出す覚悟だった。どれだけ時間がかかろうとも、いつの日か友との再会を果たし、いつまでもふたり仲良く暮らしたい、その一念だった。

こうしてミナールの長くて辛い探索の旅が始まった。

第十二章

エレンの出張まであと数日に迫っていた。ルイーザとの逢瀬は再開していたが、何か悩みでもあるのか彼女はどこか不安げで、心ここにあらずといったふうだった。たぶん彼女は雑談がしたかったのだろうが、わたしに話せることといったら文学のことしかなく、毎週顔を合わせても、彼女のほうが今読んでいる作家の名前を挙げるとか、あるいは無理に質問をひねり出すだけで、何ら進展のないまま時間だけが虚しく過ぎた。眠りにつく前、ベッドに横たわっていると、ためらいがちに開閉する彼女の唇が脳裏に甦ったものだった。相変わらずジル・ブランドンは、さして深い意味もない好奇心だというふりを続けていたが、そこには異様な関心が透けて見えた。「まだ続いているの、おたくのサークル?」と何かにつけて問いかけ、その都度、最後の一語に力をこめてくる。まるで酷使しすぎるあまり、その言葉が研究室の閉ざされた扉の向こうでルイーザとわたしがやっているであろうことを表現するには、もはや不十分だと言いたげに。

エレンが不在になる一週間をどうするか、計画を立てる必要があった。その後も一度、ルイーザが別の論文を見つけたと言って、サークル活動の日に持ってきてくれた。それはニコラス・クレリという、聞いたこともない文学理論家に関するものだった。そこでわたしは、以前交わした約束を改めて持ち出した。機が熟すのを待ちわびる抱卵中の雌鳥の慎重さで、この約束を育《はぐく》んでいたのだ。つまり、うちに来て、きみが情報を引き出したワールド・ワイド・ウェブなる神秘を探検する方法を伝授してくれないか、そう誘ってみたのだ。彼女は誘いをあっさり受け容れた。と、そこへ研究室のドアにノックがあり、ルイーザとわたしは、まるで悪さでもしていたかのように、ぎょっとなって身をすくめた。わたしが「どうぞ」と言うが早いかドアが開き、ジル・ブランドンが顔だけを覗かせた。借りていた本を返しにちょっと寄ったという。

「あら、ルイーザ」彼女は無邪気を装い、声をかけた。「あのレポート、期限どおりに提出してね」ルイーザはこくりとうなずいた。それからジルはわたしに本を差し出した。そうするあいだもジルの目は、部屋の点検に余念がなかったのではないか。わたしは言いようのない戸惑いに突如襲われ、目を伏せていたから、あくまでも想像にすぎないのだが。

後日ジルはさりげなく、だがレーザー誘導ミサイルの正確さで、「ローソン嬢の様子」が「最近ちょっとおかしい」と口にした。ルイーザの変化にわたしが気づかなかったのは、頻繁に会いすぎるせいだとでも言いたいのだろうか？　レポートの提出が遅れたとか、その内容がいい加減だったとか、講義をさぼりがちだとか、その原因をわたしが知っているとでもいうのか？「なのにあなたのサークルには相変わらずちゃんと出てるのよね」彼女は皮肉たっぷりに言った。わたしは、ビデオカメラのレンズの向こうから世界じゅうの人々に冷ややかな視線で見つめられている、湿った仕掛け花火にでもなった気分だった。これではまだ足りないとばかり、彼女はさらにこう付け加えた。「あなたから話してもらうのがいいのかもね」我々が何をしていると思ったのか？

我々は透明人間になった自分に憧れる。自分の欲求や願望は預金通帳のようなもの、他人に探られるのはご免である。だから、会釈したり微笑を浮かべながらすれ違う人々の顔に、こちらが向こうを観察する以上の執拗さでこちらを窺っている気配を読み取ろうものなら、愕然とする。こちらの一挙手一投足や習慣に注がれる他者の眼差しは、見られている当人たちのそれ以上になれなれしくて手厳しい。彼らは他人の生活をさりげなく偵察し、あれこれ臆測を巡らせる。そうされているあいだ、こちらはコーヒーを飲みながら朝刊を読み、壁の時計にちらと目をやっているのだ。ちょうどエレンが、内容は異なるが、不利な証拠からわたしの体の異変に気づいたように、ジル・ブランドンの目は明白な何かを感知したということか？

だが計画はすでに動きだしていたし、変更は不可能だった。その後の十日間、エレンの仕事の進み具合や、出張先のプラスチック製造会社の資産状況や、出張の詳細な日程を尋ねるなどしていつになく目配りし、とりわけ何時ごろ電話をかけてきそうか、何時に帰宅するかなどを確認した。そんなわたしの態度にエレンが、おかしな人ねと言ってきても、そこはいつものように、何かとるにたらぬ用事を思い出すふりをして、話をはぐらかせば済むことだった。

かくしてエレンは出かけていき、最初の二日間はビーンズ・オン・トースト（食パンに白インゲンのトマトソース煮をのせて焼いたもの）と持ち帰り惣菜《そうざい》でやり過ごし、ついにルイーザが訪ねてくる夜が来た。

玄関のベルの音を聞きつけると、沈着冷静を装いドアを開け、ルイーザの肩越しに素早く目を走らせ、通りの向こうで見張っている者はいないか確認し、何ら感情を交えぬよそよそしい態度で招じ入れた。もしこれを見ている人がいたら、ガスの検針に来た人にとる態度と同じに見えただろう。彼女はクリーム色のブラウスを着ていた。薄手の軽やかな生地だった。居間に通し、わたしはコーヒーを淹れに席を立った。わたしは、今朝選んで着るのに一分もかからなかったであろう彼女の服しか目に入らず、何をどう話せばいいのかわからなくなっていた。気がつけばわたしの舌はもつれていた。こうなったらミルクや砂糖やビスケットの助けを借りて間をつなぐしかない。それでそそくさとキッチンに逃げこんだのだ。

　不慣れな状況に直面すると人は、かえってそつなく上手に役をこなそうとするものだ。そんな時に役立つ台本はそこらじゅうに転がっている。台本の描く世界がその瞬間、我々が真に生きる場となる。わたしがコーヒー豆を計量し、粉を少しばかり飛び散らすなどして、ちょっとした失態を演じているその時、わたしは何かのテレビ・コマーシャルのワンシーンを生き、また別の場面では、どこかで読んだ小説の一場面に迷いこみ、さらに別の場面では、何げなしによく歌っていた歌の世界を演じているのである。紋切り型《クリシェ》の心地よさについ逃げこみたくなるのは人の常、しかも、これが意識のより深いところで作用するため、時に人は、どこかで見聞きした虚構世界に身をゆだねることができるのだ。恋をしているとき、人は本や映画や噂話から仕入れた役柄を演じる、とはよく言われることだ。人間の存在自体が模倣と反射に絶えず支配されていると言う者さえいる。我々は皆、無数に存在する緩やかな拘束や見えざる圧力に絶えず影響を受けているのだと。わたしもこの数か月のあいだに、気がつけば模倣作品《パスティーシュ》と化していたのだ。

プルーストはこの点について語るべき多くのものを持っていた。執筆活動に入るきっかけとなった新聞連載で彼は、さまざまな作家の文体を次々と模倣してみせ、また別の場所では、作家の奏でるメロディはウイルスのように読者に感染し、その脳裏に住み着いてしまうもの、それゆえ読み終わってしばらくのあいだは、何か考えたり書いたりしようものなら、そこに、その作家の痕跡が現われてしまう、というようなことを述べている。これはモンテーニュの言う「心情の一致」に相当する。モンテーニュはプルタルコスについて、彼とひとときを共に過ごしたあとは必ず、彼から「一切れの胸肉とか翼の一本」を失敬せずにはいられない、と熱っぽく語っている。そしてパスカルもまた、一冊の本が我々の魂に向けてかざされた鏡となって語りかけてくることを理解していた。「わたしがそこに読み取るすべてのものは、モンテーニュのうちに見出すのではなく、わたし自身のうちに見出す」とパスカルは、モンテーニュの『随想録《エセー》』について述べている。

話が脱線したついでに、いったんペンを置き、パスカルの用いた言葉の正確なところを、作品にじかにあたって調べるとしよう。そうしているあいだにも、通りかかった看護師がこちらにちらと目をやり、労《いた》わるような笑みを浮かべてみせた。目当ての箇所を見つけた瞬間、ルイーザのために不器用にコーヒーを淹れていたあの時の、わたしをすっかり覆い尽くしていたに違いない精神状態を、うまく言い当てている別の一節がパスカルの『パンセ』のなかにあることを思い出した。

パスカルは問う、〈自分〉とは何か？　誰かから外見や性格ゆえに愛されている場合、愛されているのは真の〈自分〉なのか？　言うまでもなく違う、とパスカルは言う。なぜなら人は外見を損なうこともあるし、性格が変わることもあると知っているからだ。だからといってそれで〈自分〉の本質が失われたとは言わない。ならば、不変の本質はどこに存在するのか？　我々は、たまたまそこにある、どこか別のところに由来する属性による以外、人を愛することはできないのか？　我々が愛するのは相手に具わる借りものの性質であると、パスカルは結論を下す。そうなると、こちらの慕っている相手の〈自分〉ばかりか、こちらの〈自分〉までもが、突如雲散霧消し、南国の鳥が求愛の証として掻き集めてくる木の葉や何かの破片にも似た、雑多な要素の寄せ集めに思えてくると。もしもわたしがルイーザを、その微笑みや体臭、あるいは彼女がふたりの友と初めて研究室にやって来たときに見せた物腰のせいで、彼女が気の向くままに着替えるブラウスのせいで恋するようになったのなら、たぶんモンテーニュもしくはパスカルを愛好してきたこともまた、たいして深い意味もなく、ただ彼らの著作に現われるさまざまな単語、観察眼、文の構成など、たまたまそこに現われたものにわたしが心惹かれたにすぎないということになる。〈自分〉というこのちっぽけな存在は、テレビ・コマーシャルやどこかで読んだ小説や頭にふと浮かぶ歌の文句からの借り物にすぎないものを愛と錯覚しているのだ。

コーヒーを満たしたポットとマグカップふたつを、ちっとも好みではないトレイに載せて武装を固めると、ようやくルイーザと対峙《たいじ》する覚悟ができた。いつもどおり、今は何を読んでいるのかと彼女に問いかけた。するとわたしの著作を読みはじめたところだという。心の準備ができないうちは、読みたくなかったのだと。心の準備という言い回しがいたく象徴的に思え、そこでわたしはミルクを入れようかと尋ねた。

「コンピューターはどちらですか？」彼女は言った。

書斎のほうだとわたしは答えた。お望みとあればすぐにも案内できた。だが彼女は、本題に取りかかる前に、まずはコーヒーをいただいてしまいますと言った。

彼女は言った。「読みはじめたばかりなんです。わたしにはフェランとミナールの何がそれほど重要なのか、まだよくわかりません」

たしかにわたしの本は、一種の謎解きのような体裁で、彼らの重要性は最終部分まで明かされていない。だが、この研究論文が必然的に導き出す仮説については、すでに何度となくルイーザに話してきたことだった。彼女はちゃんと聞いていなかったのだろうか？　このふたりの人物を何か月もかけて虚しく追い求めた挙句、ひょっとすると彼らは実在しないのではと思いはじめたその経緯を、彼女に話したのは間違いない。これがわたしの抱いた疑問への答えだった。答えはおのずから差し出された。忘れもしないあの日の午後、婚約して間もないエレンに会いに行く途中、啓示の瞬間は訪れた。フェランとミナールは実在していなかった。彼らはルソーが作り上げた架空の存在なのだと。

腕時計に目をやりながら街角にたたずむエレンのもとにたどり着き、大発見を誇らしげに告げたときのあの高揚感を、ルイーザに話さなかったのか？　あの夜はその話ばかりしていた。

突如としてすべてが明らかになったのだ。わたしがずっと追いつづけてきたふたりの人物は虚構の存在だった。プルーストの『失われた時を求めて』と同様、『告白』は史実としてでなく、空想の産物として読まれるべき作品だったのだ。これが苦労して仕上げた論文のテーマだった。ドナルド・マッキンタイアに少なからぬ感興を与え、指導教官には畏敬の眼差しで迎えられた一冊だった。

「そのうちにわかるよ」わたしはルイーザにそう請け合ったものの、よくも悪くもわたしの研究生活を成り立たせている洞察力に、彼女が気づいていないらしいことにがっかりもした。それでもコーヒーを飲み終えるまでのあいだ、これといって時間をやり過ごす方法も見つからぬまま、ならばわたしの主張をここでもう一度ざっと説明するのも悪くない、そう思った。

　マルセル・プルーストは、「必ずしも〈わたし自身〉ではない〈わたし〉」という人物について、つまり作中でただ一度、マルセルという名で呼ばれる人物をめぐる長い小説を書いた。プルーストはコルク張りの部屋で日々を送り、眠れぬ夜には男娼館で幾日も過ごし、テアトロフォンなる珍奇な装置に慰めを見出した。これは加入料を払うと、彼のベッド脇にある電話を経由して、オペラの実況中継が聞ける仕組みだ。それとは別に、コンブレーで休暇を過ごし、アルベルチーヌに恋をし、作家になりたいと願ったマルセルがいた。〈わたし〉は時にある人物であり、またある時は別人であり、同時にどちらでもあり、あるいはどちらでもなくなるのだ。ところが多くの読者は、これらの存在をすべて同一人物だと考える。読者はある人物の回想録を読んでいるつもりになって、『失われた時を求めて』を舐《な》めるようにして隅々まで味わおうとする。

ルソーはジャン＝ジャックという人物について本を書いた。この場合の〈わたし〉はプルーストの場合と同様、曖昧な存在だ。同じ作家の小説『ジュリ　または新エロイーズ』を読んだ人はこれを実話だと思いこんだ。『告白』は、プルーストにおけるアルベルチーヌやベルゴットのように、見るからに非現実的な人物ばかりが登場するにもかかわらず、『ジュリ』以上に実話としての信憑性が高いと信じられている。プルースト作品に遍在する〈わたし〉が何より自己抹殺の一形態であるのに対し、ルソーの〈わたし〉には狂気が兆《きざ》している。後に出版された自己弁明の書『対話、ルソーはジャン＝ジャックを裁く』にもそれはさらに強く現われており、ここではジャン＝ジャックなる人物が、〈ルソー〉とか〈かのフランス人〉と名乗る語り手によって、議論の俎上《そじょう》に載せられ分析されている。ルソーはモンモランシー滞在中、隣家にふたりのスパイが住んでいると本気で信じていた。これに疑問の余地はない。だが、実際はそんなふたりなどいなかったということをわたしは証明したのだった。

　わたしがこの発見を報告しに行くと、指導教官はやけに悲しげにかぶりを振ってみせた。存在しないことを証明するのは不可能だと言うのだ。そのうちいつか、きみ以上の情熱で調査に着手する研究者が現われて、以前には見過ごされていた資料を見つけ出し、モン＝ルイに今も立つ家に住んでいたフェランとミナールと名乗るふたりの人物の正体が突き止められたらどうするのかと。しかも現在のルソー研究では、皮肉にもそこがいちばん注目されているのだと。誰かがそこに住んでいたことは間違いないのだから、というわけだ。

わたしは指導教官に反論した。ドナルドとエレンにも、そしてあの日ルイーザにも話したのだが、そうであれば、実際にその家に住んでいた人たちが判明したとしても、現実のソフィ・ドゥドゥトと作中のジュリを重ね合わせたり、アルフレッド・アゴスチネリがアルベルチーヌのモデルだと見なすのと同様、彼らが架空のフェランとミナールを生み出すヒントになったと考えれば済むのではないか。昔から知られているように、ルソーがモンモランシーを離れるきっかけとなった陰謀は、実は彼の被害妄想の産物だった。四阿から原稿が盗まれたことなど実際には一度もなかったし、彼をつけ回すスパイもいなかった。ルソーは自分ではどうしても突き止められずに終わった陰謀の真偽は読者自身で判断してほしいと言っている。この陰謀とは神話世界の出来事であり、それゆえ読者がどんな仮説を立てようとも、どれも等しく有効となるのだ。

ここまでを語るあいだに、わたしはコーヒーをテーブルに置き、ルイーザのほうににじり寄っていた。ルソーの小説は、プルースト作品と同様、書くという行為の本質、つまり幻想による現実への侵略と密接に関わっているのだと、わたしは説明した。例えば、アルベルチーヌとマルセルがドストエフスキーについて延々と議論する場面を考えてみたまえ、あれなど、登場人物の口を借りて一種の評論をやらせているだけで、ここには何らドラマチックな意図などないのだよ云々……。

「そうでしょうか」ルイーザは少し身を引き離しながら口を開いた。「あの挿話は、マルセルの強迫神経症的な愛情にアルベルチーヌが息苦しくなり、逃げ出したくなる、そのあたりの事情を物語っているのではないでしょうか」

ルソーの場合は、この議論が別の形をとることになる、そうわたしは説明を続けた。プルーストは文学の普遍的意義を当然のこととして認めていたが、ルソーはあらゆる芸術が人を堕落させるもの、悪徳だと説いたわけで、その結果、すべての書物を糾弾する本を書こうとして、すぐさまジレンマに陥った。これを解決するにはどうしても彼の語り手に自らを糾弾させなくてはならなかった。そしてこれが結果的に、ちょうどプルーストが異性愛者の語り手を創造し、彼にあらゆる性倒錯者を非難させることで皮肉の効果をねらったように、それと同じ効果を引き出すのに成功している。

ルイーザは、それでもなぜフェランとミナールが重要なのかわからないと言った。たしかにルソーにとって彼らは単なる余談、中心となるプロットからすれば脇筋にすぎないではないかと。しかしわたしにとって彼らは我が子同然の存在になったのだ、とわたしは言った。

するると彼女が、「先生には、いらっしゃらないんでしたっけ?」

「子供かね?」わたしはかぶりを振り、しばし沈黙が流れた。

「たしか、奥様は仕事をお持ち……でしたよね」

妻が身を置く会計士の世界について、これまでルイーザに話したことはなかった。それは内部の様子がよくわからない謎の工場のように、わたしの住む世界のすぐ隣にありながら、長年のあいだに、何か物音でもしない限り、ふだんはそこにあることも忘れていたのだ。

「じきにお戻りなら、お目にかかれますね」ルイーザにこう言われてわたしが見せたためらいの表情に、彼女は自分の思い違いに気づいたらしかった。そこでわたしは、エレンは出張中だと伝えた。

「あら、そうでしたか」彼女がそう言い、ふたりはコーヒーを大きく一飲みした。

わたしは空隙を埋めることにした。「でもきみの言うとおりかもしれないね。エレンにとってそのほうが好都合だし。だから子供は作らなかったんだ」

「でも、先生はどうなんです？」彼女はこちらの目を覗きこんできた。その熱を帯びた探るような眼差しが、ふたりのあいだに立ちはだかる壁は先生が築いたのだと訴えているようだった。ふたりが共有する文学への愛を先生は隠れ蓑にしているのだと。

わたしとしては子供が欲しかった、しかし諸般の事情がそれを許さぬとわかった以上、自分の願望にこだわりつづけて苦しむか、叶わぬ夢と諦めて人生をやり過ごすか、そのいずれかしかないからね、そう彼女に打ち明けた。彼女は何も言わなかった。

「プルーストにも子供はいなかった」わたしは言葉を補った。「パスカルにも、フロベールにも、ルソーにもね」

彼女は戸惑うような顔をした。わたしが自分の好きな作家たちに話をずらそうとしたからか、あるいはルソーをも例に含めたことにだったのか。

「たしかルソーは五人の自分の子供を孤児院に送りこんだのでしたよね」彼女は言った。

これまでのふたりだけのサークルで、彼女は何も聞いていなかったのか？　ルソーの肩を持つ研究者のなかには、あれは彼の実子ではなかった、だからあんなふうにさっさと手放してしまったのだと主張する者が必ずいた、そのことを彼女は忘れてしまったのか？　もちろんわたしには別の仮説があった。ルイーザがまだそのことに思い至らないのは不愉快だったが、それでもこうして関心を示しているのだからと自分を慰めた。ルソーについて質問しながら、あたかもわたしに向けて問いかけているように思えたのだ。

「あの五人の子供は、ルソーの創作だよ」わたしは説明した。「フェランとミナールが創作だったのと同じようにね。しかも彼は子供の存在を信じてもいた。わたしはそう確信している」

これまでの会話のなかでわたしが間違いなく触れてきたこうした見解に、ルイーザが何ら興味を抱かなかったとしても、今はこの話題が彼女のなかに陶酔を引き起こし、わたしが語るにつれて彼女の内側で膨らんでいくのが手に取るようにわかった。彼女はわたしの声に、こう問いかけることで反応した。「なぜそんな作り話をする必要があったのでしょう？　我が子を厄介払いした話をわざわざ世間に公表するのはどうしてなんですか？」

わたしは言った。「自分に父親になる能力があると世間に証明してみせるためじゃないかな、その証拠はいっさい出てきていないがね」

おそらく彼女は、ここにきてルソーとわたしの特別な絆《きずな》を理解したのではなかったか。なぜわたしが、見下げ果てたこの作家にこれほど長く、まるで足にまとわりつく重りのように、深く痛々しく関わり合ってきたのかを。ルソーもまた、すべての人間が自分より完璧であることに激しい嫌悪を抱いていたはずだ。

「リュクサンブール公は、子供たちの行方を突き止めようとしたんだ、そのうちのひとりを養子に迎えたくてね」わたしは言った。「孤児院を虱潰しに探し回ったが、結局見つからなかった」これについても以前話して聞かせてあったし、ルソーが泌尿器疾患にともなう痛みにしばしば触れていること、尿道カテーテルを使用していたことなども話したはずだった。もっとも、ルソーがある娼婦とことに及べなかったエピソード（これについて彼は、自分の性格を如実に表わしていると言っている）とか、あなたは特殊体質だから性病にかかることはあり得ないと言って、ルソーを安心させた医者の話などは、これまで触れずにきた。

「これが何を意味するのか、わたしも気になってね」ルイーザの熱い視線を受けながら、わたしは言った。わたしが数週間にわたり医学書と首っ引きで、なぜある人は梅毒に免疫があると考えられていたのかを探っていたときに、エレンもやはり興味を示した。「ルソーは不能だった、わたしはそう結論を下した。機能的にも心理的にも、女性のなかで射精できなかったんだ」

見るとルイーザの唇がわずかに震えていた。それ以外の反応は、うっすらと頬を赤らめたのを除けばいっさいなく、この無表情がさらに言葉を重ねてやりたいという気にさせた。

ルソーは十六歳の時、イタリアのトリノで遭遇したある事件についてこう語っている。カルヴァン派の青年がカトリックに改宗するため、フランスのアヌシーから徒歩ではるばる、本人の弁によれば六、七日以上かけてやって来て、サント・スピリト教会に隣接する宿泊所に滞在していた。彼が行動を共にしている受洗志願者グループは怪しげで、盗賊や奴隷《どれい》商人やムーア人などが混じっていて、そのなかのひとりがルソーに恋心を抱いたという。現代の学者たちは、この人物は実在し、アレッポ出身のユダヤ人、アブラハム・ルーベンだと考えている。キスだけでは飽き足らなくなったこのムーア人は、ある朝、集会室でルソーとふたりきりになると、自分のペニスを引っ張り出し、ルソーにさわらせようとした。ルソーは、何が起こっているのかわからず（とは本人の弁）、不快に思って飛びのいたが、恐怖に目を見開いているルソーの面前で、かのムーア人は自分の手を動かしつづけ、やがて白くねばねばしたものを暖炉のほうへ飛び散らせたという。

　ルイーザは無言で耳を傾けていたが、やがて口を開いた。「それで？」

　ルソーが十六にもなって初心《うぶ》を装うなんて興味深いねと、コメントしながらわたしは、なんだか急にバツが悪くなった。このムーア人を見て、ルソーは自然を欺くことを覚えたのだ（この欺きはその後のルソーの人生について回る）。もっともこの頃までに、家庭教師に（『告白』の記述と異なり、彼と女家庭教師の年齢は八歳と三十歳でなく、十一歳と四十歳だった）尻を叩かれることに快感を見出していた。この尻叩きがその後の嗜好、欲望、情念を形成することになったとルソーは言う。謎めいたゴトン嬢との出会いもすでに経験し、そこでは教師役の彼女がやんちゃな生徒役のルソーを鞭で打ったり叩いたり、「ずいぶんと思い切って大胆に」振舞いながら、ルソーにいっさいの手出しはさせなかったという。

「変わった人だったんですね」ルイーザが感想をもらした。

「もっと面白い話があるんだ」ルイーザがどう思おうと、この話題を終わらせたくなかった。

「ムーア人の射精の話を語ったあと、ルソーはこんなことを言っているんだ。もしも我々が、女と一緒にいて恍惚としているときもあんなふうだとしたら、それをおぞましく思わない女の目は、よほどどうかしているとしか言いようがない、とね」

彼女は言った。「それは人によりけりだと思いますけど」

「どういう意味かな？」

「つまり、男か女かによって、まったく違う見方をするでしょうし。他人の射精に興奮するかどうかでも違うと思います」

わたしは先を続けてほしかったが、彼女は黙りこんだ。わたしは言った。「プルーストとネズミの話は前にしたかな？」

彼女は、自信なげにかぶりを振った。たぶんこれも、以前聞いているのに忘れてしまっただけなのかどうか、確信が持てなかったのだろう。だが、ムーア人の話同様、プルーストのこのエピソードも、詳しく話していないことはこのわたしが知っていた。このエピソードは、プルーストがしばしば足を運んだリュ・ド・アルカードにある売春宿の、マルセル・ジュアンドーという名の男娼がつけていた日記のなかに登場する。プルーストは宿の一室にひとりで入り、服を脱ぐ。その後遅れてジュアンドーが部屋に行くと、プルーストはすでにベッドに入り、ちょうどオスマン大通りの自宅で客たちが目にしたのと同じように、顎のあたりまですっぽりとシーツに包まれていたという。ジュアンドーは服をすべて脱いで自慰をするよう言いつけられる。その間プルーストもシーツの下で同様の行為をした。ことが済むと、ジュアンドーは丁寧な口調で退出を命じられ、ふたりのあいだにそれ以上の接触はなかった。しかし、時としてプルーストは、おそらく何らかの雑念に気を散らされるかしたのだろう、達することができず、そんな時は必ず決まって、部屋にふたつの小さな籠を運び入れるよう指示をした。それぞれの籠には飢えたネズミが一匹ずつ入っている。籠はオウムやフィンチを飼うのと同じようなもので、これがプルーストの横たわるベッドの上で、出入口同士をくっつけて、ちょうど車両を連結する要領でつなぎ合わされる。蓋が上げられると、二匹のネズミが相手に飛びかかり、取っ組み合い、たぶん死ぬまで相手を引き裂き貪り食う。この死闘が繰り広げられているあいだにプルーストは絶頂に達するのだ。この話は、ジッドが〈『失われた時を求めて』拒絶事件〉に謝罪し、友情が修復された後にプルーストからじかに聞いたと言っている。

「怖い話ですね」ルイーザが言った。彼女の想像世界のなかでプルーストの小説が突如、怪物が描き出した作品に変容していくのがこちらの目にも見えるようだった。サンザシもアルベルチーヌもベルゴットの死も、彼女にはすべて穢《けが》らわしいもの、ナメクジの這った跡のように見えていたのではなかったか。これこそ、たぶんわたしが望んでいたものだった。「男の人ってまったくわかりません」彼女は言った。

「同感だね」わたしは答えた。ルソーもまたしかり。ただしルソーは自分のことさえこれっぽっちもわかっていないと、うんざりした口調で語ったのはヒュームである。

ルイーザは言った。「あら、先生ご自身のお話をしてたはずなのに。どこから先生の論文のお話になってしまったのかしら」

わたしは笑い声をあげ、詫びを入れた。それからまたもや間ができた。わたしは一瞬、胸に秘めた思いをすぐにも吐き出したい衝動に駆られた。

すると彼女が言った。「つまり、子を持つ親になってみたかったんですね？」

わたしは肩をすくめた。「それほど思いつめたわけではないがね」

彼女には意外だったらしい。「え？　わたしはなりたいです。よくそのことを考えます」

「そうか、子供が欲しいのか」

ルイーザは言った。「わたしにとってはそれほど非現実的なことではありません。子供がってことじゃなく、子供を欲しいという気持ちのほうですけど」

「なるほどね」そうは言ったが、よくわからなかった。

彼女はコーヒーを飲み終えた。「いつか奥様にお目にかかりたいです」

わたしは、きみたちふたりは気が合いそうだなと言った。エレンとルイーザが同じ部屋に一緒にいる場面を想像しようとしてみたが、緑に見えると同時に赤にも見えるというこの世にあり得ない物体のごとく、解答不能の論理問題に思えた。

「奥様のお気持ちはどうなのかしら？」そう言ってから、ルイーザはわたしの目に誤解を読み取り、「子供のことですけど」と言い足した。

わたしは首を振った。「別にこだわっていないと思うがね。ある意味、ほっとしたんじゃないかな」

「そうですよね」ルイーザは無言のまま、その含意を汲み取ろうとしているふうだった。誰とも話し合ったことのない話題にここまで踏みこんでいることに、じつに奇妙な心地がした。これもルイーザに具わる才能か、彼女が相手だと誰もが、このわたしですら、胸のうちをさらけ出したくなるのかもしれない。「わたしの知り合いに何年も赤ちゃんができなかったのに、その後妊娠した女性もいますし」

「必ずしも女性側の落ち度とは言い切れないからね」ここでわたしは、すぐさま付け加えた。「例えばルソーのように」

「あら、またルソーに逆戻りですね」

コーヒーがなくなった。彼女の訪問の目的をこれ以上引き延ばせなくなった。それでもわたしが胸に抱く唯一の望みは、彼女に洗いざらい打ち明けること、告白することだった。

「そろそろコンピューターにとりかかりましょうか」彼女が言った。わたしはクリーム色のブラウスに、胸のふくらみに、乳首の幻影に視線を這わせながら、この逢瀬の結末とは無関係に、いずれわたしから彼女を奪っていくであろうあらゆる男性を思い描いていた。

「原因はわたしにあるんだ」

彼女はうなずいた。「そうだと思いました。でもお話を伺っていると、おふたりはどうしても欲しいとは思われなかったようですね。たいていはせめてひとりだけでもと手を尽くしたり、逆にできないようにしたりするんでしょうけれど、その点、おふたりは無駄なエネルギーを使われなかったんですね」

彼女は努めて親身に振舞おうとしていた。彼女の年頃ではこれが精一杯だったろう。だが本人の言うとおりなのだ。彼女は男を理解していなかったし、理解せねばならぬ義理もない。わたしはこの問題についてこれまでさんざん、あらゆる観点に立って考えてきた。わたしにとって子作りとは結局、組織構造や運動性、量と濃度、粘性率と定着率といったずらずらと並ぶ好ましからざる検査結果をくつがえそうとする行為でしかない、そう受けとめるようになってい
た。こうした検査結果はどれも、郊外電車の駅のように標準的かつ凡庸に思え、これをもとに
エレンに好色な眼差しを投げかけてくるあらゆる男たちと自分とを頭のなかで比較するように
なった。午前中のゼミに出てくる男子学生たちは皆、宿酔《ふつかよ》いで幸福そうだった。誰もがうっか
りコンドームを破くか、あるいは寸前に抜き損ねるかして、何の苦労もなく相手を妊娠させて
しまう愚か者に見えた。もしこのまま、この話題に深入りしていけば、そのうちルイーザは、
エレンが本気で子供を欲しがっているなら、ドナーを探せばいいと言いだしかねなかった。こ
の世にはそんな仕事を進んで引き受けるお調子者の男がごまんといるということに触れ、誰の
子であろうとできてしまえば、エレンにとって、仕事の不便はあるにしても気持ちは楽になる
のではと、まるでわたしがそこに思い至らずにいるかのように言いだしたのではないか。
わたしはルイーザの腕にそっと手を掛けた。彼女に触れるのは初めてだった。彼女はまとわ
りつく虫でも見るように、わたしの指に目をやった。わたしは口を開いた。「この気持ち……」
わたしの顔が彼女に接近した。頭は肩にしなだれかからんばかり、そんなふうにしてむせび泣
きたかった。すべてはこれをしたいがためだった。
　彼女はわたしの腕を払いのけると立ち上がり、小声だがきっぱりとこう言った。「あの申し
訳ありません、なんだか、今日伺った目的とは違ってきたようですし、そろそろお暇したほう
がいいかもしれません」

じつにあっけないものだった。人間同士のささやかな触れ合いすらなかった。しかし彼女の言うとおり、わたしは手にできるはずのないものを求めていたのだ。自分の夢が高望みだと思い知らされるのは、その夢が対岸にある世間の冷たい視線にさらされ、自分が思い描いていたものとは似ても似つかぬものに姿を変えてしまう瞬間だ。ルイーザの目には、わたしが暖炉に向かって熱い精液をほとばしらせるムーア人その人に映っていた。あるいはシーツの下で自慰に耽るあの作家のように見えたのだ。彼女の宇宙にあって男は皆同じ、我々男性が何を望んでいるかを、はっきり理解したのだ。

それでもわたしたちは友好的な別れを演じた。玄関先での挨拶は、彼女が来たときと同じように、ガスの検針後になされるであろうそれの完璧な模倣だった。わたしは通りに立ち、潔白な男のまま、ルイーザを見送った。そしてこれがルイーザを見た最後となった。

木曜日の会にルイーザが二週続けて欠席した直後、ジル・ブランドンから彼女の連絡先を知らないか、何かあったのかと問われ、講義にまったく出てこなくなったのだと告げられた。たぶん体の具合でも悪かったのだろう。だがやがて、彼女が退学したことが判明した。わたしの家で起きた不運な一件が原因とは思えなかった。退学届は正式に受理された。ある日の午後、教員ロビーで手短に交わされるやりとりでその辺の事情が噂になったりしていたが、わたしはいつもどおり無関心を装っていたので、たとえ退学理由が明らかになっていたとしても、自分からあれこれ訊くわけにはいかなかった。ボブ・コーマックが言った。「ルイーザ？　ぼくの知る限りじゃ、講義についていけなくなったんじゃないかな。あまり切れるほうじゃなかったからね」ジル・ブランドンは、退学理由はどうやら「一身上の都合」らしいと言い、それからわたしに敵意もあらわな眼差しを向けてきた。これを敏感に感じ取れるのは、消毒液にどっぷりと浸かった学者世界に身を置く者だけだろう。

わたしが公然と非難されることはなかった。訴えられることもなければ、文句を言われたりもしなかった。それはそうだろう、わたしの犯罪はわたしの頭のなかで行なわれただけなのだ。しかしルイーザは去り、わたしは、この手記冒頭の状況に立ち至った。ドナルドがわたしの顔に読み取った病が、この時期から、形をとりだしたのだ。胃の不調、食欲の減退と体重の減少、しばらくして下血があった。エレンは医者に行けとせっついた。わたしには原因がわかっていた。

プルーストは言っている。人生の残り時間を意に染まぬ模倣作品《パスティーシュ》を生み出して過ごすくらいなら、いっそ意図的に模倣を試み、その逆療法の恩恵にあずかるべきだと。これはフロベールに呪縛された模倣者たちについて言った言葉だ。だが、「必ずしも〈わたし自身〉ではない〈わたし〉」と呼ばれる人物に姿を借りて彼が言わんとしたことは、わたしにも理解できるようになった。これまで模倣作品でしかない人生を送ってきたわたしは、恋人失格となった後、病人という役柄に我が身を明け渡すことになった。これははるかに演じやすい役柄だ。いつどんな時も、医療現場の親切で無関心を装う役者たち（その役どころは患者を世話しているふうを装うこと）に促されて台詞を言えばいいのだから。誠実でありさえすればいい。古いジョークにもあるではないか、誠実のふりができれば成功間違いなし。これは言うまでもなく、ディドロが『俳優に関する逆説』で提唱しているものである。もっとも優れた演技者、もっとも優れたアーティストとは、己の感情や思考を無にしつつ、役どころの情感や思考を伝えることができる人である。役者自身の情緒は迫真の演技の妨げでしかない。わたしの運命をゆだねているあの白い上っ張りを身にまとった男女に、本気でわたしの身を案じてほしいと思ったことは一度もない。そしてわたしはわたしで、ここに書き綴った告白はもはやわたし自身のことではなく、わたしとはほとんど無関係に思えるくらい超然とした態度で、自分の役を演じようと努めている。

　わたしが学んだことは、死の床にあった十八世紀の著述家フォントネルが、どんな気分かと尋ねられて言った言葉、「何も感じない、あるのは生の労苦ばかりだ」にこめられた意味だ。人生それ自体は取るに足りないもの、だが死んでいくのは並大抵のことではないと言いたいのだ。さらなる検査、さらなる医師の所見、さらなる回復率のチェックを経て（死のしぶとさは、これを強いるところにある）、ようやく人は死ぬことを許される。ラ・ロシュフーコーが、人生において唯一の脱出口は多少の狂気だと言った、その意味するところがわたしにはわかる。モンテーニュが、理性がもはや役に立たないときは、経験を利用せねばならぬと言った、その意味がわたしにはわかる。そう、たしかにわたしの人生は、埒《らち》もない他人の使い古した経験の寄せ集めだった。しかし文学に何らかの目論見があるとすれば、それは自分自身であるにはどうあるべきかを教え示すことなのだ。

言うまでもなくわたしには、ルイーザと最後に会ったあの日、どうすれば少しはましに振舞えただろうかと考える時間があった。彼女にあんな話もできただろう、こんな話もしてあげられたのにと、端然と進行する談話風景を思い浮かべたりもした。しかしこれはディドロの言う〈後　知　恵《エスプリ・ド・レスカリエ》〉というもの、『俳優に関する逆説』で彼はこう指摘する。人々は感極まると舌がもつれやすくなり、平常心に戻れるのは、階段の最後の一段をおりきったときでしかない。

　わたしは小説を書こうと決意した。何を血迷ったか、ルイーザとの関わりで感じた不幸に潜む何かを表現せねばという気持ちになったのだ。これが身のほど知らずなことなのは誰の目にも明らかだろう。先のディドロの演技分析にあるように、自分にまったく無関係なことこそうまく書けるのであり、そこに気づくべきだった。表現は素人芝居や創作クラスに任せておくのが一番だ。なのにわたしは処女作の執筆に乗り出し、これで作家を名乗れるようになるはずが、内視鏡検査で今度は死にゆく男という役を割り振られてしまった。

　書き進むうちに限界を思い知らされた。これと同様、もしもルイーザへの欲望を遂げようと行動を起こしていたら、それが実は底の浅いものだったと気づかされることになったろう。我我の才能などどれひとつとっても、いつまでも試されずにいるから素晴らしく思えるのであって、実際は高《たか》が知れている。我々にあるとされている恋愛の才も、多くの場合、突き詰めれば旺盛な想像力にすぎない。だからといって、こうした夢想を取るに足らぬもの、無意味なものと決めつけるわけにはいかない。人間関係を破壊する最たるものは、恋を成就させるには相手に思いを伝えねばならぬという思いこみ、あるいは欲望に愛という名を与えるためには相手をよく知らなくてはならぬという思いこみ、あるいは人生を共に歩むと決めた相手には恋のときめきがなくてはならぬという思いこみだ。近代の結婚制度は、合縁奇縁《あいえんきえん》を前向きに信じようとする態度に基づいている。友情も情熱も、親密な交わりも欲望も、信頼も脅威も、平和も幸福感も、これらすべてをひとりの人間が満たしてくれるというわけだ。そんな幸運な巡り合わせなど、天上の結合のごとくあり得ないことであり、単に自分たちの結婚生活に波風が立たないという理由でどこかおかしいのではと考えてしまうのと同じくらい、的外れなことだ。我々のもっとも壮大な出来事は、一世一代の大冒険は、頭のなかでのみ繰り広げられる。しかし、我我が求めてやまぬ愛情や栄光は否定されるにしても、我々にしか見えない人生のその部分を軽んじてはならない。場合によってはそれがもっとも意義深い人生の一局面かもしれないのだ。

わたしの小説は（ダランベールを扱った作品だが、それ以上は触れないでおく）、入院する前に中断されたまま、今日に至っている。入院後は代わりにこうして手記を書きだし、心の浄化に役立てている。わたしに言わせると、これを誰かに見せることは、瓶に入った自分の胆石を見舞客に誇らしげに見せるに等しい行為に思える。わたしの体内はこの施設ですでにさらしものにされ、わたしの腸は、悪天候と同レベルの会話のタネと化している。退院の際は、ここで書いたものはすべて廃棄し、わたしの虚構世界に戻ることにしたい。このまま生きつづけられるなら、完成させるべきはあの本だ。ここに綴られたものは、わたしではないわたし自身なのだから、確実に破棄せねばならない。それでようやく心の平安を得られるだろう。

第十三章

前略　ペトリ博士様、ご病気と伺い心よりお見舞い申し上げます。この手紙を読まれる頃にはご快方に向かわれ、お元気な状態でおられますよう、なにせ最近まで小生が手紙で近況を知らせておりました幼馴染みは、すでに数年前に他界した次第で、そのようなことがなきよう切にお祈りいたしております。

フェランとミナールに関するご著書、楽しく拝読させていただきました。ただ、このふたりの紳士の存在に関するご高説は、当の本人たちには寝耳に水と思われます。というのも小生の調査によると、このふたりは現段階では二千八百五十九件のインターネットサイトにて健在であり、以下に説明するとおり、その件数は日々更新されそうな勢いであります。

あれは先週水曜日の四時半頃、カトリアナの背中を流しながら彼女にも言ったのですが、タイヤのパンクやらにわか雨やらから、何がどうなっていくものやら……まあ、その辺の事情には深入りしないでおくことにしましょう。ただこれだけはお伝えしたいのですが、実はしばらく前に拙宅のコンピューター画面に、うら若き女性の裸体姿が出現したのです。すでにこの女性がルイーザ・ローソンという名であることは判明しております。小生のハードディスク内のどこぞの暗所に断片化されて今も眠っているその画像を見る限りでは想像もつかなかったのですが、彼女は子を宿しております。この見知らぬ女性は何者なのかと、カトリアナが小生の不具合に抜群の効き目をもたらし、それを思えば支払った金銭だけの価値は十分ある錠剤を仕入れに出かけてしまうと、夜ごと自問を続けておりました。ついでに申し上げれば、もし泌尿器に不具合がおありなら（きっとそうに違いありません、我々男性には不可避のこと）、ぜひとも最寄りのナイトクラブにお出かけなさるといいでしょう。薬剤師とは違い、桁外れに優秀な薬品調達人に会えるはずです。小生は不案内ですが、カトリアナからその施設の様子は詳しく聞いております。やかましい音楽がかかっていて（大勢の人が出入りする場所にどうしてわざわざそんな大音量を流すのか、気が知れません）、トイレでの性交渉はオーケーだそうです。この点、《ブーツ》のような一般のドラッグストアとなんと大きな違いでしょう、こちらにはトイレがありませんからね。小生くらいの年齢の者には不便この上ないと申せば、お察しいただけるものと存じます。

さて、裸で貴殿のご著書を読んでいるこの娘さんは誰なのか？　そこで小生、この画像を見つけたウェブサイトに再度舞い戻ったところ、プラスチック製の大きな器具を用いてライフサイエンスの実験にいそしむ別の女性のＪＰＥＧ画像に行き当たりました。なるほどインターネットは教材としてうってつけなのだなと、感心した次第です。

カーソルを画面上で動かすうちに、各部がハイパーリンクになっていることに気づきました。ＨＴＭＬを活用するとは、まったくもってなかなかの優れものではありませんか。それについては、その道の著名な大家Drクールも『メチャイケてる機能集』のなかで格別の賛辞を贈っています。この画像は、より正確に言うなら、トンネルや道路が集結した地図の役目を果たしているわけで、例えばプラスチック製の物体をクリックすればオンラインショッピングのサイトに飛び、胸をカチャッとやれば似たようなサイトのリストが出てくる仕掛けです。また、この女性の顔はEメールの受付窓口になっていました。彼女の歯の部分をクリックするとメール用箋が現われたので、この奇妙なサイトの作成者に手紙を出してみたくなり、さっそく読書する女性の詳細ならびに、わかる範囲で情報を寄せられたしと書いて送りました。

　すぐに返事が来ました。こちらから写真を何枚か送れば、それと引き換えに知りたいことを教えるとありました。この姿なき、しかも文面に名前すら明かさない文通相手は、〈プッシー〉に夢中なので、〈ビーバー・ショット〉を何枚か送ってほしいというのです。そんな趣味がこれほど奇妙で意外な方向に発展するとは、いったい誰に想像できたでしょうか？　小生は、翌朝カトリアナに一部始終を報告することにして、例の薬を飲んでベッドに入りました。これはブラウジングが長引くと決まって起こる頭痛を鎮めるのに使うようになっているのです。

　翌日やって来たカトリアナは、楽しげに口笛を鳴らしながら、郵便物の入った袋を持ってキッチンにやって来ると、戸棚にしまってある即席ランチの素を作業台にあれこれ並べはじめました。そこで小生は、野生動物の写真を入手する必要があると伝えました。しかし、たとえ動物園に行ってビーバーやら子猫《プッシー》をカメラに収めたとしても、インターネットの向こう側へその写真をどうやって送ったものかと、小生は悩みました。それにはデジタルカメラが必要だとカトリアナが言うので、ならばそれを入手しようと思い立ち、彼女に掃除機をかけてもらっているあいだにコートを引っかけると、目抜き通りにある、目新しい装置を扱う安売り店《ディクソンズ》に向かいました。するとなるほど、八百ポンドもしないのです。アリというこの店の店員が薦めてくれたカメラは、コンピューターに直接画像を取りこめて、現像の必要もありません。それでなくともナイトクラブや代替医療の出現で薬品部門の経営が危うくなっている《ブーツ》だというのに、副業の現像サービスまでもが隅に追いやられようとしているのです。そのうちあの店も、香水の匂いをぷんぷんさせた多すぎる販売員も、用無しになってしまうのでしょうか？

小生がアリに、このカメラはビーバーやプッシーを写すのに最適かねと尋ねると、やり取りを聞きつけたミセス・J・キャンベルがすこぶる妙な具合に顔をひきつらせると、カウンターの上の電話を取り上げ、受話器に向かってひそひそと非難がましい口調で話しはじめたのです。これをどう解釈したものやら、ひょっとして密猟者と疑われたのだろうかと思いました。「小動物虐待なんてしませんよ」小生は、わざとミセス・J・キャンベルにも聞こえるような声で、アリに言いました。「見るのが好きなだけですから。殺すのはわたしの趣味じゃない。鞭も銃も、そういったものはいっさい使いません。ただカシャッとシャッターを押せば、おしまいです」ついでにアリに、ナイトクラブの薄明かりでもちゃんと撮れるだろうかとも訊いてみました。そういう場所がどんなところなのか、一度覗いてみたかったものですから。するとアリは、このカメラならどんな条件でも問題ないと判断したようなので、小生はクレジット・カードを彼に渡し、満足のいく商取引を完了した次第です。

自宅に戻り、買ってきた品をカトリアナに見せびらかしてやりました。鮮やかな色の箱から中身を取り出し、発泡スチロールの梱包材をはずしてみると、カメラはなんだか縮んで見えました。「ほんとに買ってきちゃったんだ。即買い?」彼女は時々こんなもの言いをするのです。「そんなふうにお金に頓着しないとこ、好きだな」そう言うと、腕を小生の首に回し、彼女がフランス式だと教えてくれたやり方でキスをしてきました。もっともドゴール首相のように口を尖らせ頬にチュッとやるのが本物のフランスの流儀であって、舐めたり舌を絡ませたりを延々と続ける唾液まみれの接吻を、フランスの一般市民がカフェや公園で日々交わし合うのはいかがなものかと、常々思っておった次第です。「そういえば思い出した」彼女は小生の口から舌を抜くと言いました。「薬代、あと五十ポンド未払いだからね」

「ああ、わかっているさ」小生は言いました。「でもまずは、このちっぽけな機械の扱い方を説明してくれんかな、そうしたらスプリット・ビーバーの写真が撮れるからね」ここでもう一度、以前よりも詳しく、匿名の文通相手からのリクエストを説明しました。するとカトリアナは、小生が撮ろうとしている生物は、女性の股間に生息していると、謎解きをしてくれたのです。

「だったらきみのを何枚か撮らせてくれないかね」と頼むと、カトリアナは「やなこった《ノー・ウェイ》」と言うのです。まったく彼女の言葉の使い方ときたら戸惑わされるばかりですが、彼女の世代ではごく当たり前の言い方のようで、教育にたずさわっておられる貴殿なら、きっとこうした流行り言葉にも通じていらっしゃるだろうと思い、前置きなしにあるがまま記させていただいた次第です。

そこで小生は、「何も遠慮はいらないさ。あそこだってほかの部分同様きれいなんだし、このカメラならきっときれいに撮れるよ。これにはディープフォーカスがついているしね」小生が手に取ったこの小型機器に対して、アリがまくし立てた賛辞をいくら繰り返しても、レンズに納まりたがらないカトリアナの態度にはほとほと参りました。なんとも理不尽極まりない反応、これではまるで写真に撮られると魂を抜かれると信じているとかいうどこぞの原住民と一緒ではありませんか。小生はただビーバー・ショットが何枚か欲しいだけなのです。

「その男、写真をどうすると思う？　そいつのウェブサイトに載っけられて、こっちは見ず知らずの人たちから変態呼ばわりされちゃうんだよ」小生としては、ロジエの『百科全書』の探求を続けるには頼まれたものを送るしかないのだと、説得するしかありません。

「だったらいいよ」彼女は言いました。「顔を写さないなら撮らせてあげる。友達や先生が、わたしが裸で変な恰好しているところを見ないとも限らないんだから」そういう人たちがやはり十八世紀の神秘を探るうちに、そうしたひょんな邂逅を果たす可能性があろうなどとは思ってもみませんでした。しかしカトリアナは科学者ですし、ペンナイフを器用に扱えるのは言うに及ばず、物事を明快かつ秩序立てて考える術を身につけていますからね。

「じゃあ二階に行こう。服を脱いで、きみのビーバーだか、プッシーだか、昨今どう呼ばれているのかは知らないが、そいつを写真に撮らせてもらうとしようかね」

まずはお茶を飲もうというので、だったらその前に薬を飲むことを条件に、つき合うことにしました。そこでカトリアナがカバンのなかから例の一粒を取り出しました。これが三十ポンド以下の値段で買えるのです。以前は鳥の絵がついたタイプのものを持ち帰っていましたが、今回のは白い円形で、真ん中に筋が一本入っていて、解熱薬にあるような大文字がいくつか印字されていました。実際、今服用している錠剤は値段と膀胱への薬効は別にして、見た目は解熱剤と何から何までそっくりです。

小生はこれを紅茶で飲み下し、カトリアナは紅茶を飲みながらカメラの取扱説明書に目を通しました。薬が効きだし、きみのお蔭で今日はサポートエンジニアを呼ばずに済みそうだね、と浮かれ気分で伝えました。カトリアナが何度か試し撮りをしてから、ふたりして二階に向かいました。先に彼女が寝室に入り、カーテンを閉め、服もすっかり脱ぎ終わったところへ、小生はやっとこさ彼女に追いつきました。すでに彼女はベッドに横たわり、小生はさっそくカメラを構えました。

すると彼女が喚きだしました。「顔は絶対やめてよね」さらに念押しを二度繰り返し、顔を枕で覆いました。彼女の気が少し鎮まったところで、「スプリット・ビーバー・ショット」の正確な意味を訊いてみました。こんな謎めいた言葉、ミセスBにはとても説明できないでしょう。

カトリアナは両膝を立てると、飛行機の着陸装置のごとく折りたたまれたささやかとは言いがたい肉襞を、指で押し広げました。カメラのディスプレー画面に映し出された、ピンクの肉片が、引っ張られたり広げられたりして蠢《うごめ》くさまを見ているうちに、薄切りベーコンが連想され、昔懐かしい店《ザ・ドルフィン》のことがふと心に甦りました。炒め物の大盛りがわずかな料金で食べられる店でした。とはいえ、今こうして目にしているものにどうしてそこまでの関心を持てるのか、夢中になれるのか、小生にはさっぱりでした。歯科医が口腔内に尽きせぬ魅力を抱くように、人体に具わるありとあらゆる開口部や穴ぼこを探求する人がいるに違いない、そう考えもしました。場合によっては、ロジエの『百科全書』を探求せんがため、今彼女がさらしている穴ではなく、耳の穴や鼻の穴を撮っている自分もあり得たのかもしれません。ここでカトリアナが不意に身を起こし、指輪をはずしだしました。「これで気づかれちゃうかもしれないからね」枕を顔に押しつけているので声がくぐもってしまい、こっちは訊き返さねばなりませんでした。彼女は枕を持ち上げて再度繰り返しましたが、身につけている指輪から正体がばれるなどという発想は、こうやって若き友人から吹きこまれる啓蒙の息吹きなくしては、この老いぼれの鈍った頭にはまず浮かぶことのないもののひとつでしょう。

小生がシャッターボタンを押すと、フラッシュが光りました。

「やだ！　まだ駄目だってば！」カトリアナが身を起こしました。「顔が写っていたら、消去しなくちゃ！」そう言って画像を確認したところ、まさに彼女の望みどおり、うまい具合に首なし写真が撮れていたので、ふたりともほっとした次第です。作業を続行するべく彼女が横たわり、しばらくするとふたりともリラックスしてきました。性器の鮮明な画像をカメラに収めようと無理な姿勢を続けていたため、腰が痛くなってきましたが、椅子を使うことで解決しました。ここでカトリアナは、顔に枕を押しつけているのは用心しすぎだと思ったようです。そこで今度は枕を胸のあたりに抱えこみ、顔が写らないよう按配しました。

「このフィルムは何枚撮りかね？」うんざりするほど何枚もたっぷりと、薄切りベーコンをカメラに収めたところで、小生は尋ねました。

「フィルムは入ってないよ。画像はメモリーに保存されるの。百枚くらいは撮れるんじゃないかな」カトリアナはそう言って再び肉襞を引っ張って広げると、湿った穴に指を滑りこませました。彼女の体の、この奇妙な部分を初めて目にしたときのことが思い出されました。あれは風呂場で彼女の体を洗ってやっているときのこと、小生のかつての愛車モーリスが頭に浮かんだのでした。あれはじつに有能なすこぶる頼りになる車で、故障も十八年間で一度きり、クランクシャフトが折れたくらいでして、もしもあの日、ポテトチップス工場（いちいち名は挙げませんが）の近くで雨に遭ったときに乗っていたのがあのモーリスだったら、きっとタイヤもパンクせず、修理工場に行くこともなく、したがってザンティック族にもロジエにも巡り合わず、カトリアナが小生のベッドでよだれを垂らすこともなかったのでしょう。彼女が薔薇色のくぼみに二本の指をピストンのごとくねっとりと出し入れするあいだ、小生はこんなふうに思いを巡らしました。モーリスはとうに処分してしまい、あの時乗っていたのが、故障はしにくいが性能は劣るノヴァだったから今がある。もしあの車でなかったら、八百ポンド弱の機械でライフサイエンティストの惚れ惚れするような秘所を写すこともなく、きっと書斎でヒュームやカーライルを相手にしていたのだろうし、今頃はミセスBが午後の買物に出かけている時分だろうし、小生は「ザ・スコッツ・マガジン」に寄稿する論文のことを考えるか、マーガレットに会いに図書館に足を延ばすかしていたはず。そんなことをつらつら考えているといきなり、左眼にうっすらと涙が滲んできました。カトリアナがベッドの上で腰を弾ませ、枕の向こう側で喘ぎ声をあげるあいだも、こちらは相変わらずシャッターを切りフラッシュを焚《た》いていたわけで、出ていってしまったミセスBのことや、せっせと手紙を書いて送っていた友のことを考えるうちに、しみ出た涙ははっきりとした形に膨れ上がり、ぽろりと頬を伝い落ちました。とはいえ、カトリアナと出会い、あまたの不可思議な出来事のお蔭で、もはや読んだり書いたりする必要はなくなったし、全世界は機械に取って代わられ、これを商うアリやミセス・J・キャンベルはこの先ずっと安泰というわけです。

カトリアナがフィニッシュを決めた頃には全部で八十四枚も撮っていました。これだけあれば、どれほど凝り性の人でもきっと満足してくれるはず。カトリアナの顔と胸に赤味がさしていました。彼女がほかのこともしてほしいかと訊いてきたので、薬の効き目が薄れてきたからまずはトイレで用を足し、その後この写真をすぐに送りたいと告げました。小生が写真を送信するあいだに、カトリアナは風呂に入りました。だいたいが早風呂なのですが、この日はいつも以上の素早さでした。

メールの返事はカトリアナが帰ったあとに来ました。ここで初めて、貴殿のご著書を読んでいるお嬢さんがルイーザという名前だと知りました。もちろんこのことは、冒頭ですでに触れたので繰り返すまでもありませんね。専攻はフランス文学（それで貴殿のご本に興味があるのでしょう）、ルイーザを撮影しているこの男性と暮らしているそうです。彼は、小生が送った写真の見事な出来栄えにいたく感激してくれ、「オナペット」の極上品だと絶賛してくれました。ただ、この言葉は小生の辞書にも、『Drクールのウェブ・マジック』にも見当たりません。
彼はこれを機に親交を深めたい、できたら四人で会わないかと言ってきました。ついにロジエの『百科全書』の真の意味が解き明かされる時が訪れた、そう思った小生は、次の週に会う約束をしました。

　この計画を翌日カトリアナに伝えたところ、嫌そうな反応が返ってきたのにはいささか驚きました。こちらは十八世紀哲学についてあれこれ議論がしたいだけなのですから。

「一緒には行きたくないな」彼女は言いました。「あたしは電車で行く、めちゃ遠いし」

なんだか言い訳を無理にひねり出しているように聞こえましたが、これはきっとバイト代を気にしているのだろうと気づき、「手間賃はもちろんちゃんと払うよ。いくら欲しい？」

いつものように彼女はちょっと考えこみ、その後さらに交渉を重ねた結果、「わかった、じゃあ百ポンド」

郊外までの電車賃にしてはべらぼうな額に思えました。「百ポンド？　学割は使えないのかね？　そうだ年金受給者用の無料パスがある、それを使えば……」

「百ポンドくれたら、男性陣の望みどおりにしてあげる。聞き入れてもらえないなら、この話はなし。悪いけど、これが世の習いってやつ、こっちは生活がかかってるんだから」

　もちろん小生は承諾しました。そもそも我々の関係は相場に連動したところで成り立っているわけで、うら若き女性にはるばる街の反対側まで電車で行かせるのだから、これくらい請求されて当然なのでしょう。もちろん昔では考えられないことですが、慣習はめまぐるしく変わるものなのですね。

この日遅く、彼女が小生を相手に自主研究にとり組んでいると、電話が鳴りだしました。腰から下は何も身につけぬ恰好のまま、ベルが八回ないし十回鳴ったあたりでやっとこさ書斎にたどり着き、受話器を取り上げると、聞こえてきたのは図書館司書のマーガレットの声でした。貸し出した本の返却期限がとっくに過ぎているので、どこか具合でも悪いのかと心配になってかけたと言われました。

またしても過去の喜びのあれこれが思い出され、奇妙な感慨に襲われましたが、すぐに自分に言い聞かせました。埃だらけの薄汚れたガラクタを相手にあたら時間を無駄にすることもなく、今はこうしてカトリアナにいい成績をとらせる手伝いをして、有意義な午後を過ごしているではないかと。「すぐにお返しします。心配ご無用ですよ、マーガレット」そう言って電話を切ると、寝室に引き返しました。小生の持ち物がようやっと使いものになろうかというところに邪魔が入ってしまったため、せっかくの実験も初めからすっかりやり直さねばならぬと思うと、申し訳ない気持ちになりました。少なくとも本であれば栞《しおり》を挟んでおいて、中断したところから再開できるわけですが、今ではすっかりぐったりとなった小生の持ち物は、もはや用無しとなって部屋の片隅に積み上げられた本のなかの一冊、天金仕上げの『男が出会う三つの危機』のページからでろんと飛び出している革製の栞のようでした。それはともかく、こうしてしたためている手紙は、カトリアナの実験と違い、もっぱら意志の力をもって結論に一気に向かうことも可能ですので、これ以上深入りするのはやめにして、四人が顔を合わせた日に話を移すことにいたします。

カトリアナは結局、小生の運転する車で一緒に行くことになりました。どんな理由からか、とてもそんなものが要りそうにない陽気なのに、彼女は頭部をスカーフですっぽりと覆い、濃い色の眼鏡をかけていました。まるで目の不自由なロシアのバレリーナみたいで、とてもペンナイフを器用に操るライフサイエンティストには見えませんでした。教わった住所にたどり着いてみると、そこは感じのいい一軒家で、前庭の芝は刈ったばかりのようでした。小生の家には芝生がないので、こんなふうに手入れの行き届いた芝生のある家には憧れます。とはいえミセスBにしろカトリアナにしろ、はたして庭の手入れまでやってくれるかどうか。

玄関に現われたのはルイーザでした。ベルを鳴らしたカトリアナからだいぶ遅れてたどり着いた小生になぜかぎょっとした様子で、まるで杖をついた老人が訪ねてくるのは異議ありとでも言いたげでした。小生は気づきませんでしたが、カトリアナが、まだ初期ではあるがルイーザは妊娠していると教えてくれました。そうとわかった以上、今回の契約は白紙に戻したいと言いだしましたが、小生とカトリアナを居間に残してルイーザがキッチンに引っこんだところで、カトリアナは契約続行の条件として、あと五十ポンドの上乗せを要求してきました。十ポンド紙幣五枚を手渡しているところへ、ルイーザが、こちらから頼んだのか、それとも勧められてのことだったのかは忘れましたが、とにかくウィスキーの入ったグラスを運んできました。ここで早くも、物事は向こう側の計画に沿って動きだしていたわけで、小生はただそれにつき合わされているだけのような気がしました。

「わたしは飲めませんけど」ルイーザが言いました。「こんな状態なので……」と言いながら指をさした箇所から、うかつにも小生は体重を気にしているのかと早とちりして、アルコールは案外高カロリーですからねと合いの手を入れたわけです。ちょうど少し前に、〈ビール過剰摂取者のための協会〉が開いている面白いウェブサイトを知ったばかりだったものですから。

そこへメールをくれた男性が現われ、握手を交わしながらこう言いました。「ジョンと呼んでくれ。もちろん本名じゃないけど」

「あたしはサンディ」とカトリアナが言いました。

「わたしはルイーザ」彼女はすでにこちらが掴んでいる情報と矛盾したことを言わなかったので、なぜかほっとしました。

ジョンは小生に目を向け、「正直言ってびっくりだな。同好の士がこれほど……ご高齢とは。だろ、ルイーザ?」

ルイーザもこれにうなずくので、小生としては、高齢者が十八世紀哲学への情熱を表明することのどこがびっくりなのか、頭を悩ませました。そこへジョンが口を開きました。「あの写真、抜群だね、サンディ。ルイーザも気に入ったって」

ところがルイーザはさほど感心しているようには見えませんでした。肘掛け椅子に坐って、肥満が気になるらしいあたりに目を落とす彼女の様子を見て、送った写真は、たぶん照明がまずかったか何かして満足のいくものではなかったのだと受け止めました。

ここでジョンが、わたしの分だとばかり思っていたウィスキーのグラスを取り上げ、絨毯の上を膝でいざりながらカトリアナが坐る位置まで移動すると、彼女の膝に手を掛けてこう言ったのです。「すごくきれいだね、サンディ。きみのこと聞かせてよ」

カトリアナ＝サンディ（なんだか小生まで頭が混乱しそうでした）はぐずぐずしてなかなか口を開こうとしないので、小生が助け舟を出しました。「この子はライフサイエンスを大学で学んでいるんですよ。掃除機をかけるのもうまいし、絶品のリーキ料理が作れるんです。ミセスBよりずっと有能ですよ」

「ミセスB?」ジョンは興味を持ったのか、ウィスキーを一口、口に含んで言いました。「その人も呼ぶべきだったかな?」

「いや、残念ながらその機会はまずもってなさそうです」小生は言いました。「実は、こちらのルイーザさんが原因で、出ていってしまいましてね」こう言ってしまって後悔しました。すでに不出来な写真とかカロリーの話とかで彼女は気分を害していたわけで、今ならそれとわかるお腹のふくらみに絶えず心が向かっている彼女の様子も、我々に来てほしくなかったのだという小生の確信を強めるばかりだったからです。

「さてと」ジョンは言いました。「そろそろ親密の度を深めるとしますかね」そう言いながら彼の手が、それまであったカトリアナの膝から、彼女の太もものほうへ滑っていきました。

カトリアナはぐいとその手を押し返しましたが。ジョンはこれを楽しんでいるふうでした。その彼に向かってカトリアナは、「だったらジョン、あなたのことを話してよ」

「俺のことかい？　俺はフリーのソフトウェア・コンサルタント」

畏敬の念からしばらく声が出なかった小生でしたが、やがてこう切り出しました。「あなたのウェブサイトのＨＴＭＬメタタグには、とりわけ興味を引かれましたよ。ロジエ、フェラン、ミナール……」

ジョンは肩をすくめました。「あれはちょっとした悪ふざけでね」それからまたカトリアナに目を転じます。相変わらずその手は彼女の太もものあいだにありました。「ゲームとか作り話が好きなんでね。きみもだろ、サンディ？」

「まあね」彼女は言いました。「ものによるけど」

なかなか順調な滑りだしです。でも小生は少しばかり気が急いてきました。「わたしが知りたいのは、どうやってロジエの『百科全書』の存在を探り当てたかでしてね」こう話す小生の目の前で、ひざまずくジョンのほうにカトリアナが顔を近づけ、互いの唇でゆっくりと無心に唾液の交換をやりだしました。ジョンは相変わらず空いたほうの手にウィスキーのグラスを持ったままなので、こっちはこぼさないようにとただ祈るばかりでした。というのもなかなか素敵な絨毯で、ミセスＢならきっと染みひとつない状態に保つのを無上の喜びとするだろうようなものだったからです。そのグラスもようやく床に置かれ、ジョンの関心はカトリアナの、いやサンディのと言うべきか、スカートの下に移っていきました。

小生はルイーザに目を向けました。「わたしもあれを読んでいるところなんですよ」

「え？」彼女の声は虚ろで、眼差しはもう一組のカップルに注がれていました。

『フェランとミナール』、あなたがベッドの上で読んでいたあの本ですよ。ルソーやプルーストに興味をお持ちなんですね。それと文学における幻想の役割を論じたペトリ博士のお考えにも」

ルイーザは、何を言われているのかまるでわからないといったふうに、うんともすんとも言いませんでした。ジョンがルイーザに顎をしゃくって、小生のそばに行くよう促しました。「いや、もう結構」小生は言いました。「ウィスキーは欲しくないので」ここでまたカロリーのことを持ち出しそうになりましたが、なんとかこらえました。ジョンがまたもやこちらに向き直り（一瞬、ジョンの髪のなかに隠れていたカトリアナの指先が解放されました）、例の顎しゃくりを、さっきよりも気むずかしげに繰り返しました。小生がウィスキーは口に合わないと何度も言ううちに、ルイーザが立って小生のほうにやって来て、ジョンの鏡像を作るような位置にひざまずきました。彼女の手が小生のズボンの開口部に掛かったので、小生はなんとか話を、ルソーやフェランとミナールや貴殿のご著書のことや何やらに引き戻そうとしました。「あの本はどんなきっかけで？」ボタンをはずしにかかる彼女に、戸惑いながら尋ねました。昨今はフランス文学専攻の学生まで、ライフサイエンス専攻の学生と同じような自主研究をこなしているとは知りませんでした。「この実験にはかなり時間がかかることをご承知おきくださいよ。午後に予定が入っているとか、オーヴンで何か焼いているとかでなければいいんですが」

またしてもジョンが接吻を中断して顔を上げ、ルイーザに言いました。「もういいよ」それから小生に向かって、「見てるだけでいいなら、それでもいいさ。よかったら上に行って、まったりしないか」

十八世紀文学のしかるべき話題を見つける手段としては、親切なマーガレットがきちんと整理された書庫から一冊を探し出すのに比べ、かなりスローモーだし回りくどい気がしました。ここには検索システムもなければ索引カードもなく、あるのはジョンから次々に飛び出す指示ばかり、なんだか彼以外の人間はコンピューターのソースコードに振り回されているような気分でした。階上の寝室までの長い道のりを踏破した最後の人物が小生であることは申し上げるまでもないでしょう。ドアをくぐってすぐに、そこが画面でしばしば目にしていた部屋だとわかりました。しかし現場を実際に目にしても、やはり何も答えは導き出せませんでした。目の前で起こっているのはジョンがふたりの女性の服を脱がせる場面だけ、これならそのあとに続く実験風景を見学するまでもないと即座に思い定めました。いずれにせよトイレに行く必要に迫られていたわけで、またしても情けない足取りで階下に向かいました。

しばらくしてルイーザもおりてきました。ジョンとカトリアナはまだ二階で物音を立てていました。そこでさっそく小生は、気になっていた質問をぶつけることにしました。「どうしてペトリ博士の本を読むことに?」

彼女はうんざりしたような目を向けてきました。「そんなに大事なことなんですか?」小生がタイヤのパンクやにわか雨に始まるとても長い話に乗り出そうとしたその時、彼女がこう言ったのです。「ペトリ教授の講義をとっていたんです。毎週会っていました」

「そうでしたか」小生は言いました。「なぜ彼の講義を？」小生としては、彼女が啓蒙の時代に並々ならぬ関心があるに違いないと思ったのです。

「こういうことから……逃げるためだったのかも」彼女は片方の腕を大きく巡らし、どうやら壁に掛かった額入りの、港の風景か何かを描いた絵を指したようでした。たしかにつまらない絵でしたが、これを見たくないがためにルソーをとことん研究してやろうというのはいささか突飛《とっぴ》だし、的外れにも思えました。彼女は言いました。「ここでやっていることが嫌なわけじゃないんです。でも一時期、わたしたちの関係がぎくしゃくしだして、どうしていいかわからず、別れる決心もつかず、ほんのちょっとでいいからセックスとは無縁の、自分だけの世界が欲しかった。それで少しは冷静になれるかもって。で、毎週木曜日が本と作家だけにひたれるひとときになったんです。ペトリ教授がプルーストを論じてくださるあいだも、これから先、ジョンとどう関わっていくべきか、このままでいいのか、これが本当に自分が望んでいるものなのか、そんなことばかり考えていました。悩みが多すぎて、勉強に身が入らなくなりました。欲求不満で、ああでもないこうでもないと悩んでばかりだから、そうなってしまうんだと、ジョンに言われたんです。わたしがペトリ教授のことばかり話すものだからやきもちを焼かれたけど、全然そんな気はなかったわ。先生は象牙の塔に暮らす典型的な学者だし、見た目にもたいして惹かれなかった。実はジョンも、ペトリ教授の本を読んだんです。ちょうどその時期、彼は架空の人物たちの住む十八世紀のヴァーチャルシティを舞台にしたゲームソフトを作っている最中で、フェランとミナールから、タイアップ商法のアイデアを思いついたみたい。つまりインターネットにデマを流してゲームの宣伝をしたらどうかって。それでジョンは自分で論文もどきのものをこしらえて、これをペトリ教授が読むように仕向けろと言われて。罪のない悪戯《いたずら》に思えました。

「計画は、ペトリ教授と一緒にウェブ検索をし、ジョンのサイトに誘導する、というものでした。でも結局、これは実現しませんでした。あとで知ったのだけど、ジョンが見せたかったのはゲームのサイトなんかじゃなく、セックスシーンばかりのページだった。彼にすればほんの冗談のつもりだったんでしょうけど、すでにふたりの仲は悪くなる一方だったから、わたしはついにキレちゃって、それでここを追い出され、その後二週間くらいは頭のなかがめちゃくちゃだった。薬を飲んで馬鹿もやったし、大学も退学して、とにかく頭のなかを整理したかった。そのくらい落ちこんでいたんです。でもそれはもう過去のこと。今はこうして元の鞘《さや》に収まり、幸せにやってます」

幸せそうには見えませんでした。インターネットに自分の姿が流れていることにも気づいていないようでした。でも今さらこの件を持ち出しても詮無いことです。こうしてジョンの愚劣な悪戯が明らかになったというわけです。やがてジョンと、むすっとしたカトリアナが二階からおりてきたときは、小生もほっと胸をなでおろし、この幸薄い家からさっさと立ち去る気になっていました。

ずっと黙りこくっていたカトリアナが、車に乗りこんでしばらくすると泣きだし、ユアンだかゲーリーだかいう子のことを話しはじめました。そのあいだ、小生の頭を占めていたのは、結局は石鹸の泡のごとく無に帰してしまったあの宇宙哲学のことばかり。小生の気分はすっかり落ちこんでいたのです。その時、『認識論と不条理』のことが頭に浮かびました。あの黄ばんだページがすべての始まりでした。あの本はジョンの悪ふざけに先立つもの、ということは、真理を見出すチャンスはまだあるということでしょう。ロジエの探求は終わるどころかまだ始まったばかり、そう気づきました。ウェブサイト、サーチエンジン、寝室での自主研究、そういう益体《やくたい》もないものにただ惑わされていただけなのです。やはりまっとうに機能しているのは図書館と古書店だったのですね。

家に戻ると、カトリアナは玄関そばの部屋で、体を動かしていないときには絶対不可欠な(とは本人の弁)紅茶を口にし、もうここに来るのはやめにすると言いだしました。これには愕然としました。

「きみがいなくなったら、どうやりくりすればいいんだね」

彼女はふっと笑みを浮かべました。この日初めて見る笑顔でした。「代わりの家政婦さんは見つけてあげるから心配しないで。新聞販売店の掲示板も全部チェックするし、街頭の貼り紙も見て回って、あたしなんかよりずっと有能な人を見つけてあげる」

それは骨折り仕事だろうし、そうなれば当然のこと、相場の手間賃を払うからねと伝えました。

「いいの」彼女は言いました。「お金はいらない」それからポケットに手を入れて百五十ポンドを取り出すと、わたしに返してよこしたのです。

「電車で行かなかったからだね」小生は紙幣をたたみながら言いました。「でも、鉄道パスは持つべきだよ。ライフサイエンス科の学生なんだもの、きっとただで発行してもらえる」

　カトリアナは言いました。「変なお爺ちゃんだよね、ミスター・ミー。世の中のことを何にも知らずに、何十年も暮らしてきたなんてびっくりだよ。ご両親は何も教えてくれなかったの？」

「ああ、会ったこともないんでね」そこでカトリアナに、小生が育った施設のことを話してやりました。ミセスBが浴室を洗っていると必ず、あの昔懐しい匂いが脳裏に甦ってきたものです。黒ずんだ砂岩でできた建物、子供たちがひしめき合い、決してひとりにはなれない場所。小生が手紙を出しつづけていた相手というのは、そこで暮らしはじめた頃からの親友でして、彼とやりとりしていた手紙ではそうした話はするまでもありませんのでね、今こうして書きながら初めて、言わずもがなの生い立ちを書き留める必要を感じた次第です。

「マジでほんとに会ったこともないの？」愛らしくもカトリアナお得意の、同語反復《トートロジー》です。

「そんなの悲しすぎるよ」と、彼女なりの推論を働かせたのでしょう。「施設にはどうして入れられたの？」

　これについては、小生の半生をこのお嬢さんにも語らずに終わりましたから、ここに書き記すまでもないでしょう。語りはじめたら最後、この手紙は膨大な量になってしまい、封筒に切手が貼りきれなくなること間違いありません。とにかく小生はカトリアナに、いい子にしてこのままさっさとアパートに戻り、ゲーリーだかユアンだか知らぬが、とにかくその子に電話を入れて、分別を働かせて事態を収拾するんだよと言ってやりました。彼女は小生の頬に接吻し、

「ありがとう」とやけに神妙な面持ちで言うので、幸運を祈っているよと言って玄関から送り出しました。彼女とはそれきりです。

これでまた、Drクールの言う第一段階《ファーストベース》（前戯の意もあり）に逆戻りだな、とひとりごちました。しかし一時間もしないうちにドアの呼び鈴が鳴ったので、カトリアナが忘れ物でもしたか、あるいは代わりの家政婦を見つけるという約束を、驚異的なスピードで果たしてくれたのかと思いました。ドアを開けると、黒い制服を着た男がふたり立っていました。訪ねてきた住所に間違いがないかを確認してから、ビニールケースに入った書類をこちらに見せると、家のなかにずかずか入ってきて、コンピューターの件で来たと言うのです。

「《ディクソンズ》の方ですか?」と尋ねました。ああいうまっとうな小売店で制服を着ている従業員といえば、警備関係の人くらいしか思いつきませんでしたが、目の前のふたりはどうやらサービスエンジニアで、わずか百ポンド足らずの費用で受けられるからとアリがしきりに勧めてくれた、保証期間延長サービスとかいう摩訶不思議な契約を、このふたりが果たしにやって来たのだろうと思ったわけです。

「あなたのコンピューターに〈公序良俗に反する出版物取締条令〉に抵触する画像が入っているとの通報に基づき、差押さえ令状が出ています。あなたには黙秘の権利があり、今後のいかなる発言も証拠として……」サービスエンジニアのひとりがこうやってわけのわからぬ言葉や条件などをまくし立て、こちらには何のことやらさっぱりわからず、あのアリも、ミセス・J・キャンベルすらも恨めしく思っていると、もうひとりのほうが、小生が教えた二階の書斎に上がっていき、やがて機械の接続を取りはずす音ががちゃがちゃと聞こえてきました。「店から戻ってきたときに、キーボードのコネクターCをシリアル・ポートBに差しこむとか、無理に押しこんでコネクターのピンを曲げないように注意するとか、そういうことをちゃんと憶えていられればいいんですがね」この時小生は、設置の際に何種類もの特殊言語にさんざん泣かされたことを思い出していたのです。

小生の脇に立つ機械分解担当者でないほうの人は、ゆるゆるとかぶりを振っていました。彼がこう言うのです。「とぼけたって無駄ですよ。あなたのコンピューターにチャイルド・ポルノが入っているのは調べがついているんですから」

「おお、そんな馬鹿な」小生は自信をもってきっぱりと言ってやりました。「たしかにバイロンの『チャイルド・ハロルド』なら、アバディーン出身の著名人たちを扱ったサイトから、一部ダウンロードした憶えがありますが、チャイルド・ポルノなんて聞いたこともありません。そうですとも、ご覧になればわかるでしょうが、そこに入っているのは、版権もとっくに切れた古い作品だけだし、わたしのような爺さんくらいしか興味を持たない代物ばかりなんですから」

「それも今にはっきりするでしょうよ」エンジニアは凄んで見せました。そういえばこういう態度は、《ディクソンズ》で従業員に対して礼を失したときなどにまま見受けられる特徴です。小生は求められるまま書類にサインをして、そのあと表に停めてある車に乗せられました。これが子供たちの一団やご近所の人たちに曰《いわ》く言いがたい興味を引き起こしたようで、カーテンの陰から、あるいは玄関先の石段のところからじろじろ眺めていました。「こんにちは、マクドナルドの奥さん！」小生は見物人のひとりに手を振りましたが、こちらが車に乗りこむより先に、挨拶を返すでもなくドアを閉めてしまいました。

こうして小生は正真正銘、ひとりぼっちになってしまいました。カトリアナが去り、そして今度はコンピューターまでも。薬の蓄えも底をつき、あちこちのナイトクラブに電話をかけてみましたが、どこも宅配サービスはやっていないとの返事でした。またしても膀胱に不具合を抱えた孤独な老いぼれに逆戻りです。しかしどんな苦難が降りかかろうと、臨時雇いの家政婦に見捨てられようと、どれほどの苦痛や苦悩に苛まれようと、いずれ時が解決してくれるはず。長いことほったらかしにされて悲しい思いをしているだろうに、それでも愚痴ひとつこぼさず、じっと帰りを待ってくれている、この世でいちばん頼れる友たちのところへ戻るのが一番でしょう。この日、しっかりと手すりにつかまり、「いやはや、まったくたまげたね」とか何とか心のなかで呟きながらゆっくりと階段をのぼりきり、やっとこさ書斎に入ると、しばらくぶりに本箱の錠を解き、一冊、また一冊と抜き出していきました。かけがえのない大事な宝物、心慰めてくれる真にして唯一無二の存在。小生は本たちに語りかけました。たしかにきみたちは薄汚れ、埃をかぶり、だいぶ耄碌《もうろく》しているが、それはわたしとて同じこと、お互い似たもの同士、息の合った相棒同士なんだねと。それから、がらんとした机の上に本を並べていきました。ホッグやスティーヴンソン、そして最愛の人ヒューム、どれも最後に読んだ箇所、印をつけておいたページを広げてやりました。この奇妙に過ぎていった日々のあいだ、彼らはひたすら息を詰めていたのです。その間わたしは、本のことなどすっかり忘れ、本物の生を生きているつもりになっていたわけです。しかし本のほうは声もあげず、辛抱強く生きつづけていたのです。そして今ようやくわかりました。何のことはない、わたしは迷夢をさまよっていたのだと。そこは本が存在しない、まやかしの空っぽの世界、その暗緑色の深みから泡が立ち昇るように、今ようやく浮かび上がってきたのだと。カビの臭気が鼻をくすぐり、ページを繰るときのパリッとした手ざわりや、表紙を摑んだときの存在感を改めて実感した次第です。

「明日は掃除機の操作を習得しよう」そう自分に向かって言いました。

ところが、これがまったくの取り越し苦労に終わったわけで、それでたぶんよかったのでしょう。カトリアナがいつもならやって来る時間に、ドアの呼び鈴が鳴りました。玄関先に立っていたのは、若き友でも《ディクソンズ》の無礼千万なエンジニアでもありませんでした。重い足を引きずりながら階下に向かうあいだにも、鍵をガチャガチャやる音が聞こえてきました。二十八年間、慣れ親しんできたあのやり方です。続いてドアの向こうから声があがりました。

「このオンボロ錠、いつまで修理屋を呼ばない気かね」ドアが開くと懐かしい人が立っていました。ミセスBが戻ってきたのです！

「どうやらまだ生きておいでのようだね」彼女は足を踏み入れながら言いました。

それにしても何が起こったのでしょうか？　思うに、カトリアナが小生の住所録からミセスBの電話番号を見つけ出し、昨夜のうちに訪ねていって、元雇用主のところへ戻ってほしいと懇願したようです。まずはロジエのこと、それからルイーザのことなど一切合財を説明し、後半はもっぱら、幽閉すべき邪悪な人間だとの小生に対するミセスBの思いこみを払拭することに尽力してくれたのです。

「旦那さんの言い訳を聞かにゃならない相手は、このあたしじゃないみたいだよ」彼女が仄《ほの》めかしているのは、今ではこの通り一帯の家々で語り草のひとつになっているとかいう、民間伝承のことのようです。

「こっちはただ、あんたの仕事をちょっとは楽にしてやろうと思って、コンピューターを入れただけなんだよ」小生は切々と訴え、ともかく今はもうあれもなくなったことだし、家のなかはそっくり元のままだからと言って聞かせた次第です。

ミセスBは、コートと帽子を脱ぐと、見るからに期待が持てそうな野菜の詰まった紙袋をキッチンに運んでいき、こう言いました。「色事は四十前にひととおり済ませ、あとはそういったものとすっぱり手を切るお人もいれば、それより倍も年を食ってから、さんざん馬鹿げたことをやらかす人もいる。旦那さんがどっちの部類だかわかってますだね、ミスター・ミー」

じつに含蓄のある苦言を頂戴し、ようやく正常な暮らしが戻ってきました。目下は「ザ・ピープルズ・フレンド」に寄稿するべく、ホルヘ・ルイス・ボルヘスのスコットランド系祖先をたどる研究を着々と進めているところであります。ボルヘスはウェストハイランド・テリアをこよなく愛し、いつくしんでいるとのこと、このことから見ても、かの一流誌に取り上げる資格は十分と言えましょう。いずれ活字になった暁には、一部送らせていただきます。小生の冒険譚も丸く収まったところで、ひとまずお暇を述べさせていただきます。

長いあいだ連絡もせず悪かった。きみはきっと、ぼくが今、何をしているのか、どこに雲隠れしてしまったのか、なぜ行く先も告げず、あわただしく姿をくらましたのかと、訝しく思っていたに違いない。いや、三年前にそっちを逃げ出したまさにその日、そんなふうに考えたんだろう。借金がかさみ――きみも知ってのとおりルーレット台やトランプを見ると我慢できなくなるんだ――その後マリーの父親とあんなふうにすったもんだがあったからね。パリはもはや魅力的な街ではなくなっていたし、ぼくのような電話技師は、そこそこの都会でなら、いや外国でだって、職にあぶれることはない。消印を見ればわかると思うが、今はスコットランドで暮らしている。こっちの通信事業はかなりの盛況ぶりだ！

テアトロフォンのブームはフランスに比べたらまだまだで、むしろ、人気を呼んでいるのはごく普通の家庭用電話機のほうなんだ。この話題はパリにいた頃、会うたびにしょっちゅう聞かせていたから、ここでまた蒸し返されるのはうんざりだろうけど、とにかくテアトロフォンが自動車や飛行機以上に未来を象徴する存在だとぼくは言いたいんだ。芝居や講演会やコンサートの模様を、すでに引かれた電話線経由で契約者の各家庭に直接届けてくれる装置なんだからね――こうした工学技術の進歩のお蔭で社会が変革の時代を迎えつつあることには、きみだってきっと同感してくれるだろう。

この機械が世に出て久しいと教えてやると、こっちの人はたいていびっくりする。ここ英国《ブリテン》ではエレクトロフォンの名で呼ばれていて、ぼくも週に三、四台、金に余裕のある人のところに取り付けに行く。そのうち料金もお安くなりますよなんてぼくが言うと、こういう金持ち連中はたいていがっかりした顔をするんだ。一年間住んだサセックスでの売り上げはかなり好調だったが、こちらで呼ぶところの〈国境北部《ノース・オブ・ザ・ボーダー》〉に来て以来、スコットランド人がイギリス人に負けず劣らず、それを言うならパリ市民にも引けを取らないくらい俗物だとわかったよ。とにかく他人が買えないものを所有するのが何より大好きときている。ただ少なくともスコットランド人は、南のほうに住むお隣さんよりぼくらの国のほうにシンパシーを感じているようで、フランスのことを〈古来よりの同盟国《オールド・アライアンス》〉なんて呼ぶくらいだしね。とにかくエレクトロフォンの、例えば樫材のスタンドにトランペット型スピーカーが四つついた豪華版一式を、古い油絵や鹿の頭が壁に掛かる立派な居間に設置しちまうんだから——あと十年か二十年もしたら、この国のどこの家庭にも、電話は当然のこと、エレクトロフォンも一台ずつ入っているようになるんじゃないかな。

こんなことを口にすれば、そばで作業を見守っている屋敷の執事から笑い声があがるけど、そういう時はこう言ってやるのさ。こうした技術を享受できるのも、ひとえにひとりのフランス人のお蔭なんですよってね。ムッシュー・アデルは、今を遡ること三十年前の一八八五年、パリのオペラ座に十二台の集音機《マイクロフオン》を設置し、電話回線を使って臨場感たっぷりの音を受信者たちの家に届けたんですよ。演奏中の音楽はもちろんのこと、歌手が立ち位置を変えるところまで手にとるようにわかるんですからね。当時の名前はステレオフォニー、まさに未来の機械ですよってね（とはいえ、音の位相の違いを出すという問題は当時まだ未解決だったんだが）。こういう蓄音機のようなものは時間の無駄、そう長くは続かないでしょうな、なんてこっちが言うと、新たに登場した無線ラジオがあるじゃないかと言ってくる連中もいるけど、聴取者から金を取れないメディアなんか流行りっこない。そっくりただで商品を宙にばらまく会社なんてあると思うかい？　そんなものはさっさと忘れなくちゃ。銅線こそが命だよ。電話通信は未来という見えない都市だとムッシュー・アデルは見抜いていた。こっちに住んでいてフランスに行ったことのない人に、今世紀末にはフランス全土のホテルやレストランの売店《キオスク》にはテアトロフォンが完備され、コインを入れれば好きなだけさまざまな催し物を堪能できるようになると話すと、たいてい誰もが驚くよ。ブームが来ればテアトロフォンを呼び物にしたカフェもできて、進歩大好き人間や流行に敏感な人たちがそこへ出かけていって、コーヒーも友人との会話もそっちのけで、これを楽しむようになる。当然フランス人なら誰でも知っていることだが、こっちではまだ目新しいことなんだ。

だから言ってやるんだ、数年後の未来を想像してみてごらんなさい、ひとたび全世帯に電話線が引かれたら、どの家にも、どの公立図書館にも、どの学校にもテアトロフォンが一台ずつ置かれているところを思い浮かべてみてごらんなさい、ってね。そうなったら自宅の安楽椅子から離れる必要もなくなるんですよ。この機械があれば、これで金銭のやり取りもできるし、事業の宣伝もできる、会ったこともない相手とお喋りを楽しむことだってできる。本をわざわざ買って読む必要もなくなる。外に食べに出なくても、電話一本で料理を家に届けてもらえるんですから。

「そんな暮らしはひどく退屈そうだな」と多くの人は言う。誰もが怠け者になって、孤立し、友情も求めなくなり、会話のし方も忘れてしまうだろうってね。とんでもない、その反対ですよ、とぼくは言ってやるんだ。電話はむしろ人間関係を広げ、豊かにしてくれることになるんだと。「だったら手紙のやりとりはどうなる?」と訊かれたら、こう言ってやればいい。ひとたびこのシステムが十分に機能するようになれば、日に五回も六回も郵便配達をしなくてすむんだと。用事のある相手にいちいち手紙を書くのではなく、直接話しかけられるようになることで、その分余った時間はどうするのか? 遊ぶ以外に、こうしてたっぷりとできた余暇を何に使うようになるか? なら、電話が我々の生活にすでにもたらしている恋愛にまつわるさまざまな可能性について考えてみましょうか……てな具合に話は広がっていく。

スコットランド人はイギリス人やフランス人に比べると、科学の進歩といった話に乗りやすいと言えるかもしれない。連中は電話は我が国の発明だと言い張るが、そんなことはほかのどの国でも言っていることでね。ただし、テアトロフォンは間違いなくフランス生まれだからね。遠距離通信に、芸術文化、人間の創造性、情操教育といったものの未来を見出すだけの洞察力があるのは、きっとフランス人だけなのかもしれないね。

ところがだよ、こうした夢だけでは飽き足らず、ぼくは賭け事の借金を重ねてしまったんだ。

テアトロフォン・カンパニーの給料はよかったし、機械を欲しがるパリ市民はわんさといたのだが、まさにこれがぼくにとっては躓きの石だった。ぼくは実入りがいいと、かえって賭け事にのめりこんでしまうんだ。

フランスを発つ直前、ぼくが最後の一台を設置したときのことは今でも忘れない。あれはオスマン大通り、《プランタン》からそう遠くない（ついでに言うと、デパート業界も今に廃《すた》れるだろうね）、ルイ十六世の不細工な記念碑（いつになったら撤去されるのかね？）がある小さな公園のほぼ向かい側だった。予定表には一〇二番地と書きこまれていた。三、四階建ての大きなアパルトマンで、ぼくは箱に入った装置一式を片手で抱え、もう一方に工具入れを持って階段をのぼっていった。階段のカーブを曲がりきると、目指す部屋のドアの横に階段室のほうを覗ける丸窓がついていて、そこから見張り役の若いメイドの顔がこちらを睨みつけていた。呼び鈴を鳴らさぬうちにメイドはドアを開けた。ぼくが名を名乗るあいだも、頭から爪先まで徹底的に身体検査されてね。手にした木箱と工具入れも隈なく調べられ、まるでぼくがカバンに動物でも隠し持っているんじゃないかとばかり、鼻をくんくんさせたりもした。それからうんともすんとも言わぬまま脇に寄ってぼくを招じ入れ、ドアを閉めると先に立って歩きだした。

玄関ホールの左手のドアが開いていて、そこは食事室らしかった。見れば家具が所狭しと置かれていて、足の踏み場もない。大勢の人がここに集まることはないのかなと心のなかで呟きながら、メイドのあとについて廊下のはずれのドアをくぐり、やはり使われていない様子の応接間を抜け、主《あるじ》の部屋にたどり着いた。彼女がドアをノックしたので、ああ、書斎なんだなと思った。ところが予想は大はずれ。メイドがドアを開けてみれば、そこは寝室だったんだ。外はおてんと様が照っている時分だというのに、分厚いカーテンがひかれていて、ランプがともっていた。おまけに暖房まで入っているのだから驚きだよ。鶏の蒸し焼きができそうなほどの熱気なんだ。しかも陰気な雰囲気で、ランプに布が掛けられているから、何もかもがどんよりと黄色味を帯びた翳《かげ》に沈んでいる。部屋のいちばん奥の隅のベッドに、この家の主はいた。鼻のあたりまですっぽりとシーツにくるまっていて、その小柄な様子から、怯える兎を連想した。きっと病人なんだ、だからほかの部屋をめったに使うこともないんだなと、ぼくは推理した。家に引き籠りがちな人にはテアトロフォンはまさにうってつけだからね。それはともかく、たしかにここはかなり風変わりで、早々に忘れられそうにない家だった。何よりも奇妙なのは壁、安物のコルク板がびっしりと張ってあるんだ。どうしてこんなふうにしてあるのか、あえて訊くのは控えたが、まるで昆虫の巣穴のなかを歩くような感じで、さしずめベッドに横になっている彼は白い繭《まゆ》に包まれた幼虫といったところだ。年の頃は四十そこそこだろうか、まだ髪は黒くふさふさしていて、たいそう立派な口髭もたくわえていたが、こんなに寝室を息苦しいほど暑くしていたら、寿命も縮まるんじゃないだろうか。

「こんにちは、お邪魔します」ぼくは声をかけたが、相手の緊張がそれで解けたようには見えなかった。これだけ暑いのに震えているんだ。どんな死に至る病に冒されているのかは知らないが、こっちに感染しませんようにと祈るばかりだったよ。メイドが出ていき、ふたりきりになった。

「どこに取り付けましょうか?」ぼくは問いかけた。相手は困惑の態で顔をしかめた。「テアトロフォンですよ」ぼくは箱を指さしながら伝えた。まったく、ぼくが何しに来たと思ったのかね?

「ああ、あれか」彼はそう言うと、相変わらずシーツにうずめたままの顎をしゃくり、ベッド脇のテーブルを指し示した。

「まずはここに載っているものをどかしましょう」ぼくは言った。すでにそこは、電話機をはじめ、薬瓶やらおびただしい数のノートで埋まっていたんでね。ぼくはそこから数冊のノートを持ち上げた。

「慎重に頼みますよ」家の主は言い、それはある小説の原稿の一部だと教えてくれた。ノートの数から見て、これは史上最長の小説になりそうだと思わずにはいられなかった。

「それはそれは」ぼくは言った。「おさしつかえなければ、小説をよそに移しましょう」彼が移動場所を示したので、三往復してこれを運び、あとに残った電話機と薬瓶は、彼の手が届くよう脇に寄せ、装置を置くだけのスペースをこしらえた。「では、作家さんでいらっしゃるんですね?」ぼくがそう言うと、彼は再びおずおずとうなずいた。「どんな本をお書きなんですか?」

彼は、難しい質問をされでもしたように眉をひそめ、「ぼくは一冊だけ書くつもりなんだ」と切り出し、「内容は……」と話しだしたところで、いきなりものすごいくしゃみをした。とにかく彼の体が跳ね上がるほど激しいものだったから、メイドを呼ぼうかととっさに思ったほどだった。なんとかくしゃみがおさまると、彼はこちらにぎらぎらした目を向け、こう尋ねてきた。「きみ、花を付けているんじゃないかね？」ぼくの上着のボタンホールに何も挿してないことは、見ればわかる。「あるいは、花のそばにいたとか？　ひょっとしてここへ来る前に花屋に立ち寄ったのでは？」

これにはびっくりした。前日に花屋に立ち寄っていたんだ。作家を名乗るこの男には霊感のようなものがあるんだろうかと思ったよ。ぼくの行動がすっかりお見通しなんだもの。「これは驚きました」とぼくは言った。

またしても彼は鼻に手をもっていったが、くしゃみは起きず、鼻から吸いこむのを避けるようにやや顔をそむけた。こっちは朝、全身それは丁寧に洗ってきたはずなんだがね。「《トゥルセリエ》かな？」

「花屋ですか？」彼が言っているのは、この通りのすぐそばの洒落た店の名前だ。「いえ違います。わたしが行ったのはカピュシーヌ大通りにある小さな店でして。《カフェ・ド・ラ・ペ》からちょっと行ったところの」

「おお、そうでしたか」まるで彼にとっては重大事みたいな口ぶりだった。「その店は知らないな。新しいのかな？」

こっちはそんなこと知るわけないのに、あれこれ店の様子を尋ねるのをやめないんだ。

「どんな花がありましたか？」

百合、ヒアシンス、大輪の赤い蘭などをどうにか思い出した。なにせその時は、マリーとの約束があったのにカジノに長居してしまい、何をあげたら機嫌をなおしてもらえるかと、ただ眺めていただけだったのでね。

「カトレアは？　カトレアはありましたか？」彼はしつこく訊いてきた。

「あったと思いますよ」この答え方がどうやらお気に召さなかったようなので、ぼくは言い直した。「ええ、かなりたくさんカトレアがありましたけど、わたしには高すぎて」

「いくらだった？」

「あ……ちょっと忘れちゃいましたね」これ以上口から出まかせを続けるわけにもいかなかった。まずは仕事を済まさにゃならんからね。

「思い出せないと言うんだね。つい昨日のことじゃないか」

ぼくの記憶力は並み以下なんだろうと素直に認めてやった。するとじつに人のよさそうな顔でぼくを見つめてきた。「記憶力のあらゆる機能を鍛錬してやらないと、ぼくたちには最終的に何も残らないことになってしまいますよ」彼のお蔭でぼくのその分野はかなり開発されたんじゃないかな。まったくたいしたもんだよ、作家という人種は。

ともかく花屋の話をなかなか切り上げてくれなくてね。「床は大理石かな？」とか「売り子は何人いたかね？」とか、いったいなんでそんなことを訊くのかわからないが、とにかくそっくり全部知りたがるんだ。もちろんこっちの話のほとんどはでっち上げ、仕事に取りかからぬうちに月末が来てしまったら困るからね。店の外の通りにはどんな音がしていたか、カウンターには香水入りの水を満たした指先を洗う小鉢が置いてあったかとか、東洋風の花瓶はあったかとか、棚はどんな造りだったかとか。こんなふうに物についてこだわりを持ってるんだから、小説が恐ろしく長くなるのもわかる気がするね。ぼくが書くとしたら、「男はマリーに贈る花を買おうと店に入ったが、財布の中身に見合うものがなかった」で終わりだな。それにしてもぼくが花屋に行ったことがどうしてわかったのか、そこが知りたいよ。

「あまり外出はなさらないようですね」ぼくは言った。どう見ても死期が近いことは明らかで、これほど花屋のことを気にかけていながら、ずいぶん久しく花屋を見られずにいるってわけだ。それはともかく、この作家はぼくの言葉を否定するようなことはいっさい口にしなかった。

「とすると、アイデアはどこから仕入れるのですか?」ぼくは尋ねてみた。「外にも出ないで部屋に閉じこもり、カーテンやコルク張りの壁とにらめっこでは、さぞかし大変でしょうね。まさかご本の中身が、ベッドに横になったままの話だなんて言いっこなしですよ!」

この冗談は面白くなかったようだ。彼は、記憶だけが作品の唯一の素材だと言い、またしても花屋の話に逆戻りしそうだったので、こっちは慌てて話の流れを変えてやった。

「そうか、あなたのご本にこいつを登場させようとお考えなんですね」とぼくは、まだ開けていない箱を指さした。「テアトロフォンですよ」

彼は感情のこもらぬ眼差しでぼくを見やると、こんなようなことを言った。「電話というのは、人間が声だけの存在となったその瞬間から、声になんらかの変化をもたらすというか、比率に変化を起こさせる装置です。顔も姿かたちも伴わずにそれだけが耳に届くと、これがじつに甘美で繊細なものだということに改めて気づかされる」

こんな言い回し、それまで一度も聞いたことなかったが、なにせこの人は作家先生だからね。ひねりの効いた表現ができるのさ。それはいいとして、彼がテアトロフォンのことを本に書く気はないらしいと知ってちょっとがっかりしたよ。そこで彼をびっくりさせてやることにした。

「実は、わたしの四代前のご先祖というのが、ジャン＝ジャック・ルソーと知り合いでしてね」作家は片眉をぴくりと持ち上げた。「本当ですとも、『告白』はお読みになりましたか？　あれに出てくるんです。うちの大爺さん――高祖父ってやつです――とその友達は、モンモランシーでジャン＝ジャックとつき合いがあったんです。とにかくすごい経験をしているんですから」

相手は話に乗ってきた。作家の関心を引くには、当人以上に有名な作家の話を持ち出すに限るのさ。未発表作品の原稿の山を床に置いたままベッドにもぐりこんでいるこの御仁《ごじん》は、電話取り付け工事人のぼくより自分のほうがましくらいに思っていたんだろうが、こっちはルソーとつながりのあるご先祖様を持っているんだからね、たちまち羨望の眼差しで見られているのがわかったよ。

「ルソーが殺人犯だったことも、まずもってご存じないでしょうな」

ここに至り、作家先生の落ち窪んだ目玉が、その周囲を囲む黒ずみから飛び出さんばかりになった。「殺人犯？」

ぼくは一部始終を話してやった。これはきみもよく知った話だから繰り返すまでもないね。

「その話に絶対の確信があるのですか？」彼は訊いてきた。

当たり前のこんこんちきさ。もう数え切れないほど繰り返してきた話なんだ、確信があるどころの騒ぎじゃない。「……で、フェランがいなくなるとミナールは、フェランとジャン＝ジャックが共にスイスに行ったに違いないと考え、跡を追ったんです。一か月余りの後、ルソーの足取りをヌーシャテルまではたどれたものの、このジュネーヴ市民とフランス人のふたり連れとはついに接触できず、ルソーのほうはかの地でスコットランド領事の保護を受けていたんです」

作家先生は、『告白』にそのようなことが書かれてあったのを思い出したようだが、ルソーにフェランなる人物が同行したくだりは憶えがないと言った。

「おっしゃるとおりです」ぼくは言った。「そこはたぶんミナールの勘違いで、フェランはロジエの『百科全書』の原稿の半分を持ってパリに無事戻ったのかもしれません。でも、だとしても、うちの大爺さんが、いなくなった友を探してジャン＝ジャックを追ったと考えるしかないんです。ミナールは変装して町々を訪ね歩き、地元の人から情報を集めては、なんとかルソーに接近しようと試み、そうこうするうちに、ルソーはジャクリーヌばかりかフェランまでも殺したに違いないと思いはじめましてね」

作家先生は言った。『告白』の著者がそんな恐ろしい秘密をまんまと隠しおおせたなんて、ちょっと信じがたいですね。自伝にそれを匂わすようなくだりはいっさい出てこないのですから」

きみも知ってのとおり、この手の疑問にはこれまでも何度となく答えてきたからね、こう言ってやった。「偉大な作家なら恐ろしい罪を犯すなんて絶対にあり得ないとでも？　罪を犯したからこそ、その罪を隠蔽するような形ですべてを書かざるを得なくなったということは考えられませんか？」

するとと作家先生は言った。「きみはまるで見てきたように、ずいぶんともっともらしく話をするんだね」

ぼくはさらに言葉を重ねた。「ルソーは自分が手を染めた犯罪への深い罪の意識から、後ろめたさから逃れる方便として、無数のどうでもいいことをでっち上げたんです。例えば、実は彼には子供はいなかった。次々に孤児院送りにしたというあの話は真っ赤な嘘だった。彼が盗んだというリボンの話も同様――まるで実際にやった悪事よりも、こっちのほうが数段、性質《たち》が悪いみたいにね！」

「どうやらそれが、ご先祖の出した結論のようですね」

いやはや、この作家先生はじつに呑みこみが早かった。「ええ、うちの大爺さんの演算機関《コンピューティング・エンジン》がはじき出した結論です」そう言うとぼくは、四代前のご先祖が、糸と紙を網の目状につないだこの装置が、ありとあらゆる論理的思考をやってのける日がきっと来ると信じてこれを作り続けた経緯を話して聞かせた。「ある意味、わたしはこの大爺さんの後継者なんでしてね。大爺さんの場合は推理機械、わたしの場合は電話通信というわけです。こんなふうに工学技術に夢中になるのは、きっと血なんでしょうね」

あとの話はきみの知ってのとおりだ。大爺さんはフェランがルソーの手にかかって死んだことをこの機械で証明したが、当局を説得できずに終わると、今度はあちこちの宿屋や酒場に噂をばらまき、ついには暴徒を集めてルソーの家に石を投げさせ、彼を家にいられなくしてしまった。これはまったく正しい行動だったと言いたいね。「でも大爺さんは諦めなかった。ルソーをどこまでも追いかけました。まずイギリスに渡り、その後フランスに戻ると、ロジエの人相理論で習得した変装術を駆使して正体を隠しました。荷車でルソーをひき殺そうともしましたが、犬に邪魔されてしまった。結局ルソーはこの世での裁きは免れましたが、大爺さんとしては、来世で確実に受けるであろう厳罰に匹敵する苦しみをこの世でも味わわせてやろうとしたわけです。その計画が成功したことは、ルソーが精神的に追い詰められていったのを見ても明らかでしょう」

「ご先祖のお名前は何というのですか?」

「それがじつに妙なんですが、誰も知らないんですよ。大爺さんの連れ合いも知らなかった。もっとも四十以上も年の離れた結婚で、そこに生まれたのがわたしの曾爺《ひいじい》さんでしてね。家族にもただのミナールとだけ呼ばせ、しかも、これは本名じゃないの一点張りで通したんです。ある時は気の毒なジャクリーヌを思い、またある時は行方知れずのフェランを思ってめそめそ泣いていたと聞いてます」

作家というのがどういう種類の人間かきみも知っていると思うが、目の前のこの人物もぼくの話の粗探しに乗り出した。「ミナールがベルチエ神父から受け取った金だけで、そんなに長い年月、身を潜めながら町々を転々として暮らしていけたとは思えませんがね」

「そこはそれ、ロジエの論文に贋金の製造法がありましたからね」ぼくは説明してやった。大爺さんは自分ではそれを作ることができなかったが、ヌーシャテルの善良な市民のなかにも野心家はいて、そのひとりに大爺さんは、ガラスに金属の皮膜をかけてコインを作る技法を売りつけ、これでかなりの手数料を受け取ったが、ついにはこの悪事が露見し、何人かのガラス職人が縛り首になった。そこで今度はロジエの説く四面体商取引理論に頼ることにした。これの詳細はきみにはお馴染みだったよね。作家先生はこれの説明にはさほど興味を示さなかった。とにかくロジエの『百科全書』のお蔭で、ご先祖様はまさかの時に頼れる秘策をごまんと持っていたと言ってもいいくらいで、彼の荷袋のなかには、大金持ちになれるくらいとは言わないまでも、生涯食うに困らぬだけの蓄えが詰まっていたというわけだ。なにせかなりの大食漢で、とりわけ鴨のローストが好物だったというからね。このあたりの血は受け継いでいないから、ぼくはコンソメかブイヤベースにパンがちょっとあれば十分満足だ。

「じつに興味深い話です」作家先生は言った。「が、不躾《ぶしつけ》を承知で言わせていただくと、家族の言い伝えというのは往々にして歪曲や誇張が混じるものですからね。そもそもあなたが、今お話しくださったとても信じられないような話に出てくるミナールという人物の、子孫にあたるというのだって、どこまで信じていいのやら」

ぼくは言った。「信じられないのはごもっともです。だったらこれを見てください」そう言ってポケットからコインを一枚取り出して差し出すと作家先生は、それまでぼくが話すあいだもずっと握りしめていたシーツから手を離し、これを受け取り、じっくり観察していた。「かなり古そうだ」彼はためつすがめつしながら口を開いた。「それに金貨の表面の引っ掻き瑕《きず》が妙に黒ずんでいる。普通こういう部分は光を反射してきらきら輝くもので、光を吸いこむことはないんだがな」

「もっとよく見てください」ぼくは言った。「瑕の下に緑色のガラスが覗いているでしょ。つまり、これが今お話した贋金なんですよ。お察しかと思いますが、こいつは幸運のお守りというか、いちばん大事な家宝でしてね」

作家先生はぼくがコインを取り返すにまかせた。彼は言った。「遺産の虜にはならないのが身のためですよ。ぼくのアパルトマンはいまだにこいつで溢れかえっています。これでもママンが死んで譲り受けた家具は、かなり人にくれてやったりしたのですが。あれが母です」と彼は壁の写真を顎でしゃくってみせた。「彼女をどう思います？」

ぼくは、目鼻立ちの整ったなかなかの美人だと感想を述べ、冥福を祈った。ぼくが、小説のとびきりのアイデアをせっかく授けてやろうとしたというのに、彼ときたら、この世を去った愛しい母親のことばかり喋っているんだからね！「わたしのご先祖の冒険譚を題材に面白い本が書けそうだと思いませんか？」

作家先生はこくりとうなずいたが、ちっとも乗ってこなかった。

「遠慮なくお使いくださってかまいませんよ、もっともこれをお話しするのはあなたが最初というわけではありませんがね」とぼくは誇らしげに言ってやった。「このふたりの浄書屋の話はかなり有名でして、何人かの作家が取り上げているんです。そのなかのひとりはかなりの有名人でしてね。名前を聞けばすぐにぴんと来ると思いますが、あえて伏せておきましょう。それは四、五十年も前の話です。その作家はある小説が思うように書き進められずに苦しんでいました。そいつを何十年にもわたり何度も何度も書き直していたんです。そっくり全部、火にくべてしまえと言われたときも、たしかにそうすべきだったのでしょうが、それでも別の作品を書くあいだも、この処女作は未完のまま放っておいたのです。ついにある友人が彼にこう言いました。『とりあえずこいつにけりをつけて出版してしまうんだな。その上でほかの作品を書きたまえよ。とにかく、ちっともきみらしくないこんな話にかかずらって、あたら人生を無駄にするなんて馬鹿げているぜ。すでに少なからぬ浮名を流したお蔭で、そこそこの知名度はあるだろうが、ぶくぶく肥え太ってくたびれきったその様子じゃ、そう先は長くなさそうだしね』この友人はなかなかできた人物で、言うべき時には歯に衣《きぬ》きせず、きっぱりものを言う人でした。『ところでギュスターヴ、ふたりの浄書屋の話を書いてみたらどうかな、ふたりして田舎に出かけていき……』もちろんこの作家は、この本を書く際に話をすっかり捻じ曲げてしまいました。でも作家というのはそういうものですからね。わずかな事実をもとに書きはじめ、そのうち、原型をとどめぬところまで事実をずたずたに切り裂いてしまうんです」

病床の顧客はこう言った。「あなたのご先祖に文学的名声を与えられそうな作家をお探しなら、あいにくぼくは力不足だし、それほどの才能もありませんよ。ただ、友人のコクトーという若い詩人は、秘密の教義に目がないから、ロジエ理論に興味を持つかもしれませんね」

「おお、そのようなお気遣いには及びません」ぼくは言った。「すでにジャン＝ジャックのほかに、今申し上げた近年の剽窃《ひょうせつ》者がいるわけですし、あなたやあなたのご友人には荷が重すぎるでしょうしね。ご本がうまくいきますように。努力していいものができればきっと出版に結びつきますよ。出版社のあてはあるんですか？」

まだ決めていないようだった。ぼくは例のガラス金貨を親指ではじいて宙に投げ上げ、掌の上にどちらの面を出して着地するかを見届けては、何度もこれを繰り返していた。すべては結局、運次第ってことなのさ。「この贋の金貨はお気に召しませんか？　比喩《メタファー》として効果的に使えますよ。メタファーは芸術家が何より好んで使いますからね。いずれ誰かがこの贋金をネタに使うのは想像に難《かた》くない。それに我が家に伝わる話はすでに世間に出回っていますからね。注意してよく見れば、ありとあらゆる空想物語にうちのご先祖のことが盛りこまれているということに気づくでしょう。きっとこの先何年も、繰り返し登場するはずです。わたしの祖父なんて、さっきお話しした近年の盗作本が話をすっかり捻じ曲げているのに腹を立て、抗議の手紙を書こうと思い立ったんですが、死後出版だったものだから、騒ぎ立ててもあまり意味がないということになったようです。正直なところ、一族の名誉がかかっているとはいえ、わたしはそういうことで腹を立てる気はありません。目下、祖父の伝統を守っているのがいとこのピエールで、これが文学通で、しかもチェス狂いでしてね。もっとも最近は、ルークのポーンをひとつ減らしてゲームを進める新ルールに凝ってるんです。これがまた相当の変わり者で、苗字の最後にeを足して綴るんです、他人様《ひとさま》との違いを際立たせようとしてね」

そうこうするうち、作家先生に疲れが見えてきた。こちらとしては長居して嫌われないうちに、さっさとテアトロフォンを取り付けてしまおうと思い立った。もっともそれだって、彼の創作の手助けを買って出たまでのこと、我が偉大なるご先祖様とその遺産という、フランス国民文学を志す者に必要不可欠な未発掘素材をいくつか提供してやろうとしただけの話だがね。「では、ここに据え付ける品をご覧いただきましょうか」そう言って箱を開け、新品のテアトロフォンを披露した。トランペット一基のモノラルタイプ。「この素晴らしい機械があればパリじゅうの芸術を独り占めできますよ」ぼくはそう言いながら、黒いコードを解き延ばした。これをすでにある電話機のコネクターに接続する。あとは窓枠に取り付けてある中継端子盤の予備ターミナルとつなぐだけ。

「オペラ・コミック座の『ペレアスとメリザンド』さえ聴ければいいんです」作家先生は物憂げに言った。「それとセリーヌが家具磨き液でその楽譜を汚したとかいう、ワーグナーの作品が聴ければ、それで十分満足です」ぼくはポケットからペンチを取り出し、作業に取りかかった。


作業はものの数分で完了した。これだってあと何年かすれば、各部屋の壁に埋めこまれた差しこみ口にプラグを差しこむだけで事足りるはず。外套を吊るす程度の手間で済む。

「ところで、本のタイトルはもうお決まりなんですか？」ぼくはそう言いながら、機械のテストに取りかかった。

初めは『サント＝ブーヴに反論する』にするつもりだったのだが、その後プロットに大幅な変更が出たため、そのタイトルがしっくり来なくなった、と彼は言った。ぼくとしてはそんなタイトルの本を買いたくなる人など想像できないから、やめて正解だと思ったが、口に出すのはやめておいた。「『不整脈』というのも候補です」と彼は続けた。たしかにそういったタイトルはこの男の健康状態にはぴったりだろうが、これで飛ぶように売れるようになるとはどうしても思えなかった。

「気に入ってるタイトルがあるんですよ。『幻滅《イリュジオン・ペルデュ》』っていうんですが」

「ああ、バルザックですね」彼は呟いた。

中身は読んでいないが、堂々としたタイトルだと思うんだ。正直な話、題名があまりにも強烈だから、今まで読んだ本以上にこの本のことを知っている気にさせられちゃうのかもな。『失《パラ》楽園《ディ・ペルデュ》』もいいですね」ぼくは言い足した。「それと『楽園回復《パラディ・ルガニエ》』。シェイクスピアを飛び越えて一気にトップに躍り出られそうじゃないですか。成功の秘訣は、何と言ってもタイトルですよ。このテアトロフォンがいい証拠でしょう」実を言うと、ぼくは、この気の毒な作家先生がだんだん好きになってきて、なんとか力になってやりたいと本気で思いはじめていたんだ。こんなに具合が悪いんじゃ、完成を見ないまま逝ってしまうんじゃないかと気の毒でならなかった。

ここでぼくは電話の受話器を取り上げ、会社につないだ。「顧客番号二九二〇五、オスマン大通り一〇二番地の設置完了。テアトロフォンの試験をお願いします。何か流してみてください」

しばらく待つあいだ、作家先生に電話交換の仕組みを説明しはじめたが、それも新しい機械から流れてくるノイズを伴う声に邪魔された。やがてこれが芝居の一場面だとわかってきた。

「自然科学を学びたいのかね」とひとりが言う。すると別の人物が「自然科学？　そいつはいったい何なんです？」

「これは国立劇場《コメディ・フランセーズ》でやっているモリエールだ」作家先生が言った。「機械の調子は完璧のようですね。でも、少し休みたいのでスイッチは切っておいてください」

ぼくは言われたとおり電源を切ると、この新しい娯楽をせいぜい楽しんでくださいと告げた。本のアイデアを教えるのはもうやめにした。その前に話したのだって、どれも採用されなかったからね。

「そうか、ミルトンだ」ぼくが帰り支度をするあいだ、彼がぼそりと言った。さっき流れてきた芝居の、登場人物の名前か何かだろうね。「だが、我々によって失われ、見出されるものは〈楽園〉ではなく、〈時〉じゃないのかな。ちょうどいたるところに張り巡らされた、目に見えぬ無数の配線に電気が流れるように、〈時〉は記憶という伝達力のある媒体を伝って運ばれていくんだ」

こんなふうにぶつぶつ呟きだした作家先生はそのままにして、部屋の外に声をかけると、見送り役のメイドがやって来た。作家先生はメイドに新しいノートを持ってくるよう言いつけた。それから舌平目のソテーが食べたいとも言った。ぼくはふたりにかまわず部屋をあとにした。階段をおりていきながら、うだるように暑い部屋に閉じこもって、本のアイデアに頭を悩ませながら一生を使い果たそうとしている、この気の毒な作家を思った。表の通りには自動車や荷馬車が行き交い、コートに包まれた魅力いっぱいの娘たちや呼売り商人や、その他大勢の人たちがそれぞれの生を生き、楽しんでいた。ぼくは改めて新鮮な空気を大きく吸いこむと、こう心のなかで呟いた――ぼくのご先祖様の物語がじつに大勢の人を忙しく立ち動かすことになるなんて、いったい誰に想像できただろう。もし大爺さんが早死にしていたら、ぼくは生まれてこなかったわけで、そうなると電話工事人がひとり減っていたことになる。そんなことをいったい誰が考えただろうか。ぼくのような人間のひとりやふたりのことはどうでもいいが、あと数年もしたら、すべてがすっかり様変わりし、世界はそっくり変貌し、自動車や馬車に代わって飛行機が登場し、路面からはひづめや車輪の音が消え、聞こえるのは上空からの轟音だけになり、誰もが家のなかでテアトロフォンから流れる声に耳を傾け、もはや本など読む者はなくなり、あの上階に暮らす頭のおかしい病人のような作家たちも無用になる。そんな未来を誰に予見できようか。

そんなこんなを考えているうちに、借金のこと、マリーのこと、彼女の父親のことが頭をよぎった。この日はあと二台、配達するよう会社から言われていたが、ぼくのなかではすでに、オスマン大通りを最後のお務めにしようと決めていた。列車は予約済み、あと一時間もしないうちに列車は北駅を出る予定だった。

ぼくは、うちの大爺さんがルソーを追って海峡を渡り、ボズウェルやヒュームと知り合い、きみには以前話したと思うが、この両人に有益な助言を与えることになったという、あれと同じ旅をしてみるつもりだった。ぼくもブリテンに行ってみたくなったんだ。大爺さんと同じように、人生をやり直したかった、名前もすっかり変えてしまいたかった。もちろんぼくの追っ手はベルチエやロジエのようなのとは違って、きみや皆も知ってのとおり、カジノの支配人や金貸しといった連中、それと、きみなら強情と呼ぶだろうが決してそんなことはなかった娘の、その父親といったところだがね。

ここスコットランドではつつがなく暮らしている。生き方がすっかり変わったわけでもない。エレクトロフォン・カンパニーの待遇はいいし、チップもかなりもらえるし、こっちにはシャンティイに負けず劣らずの競馬場があちこちにあるからね。例のツキを呼ぶコインのお蔭で勝つこともあれば、時には負けもする。ところがそれとは別のことで実はちょっとまずいことになっている。例えば女のことだ。そのなかのひとりが思った以上に不注意な奴で、なんと身ごもってしまったのだよ。金の無心をするつもりはないが、誰か医者を紹介してもらえないかなと思ってさ。彼女は結婚したがっているんだが、どうやって子供を食わせていけばいいのかわからないし、はたしてパリを出たのがよかったのかどうか、たまに悩んだりもする。そっちのほうが、こういうことにかけては理解がある国柄だものね。この先ふたりがどうなるかわからないが、そのこともあって、こんなふうに沈黙を破り、きみの前にのこのこ姿を現わしたというわけだ。まったく参ったよ！　誰にも望まれていない赤ん坊なんて。こんなことさえなければぼくの物語もハッピーエンド間違いなしだったのに！　足手まといの子供さえいなけりゃ、皆と同じように陽の光を浴び、誰もが感じるように感じ、幸せになれるはずなんだ。こうして新世紀を迎え、科学が進歩して、地球全体を掌にすっぽり収めてしまえるような通信技術の大躍進によって、永久の平和と繁栄がもうすぐもたらされようとしているのだから。

とりあえずこの辺でペンを置く。

心からの抱擁をこめて
ミナール改めミスター・ミーより
一九一四年六月二十七日　グラスゴーにて

訳者あとがき

『ミスター・ミー』(*Mr Mee*, Picador, 2000) ——ちょっと不思議なタイトルだ。どうやら〈わたし〉を意味するmeの変形バージョンらしい。著者のアンドルー・クルミー(Andrew Crumey)によれば、「プルーストやルソーをはじめ、この本の主人公たちが演じている〈書き手であると同時に登場人物でもあるややこしい存在〉」をこの名前にこめたのだそうだ。たしかに本書には〈わたし〉という名の書き手(=語り手)が何人も登場する。

ボルヘスの「トレーン、ウクバール、オルビス・テルティウス」に着想を得た、幻の『百科全書』をめぐって展開する、知的でちょっとエロチックな滑稽譚——交互に進行する三つの物語がやがて互いに侵食し合い、予想外の結末が心地よい余韻をかもし出すミステリ風味の一冊——にやにや笑いながら気楽に読んでいただければ幸いだ。

第一の物語の語り手はタイトルにもなっているミスター・ミー、八十六歳、独身。スコットランドのとある大学町で文学や哲学の古書に囲まれ、時おり雑誌に小論を寄稿するなどして平穏な日々を送っている。こう書くと、どこにでもいる上品な老紳士に思われそうだが、さにあらず。かつてピーター・セラーズが演じた庭師チャンス(ハル・アシュビー監督『チャンス』一九七九年)とどこか似ていなくもない。そう、彼は日常性をすっかり超越した、なんとも不思議なお爺さんなのである。

　そんな彼が、ひょんなことからジャン＝ベルナール・ロジエなる謎の人物が著した『百科全書』がこの世に存在するらしいことを知る。十八世紀フランスでディドロとダランベールが編纂した『百科全書』は有名だが、それの裏バージョンとも言える『百科全書』があったとは初耳だ。歴史に埋もれた幻の『百科全書』をなんとしても見つけ出して読んでみたい、そんな思いに駆られたミスター・ミーは、家政婦の何気ない一言から書物に見切りをつけ、インターネットの世界に足を踏み入れるのだが、これがとんでもない厄災を招き寄せてしまう。ミスター・ミーの戸惑いと奮闘ぶりが、友人宛の手紙という形で日記風に綴られていく。

　第二の物語は十八世紀フランスを舞台に、フェランとミナールという浄書屋の、勘違いだらけの逃亡生活がピカレスクロマン風に三人称で展開する。とりわけミナールが、謎の人物から預かったロジエの『百科全書』の原稿を読むうちにその奇想に取り憑かれ、現実をどんどん逸脱していくさまは、グロテスクな笑いを誘うだろう。実はこのふたり、ルソーが『告白』のなかでほんのちょっとだけ触れている、彼の隣家に住んでいた謎の人物、通称〈おしゃべりおばさんたち〉である。つまりこの物語は、『ハムレット』の端役ローゼンクランツとギルデンスターンを主役に据えたトム・ストッパードの戯曲のように、フェランとミナールを奇天烈《きてれつ》な思考回路の持ち主に仕立てなおし、ルソーの『告白』のほんの一部をパロディ化したものなのだ。

　では、これを語っている人物は誰なのか？　著者のクルミー自身なのか、それとも……？　いや、そのあたりの謎解きは読者諸賢にお任せすべきだろう。

ちなみに、エピローグでミナールの子孫が、自分の先祖とその友人を題材にしてギュスターヴなる作家が書いた小説について吹聴《ふいちょう》しているが、どうやらこれはフロベールの『ブヴァールとペキュシェ』を指しているようだ。これもまたクルミーが本書に仕掛けた知的ゲームのひとつである。

第三の物語は、教え子の女学生に狂おしいまでの恋情を抱いた過去を持つルソー研究者にして自称作家のペトリ博士が、病院のベッドで書き進める告白の書の体裁をとっている。ここには家庭人として平凡な日常を送るペトリもいれば、自らの性衝動や性的コンプレックスを持てあますペトリもいるし、あるいは研究者として高尚かつ難解な文学理論や哲学的考察を展開するペトリもいる。彼が自分のなかに混在するいくつもの〈わたし〉を並べてみせるのは、自らが敬愛する作家プルーストにならい、「必ずしも〈わたし自身〉ではない〈わたし〉」に語らせる試みだろうか。

作中には何人もの書き手がいて、それを読む人がいる。彼らがどのように関わり合い、あるいはすれ違うのか？　ジグソーパズルのように徐々にピースが埋められていった先に見えるものは何か？

クルミーの縦横無尽の想像力がこしらえあげた摩訶不思議な世界を、ご堪能いただきたい。

著者のアンドルー・クルミーは、本書『ミスター・ミー』で遅ればせの日本デビューとなったわけだが、ボルヘス、カルヴィーノ、クンデラなどに連なる幻想的な作風で、本国イギリスでは「文学界のエッシャー」としてすでに名声を確立している中堅作家である。

一九六一年、スコットランド、グラスゴー生まれ。セント・アンドリューズ大学で理論物理学と数学を学び首席で卒業。ロンドンのインペリアル・カレッジで理論物理学の博士号を取得。その後大学研究員、物理と数学の高校教師を経て、一九九四年、*Music, In a Foreign Language* という作品で長年の夢だった作家デビューを果たし、スコットランド文化振興財団ソルタイアの最優秀処女作品賞を受賞した。以来、自宅のあるイングランド北東部のニューカッスル・アポン・タインを拠点に、二〇〇八年夏現在までに六作品を発表、『ミスター・ミー』は四作目にあたる。

理系出身の小説家というと外国ならアイザック・アシモフ、マイケル・クライトン、日本なら森鷗外から北杜夫、瀬名秀明、海堂尊といった名前がまず思い浮かぶが、こうして見ると、医学畑の人が多い。いや、訳者が知らないだけで、さまざまな分野に精通する作家はほかにも大勢いるはずだ。それはともかく、クルミーもまた天に二物を与えられた果報者のひとりということになるだろう。好きな作家はセルバンテス、ディドロ、ゲーテ、ホフマンなど、古典がお好みのようだ。もちろん理論物理学（とりわけ多世界解釈とか、パラレルワールドとか、重ね合わせ理論といった量子力学の分野）や数学、論理学は、現実と非現実のあわいを表現することにこだわる彼には不可欠のツールになっている。本作でも、フェランとミナールが読みふけるロジエ理論のとことんシュールな陳述にも、理論物理学と幻想文学でつちかわれた想像力が遺憾なく発揮されている。

想像力といえば、本作にはインターネットが重要な小道具として登場する。今やインターネットの存在自体は珍しくもないが、それでも世界じゅうに張り巡らされた網の目の上では新しい動きが絶えず起こっている。そして今、ディドロたちの『百科全書』とロジエのウラ『百科全書』の関係そっくりに、ネット社会では電脳百科事典「ウィキペディア」の向こうを張って「アンサイクロペディア Uncyclopedia」なる冗談百科事典がひそかに増殖を始めているのをご存じだろうか。本作が刊行された二〇〇〇年当時、訳者の記憶ではまだ「ウィキペディア」は影も形もなかったはず。とすれば、クルミーの想像力は数年先のネット社会を先取りしていたことになる。

先にも触れたが、『ミスター・ミー』はクルミーの第四作目にあたる。先の三作品を飛び越してなぜ本作が最初の日本語版に選ばれたのか。それはもっぱら担当編集者と訳者の趣味による。複数の物語を入れ子細工のように組み上げ、一種のめまいを起こさせる彼の手法が一応の洗練を見せた作品が『ミスター・ミー』であろうとの判断からだ。正直に言おう。前の三作は実験的手法が勝ちすぎて頭がついていけなかったのだ。

それでも本作がその年のブッカー賞と国際ＩＭＰＡＣダブリン文学賞のロングリスト入りを果たし（いずれも最終候補作入りは惜しくも逃す）、スコティッシュ・アーツ・カウンシル・ライターズ・アワードを受賞したのを見れば、彼の実力が『ミスター・ミー』によって評価されたと考えていいだろう。

惜しいつながりでつけ加えておくと、イギリスの文芸誌「グランタ」が一九八三年から十年ごとに発表している「若手イギリス作家ベスト二十人」で、クルミーも第三回（二〇〇三年）の選考対象として推挙されていた。ところが四十歳以下という選考基準をすでに超えていた彼は、律儀《りちぎ》にも自己申告をして辞退したのだそうだ。これもまたイギリスの文壇が彼の才能に期待を寄せている証拠として挙げておく。

本書を読んで脳天に心地よい一撃を食らい、ぜひ他の作品も読んでみたいとお思いの節は、その熱き思いを東京創元社編集部にぶつけていただきたい。

著作リスト

Music, In a Foreign Language（1994）

Pfitz（1995）

D'Alembert's Principle（1996）

Mr Mee（2000）本書

Mobius Dick（2004）

Sputnik Caledonia（2008）

最後に訳注について一言。本作にはスコットランドやフランスなどの有名無名の文人がどっさり登場する。さらにそれに紛れるようにして虚構の人物もちらほらと顔を出す。当初は馴染みのない実在人物に限って訳注を入れるつもりだったのだが、虚実の侵食し合うさまを楽しんでいただくにはかえって邪魔になると判断し、割愛したことをお断わりしておく。

二〇〇八年七月

創元ライブラリ版あとがき

二〇〇八年に刊行されたアンドルー・クルミー作『ミスター・ミー』が、十六年以上の時を経て創元ライブラリの一冊に加わることになった。これを機に、訳文を見直し、大幅な改訳を行なったことをお断わりしておきたい。

訳者にとって忘れようにも忘れられない思い出がある。ある宴席で、博覧強記にして日本の英文学界および幻想文学界の泰斗である高山宏氏とお話しする機会を得た。そして、拙訳『ミスター・ミー』に目を通してくださっていた氏からこう告げられた。「このミスター・ミーだけど、モデルがいるのだよ。そんなことも知らないなんて勉強不足だなぁ」

ミー（Mee）という姓は、本作のキーワードのひとつでもある〈わたし〉に引っかけた架空の珍名、そう信じて疑わなかった訳者は唖然呆然、仰天した。

アーサー・ヘンリー・ミー（一八七五—一九四三）。十四歳で学校教育を終えると、新聞社や出版社で編集者として働きだし、のちにイギリス国内で爆発的な売上げを誇ることになる『イギリス児童大百科』を企画立案し、ほかにも*I SEE ALL*という絵解き百科事典も手がけた傑物であるという。

知の探究に生涯をかけた実在のミスター・ミーが本作の着想の原点にあったとしても不思議はない。ネット情報に振り回されるミスター・ミー、奇抜な理論を開陳する異端の思想家ロジエ、そのロジエの理論に取り憑かれるミナールといった知の探究者たちが、作者の脳内でどのように造形されていったのか、興味は尽きない。本国の読者のなかには、クルミーの暗黙の目配せをタイトルから敏感に読み取り、にやりとした人も多いに違いない。
作品への別角度からのアプローチの大切さを教えてくださった高山氏に敬意と感謝をこめて、ここに記しておく。

二〇〇八年以降に発表された作品は以下の通り。
The Secret Knowledge（二〇一三）
The Great Chain of Unbeing（二〇一八）
Beethoven's Assassins（二〇二三）

クルミー作品はどれも人類の英知にからむ題材とSF的奇想を合体させた、アイロニカルで娯楽性の高いものばかり。できることなら、彼と同じく理論物理学やSFに造詣が深く、かつ冗談を解する才に恵まれた小説家、円城塔氏あたりに全作品を訳していただけないものか。そんなことを夢見る今日この頃である。

最後に、本訳書に解説を寄せてくださった風間賢二さん、ありがとう！　そこに描き出された文学界の新しい潮流の俯瞰図をもとに、アンドルー・クルミーという奇想の作家がどのような位置を占めているかを明解に示していただいた。感嘆と喝采、そして感謝を贈ります。

二〇二五年一月

本書を〈量子小説〉として読む

風間賢二

とにかく本書は無類に面白い。一口に〝面白い〟と言っても、いくつか意味が込められている。いわば〝面白さ〟のミルフィーユ。

まず、〝愉快（funny）〟、笑える層が生地としてある。ついで、〝興味深い（interesting）〟、優れた物語構造の層、そして〝知的好奇心が刺激される（curiosity）〟、語り＝騙りの層。これら三層の〝面白さ〟によって、本書は傑作たりえている。

ことにぼくが惹きつけられる〝面白さ〟は、curiosity の層。その英単語にはもちろん、〝好奇心〟以外にも意味がある。不思議の国のアリスが思わず、「Curiouser and Curiouser!」と比較級を間違って口走ってしまうほど（文法的には more curious が正解）、奇妙奇天烈にして幻惑的、つまり常軌を逸脱した「ヘンテコ」ということ。綺想である。ぼくは、その綺想に満ちた小説に目がない。その結果、日常世界を端正に語るリアリズム作品より現実という重力の軛《くびき》から解き放たれて自由奔放な想像力を飛翔させる怪奇幻想小説を愛読している。

古今東西、アンチ・リアリズムのヘンテコ小説、つまりぼくに言わせれば怪奇幻想文学の書き手は数多くいるが、とりわけ一頭地を抜いているのがアイルランドの作家である。たとえば、

『ガリバー旅行記』のジョナサン・スウィフト、『放浪者メルモス』のC・R・マチューリン、『トリストラム・シャンディ』のロレンス・スターン、『吸血鬼ドラキュラ』のブラム・ストーカー、『ドリアン・グレイの肖像』のオスカー・ワイルド、『フィネガンズ・ウェイク』のジェイムズ・ジョイス、『ゴドーを待ちながら』のサミュエル・ベケット、『スゥイム・トゥー・バーズにて』のフラン・オブライエン、『小人たちの黄金』のジェイムズ・スティーヴンズなど列挙に暇《いとま》がない。

こうしたアイルランドの奇人・変人作家たちと比べても遜色《そんしょく》ないのがスコットランドの作家だ。こちらは、『義とされた罪人の手記と告白』のジェイムズ・ホッグ、『ジキルとハイド』のロバート・ルイス・スティーヴンソン、『リリス』のジョージ・マクドナルド、〈名探偵シャーロック・ホームズ〉のコナン・ドイル、『ピーター・パン』のジェイムズ・バリー、『哀れなるものたち』のアラスター・グレイ、『蜂工場』のイアン・バンクス、『トレインスポッティング』のアーヴィン・ウェルシュなど。そして本書の作者アンドルー・クルミーもそのひとりだ。

ただしクルミーの場合、ジャンルとしての怪奇幻想小説を本領としているわけではない。結果として、アンチ・リアリズム、シュルレアリスム、マジックリアリズム、SFファンタジーとして読めるとしても。一般的にはポストモダン文学（メタフィクション）の作家と見なされている。まあ、メタフィクションもじゅうぶん奇抜なヘンテコ作品ではある。

二十世紀末から今世紀前半にかけて、小説の新たな可能性を拓くものとして、〈クォンタム・フィクション（Quantum Fiction）〉というレッテルが目に付くようになった。日本語にすれば、〈量子小説〉。この分野のスコットランドにおける担い手が、理論物理学の博士号を有するアンドルー・クルミーである。

〈量子小説〉は、量子力学（物理学）の理論を下敷きにして、新規な現実認識をもたらすべく創作されている。今日では、その手の作品はけっこうあって、それとは気づかないが、エンタメの分野でも何がなんだかよくわからない物語が増えている。多くの人に理解不能な展開（身近な例では、映画『TENET』や『ミスター・ノーバディ』とか）は、ネットで分析・解説のサイトが賑わっていたりする。そうした難解作品の多くが量子力学的世界を基盤に創作されている。わかりやすい、というか量子力学を知らなくても（理解していれば十倍）楽しめる作品もある。マーベル・シネマティック・ユニバース系『アベンジャーズ／エンドゲーム』や『アントマン&ワスプ』。あるいは、デヴィッド・ボウイの息子ダンカン・ジョーンズ監督の傑作『ミッション：8ミニッツ』など。シューティング・アクション・アドベンチャー・ゲーム『クォンタムブレイク』もストーリーがよくわからなくても楽しくプレイできる。

先にタイトルをあげた映画『TENET　テネット』の監督クリストファー・ノーランなど、デビュー作『フォロウィング』から一貫して（『ダークナイト』三部作も例外ではない）量子力学の世界を撮っている。その集大成が『オッペンハイマー』だ。同様にアンドルー・クルミーもデビュー作 *Music, in a Foreign Language*（1994）から最新作 *Beethoven's Assassins*（2023）まで量子力学の諸理論を応用した物語作りをしている。

そもそも量子力学ってなに？　ここで詳細な説明はできない。当方にそんな難解な学説を解説するほどの知識と能力はないから。ただし大雑把に述べれば、こういうことだ。

十九世紀までは、古典（ニュートン）物理学で現実は認識されていた。物質の「いつ、どこで、なにが」がわかれば計算によって、その物質の未来も過去もわかる。すべては神によって予《あらかじ》め決定されているから。これはマクロ世界での話。

物質が原子で構成されていることは、すでに古代ギリシャの哲学者が唱えていたが、十九世紀末になると、原子の中には電子があることが発見され、二十世紀に入ると、電子の中央に電子核があって、それは中性子と陽子とで構成されていることがしだいに判明。しかも陽子や中性子の内部に小さな粒子クォークが発見され、物質の最小単位を素粒子＝量子と呼ぶようになった。つまり、物質＞原子＞電子＞電子核＞陽子と中性子＞クォーク。この超絶ミクロな素粒子の世界を研究対象にするのが量子力学（物理学）だ。

超絶ミクロな世界、つまり人間の肉眼には不可視な対象なわけで、イメージすることも理解することもなまなかなことではない。われわれが実際に生活している客観的物質世界は、あいかわらず十九世紀的なニュートン物理学で認識されている。でも、それは人間が知覚できる表層の世界にすぎない。リンゴは手に触れることができるし、放せば落下する。そのリンゴを構成しているのは深層の素粒子＝量子である。万物を、世界を形作っている大元＝素粒子を研究せずして、真の認識に至ることなんらあらず、というわけだ。

だが困ったことに、素粒子のミクロ世界は従来のマクロ世界（現実）を扱う古典物理学ではまったく役に立たないことが判明。確実性と決定論が支配していたニュートン的物質世界に対して量子の世界は不確実と偶然によって動いているからだ。さらに詳しく述べれば、量子世界の現実は、不確定性、不連続性、曖昧性、相対性、流動性、確率性、共時性、多様性、主観性に彩られている。これって、ポストモダン文学（メタフィクション）の特徴だと言い換えてもいい。実のところ、今では〈量子小説〉を知るうえで基本的な研究書と言われるスーザン・ストレールの *Fiction in the Quantum Universe*（1992）で言及されるのは、トマス・ピンチョン、ジョン・バース、ドナルド・バーセルミ、ロバート・クーヴァー、ウィリアム・ギャディスといったポストモダンな大御所《おおごしょ》作家たちである。アンドルー・クルミーが現代スコットランド文学のポストモダン作家と称されるのもむべなるかな。

となると、〈量子小説〉を創作しているのはポストモダンな書き手ばかりではなく、今日のSF作家も少なからずいるのでは？　と思われるかもしれない。なるほど、たとえば『順列都市』のグレッグ・イーガンや傑作短編集『あなたの人生の物語』のテッド・チャン、あるいはよりポップな『量子怪盗』のハンヌ・ライアニエミとか。だがしかし、量子物理学を応用した先鋭的なSFと〈量子小説〉は似て非なるもの。今例に挙げたSF作家は量子力学的世界を、あるいは物語を語る。かたや〈量子小説〉の書き手は量子力学の諸説を創作技法として活用する。そうした先鋭的な現代作家のナラティヴの思考実験として使用される量子力学には有名な説がふたつある。

ひとつは〈量子の重ね合わせ〉で、これは〈状態の共存〉の意味。つまり、0と1が重なっていて、どちらか確定できないということ。粒子はYESとNOのふたつの状態（あるいは相反する状態〉を併せ持って存在している。有名なのが〈コペンハーゲン解釈〉。そんなバカなことはないと反論を試みた思考実験が〈シュレディンガーの猫〉だ。結果、皮肉にも〈コペンハーゲン解釈〉の正当性を実証してしまうことになったが。その両者の仲をとりもって考案されたのが〈多世界解釈〉である。

もうひとつは〈量子のもつれ〉で、こちらは〈強い相関関係性〉の意味。ふたつの粒子がいくら離れていても即座に情報が伝わるということ。ひとつの粒子が0の状態になると、もう一方の粒子も0になる。瞬時の共時性だ。

こうした特性は観察されて初めてわかる。つまり、人間が観察しない限り、粒子の状態はわからない。毒ガスの噴出する可能性が五〇パーセントある箱に入れられた猫は死んでいるのか生きているのか、箱を開けて〝見る〟まではわからない。古典物理学では、猫の生死の状態は、箱を開けて観察する以前からすでにいずれかに決定している。だが、量子力学では猫は生死が共存している状態（重ね合わせ）で、観察されたとたんにどちらかに決まる。また、ふたつの別個の毒ガス箱に一匹ずつ猫を入れた場合、片方の猫が死んでいることが観察されてわかったとたんに、もう一方の猫も死んだ状態になる（もつれ）。実にヘンテコな世界である。観察しない限りわからない統計的・確率的で不確実な推測の世界であるがゆえに、いまのところ唯一無二の理論はない。あくまでも〝解釈〟なのだ。「真実はいつもひとつ」（名探偵コナン）はニュートンの古典物理学の世界のお話で、量子力学の世界では、真理は推論による「多の一の解釈」にすぎない。

スペインの作家グレゴリオ・モラレスの提唱する〈量子美学〉がマヌエル・J・カロ、ジョン・W・マーフィー編 *The World of Quantum Culture*（2002）で紹介されているので、かいつまんで紹介しておこう。

1 芸術家は、ニュートンによって課された壁を打ち破る力を持っている。 2 現実は、目に見えるものや認識できるものに制限されない。 3 暗黙的で目に見えない秩序は、明示的で顕在化した秩序から区別される。 4 物質と精神は同じものであり、連続体を形成する。 5 因果律は相対的になる。実際、心理的領域と物理的領域の間には非因果関係、つまり共時性さえ見出すことができる。 6 区別できるものは何もない。最も離れた粒子でさえ、互いに影響し合っている。 7 観察者と観察対象はともに強く結びついている。 8 一般的なものよりも非凡なものを、性の生理学よりもエロチシズムを、体液よりも意識を好む。

いまやトレンディーな文学カテゴリー〈量子小説〉のインスピレーション（元ネタ）源となっているのは、ダグラス・R・ホフスタッターの『ゲーデル、エッシャー、バッハ：あるいは不思議の環』だが、最初の小説作品はアメリカの女優／作家ヴァナ・ボンタの *Flight : A Quantum Fiction Novel*（1995）である。副題に〈量子小説〉と記されていることから、その用語を創造したのは自分だとさえ豪語している。傑作なのに、なぜか邦訳がない。ほかには、ジャネット・ウィンターソン『さくらんぼの性は』やデイヴィッド・ミッチェル『クラウド・

アトラス』、スカーレット・トマス『Y氏の終わり』などが精華として推奨できる。もちろん、本書も例外ではない。

量子力学の諸説をひとかじりしただけでも、本書の異なる三つの物語がいかに見事に〈重ね合わせ〉られ〈もつれ〉あって、〈多世界解釈〉を展開しているかがわかるだろう。まあ、そんな小難しい学説は知らなくとも、ロジエの謎のアンチ『百科全書』所収の様々なトンデモ説をアイルランド作家フラン・オブライエンの『第三の警官』で言及される哲学的物理学者ド・セルビィの奇抜な学説やスコットランド作家トマス・カーライルの『衣装哲学』の偽書スタイルの風刺などを想起しながら噴き出さずにはいられない滑稽小説として堪能できる。

そういえば、偽書や疑似科学、形而上学的パラドックス、虚偽、ノンセンスな言語ゲームなどはクルミーが愛好してやまない頭の体操らしいが、それらを凝縮したものが奇書にほかならない。その意味で、本書は量子力学のように奇妙奇天烈、珍妙幻惑、ヘンテコだが、新たなリアルを語る優れた面白綺想小説＝奇書である。

本書は二〇〇八年に小社の海外文学セレクションの一冊として刊行された作品の文庫化です。

創元ライブラリ

ミスター・ミー

二〇二五年二月二十八日　初版

著　者◆アンドルー・クルミー
訳　者◆青木純子

発行所◆㈱東京創元社
代表者　渋谷健太郎

郵便番号　一六二—〇八一四
東京都新宿区新小川町一ノ五
電話　〇三・三二六八・八二三一　営業部
　　　〇三・三二六八・八二〇一　代　表
URL　https://www.tsogen.co.jp

印刷・モリモト印刷　製本・本間製本

ISBN978-4-488-07091-5　C0197